Hobbit Presse
Klett-Cotta

Christoph Hardebusch

Die Stadt der Seher

Klett-Cotta

Hobbit Presse
www.hobbitpresse.de

Cover: Birgit Gitschier, Augsburg
unter Verwendung einer Illustration von © Max Meinzold, München
Gesetzt von C.H.Beck.Media.Solutions, Nördlingen
Gedruckt und gebunden von CPI – Clausen & Bosse, Leck
ISBN 978-3-608-93918-7
E-Book ISBN 978-3-608-12133-9

Erster Teil: Erdgebunden

»Wehret den Törichten,
die ihrem eigenen Geist nachgehen
und nicht dem,
was sie gesehen haben.«

Prolog

Tausend Augenpaare starrten gebannt auf das feurige Rund der Sonne, das sich langsam über den Horizont erhob. Noch war es zu zwei Dritteln hinter den Hügeln Padoliens verborgen, doch lange würde es nicht mehr dauern, bis der Morgen in all seiner Pracht heraufziehen würde.

Einigen der Zuschauer konnte es nicht schnell genug gehen, während andere wohl darauf hofften, dass die Sonne zum ersten Mal seit Menschengedenken in ihrem Lauf innehielt. Herzog Solare Biocca gehörte zu keiner der beiden Gruppen. Er hatte seinen Frieden mit diesem Tag gemacht, soweit das möglich war.

Es war überraschend ruhig an diesem frischen, kühlen Frühlingsmorgen. Nebel hing noch kniehoch über den saftigen Wiesen vor der Stadt, doch langsam kam ein Wind auf, der nicht nur den Nebel vertrieb, sondern auch die Banner und Wimpel flattern ließ. Dass zweitausend Männer und Frauen derartig still sein konnten, erstaunte Solare immer wieder. Aber er wusste warum: Sie alle hingen ihren eigenen Gedanken nach.

»Die scheißen sich gleich in die Beinkleider«, rief Ezzo, was hier und da ein Gelächter entlockte, aber als der Herzog seinen Blick schweifen ließ, verstummten sie sofort wieder.

Ein Drittel noch. Die Stadt lag nun fast im vollen Morgenlicht, das ihre Mauern in ein helles, freundliches Orange tauchte. Es hätte ein erhabener Anblick sein können, Hunderte von glitzernden Helmen, wehende Banner, die Spitzen von Speeren im Sonnenlicht, geordnete Reihen hintereinander. Doch für Schönheit hatte gerade niemand Augen. Stattdessen war alle Aufmerksamkeit auf das Tor gerichtet.

Nur noch ein schmaler Streifen Sonne lag verborgen. Die Torflügel bewegten sich nicht. Die uralten Abmachungen besagten, dass Emissären, die unter dem blutigen Banner ausritten, sicheres Geleit zustand. Aber wer musste sich schon an Regeln halten, wenn so viel auf dem Spiel stand? Solare hob die Hand an die Stirn und sah zum Horizont. Nur noch wenige Augenblicke verblieben. Er stählte sich gegen die zweifelnden Gedanken, gegen die Fragen, die an ihm nagten, die Bilder aus zwanzig Jahren Krieg.

»Seht!«

Der Ruf wehte von dem kleinen Hügel im Südwesten herüber. Zuerst dachte Solare, dass die Sonne nun vollständig aufgegangen sei, doch stattdessen öffnete sich das Stadttor von Peluno – nur einen Spalt weit! – und zwei Reiter preschten mit wehenden Mänteln hervor.

Neugierig winkte Solare seinen Pagen herbei und ließ sein eigenes Ross bringen. Reiten musste er nicht, doch er wollte den Neuankömmlingen auf Augenhöhe gegenübertreten.

Die Reihen vor ihnen öffneten sich und schlossen sich hinter ihnen wieder. An der Spitze ritt Selena, das Antlitz bleich, mit dunklen Ringen unter den Augen. Sie musste nicht einmal den Kopf schütteln, um Solare wissen zu lassen, dass sein Angebot nicht angenommen worden war. Überraschender war jedoch ihr Begleiter, ein Bursche von fünfzehn Jahren vielleicht, gekleidet in teuersten Brokat, das Wappen mit den beiden Wildschweinen der Grafen von Peluno auf der Brust. Es war fast ein Jahrzehnt her, dass Solare ihn gesehen hatte, aber es gab keinen Zweifel, dass dies Arnos war, der jüngste Sohn des alten Grafen.

Der Junge zügelte sein Pferd und richtete sich im Sattel auf. Er mochte denken, dass dieser Anblick, gesehen auf so vielen Prunkgemälden, beeindruckend war, doch sein Pferd tänzelte nervös und zerstörte das Bild. Solare verkniff sich ein Lächeln; es gab einen Grund, warum man auf einem Holzblock posierte, wenn man Modell saß.

»Ihro Gnaden«, rief der Junge so laut, dass es alle Soldaten hören mussten. »Das stolze Peluno lehnt Euer Friedensangebot ab!«

Die Worte wogen schwer. Sie würden einen hohen Blutzoll fordern. Solare nickte und winkte ihn näher heran. Einen Moment zögerte der Junge, dann überwog Stolz die Furcht.

»Du musst nicht so laut brüllen«, erklärte Solare freundlich. »Dein Vater sendet dich?«

Mit zusammengekniffenen Lippen nickte Arnos.

»Eine Schande«, erklärte Solare und stieg wieder ab. »Wein?«

Jetzt war der Junge verwirrt. Seine Züge lösten sich ein wenig. Er war so jung. Aber Solare musste daran denken, dass er kaum älter gewesen war, als er seine erste Dreihundertschaft im Morgengrauen durch die eiskalten Entwässerungskanäle geführt hatte. Dreihundert, von denen nur noch eine Handvoll in seinen Diensten standen, darunter Ezzo, ausgerechnet Ezzo, der Söldner mit dem losesten Mundwerk, dem größten Wagemut und der ungeheuerlichsten Verachtung für jede Gefahr. Dass nun er, Erster in so vielen Gefechten, noch lebte, zeigte, dass auch das Schicksal manchmal Humor besaß.

»Steig ab«, bat Solare nicht unfreundlich. Als Arnos dem jedoch nicht nachkam, hob er die Hand. Sofort sprangen Soldaten heran, packten den Jungen, bevor er überhaupt wusste, wie ihm geschah, und zerrten ihn vom Pferd.

Er schrie wütend auf:

»Habt Ihr keine Ehre?«

»Dein Vater hat dich gesandt, weil er hoffte, dass du hier sicher sein wirst«, erläuterte Solare gelassen und ließ sich zwei Becher Wein bringen.

»Lüge! Unsere Mauern sind dick und stark! Nie werdet Ihr auch nur einen Fuß in die Stadt setzen!«

Solare trank einen Schluck und ließ den zweiten Becher zu Arnos bringen. Der Junge hatte nicht unrecht. Die Stadtmauern von Peluno waren weithin gerühmt. Ihre Fundamente stammten aus uralten Zeiten, aber neueste Ideen und Techniken hatte sie erst vor wenigen Jahren verstärkt. Deshalb hatte Solare den halben Winter lang über den Plänen gebrütet und mehr als ein Dutzend Spione nach Peluno geschickt.

»Und wir haben die *Verlorenen Gesellen!* Noch keine Stadt ist gefallen, die von ihnen verteidigt wurde!«

Eine der angesehensten Söldnerkompanien, ohne Frage. Und Graf Peluno wusste, dass man Söldnern nur so weit trauen konnte, wie man sie werfen konnte, weshalb er ihre Taschen schön schwer mit Gold gemacht hatte. Zumindest waren alle Offerten Solares abschlägig beschieden worden. Natürlich, niemand hatte tiefere Taschen als er, aber unglücklicherweise konnte er sich nicht die Freiheit erlauben, nur an Peluno zu denken.

»Die Stadt wird noch heute fallen«, stellte er fest. »Mein Banner wird von Eurem Palast wehen.«

Er deutete auf das große Kriegsbanner: die goldene Sonne in weißem Kreis vor Schwarz.

»Und für alles, was geschieht, trägt dein Vater die Verantwortung.«

Seine Soldaten mochten diszipliniert sein und ihm gehorchen, aber er war an sein Wort gebunden. *Öffnet mir die Tore, und es soll euch nichts geschehen. Zwingt mich zur Schlacht, und Peluno wird gebrandschatzt werden.* Es verlangte ihn nicht danach, die stolze und schöne Stadt brennen zu sehen, aber es musste wohl sein.

»Ich bin Unterhändler«, protestierte Arnos und schlug dem

livrierten Diener den Weinbecher aus der Hand. Solare seufzte und winkte, woraufhin die Soldaten den Jungen davonzerrten.

»Nein, bist du nicht«, erwiderte er, wohl wissend, dass er nicht mehr gehört wurde. »Kein blutiges Banner, kein Schutz. Dein Vater wusste das.«

Sein Blick wanderte zu den hohen Mauern der Stadt. Regelmäßige Türme und Ausbuchtungen schützten sie. Gut zu verteidigen, schwer einzunehmen. Blieb nur zu hoffen, dass seine Artilleriemeister sich geirrt hatten, als sie behaupteten, dass die Mauern jedem Beschuss über Monate standhalten würden.

Er sah zu Ezzo, der den Becher vom Boden aufhob und die letzten Tropfen Wein daraus trank.

»Wenn du so weit bist …«

Der Söldner grinste breit und rieb sich die Hände. Es war nicht die Aussicht auf die Schlacht, die ihn derart erfreute, sondern die Vorfreude auf das, was danach kam. An die Gefahr verschwendete er keinen Gedanken.

Einst war Solare auch so gewesen, fest von der eigenen Unverwundbarkeit überzeugt. Zwanzig Jahre hatten ihn eines Besseren gelehrt. Man musste Risiken eingehen, im Krieg wie im Frieden, aber es galt, sie zu minimieren.

»Entfesselt sie«, murmelte Solare, als Ezzo Befehle brüllte, die von Kehlen in der Ferne aufgenommen wurden. Flaggen schossen empor, und von den Einheiten an den Flanken kamen Antworten.

Ein lauter Schlag, dann segelte ein gewaltiger Stein täuschend langsam durch die Luft. Bald würde man sehen, ob Solares Berechnungen präzise waren. Eine neue Mauer, aber alte Fundamente.

So oder so, es hatte begonnen.

1. Kapitel

Noch eine weitere Nacht überleben.

Wie jeden Abend war Marcos Bitte an die unsichtbaren Mächte kurz, aber dafür voller Inbrunst. Tief in sich hoffte er, dass jemand – oder etwas – über ihn wachte, doch die Jahre der Entbehrungen hatten dafür gesorgt, dass er sich zu allererst auf sich selbst verließ, statt sein Vertrauen in andere zu setzen.

Manchmal beneidete er diejenigen, die das konnten. So schlimm ihr Leben auch sein mochte, im festen Glauben an etwas Größeres fanden sie Kraft und Halt. Aber es schützte sie nicht.

Sein Schlafplatz war besser als die meisten, die er für gewöhnlich gefunden hatte. Ein alter Erker über ihm schützte vor dem gröbsten Regen, und wenn er sich in das Kellerfenster an die Gitterstäbe legte, entging er dem Wind, der nachts oft durch die Straßen von Vastona wehte.

Die Gasse, in die er sich nachts verkroch, lag abseits der großen Straßen und die nächste Kaschemme war weit entfernt, so dass sich in der Dunkelheit selten jemand hierher verirrte. Und diejenigen, die es doch taten, ignorierten das reglose Bündel, das sich dort verbarg.

Jetzt, in der heißen Jahreszeit war es weitaus angenehmer als im Winter. Die Nächte blieben mild und es regnete selten. Die Bauern jenseits der großen Mauern mochten über die dürre

Hitze stöhnen, für einen Straßenjungen wie Marco war sie ein Segen.

Wie jede Nacht rollte er sich um seine spärliche Habe zusammen, die eingeschlagen in ein löchriges, altes Tuch kaum größer als ein Kürbis war. Für viele Bürger der Stadt mochte die magere Sammlung von Tau, einer kleinen verbeulten Metalldose und allerlei sonstigen Fundstücken Abfall sein, aber Marco wusste, dass es genug andere gab, die ihm seinen mageren Besitz stehlen oder ihm dafür einfach den Schädel einschlagen würden.

Die Dächer der Häuser über ihm ließen kaum einen Spalt hellen Himmels erkennen. Als wären sie alt, lehnten sie sich über die Gasse. So lag alles selbst in dieser mondhellen Nacht in tiefe Schatten gehüllt.

Weshalb Marco die Gestalten erst bemerkte, als es schon zu spät war. Halb war er bereits in den Schlaf gedriftet, doch als er die Neuankömmlinge wahrnahm, war er sofort wieder hellwach.

Vorsichtig spähte er aus seinem Versteck, das Gesicht in der Beuge seines Arms verborgen, ein Auge gerade so weit darüber, dass er die Gasse entlang sehen konnte. Es waren drei, ob Männer oder Frauen, konnte er nicht erkennen. Sie huschten zwischen den Gebäuden hin und her, und schon an ihren Bewegungen erkannte Marco, dass sie Ärger mit sich brachten.

Am liebsten wäre er fortgelaufen, doch die drei waren bereits zu nah. So hoffte er darauf, dass die Dunkelheit ihn gut genug verbergen würde.

Eine Gestalt ging von links nach rechts, bückte sich, stocherte mit einem Stock im Abfall herum, der am Rand der Gasse vor sich hin faulte. Zehn Meter waren sie noch entfernt und ihr Gang verlangsamte sich, als ob sie etwas suchten. Marco schlug das Herz bis zum Hals und ihm war kalt.

Fünf Meter, dann zwei. Er schloss die Augen, hielt den Atem an.

In der nächtlichen Stille waren ihre Schritte zu hören, unregelmäßig, suchend.

Eine Berührung, ein unsanfter Stoß mit etwas Spitzem in seinen Rücken. Marco wagte nicht, sich zu bewegen, biss sich in den Unterarm.

»Ist da was?«

Es war eine leise Stimme, rau, die Worte mehr gespuckt als gesprochen.

»Mehr Dreck«, antwortete eine Frau etwas lauter. »Oder, warte mal …«

Wieder traf Marco der Stock, diesmal in die Rippen. Unwillkürlich zuckte er zusammen.

Ein Lachen wehte von der Mündung der Gasse herüber.

»Leise«, zischte die Frau. Schritte entfernten sich ein Stück von Marco. Stille senkte sich herab.

Trotz seiner Angst öffnete Marco die Augen. Der Teil der Gasse, den er einsehen konnte, war leer. Noch immer lauschte er in die Dunkelheit, doch jetzt war nichts mehr zu hören. Dankbar entließ er die Luft aus seiner Brust.

Überraschend traf ihn ein harter Schlag auf den Rücken. Marco schrie vor Überraschung und Schmerz auf.

»Du kleine Ratte.« Eine Hand packte sein fleckiges Hemd. »He! Hier haben wir einen!«

Marco wich zurück, seine nackten Füße kratzten über den Schmutz der Gasse. Er warf sich herum und es gelang ihm, den Griff zu brechen. Sofort machte er sich auf allen vieren davon.

Jemand sprang ihm in den Weg, die Arme ausgebreitet und den Mund aufgerissen. Marco drehte sich um, aber da waren die anderen beiden, blockierten jede Fluchtmöglichkeit. Rückwärts kroch er von ihnen fort, bis er die Mauer des Hauses in seinem Rücken spürte.

»Eine Ratte«, erklärte die Frau mit dem Stock und stieß nach ihm. Marco wich aus, so gut er konnte, doch alle drei kamen langsam näher, kreisten ihn ein, trieben ihn in die Enge.

Im fahlen Licht des Mondes konnte er kaum Details ausmachen, doch er sah ihre dunkle, einfache Kleidung, die schmutzigen Gesichter. Keine Wachen, die gekommen waren, um ihn zu verhaften, keine jungen Tunichtgute, die darauf aus waren, mit den Ärmsten der Stadt ihren Spaß zu haben.

»Ich hab' nix«, rief er ihnen zu, so laut er es wagte. Einer der drei, ein kleiner Mann mit einer flachen Mütze auf dem dunklen Haar, sah sich um, aber er hätte sich keine Sorgen machen müssen. Niemand hier würde des Nachts Fenster oder gar eine Tür öffnen, nur weil auf den Straßen geschrien wurde. Die Bürger Vastonas wussten es besser.

»Oh doch«, antwortete die Frau und lachte finster. »Für dich bekommen wir zwölf Silberne, du Ratte.«

Verwirrt runzelte Marco die Stirn. Wer sollte so viel Geld für einen wie ihn bezahlen? Dann kamen ihm die Gerüchte in den Kopf. Doktoren der Universität, denen die Leichen aus den Armenhäusern nicht genug für ihre Sezierübungen waren. Oder – Marco schluckte – reiche Männer, die Schreckliches im Sinn hatten. Wofür auch immer, niemand bezahlte eine solche Summe, ohne dass es für Marco schlimm endete.

»Lasst mich«, rief er. Er ließ den Blick schweifen, suchte nach einem Ausweg. Doch die drei Häscher verstanden ihr Handwerk. Gebückt, mit den Armen jede Lücke zwischen ihnen verschließend, kamen sie näher und näher. Sie wirkten riesig auf Marco, schienen die ganze Gasse auszufüllen.

Hände packten ihn, zerrten ihn hoch. Er wehrte sich. Ein Hieb traf ihn am Kopf. Sein Atem ging schnell, sein Herz raste. Er bemerkte kaum, wie sein Besitz auf den Boden fiel.

Zwei Arme schlangen sich um ihn, pressten seine Arme an seine Seiten, hielten ihn gnadenlos fest.

»Los, mach schon«, drängte die Frau. Der dritte Mann trat an Marco heran, in seinen Händen ein schäbiger Sack, dessen schwarze Öffnung immer größer vor Marcos Augen wurde.

In seiner Verzweiflung schlug Marco den Kopf nach hinten. Der Mann, der ihn hielt, keuchte auf. Dann grub Marco seine Zähne in dessen Arm. Damit entlockte er ihm ein Heulen.

Der Griff lockerte sich, als Marco Blut schmeckte. Das Fleisch seines Angreifers war Übelkeit erregend weich, aber Marco biss so fest zu, wie er konnte.

Um ihn drehte sich die Welt, als der Mann zurücktaumelte. Die andere Hand ließ ihn los, schlug hart gegen seine Schulter.

»Weg! Weg!«

Sofort kam Marco dem Befehl nach, ließ von dem Mann ab, rutschte aus dessen Griff und fiel auf den harten Boden. Der Stock traf ihn erneut am Rücken.

Doch Marco rannte bereits, erst auf allen vieren, dann kam er auf die Füße. Die Häuser flogen vorbei.

»Hol' ihn dir«, folgte ihm der Schrei der Frau, während der Gebissene laut fluchte.

»Du kleiner Bastard! Verdammte Scheiße! Ich zieh dir die Haut ab, du Ratte! Wir erwischen dich! Wir kriegen dich!«

Marco rannte so schnell wie noch nie zuvor in seinem Leben. Er erreichte die Mündung der Gasse und warf sich nach links, ohne groß nachzudenken. Dort lag das Viertel der Tagelöhner und Dockarbeiter, ein endloses Gewirr aus Hinterhöfen und engen Gassen. Sein Revier.

Doch seine Verfolger waren ihm auf den Fersen. Er konnte ihre Stimmen hören, ja sogar ihre Schritte. Stiefel auf dem Boden, harte, schnelle Tritte. Jäger auf den Fersen ihrer Beute.

Renn, war alles, was er denken konnte. Jeder Atemzug brannte in seiner Brust, die bloßen Sohlen klatschten auf Dreck und Pflastersteine.

Ein Sprung über einen dunklen Klumpen in seinem Weg, rechts-links durch zwei Gassen, über einen Hof, sich dann durch einen niedrigen Holzzaun quetschen. Gänse, die empört schnatterten. Ein bellender Hund hinter dunklen Fenstern.

Die drei Verfolger mochten größer sein, aber Marco kannte dieses Viertel, hatte hier an hundertundeinem Ort Unterschlupf gesucht.

Es roch nach brackigem Wasser. Einer der Kanäle, ein Seitenarm nur, überspannt von zwei hölzernen Brücken, und einer aus Stein. Dorthin rannte Marco.

Niedrige Boote lagen im Wasser, vertäut und mit Stoffplanen bedeckt.

Eine Hand ergriff ihn an der Schulter. Marco schrie, wurde zurückgezogen. Wie durch ein Wunder konnte er sich auf den Beinen halten, riss sich los. Die Brücke auf die andere Seite des Kanals vor seinen Augen, die Verfolger direkt hinter sich.

»Du … kleine … Ratte …«

Auch sie hatten keinen Atem mehr, doch Marco wusste, dass er ihnen nicht ewig entkommen konnte.

Die Brücke mit den vier Löwenstatuen, zwei an jedem Ende. Auf der anderen Seite die Lagerhäuser und Geschäfte reicher Händler. Dort würde es Wachen geben. Doch von ihnen erwischt zu werden, wäre fast genauso schlimm wie den Häschern in die Hände zu fallen.

Näher und näher kam die Löwenbrücke. Marco legte alles in einen letzten Spurt, flog geradezu auf sie zu.

Dann sprang er.

Das kühle Wasser des Kanals schlug über seinem Kopf zusammen. Alles wurde dunkel. Einen panischen Moment lang wusste er nicht, wo oben und unten war. Dann sah er den Mond silbrig über sich. Und paddelte los.

Schwimmen konnte man es nicht nennen, doch an diesen Kanälen waren er und die anderen Straßenkinder groß geworden.

Daher kannte er auch sein Ziel. Im Schatten der Löwenbrücke lag, halb unter der Wasseroberfläche, halb darüber, eine Öffnung.

Gerade als er glaubte ertrinken zu müssen, stießen seine Finger schmerzhaft an den Stein, und er zog sich in das dunkle Loch vor sich.

Obwohl es in seiner Brust wie tausend Feuer brannte, zwang er sich, leise zu atmen, als sein Gesicht endlich knapp aus dem Wasser ragte.

Die Luft stank. Nicht nur modrig, sondern nach Exkrementen und fauligen Essensresten. Dazu gesellte sich ein weiterer scharfer Geruch. Als Kinder hatten sie gelernt, sich von der Löwenbrücke fern zu halten, denn die Wasser, die aus dem Rohr darunter flossen, waren schaumig und manchmal brannten sie sogar auf der Haut. Doch jetzt war Marco all dies egal. Hier war es dunkel, und er konnte sich bis zu dem verrosteten Gitter in die Öffnung zwängen, in den Schatten verborgen. Die Wände waren mit glitschigen Algen bedeckt

»Wo ist er? Los, such, du Dummkopf!«

Sehen konnte er die drei nicht, wohl aber ihre Flüche hören. Er zitterte bei der detaillierten Beschreibung, was der Gebissene mit ihm anstellen würde.

»Sieh dir das an! Wie ein Tier. Wie ein verdammtes Tier!«

Jetzt waren sie auf der Brücke genau über ihm.

»Es ist deine Schuld«, entgegnete die Frau kalt. »Du hast ihn abhauen lassen!«

»Meine Schuld? Meine Schuld! Der hat ein Stück aus meinem Arm gebissen!«

»Ist er tot? Ich sehe ihn nicht«, sagte der dritte Mann.

»Wenn er tot ist, dann bekommen wir nicht mal zehn für ihn«, keifte die Frau.

»So ein verdammter Scheiß!«

Wieder langes, ausgiebiges Fluchen. Zitternd drückte sich

Marco so tief er konnte in das Rohr. Es war ihm egal, was dort herausfließen mochte. Es konnte nicht so schlimm wie die drei über ihm sein.

»Was haben wir denn da?«

Eine neue Stimme. Ein junger Mann. Zu Marcos grenzenlosem Erstaunen lag ein spöttischer Ton darin.

»Verpiss dich«, fauchte die Frau. »Sonst schlitz ich dich auf, Schnösel.«

Als ihr ein Lachen antwortete, riss Marco die Augen auf. Wie konnte jemand diesen dreien so wagemutig gegenübertreten?

»Das ist aber nicht sehr höflich. Seht Ihr, ich *und meine Freunde*«, der junge Mann betonte diesen Teil, »wollten nur ein wenig Spaß haben, und jetzt werden wir von drei abgerissenen Halunken beleidigt.«

Über ihm herrschte Stille. Marco wagte nicht zu atmen.

»Entschuldigt, junger Herr«, erklärte die Frau dann demütig. »Wir …«

»Ihr wolltet gerade gehen und dieses schöne Bauwerk unserer wundervollen Heimatstadt nicht weiter mit eurer Anwesenheit beschmutzen.«

Wieder eine kurze Pause.

»Natürlich, natürlich.«

Schritte entfernten sich. Marco stiegen Tränen in die Augen.

»Was waren denn das für Gestalten?«

»Wir hätten ihnen eine Lektion verpassen sollen!«

»Du hast so viel gesoffen, du kannst doch kaum noch ein Rapier halten, geschweige denn jemanden etwas damit lehren!«

Mehrere Stimmen lachten auf. Junge Frauen und Männer, eine ganze Gruppe. Ihre Worte klangen fein und gebildet, nicht nach dem Dialekt der Gosse.

»Wir sind nicht wegen solchem Gesocks hier«, erklärte der

junge Mann, der zu Anfang gesprochen hatte. »Lasst uns lieber die Bastarde von den Pazardis suchen.«

Ein lautes Johlen antwortete ihm, dann rannte auch diese Gruppe rufend und lachend davon. Marco wusste nicht, von welchem Händel sie sprachen, auch wenn er natürlich die Familie Pazardi kannte, eines der großen Häuser der Stadt.

Marco schluchzte auf. Er blieb zurück in seinem Loch, halb im Wasser liegend, frierend, der Rücken noch vom Stockhieb schmerzend.

Und doch unendlich dankbar, entkommen zu sein.

2. Kapitel

Zu sagen, es sei ruhig, wäre eine Lüge gewesen. Es gab keine ruhigen Flecken mehr auf der uralten Mauer. Selbst die Bereiche, an denen der Mörtel bröckelte und die Steine einfach herausgebrochen und für neue Häuser genutzt worden waren, jene Abschnitte, auf denen seit Menschengedenken keine Soldaten mehr Wache schoben, waren nun kein Rückzugsort mehr. Im Gegenteil, gerade dort war nun die größte Geschäftigkeit, stolzierten Beamte herum, vermaßen Steinmetze jeden noch so kleinen Riss und kratzten alten Mörtel aus den Ritzen. An manchen Stellen waren bereits Gruppen von Arbeitern beschäftigt, schwitzten in der heißen Sommersonne, während sie Gerüste bauten und schweres Gerät heranschleppten.

Aber Marco kannte noch die eine oder andere Ecke. Ausgerechnet hier, über dem Tor der drei Dämonen, gab es unterhalb eines der beiden imposanten Tortürme einen schmalen Gang, der nur selten von den Wachen benutzt wurde. Dort konnte er in relativem Frieden liegen, die Sonnenstrahlen genießend und den Geräuschen des geschäftigen Betriebes unter ihm lauschend.

Sein Leib schmerzte noch immer hier und da. Abschürfungen, der lange Striemen auf seinem Rücken, doch das verblasste langsam, ebenso wie die Erinnerungen an die Nacht. Derlei geschah immer wieder, und es gab nichts, was er tun konnte, außer sich noch besser zu verstecken und noch vorsichtiger zu sein. Bei Nacht zumindest. Jetzt sah er hinab auf das Treiben unter ihm.

Unzählige Menschen kamen und gingen den ganzen Tag, einige aus der direkten Umgebung von Vastona, andere von weit her. Manchmal lehnte Marco an der hohen Brüstung und sah auf sie hinab, auf die Leute in ihrer fremdartigen Kleidung, er hörte unverständliche Worte fremder Sprachen und stellte sich vor, wie es wohl dort aussah, wo sie herkamen, und durch welche exotischen Länder sie gereist waren, nur um in seiner eigenen Heimat anzukommen.

Sie alle mussten durch eines der fünf Tore in der mächtigen Stadtmauer. Zwar war die Stadt über ihr steinernes Korsett hinausgewachsen und von einer Reihe kleinerer Dörfer umgeben, die sich wie Küken in den Schutz versprechenden Schatten der Henne duckten, doch wer die Reise nach Vastona auf sich nahm, würde sich nicht mit diesen ärmlichen, von Baracken und Hütten geprägten Auswüchsen der Stadt begnügen.

Selbst für Marco, der sein ganzes Leben in Vastona verbracht hatte, waren die Dörfer wie ein fremdes Land. Mit seinen sechzehn Jahren hatte er sie nur eine Handvoll Male besucht; zu schwierig war es, an den Torwachen vorbeizukommen, zu groß die Gefahr, dass sie ihn nicht wieder hineinlassen würden.

So war die uralte Mauer die Grenze seiner Welt geblieben. Vor tausend Jahren hatte irgendein Herrscher eine Linie um die Stadt gezogen und hatte so viele Generationen später damit Marcos Leben bestimmt. Nein, nicht irgendein Herrscher – Fürst Rezzario, der Erste, ein so großer Herrscher, dass selbst eine Straßenratte wie Marco von ihm gehört hatte, ja sogar wusste, wie er aussah. Denn seine Statue stand auf dem Platz der Stille, so groß wie vier Männer, das bärtige Gesicht ernst, die Brauen zusammengezogen, den Blick in eine Ferne gerichtet, von der Marco nicht einmal ahnen konnte, wo sie lag.

Einmal in der Woche, wenn der Große Gong geschlagen wurde, durfte jeder Bürger der Stadt auf den Platz und jene, die großes Glück hatten, kamen bis in die Heiligen Hallen des Ordens der Seher. Die anderen blieben außen vor und konnten nur hoffen, dass die Segnungen durch die dicken Bronzetüren drangen und auch ihre Leben erreichten.

Für Marco und seine Standesgenossen, wenn man die niedrigsten der Niedrigen so nennen konnte, war es ein guter Tag. Die Menge drängelte sich auf dem Platz, Verkäufer zogen umher und boten alles feil, von Essen bis hin zu Reliquien, und ein Paar schnelle Hände konnte genug Geld für ein warmes Mahl und vielleicht einen verdünnten Gewürzwein ergattern. Es nagte zwar an Marcos Gewissen, dass er den gesegneten Augenblick mit seinen Taten verschandelte, aber er hatte früh gelernt, dass ein knurrender Magen weitaus schmerzhafter als ein knurrendes Gewissen war.

Doch heute war das alles fern. Unten am Tor hatte ein störrischer Esel entschieden, dass er für heute genug gelaufen war, und weder lockende Brotbrocken noch harte Schläge konnten seine Meinung ändern. Die Reihe der Wartenden wuchs, einige lachten über die verzweifelten Versuche von Eseltreiber und Soldaten, doch die meisten blickten grimmig und einige riefen Verwünschungen. Als einer der wenigen, die einfach nur zuschauten, musste Marco lächeln.

Bis der Hauptmann der Wache vortrat und sein kurzes Schwert zog. Schlagartig senkte sich erwartungsvolle Stille über den kleinen Platz vor dem Tor.

»Nein, bitte nicht. Er wird gleich gehen, ich kenne ihn …«

Doch der Hauptmann beachtete das Flehen des Eseltreibers nicht. Als dieser ihn am Ärmel packte, den Leib gekrümmt, das Haupt demütig gesenkt, bellte er nur einen kurzen Befehl und Soldaten stürmten heran, um den Mann wegzuschleifen.

Auf Marcos Lippen gefror das Lächeln. Zu oft hatte er den Stiefel einer Wache im Rücken gespürt, zu oft hatte sein Gesicht von den Schlägen gebrannt, sein Leib von ihnen geschmerzt.

Mit schnellen Schnitten befreite der Hauptmann den Esel aus dem Geschirr des Karrens. Die großen Ohren des Tieres kreisten, seine Augen wanderten nach hinten, versuchten, den Mann mit dem scharfen Stahl im Blick zu behalten.

»Schafft den Karren hier weg«, rief er und die Soldaten kamen seiner Order sofort nach. Das Tor der drei Dämonen – sicherlich trug es noch einen offiziellen, imposanteren Namen, aber in der Stadt war es nur nach den drei Statuen benannt, die von Wind und Wetter zu fast formlosen Gestalten geschliffen worden waren – war bei Händlern beliebt, denn es hieß, dass die Wachen hier weniger korrupt und gierig als anderswo seien. Doch das hatte seinen Preis.

Die Klinge fuhr dem Esel in den Hals. Als sie zurückglitt, schoss ein Schwall Blut hervor. Die Beine des Tieres zitterten, seine Augen waren nur noch weiß, dann brach es ohne einen Laut zu geben zusammen.

»Schafft den Unrat weg.«

Der Eseltreiber stand mit entsetztem Gesichtsausdruck am Rande, während seine Habe davongeschleift wurde. Ein Eselgespann mochte eine Familie ernähren können, ein Karren allein konnte das nicht.

Der Strom der Reisenden floss um ihn herum. Marcos Herz schlug heftig. Er hatte in seinem Leben Schlimmeres gesehen, viel Schlimmeres, aber er wusste, wie der Mann sich fühlte. Gerade noch hatte die Welt einen Sinn gehabt, nun war der verschwunden. Aus einer sicherlich harten, aber erträglichen Zukunft war etwas anderes geworden, ein dunkles Loch von Ungewissheit und Angst.

»Willkommen in Vastona«, murmelte er, als er sich wieder hinter die Brüstung zurückzog und die Augen schloss. Doch so sehr er sich auch bemühte, er konnte die Welt nicht mehr ausschließen; sie kroch in seinen Geist, drängte sich zwischen seine Gedanken und ließ ihm keine Ruhe mehr.

Es war an der Zeit zurückzukehren.

Unauffällig lief er die Mauer entlang, bis er zu der schmalen, bröckelnden Treppe kam, die ihn, immer zwei, drei Stufen auf einmal, hinab in das Gassengewirr brachte. Hier waren die Häuser schon vor langer Zeit bis an die Mauer gewachsen, wild durcheinander wuchernd, wie ein Garten, den niemand mehr pflegt. Da den Gebäuden der Platz am Boden fehlte, schossen sie in die Höhe. Neue Stockwerke wurden an die Stelle von Dächern gesetzt; stürzte ein Haus ein, nahm ein höheres seinen Platz ein. Man konnte das Alter der Häuser an der Farbe ihres Gemäuers erkennen. Der helle Stein aus dem Umland wich nach und nach dunkleren Farben, vor allem Grau und rostigem Rot, denn die Steinbrüche in der Nähe waren längst erschöpft und Baumaterial musste von weither über den Fluss gebracht werden. Aber selbst die neuesten Häuser hatten helle Flecken, dort, wo alter Stein aus der Stadt oder gar der Stadtmauer genutzt worden war.

Obwohl es nicht seine Gegend war, kannte Marco die Gassen und Straßen hier gut. Es war ein ärmliches Viertel. Vor allem wohnten hier Tagelöhner und sonstiges Volk, das Tag für Tag von der Hand in den Mund lebte, kaum die horrenden Mieten zahlen konnte und dennoch die Stadt nicht verließ, denn, so hieß es, auf dem Land war alles noch schlimmer. Aber jeder Vastoni glaubte ohnehin fest daran, dass sich das Glück bald wenden werde, wie die Wetterdrachen oben auf den Dächern.

Für Marco war der Gedanke, dass sich sein Leben zum Besseren verändern könne, ebenso mythisch wie Drachen selbst. Möglich war, dass dies geschehen konnte, aber gesehen hatte es noch niemand.

In den engen Gassen stank es nach Unrat und Fäkalien, und er achtete darauf, nicht in die vielen Pfützen zu treten. Selbst hier war jeder Pfad, jede noch so schmale Gasse gepflastert. Etwas, auf das selbst jene Vastoni unendlich stolz waren, die auf den Pflastersteinen lagen und verhungerten.

Finstere Blicke folgten Marco. Nicht nur, dass er nicht hierher gehörte, außerdem war er eine Straßenratte. Die Bewohner der schiefen, überfüllten Häuser mit ihren winzigen Wohnungen voller Menschen mochten nicht viel haben, aber das war immer noch mehr, als er besaß, und natürlich blickten sie auf ihn herab. Vielleicht glaubten sie, dass es aus Sorge davor war, dass er ihren kärglichen Besitz stibitzte, aber Marco kannte die Angst in ihren Blicken nur zu gut – sie fürchteten, so zu werden wie er. Er war wie ein Vorbote, ein schlechtes Omen, und dementsprechend waren alle froh, als er die Straße der Roten Füße erreichte.

Schon lange saßen die Färber und Gerber nicht mehr hier, waren vor vielen Jahren vom Großen Rat gezwungen worden, ihre stinkenden Werkstätten und Läden näher an den Fluss zu verlegen, aber die Straße hatte ihren Namen behalten. Einige behaupteten zwar, dass er von den Tagen der Irravo-Revolte stammte, in denen das Blut der Erschlagenen vom Hügel der Paläste bis hier hinab geflossen sein sollte, aber das war nur ein Schauermärchen. Immerhin hatte man Irravo und seine Anhänger verbrannt und nicht enthauptet oder sonst wie ihres Blutes beraubt.

All die Geschichten kursierten selbst unter den Ärmsten der Armen. Marco kannte sie auch, jene von Verrat, von Liebe, von großen Helden und finsteren Schurken. Er wusste von den drei Malen, als Vastona erobert worden war, und den fünfen, als sie ihre Tore den Feinden geöffnet hatte. Er hatte von dem Umsturz durch die Familie Radoni gehört, von der nur noch der Name des Platzes blieb, auf dem sie alle, vom Patriarchen bis zum letzten Säugling, hingerichtet worden waren.

Jeder Vastoni kannte die Geschichten. Die größte Stadt des Weltenrundes, Heimat von unzähligen Künstlern und Philosophinnen, Gelehrten, Generalinnen, Entdeckern, Handelsfürstinnen und sonstigen Männern und Frauen, die der Welt ihren Stempel aufgedrückt hatten.

Von überall starrte einen die Geschichte an, jeder Platz hatte seine Statuen, an jedem Stadtpalast gab es Büsten, Fresken, Mosaike.

Zu einem Bauern, der mit staunend geöffnetem Mund durch die Straßen irrte, konnte selbst Marco sagen: »Du magst Vieh besitzen und niemals Hunger leiden, aber ich, mein Freund, ich bin Vastoni!«

Vor Marco öffnete sich die Straße auf den Platz des Triumphs. Andere Städte mochten an so einem Ort einen Sieg feiern; Vastona feierte ein Dutzend oder mehr. Hohe Säulen, gestiftet von siegreichen Generälen oder dankbaren Bürgern, gekrönt von Statuen oder Sinnbildern, mit Plaketten, auf denen gewiss eindringliche Worte standen, hätte Marco sie nur lesen können. In Kriegszeiten versammelten sich hier die Verteidiger der Stadt. Jetzt standen zwischen den Säulen allerlei Buden und Marktstände. Anstelle von Jubelrufen erklangen Anpreisungen von Waren aller Art, eine lauter und schriller als die andere.

Es war kein Markttag, sondern einfach nur das normale Gewimmel. Fliegende Händler trugen Stoffe über den Armen oder zogen Karren voller Ramsch hinter sich her, die Marktschreier in Buden und an Ständen winkten mit der einen Hand potenzielle Kunden heran, nur um mit der anderen Konkurrenten, mögliche Diebe und sonstige Störenfriede abzuwehren.

Die Augen waren wachsam, aber Marco war erfahrener als viele und verzweifelter als die meisten. Nicht länger als einen Herzschlag dauerte es, eine kurze Unachtsamkeit, die Frage eines Kunden, und er war heran und wieder davon, abgetaucht in der drängelnden Menge, den Lohn in der Rechten unter sein Hemd geschoben.

Die ledrige Haut der Bursa-Frucht war noch zäh; eigentlich hätte sie noch einige Tage in der Sonne vertragen können, aber Marco war nicht wählerisch. Er würde sie mit Zähnen und Fingernägeln aufreißen und das süßlich-bittere, weiche Fruchtfleisch aus ihr kratzen. Und dann …

»Hab ich dich!«

Eine Hand schloss sich um seinen Arm. Instinktiv warf er sich nach vorne, versuchte, sich aus dem Griff loszureißen, doch stattdessen wurde er mit einem Ruck zurückgezogen, so dass sich seine Schulter schmerzhaft verdrehte. Die Bursa entglitt seinen Fingern und fiel auf die Straße.

Er öffnete den Mund, um zu protestieren, sah dann aber den hohen Helm aus polierter Bronze. Eine Bürgerwache. Marco wurde bleich.

3. Kapitel

Alten, ursprünglichen Wald gab es nirgends in den sanften Hügeln dieses Teils der Welt mehr. Die Städter, immer hungrig nach Holz und Stein, hatten alles gerodet, jeden Baum, aus dem man Balken oder Planken machen konnte, für ihre Schiffe und Festungen nutzend. Aber findige Menschen hatten neue Haine gepflanzt, und in einem solchen jungen Forst befand sich Ombro.

Auch wenn die Bäume weiter auseinander standen und es weniger Unterholz als in einem der alten Wälder des Nordens gab, schmiegten sich die Schatten des frühen Abends an ihn. Es war Ombro im Lauf langer Jahre zur zweiten Natur geworden, das helle Licht zu meiden.

Sein Gegenüber war auch in dieser Kunst geschult, aber entweder war sie weniger gut darin als er oder in diesem Moment unvorsichtig. Beides verhieß nichts Gutes, aber nun war es zu spät um umzukehren. So trat Ombro aus den Schatten, sorgfältig darauf bedacht, die Hände hochzuhalten und harmlos und offen zu wirken.

Dennoch zuckte die Frau. *Lerne daraus,* dachte Ombro. Seine Blicke suchten nach ihren Waffen, wägten ab, wie schnell und sicher er sie im Zweifelsfall töten könnte, während er freundlich lächelte.

Sie war nicht groß, und ihre Hand lag auf dem Knauf einer

kurzen Klinge an ihrem Gürtel. Das braune Haar war kurz geschnitten und die wenigen Locken mit einem Tuch gebändigt. Ihr Gewand ähnelte Ombros: braune Stoffe und Leder, praktisch, unauffällig, wie es viele Reisende trugen. Mindestens eine weitere Klinge steckte in ihrem Stiefel, und Ombro nahm an, dass noch mehr verborgen waren.

»Du bist der Vastoni?«, fragte sie ohne Umschweife. Ombro, der eine weniger direkte Anrede gewöhnt war, ließ sein Lächeln von den Lippen verschwinden.

»Korrekt.«

Sie sah ihn auffordernd an, aber ihr plumpes Auftreten regte seinen Widerspruchsgeist an. Dafür, dass seine Aufgabe so wichtig war, gab sich Vastona wenig Mühe, und das ärgerte ihn.

Als er sie weiter schweigend ansah, wurde die Frau sichtlich nervös. Ihre Blicke wanderten über die kleine Lichtung, suchten das Halbdunkel zwischen den Bäumen ab.

»Du bist auch eine Vastoni?«, entgegnete Ombro schließlich, jedes Wort sorgsam im melodischen Dialekt ihrer Heimat aussprechend. Sie nickte.

Langsam griff er in sein Wams. Ihre ganze Aufmerksamkeit war jetzt auf seine Hand gerichtet. Noch ein Anfängerfehler. Entweder war sie sehr unerfahren oder aber, und diese Möglichkeit galt es stets zu bedenken, so gut, dass sie selbst ihn täuschen konnte. In seinem Geschäft waren die Dinge selten so, wie sie zunächst schienen, und auch er hatte schon vorgegeben, ein übereifriger Dilettant zu sein.

Seine Finger zogen die schmale Ledermappe hervor und hielten sie hoch. Sie sah nicht nach viel aus, aber er wusste, dass ihr Inhalt größere Wirkung als die Nachricht vom Fall der Burgen an den Grenzen der vastonischen Herzlande hatte.

»Das ist, wonach Eure Herren verlangen. Und mehr. Jetzt Ihr.«

Sie löste einen Beutel vom Gürtel, ohne die andere Hand von

der Waffe zu nehmen. Dadurch dauerte es länger, was Ombro innerlich mit einem Seufzen begleitete.

Nun kam der gefährlichste Part – der Austausch. Sie beide waren angespannt, erwarteten jeden Moment Verrat. Ombro lebte für diesen Moment, sein Herzschlag beschleunigte sich, die Welt wurde klarer, heller, jeder Anblick wie ein phantastisches Gemälde, jeder Laut eine Symphonie, alle Sinne geschärft.

Sie kamen aufeinander zu, ihr jeweiliges Tauschobjekt in der ausgestreckten Hand. Fast berührten sie sich schon. Eine unbedachte Bewegung, ein Zucken, und Blut würde fließen. Die Frau nahm die Hand von ihrer Klinge und griff nach der Mappe. Ihr Blick war nur auf ihr Ziel gerichtet. Jetzt hätte er den verborgenen Dolch ziehen können und sie wäre tot, bevor sie auch nur reagieren könnte. Stattdessen nahm er den Beutel und gab die Dokumentenmappe aus seinem Griff frei.

So traten sie mit ihrer Beute nach hinten. Die Frau war die Erste, die sich halb abwandte, ihm noch einmal zunickte und dann zwischen den Bäumen verschwand.

Ombro blieb noch einen Augenblick lang stehen, ging sicher, dass sie sich wirklich entfernte. Mit einer geschickten Bewegung ließ er den Beutel in einer der vielen verborgenen Taschen seiner Kleidung verschwinden und machte sich auf den Rückweg.

Anders als die Frau hatte er wenig zu befürchten. Weder die Agenten Vastonas noch des Schwarzen Herzogs würden ihm auflauern.

Der Lärm des Lagers empfing ihn lange bevor er es sah. Am Waldrand standen Wachen zwischen den Bäumen. Er hätte sich ihnen zu erkennen geben können, doch stattdessen schlich er sich zwischen den Linien hindurch. Es war keine große Herausforderung, aber es genügte, um ihm ein kleines Gefühl von Überlegenheit zu geben.

Er ging durch das Lager, als würde er wie selbstverständlich dazugehören. Niemand schenkte ihm sonderlich viel Beachtung. Die Wachsoldaten vor den Zelten der hochrangigen Adligen und Offiziere waren aufmerksamere Beobachter als die einfachen Soldaten, und dennoch gelang es Ombro, sie in einem unaufmerksamen Augenblick zu überraschen und in den innersten Bereich des Lagers zu schlüpfen.

Doch als er auf das Zelt des Kommandanten zuschritt, beschloss Ombro, sein Glück nicht allzu sehr zu strapazieren. Stattdessen ging er ganz offen auf die Wachen in ihren prunkvollen Rüstungen zu. Ihre Waffen glänzten, und ihre Brustpanzer und Helme wirkten makellos. Er war sicher, dass sie die besten Soldaten im ganzen Heerzug waren.

»Ich bin Ombro. Euer Herr erwartet mich.«

Tatsächlich zögerten sie keinen Augenblick, ihn hineinzulassen. Im Inneren des Zeltes war es warm, obwohl einige Planen geöffnet waren, um frische Luft einzulassen. Bloß ein einziger Mann stand dort. Herzog Solare Biocca, von Freund und Feind der Schwarze Herzog genannt, saß entspannt in einem hochlehnigen Stuhl und hielt einen gläsernen Pokal mit dunklem Wein in der Linken.

»Ah, mein treuer Ombro, zurückgekehrt von deiner Mission. Ist das Ergebnis zufriedenstellend?«

Der Herzog mochte ruhig wirken, doch in seinem Blick lag derselbe lauernde Hunger, den Ombro sonst nur von Raubtieren kannte. Ein konspiratives Treffen mit Agenten Vastonas im Wald war eine Angelegenheit, aber ein Gespräch mit Solare immer eine ganz andere. Ombro kannte niemanden, der einen so scharfen Verstand hatte wie der Herzog. Seine Finger kribbelten.

»Die Übergabe hat wie geplant stattgefunden.«

Solare erhob sich. Er war groß und trug, seinem Namen entsprechend, schwarze Kleidung. Seine Bewegungen waren fließend, grazil, und verbargen seine Gefährlichkeit, wie die eines Tänzers, der eine verborgene Klinge führt.

»Wein?«

Ombro schüttelte den Kopf.

»Es ist der beste von meinen Hängen in der Carroza. Vom vorletzten Jahr, das ganz hervorragend war. Einen besseren wirst du selten angeboten bekommen.«

»Ich bin sicher, dass er ganz vorzüglich ist, aber ich habe keinen Durst.«

Es war ein Spiel zwischen ihnen, seit Solare ihn das erste Mal angeheuert hatte.

»Wer redet von Durst, Ombro? Es geht darum, deinem Gaumen eine Freude zu bereiten.«

Es gab nichts, was das konnte. Alles schmeckte in seinem Mund wie Asche, aber Ombro nickte nur höflich, hob dabei aber ablehnend die Hand.

Der Herzog zuckte mit den Schultern und goss sich selbst nach.

»Wurdest du angemessen entlohnt?«

Ombro zog den Beutel aus der Tasche, wog ihn prüfend in der Hand.

»Ich denke schon. Ich habe es noch nicht gezählt.«

Eine Augenbraue des Herzogs schnellte nach oben.

»Ist das nicht ungewöhnlich? In deinem Geschäft ein solches Vertrauen zu zeigen?«

Sein Gesicht eine Maske, schüttelte Ombro erneut den Kopf.

»Die Übergabe ist ein zu gefährlicher Moment, um ein paar Goldmünzen zu zählen. Außerdem wollen sie etwas von mir und wollen mehr davon. Sie würden mich nur dann um meinen Lohn betrügen, wenn sie meine Dienste nicht mehr benötigten. Und dann würden sie vielleicht Gold sparen und direkt mit Stahl zahlen.«

Der Herzog nickte versonnen.

»Wir sind uns nicht unähnlich, du und ich, Ombro. Wir beide haben uns ein Feld ausgesucht, in dem der Preis für Versagen der

Tod ist. Und wir beide spielen dabei mit einem Einsatz, der höher ist als unser eigenes Leben.«

Ombro hätte nicht sagen können, ob er sich seinen Weg tatsächlich ausgesucht hatte oder ob dieser ihn aufgrund seiner Talente und Neigungen gefunden hatte.

Er wusste nur, dass es ein gefährlicher, schmaler Pfad war, den er beschritten hatte, und dass jeder Fehltritt, genau wie Solare es sagte, ein jähes Ende nach sich ziehen konnte. Doch damit endeten die Gemeinsamkeiten. Der Schwarze Herzog mochte sich viele Feinde geschaffen haben, aber eine Niederlage oder zwei würden nicht unbedingt zu seinem Tod führen. Menschen wie er, reiche Adlige mit mächtigen Familien im Rücken, hatten stets mehr Optionen als jemand wie Ombro.

Tatsächlich waren Ombros Möglichkeiten so begrenzt wie selten zuvor. Der Herzog hatte ihn beauftragt, Vastona gezielt Informationen zuzuspielen. Ein weiterer Schachzug in seinem großen Spiel, der mächtigsten Stadt der Welt ihre Krone zu entreißen.

Doch von dem zweiten Dokument in der Mappe wusste auch Solare nichts. Niemand ahnte, dass Ombro nicht nur Spielfigur auf dem Brett, sondern auch selbst Spieler war.

4. Kapitel

Der erste Schlag schleuderte seinen Kopf herum und raubte ihm die Sicht. Der zweite traf seinen Bauch und trieb ihm alle Luft aus den Lungen. Seine Knie gaben nach und Marco wäre zu Boden gesackt, hätte ihn nicht eine Faust unbarmherzig am Kragen gehalten. Der Schmerz rollte in Wellen durch seinen ganzen Leib, sein Schädel dröhnte und er schnappte nach Luft. Vor seinen Augen tanzte die Welt, nur helle und dunkle Flecken, als er brutal geschüttelt wurde.

»Du kleine Straßenratte! Schäbiger Dieb!«

Die Worte gingen im Schmerz unter, wurden von ihm verschluckt und verzerrt, waren weit weg und ohne Sinn. Übelkeit ergriff von Marco Besitz und er würgte.

»Oh nein, nicht auf meine Stiefel!«

Er wurde zu Boden gestoßen, landete instinktiv auf allen vieren. Zu lange hatte er nichts gegessen, und so troff nur saurer Schleim über seine Lippen, bis das Würgen trocken wurde, eine kratzende Pein in seinem Hals, die langsam abebbte.

Unter seinen Händen spürte er die Härte der großen Steinplatten, mit denen der Platz gepflastert war. Heller Stein, abgewetzt von unzähligen Füßen, Hufen und Rädern. Vertrautes Gelände. Die Bursa-Frucht lag gerade außerhalb seiner Reichweite, aber ihr Anblick löste keinen Hunger mehr bei ihm aus.

»Hoch mit dir.«

Marco fühlte sich auf die Füße gehoben. Die Bürgerwache hielt ihn im unnachgiebigen Griff. Eine weitere schlenderte heran, offenbar angelockt von dem Spektakel. Der bronzene Helm glänzte in der Sonne, darunter ein freudloses, kaltes Lächeln. In das lederne Wams war das Wappen der Stadt geprägt, ging jedoch in den vielen Schweißflecken unter, die das helle Leder dunkel verfärbten. Bürgerwachen zahlten ihre Ausrüstung selbst für das Privileg, auf den Straßen für Recht und Ordnung zu sorgen. Lediglich die hohen Helme trugen alle gleich, Zeichen ihrer Zugehörigkeit zu Vastonas gefürchtetstem Bund. Niemand blickte zu der Dreiergruppe herüber, niemand wollte die Aufmerksamkeit der beiden Wachen auf sich ziehen.

»Was haben wir denn da?«

Der zweite Wachmann griff Marco in den dicken Haarschopf und zog seinen Kopf in den Nacken. Die Stimme war freundlich, ja neugierig, aber die Hand grausam. Marco biss die Zähne zusammen, stöhnte aber vor Schmerz, als ihm ein Büschel Haare ausgerissen wurde.

»Ein Dieb. Hat da vorne einen ehrbaren Händler beklaut.«

Die Wache ließ ihn los und Marcos Kopf sackte wieder herab.

»Bitte, ich hatte nur Hunger.«

Die Antwort war ein schneller, harter Schlag mit dem Handrücken.

»Du Straßenabschaum hältst deine lügnerische Zunge!«

Marco tat wie ihm geheißen. Seine Wange brannte, sein ganzer Leib war von Qual erfüllt. Doch sie war nichts gegen die Angst, die über ihn brandete.

»Bringen wir ihn in die Luzia.«

Aus Angst wurde Panik. Unbewusst stemmte sich Marco gegen den Griff, gegen die beiden Männer, die ihn über den Platz zerrten.

»Nein, bitte, ich werde …«

Seine weiteren Worte gingen in einen Schmerzensschrei über, als ihm die Arme so auf den Rücken gedreht wurden, dass er dachte, sie müssten jeden Moment brechen.

»Kein Wort mehr!«

Als der Griff nachließ, verstummte er und ließ willfährig geschehen, dass sie ihn quer über den Platz des Triumphs zerrten, in die breite Straße, vorbei an herrschaftlichen Palästen und Bürgervillen, bis hin zur Luzia.

Es war ein schönes Haus, groß, aus beigem Stein errichtet, mit Säulen, die seine Fassaden stützten. Drei Stockwerke erhob es sich, umgeben von höheren Gebäuden, in deren Schatten es nun lag. Im Erdgeschoss waren die Fenster schmal und hoch, darüber wurden sie größer, doch alle waren mit dicken Eisengittern versehen. Aus einem dieser Fenster hatte sich vor Jahrhunderten Luzia gestürzt, die entehrte, unschuldige Ehefrau des Fürsten, und ihr Sturz hatte zu jenem der Herrscherfamilie geführt, die der Stadt einst ihren Namen gegeben hatte. Heute gab es keine Vastona mehr, und an Luzia erinnerte nur noch der Name dieses Hauses, in dem seit Jahrzehnten die Bürgerwache ihr Lager hatte. Und ihre berüchtigten Keller.

Durch Marcos Geist zuckten Träume und Visionen, eine schrecklicher als die andere. Dann stellte er sich vor, wie er sich losreißen würde, entkommen, durch die Gassen rennen und seine Häscher von den Dächern verspotten. Stattdessen wurde er über die Schwelle geschleppt und verschwand im düsteren Inneren der Luzia.

Durch die schmalen Fenster fiel nur wenig Licht. Überall an den Wänden brannten Öllampen. Bei vielen war das Glas so rußig, dass sie kaum mehr als ein müdes Funzeln hervorbrachten, welches das Zwielicht eher unterstrich denn vertrieb.

»Ich bringe ihn runter«, erklärte der Mann, der Marco erwischt hatte.

»Dann hole ich ein wenig Wein. Hast du schon gegessen? Es müsste noch Käse von heute Morgen geben, dazu Brot und vielleicht sogar noch Schinken.«

»Ja, etwas Essen wäre gut. Bring mir was mit. Danke!«

Als das Gespräch der Wachen vorbei war, rammte der Mann Marco sein Knie in den Rücken und schob ihn vor sich her zu einer schmalen Treppe, die ins Dunkel hinab führte.

»Bitte«, flehte Marco inständig. »Ich werde es nie wieder tun.«

»Da hast du recht«, erwiderte die Bürgerwache mit einem gehässigen Lachen und versetzte ihm einen Stoß, der ihn Hals über Kopf in die Finsternis stürzen ließ. Marco taumelte die Treppe hinab, die Hände an den verputzten Wänden.

»Lesti! Kundschaft!«

In der Dunkelheit erschien ein schmaler Streifen flackernden Lichtes, der breiter und breiter wurde, bis er sich als Tür entpuppte, die langsam aufgezogen wurde. Dahinter lag ein kleiner Raum, aus dem ein langer Gang führte. Marcos Aufmerksamkeit war jedoch auf die Frau gerichtet, die ihn grimmig anstarrte. Graues, fettiges Haar, mit einem Band gebändigt, und ein fleckiges Gewand in Grau. Sie war alt, das Gesicht runzelig, die Augen aber hell und klar. Und kalt.

»Wen haben wir hier?«

Ihre Stimme klang nicht alt, sondern schneidend, hatte etwas Zeitloses an sich.

»Dieb. Straßenratte.«

Ihr Blick wanderte an ihm herab. Es war offensichtlich, dass ihr nicht gefiel, was sie sah.

»Name?«

»Marco«, brachte er schnell hervor. Eine unsinnige Hoffnung keimte in ihm auf. Wenn er nur tat, was sie von ihm wollten, würde er vielleicht … ein Schlag auf den Hinterkopf unterbrach seine Gedanken.

»Und?«

Marco versuchte, über die Schulter zu spähen, um zu verstehen, was die Bürgerwache von ihm wollte. Lesti lachte freudlos auf.

»Nur Marco also. Keine Familie, kein Name.« Sie trat zur Seite. »Bring ihn rein. In der Drei ist noch Platz.«

Jeder Schritt vorwärts, jeder Meter weiter in das Dämmerlicht des Kerkers war eine Ewigkeit. Wie ein Ertrinkender glitt Marco ins Nichts, der Geist nur noch von Panik erfüllt. Er wollte weglaufen, aber die Angst hielt ihn im Griff, ließ ihn handeln wie eine Puppe, beherrscht von fremden Fäden.

Eine dicke, alte Holztür öffnete sich vor ihm, dahinter Dunkelheit. Ein letzter Stoß und die Finsternis verschlang ihn. Mit einem lauten Krachen fiel die Tür hinter ihm zu.

Regungslos stand er in dem dunklen Raum. Die Luft war feucht, es roch nach Moder und Verfall, nach Exkrementen und Urin. Die Dunkelheit war undurchdringbar und Marco glaubte zu spüren, wie sie sich enger und enger um ihn zog. Sein Atem wurde schneller, dennoch schien er keine Luft zu bekommen. Er sank auf die Knie hinab, schlang die Arme um den Leib, der sich unwillkürlich schüttelte.

Dann ein Licht, nur ein schwacher Schein, als seine Augen sich an das Dunkel gewöhnt hatten. Unter der Tür hindurch, kaum wahrnehmbar, doch genug, um Konturen und Umrisse erkennen zu lassen.

Die Zelle war nicht groß, dafür hoch, drei Meter oder mehr. In einer Ecke ein Haufen modriges Stroh, nahe der Tür ein schiefer Holzeimer.

Das war alles. Er war allein. Auf Händen und Füßen kroch er in die Ecke und ließ sich auf das Stroh sinken. Er zog die Beine an, hielt sich selbst im Arm, machte sich unbewusst so klein wie möglich.

Irgendwo im Gemäuer gab es ein Lachen, rau und hart. Jemand

schrie, es klang weit, weit entfernt. Es waren die Erinnerungen, dass es jenseits der Tür Menschen gab. Aber sie brachten keine Erleichterung für Marco. Stattdessen kamen all die Geschichten wieder hoch, die düsteren Gerüchte über die Luzia – und über jene, die auf Nimmerwiedersehen in ihr verschwanden.

5. Kapitel

Die Zeit verging. Wie lange Marco in dem Dämmerlicht ausharren musste, hätte er schon bald nicht mehr sagen können. Mal driftete er durch Traumwelten, halb wachend, halb schlafend, dann grübelte er, bis er sich in den Labyrinthen seines Geistes verlief. Zwischendurch erleichterte er sich in den Eimer. Und lauschte auf den Hunger in seinem Leib.

Die große, alles beherrschende Panik wich etwas. Er versuchte, seine Gedanken in andere Richtungen zu lenken, stellte sich selbst auf der Mauer vor, die warme Sonne auf dem Pelz.

Die Geräusche von jenseits seiner Zellentür versuchte er so gut es ging auszublenden. Sie kündeten von nichts Gutem. Sie erzählten von seiner eigenen Zukunft.

An Entkommen war nicht zu denken. Die Mauern waren alt und dick.

Die Dunkelheit fraß sich in seinen Geist, legte sich über seine Gedanken. Marco wusste nicht, was mit ihm geschehen würde. Ein Arbeitslager vielleicht, ein Steinbruch oder eine der Minen, auf die Vastona einen Teil seines Reichtums baute? Oder Galeerendienst? Strafen, bei denen das restliche Leben auf wenige Monate oder gar Wochen zusammenschrumpfte. Oder vielleicht verschwand er auch einfach, tauchte in die Finsternis hier ein und kehrte nie wieder zurück.

Er sank in eine geistige Betäubung. Wie ein Stein lag er da, vergessen von der Welt.

Bis die Tür knarzte. Ein Lichtschein fiel flackernd auf Marcos Lager. Obwohl es nur eine einfache Öllampe war, deren Schein eine Gestalt hinter sich verbarg, musste Marco die Augen zusammenkneifen.

»Du, steh auf, komm mit!«

Es war Lesti. Ihre Stimme war voller Abneigung, Kälte und Hass.

»Wohin?«, brachte Marco hervor.

»Aufstehen!«

Ein Knüppel erschien neben der Lampe, wies auf ihn. Marco rappelte sich hastig auf, strich sich Stroh von den Lumpen. So langsam er es wagte, schritt Marco zu der Tür. Hinter ihr lag die Freiheit, aber auch unaussprechliche Angst.

Lesti trat zurück, den Knüppel erhoben, als erwarte sie einen Angriff. Sie stieß ihn vor sich her.

»Marsch, marsch, du kleine Ratte.«

Marco schlurfte den Gang entlang, zurück zu der Treppe. Dort wartete schon eine Bürgerwache, ein kleiner, breiter Kerl mit schiefer Nase, der sich den dichten schwarzen Bart rieb.

»Der hier?«, erkundigte er sich skeptisch.

»Sonst haben wir keinen, auf den es passt«, erwiderte Lesti. »Aber du kannst auch gerne hochsteigen und sagen, dass du keinen gefunden hast …«

»Bah, schon gut.« Der Wächter winkte ab und schnippte Marco ins Gesicht. »Kannst du sehen, Junge?«

»Äh …«

Die Frage überraschte ihn. Mehr als ein Stammeln und ein Nicken brachte er nicht hervor.

»Und reden?«

»Ja«, gelang es Marco schließlich.

»Gut«, erklärte der Bärtige, auch wenn seine Stimme so klang, als sei es das keinesfalls. »Komm her.«

Er winkte Marco heran, der zögerlich folgte. Der Wächter packte ihn an der Schulter, überraschend sanft, und schob ihn vor sich her.

»Komm, Junge, dir kann man ja beim Laufen die Schuhe besohlen.«

Marco verbiss sich, darauf hinzuweisen, dass er keine Schuhe trug und noch niemals welche besessen hatte. Stattdessen beschleunigte er seinen Schritt und ließ sich die Treppe empor führen. Es war ein gutes Gefühl, der Dunkelheit, den Schatten und Schreien entronnen zu sein, auch wenn Marco sich immer noch furchtsam fragte, was nun auf ihn wartete.

»Da rein.«

Der feste, aber nicht unfreundliche Druck führte ihn durch eine weitere Tür in einen breiten Raum, in dem ein Tisch, einige Stühle und eine Kommode standen. Das Mobiliar war alt, aber gepflegt.

Viel wichtiger war jedoch das helle Sonnenlicht, das durch zwei schmale, hohe Fenster fiel und alles in einen freundlichen Schein hüllte.

»Setz dich. Hast du Hunger? Durst?«

Marco glitt vorsichtig auf einen der Stühle und sah den Bärtigen verwirrt an. Ihm erschien es wie eine Falle. Doch da er das Schlimmste fürchtete, wenn er nicht antwortete, sagte er ein leises »Ja?«, mehr eine Frage als Antwort.

Der Bärtige brummte, dann rief er über die Schulter aus der Tür: »Lannis, hol Wasser und Brot.«

Mit vor der Brust verschränkten Armen blieb er an der Tür stehen und musterte Marco, der unbehaglich auf seinem Stuhl hin und her rutschte.

»Du bist ein ganz schönes Hemd, Junge.«

Marco senkte den Blick. Ein Seufzen erklang von der Tür, dann

Schritte, und plötzlich standen ein Becher mit klarem Wasser und ein Teller mit duftendem Brot und einem Stück Käse vor ihm.

Unsicher warf Marco einen Blick auf die Wache, die ihm zunickte.

»Iss.«

Das ließ er sich nicht zweimal sagen. Welchem Glück er es auch zu verdanken hatte, eines hatte ihn sein bisheriges Leben gelehrt: Man ließ keine Gelegenheit aus, sich den Bauch vollzuschlagen.

So beschäftigt war er mit essen, dass er erst bemerkte, dass jemand ihm gegenüber Platz genommen hatte, als er ein leises Lachen hörte. Verwundert blickte er auf. Sein Kauen stockte und ihm klappte das Kinn herunter.

Das Alter des Mannes vor ihm war schwer zu schätzen, da sein Schädel rasiert und sein Gesicht im Schatten einer Gugel lag. Doch es war vor allem die Kutte, die Marco innehalten ließ. Sie war von makellosem Weiß, fiel in weiten Falten und wurde nur von einer roten Kordel um den Leib gehalten. Jeder Vastoni kannte diese Kutte: Der Mann war ein Seher.

»Lass dich nicht stören«, sagte er Mann sanft. »Du bist sicher hungrig, wie ich höre.«

Er hob die Hände und schob die Gugel von seinem Kopf. Sein Gesicht war markant, konturiert von hohen Wangenknochen und einem scharfen, schmalen Kinn. Aber es waren die Augen, die Marco in ihren Bann nahmen, so weiß wie die Kutte selbst, mit einem dünnen, blutroten Rand um die Iris, blind und doch sehend. Man sagte, dass sie nichts wahrnehmen konnten, außer das Schicksal der Sterblichen, dass diese Welt ihnen verborgen und dafür die jenseitige geöffnet war.

Noch nie war Marco einem von ihnen so nahe gewesen. Noch nie hatte er diesen Blick, der keiner war, auf sich gespürt. Mit einem Mal war er sich seines Aussehens bewusst. Die wirren, schmutzigen Haare, das ausgemergelte Gesicht, wohl von dem Dreck der

Zelle entstellt, die Kleidung, die er trug, mehr Löcher als Stoff. Neben der weißen Kutte musste er wie ein Stück Unrat aus der Gosse wirken.

Vor diesen Augen wurde er kleiner und kleiner.

»Hast du nicht gehört? Du sollst essen!«, blaffte die Bürgerwache von der Tür und riss Marco aus seiner Starre. Langsam begann er wieder zu kauen, spülte Brot mit einem Schluck Wasser runter. Obwohl er noch nicht fertig war und auf dem Teller noch ein großes Stück Brot lag, schob er ihn von sich weg.

»Du bist noch nicht satt«, erklang die ruhige Stimme. Es war keine Frage, sondern eine Feststellung. »Du bist hungrig, Junge. Da ist Brot. Also iss.«

Unsicher sah Marco zu dem Bärtigen, in dessen Miene er jedoch nichts lesen konnte. Sein Blick wurde vom Brot angezogen. Frisches Brot, noch warm, ganz weich innen. Seine Hand wanderte vor, packte den Rest Brot. Er sah wieder zum Seher, zur Bürgerwache, dann nahm er es schnell an sich und biss ein großes Stück ab.

Die Aufmerksamkeit des Sehers glitt von ihm, wandte sich der Wache zu.

»Was ist sein Verbrechen?«

»Diebstahl, Degnato.«

»Ah. Essen, nicht wahr?«

Die Bürgerwache zuckte mit den Schultern, aber der Seher nickte, als würde er verstehen.

»Ja, Essen. Du hattest Hunger, Junge, so sehr, dass deine Eingeweide brannten. Ein Loch, das dich aufzufressen schien.«

Marco hielt wieder inne, nickte vorsichtig. Woher wusste dieser angesehene Mann, wie sich wahrer Hunger anfühlte? Nicht das einfache Verlangen nach Essen, sondern das beständige, grausame Nagen, das alles andere überlagerte.

»Und was wäre seine Strafe?«

Der Wachmann rieb erneut seinen Bart, verzog das Gesicht, während er überlegte.

»Zu schmächtig für die Galeere. Die Minen, denke ich, da können sie immer so Hänflinge gebrauchen, die durch die engsten Schächte kommen.«

Marco schluckte. Ein kurzes, grausames Leben in Dunkelheit, tief in den Knochen der Welt. Er hatte die alten Minenarbeiter gesehen, mit ihren kaputten Leibern und gebrochenen Geistern.

»Eine harte Strafe.«

Es war nicht gut, einem Seher zu widersprechen, und Marco sah den Konflikt in den Augen des Bärtigen.

»Besser er tut etwas für Vastona, als dass er nur wieder stiehlt«, kam die Antwort, vorsichtig tastend. Innerlich grinste Marco; die Bürgerwache fürchtete den Unwillen des Sehers.

»Vielleicht«, kam die Antwort. Die Aufmerksamkeit lag nun wieder auf Marco, der den Kopf gesenkt hielt. »Du kannst uns allein lassen.«

Ein kurzes Zögern, aber dann salutierte der Bärtige.

»Natürlich, Degnato.«

Die Tür fiel hinter ihm zu, dann war Marco allein mit dem Seher. Unvermittelt vermisste er die Bürgerwache, nun ruhte das große Gewicht der Aufmerksamkeit des Sehers nur auf ihm.

»Weißt du, wer ich bin?«

»Ich kenne Euren Namen nicht, Degnato«, antwortete Marco. Ihm war, als sei dies eine Prüfung, die er nicht bestanden hatte, doch der Seher lächelte nachsichtig.

»Es wäre ein Wunder, wenn du ihn kennen würdest. Nein, ich meine, erkennst du mein Gewand?«

Marco nickte.

»Dann weißt du, dass ich dem Orden der Seher angehöre.«

Ein weiteres Nicken.

»Gut. Sehr gut.«

Er lehnte sich zurück und schloss die unheimlichen Augen.

»Du weißt, dass wir Vastona treu dienen. Nicht den edlen Familien, keinem Rat, keinem Menschen. Nur der Stadt.«

Das war Marco neu, aber er nickte immer wieder, begierig darauf, dem Seher zu gefallen.

»Du nickst«, erklärte dieser mit immer noch geschlossenen Augen, »aber es stimmt nicht.«

Hitze stieg Marco ins Gesicht. Die Augen des Sehers öffneten sich und Marco hätte schwören können, dass sie ihn sahen. Der rote Kreis schien um die Iris zu tanzen.

»Du musst nicht lügen, Junge. Und du musst keine Angst haben. Verstehst du?«

Diesmal unterdrückte Marco das Nicken.

»Ich … ich …«

»Der Seher hob die Hand.«

»Ich verstehe. Natürlich hast du Angst. Aber ich sage dir, ich bin hier zu deinem Besten. Du hast noch kein Vertrauen gefasst, aber das wirst du.«

»Ich bin dankbar«, erklärte Marco aus einem Impuls heraus. »Es war schrecklich … da unten.«

»Ah, die Zellen. Ich kenne sie. Aber das liegt nun hinter dir. Wie ist dein Name, Junge.«

»Marco.«

»Marco. Gut. Mein Name ist Bruder Giate.« Ein schmales Lächeln stahl sich auf seine Lippen. »Und ich bin wegen dir hier, Marco, allein wegen dir.«

»Wegen mir?«

Marco schluckte.

»Ja. Wir haben dich gesehen, Marco, in unserem großen Ritual der Neunten Stunde. Gesichte von dir, hier in der Luzia. Deshalb hat man mich gesandt. Ich bin hier, um dir ein Angebot zu machen.«

Verwirrt lauschte Marco den Worten. Sie ergaben keinen Sinn.

»Ein Angebot?«, echote er ungläubig.

»Eines, das dein Leben auf immer verändern kann. Wenn du es annimmst.«

Bruder Giate beugte sich vor. Die weißen Augen erfüllten Marcos ganzes Universum, hielten ihn in ihrem Bann gefangen.

»Willst du in den Orden der Seher eintreten und einer unserer Brüder werden?«

6. Kapitel

Der Weg aus der Luzia war wie ein Traum. Selbst der kurze Moment des Triumphs, als Bruder Giate ihn an den Bürgerwachen vorbei führte und diese nichts tun konnten, als ihn finster anzustarren, blieb irgendwie unwirklich.

Es war so hell auf den Straßen Vastonas, dass Marco die Augen zusammenkneifen musste. Er ging zwei Schritte hinter dem Seher und selbst mit diesem Abstand gewann die Welt eine neue Qualität. Alle machten Platz. Männer und Frauen grüßten Bruder Giate, egal ob alt oder jung, arm oder reich. Selbst junge Gecken in bunten Gewändern mit scharfen Rapieren an tief hängenden Waffengurten vergaßen für einen Moment ihr aufschneiderisches Gehabe. Bürgerwachen hoben die Hand an die Brust.

Für Marco, der sein ganzes Leben lang im besten Fall unsichtbar, im schlimmsten ein Ärgernis gewesen war, wirkte dies wie ein Wunder.

Bruder Giate schritt langsam durch die Stadt, nahm sich Zeit, den Menschen zuzunicken, hier und da ein Wort zu wechseln, die Bezeugungen von Respekt angemessen zu beantworten. Marco fragte sich, ob sogar die Herren der Stadt ihr Haupt vor ihm neigten. Es schien möglich.

»Seid Ihr ein großer Mann in Eurem Orden?«

Der Seher lachte leise.

»Ich? Nein, Marco, ich bin nur ein einfacher Bruder.« Er hielt inne, fixierte Marco mit diesen Augen, deren leeren Blick man nicht standhalten konnte. »Es ist nicht mein Name oder meine Position. Es ist die Robe. Wir Brüder bemühen uns alle, ihr gerecht zu werden. Und die Menschen wissen dies.«

Wieder einmal schien der Seher seine Gedanken lesen zu können. Er schenkte Marco ein aufmunterndes Lächeln, dann setzte er den Weg fort.

»Der Orden hat überall in der Stadt Häuser«, erklärte er. »Und natürlich in anderen Städten auch. Viele stehen dem Volk offen, für Gebet und Gespräch. Aber manche dienen auch anderen Zwecken.«

Neugierig lauschte Marco den Worten.

»Da sind wir.«

Vor ihnen erhob sich ein großes Haus, eingereiht in eine Straße mit anderen prunkvollen Gebäuden. Wie viele Häuser der großen Familien, war die Villa halb Festung und halb Palast. Die untersten zwei Stockwerke wirkten trutzig, mit kleinen, vergitterten Fenstern und einer dicken Eichentür, die mit eisernen Bändern beschlagen war. Darüber ragten Erker aus den Wänden und große Fenster, die Fassade war mit in den Stein geschlagenen Bildern verziert.

Über der Eingangspforte ragte eine dämonische Fratze hervor, deren Blick finster auf alle fiel, die vor der Schwelle standen. Die lange Zunge wand sich eine ganze Handbreit aus dem geöffneten Maul. Marco konnte nicht anders als das steinerne Gesicht anzustarren.

»Ein alter Aberglaube. Ein Fluch, der auf jene fallen soll, die dem Haus Übles wollen.«

Marco schluckte. Auch wenn er keineswegs Übles im Sinn hatte, schien der Dämon bereit, aus dem Stein zu steigen und ihn für all seine kleinen und großen Sünden zu bestrafen.

Bruder Giate zog einen großen, alten Schlüssel aus den Tiefen seiner Robe und öffnete die Tür, deren Flügel sich knarrend bewegten. Dann führte er Marco in das Innere. Eine große Eingangshalle bar jeden Mobiliars begrüßte sie. Zwei breite Treppen zogen sich links und rechts empor, hohe aber schmale Türen führten in weitere Gemächer. Die Halle war groß, sicher fünf oder mehr Meter hoch. Einst war sie in hellem Blau angelegt worden, doch inzwischen war die Farbe fast überall verblasst.

»Willkommen in der Villa Ubrizzi, Marco. Dies wird ab jetzt dein Heim sein.«

Mit offenem Mund sah Marco sich um. Reichtum und Prunk des Hauses mochten fast vergangen sein, und dennoch war es mehr, als der Junge von der Straße sich jemals für sein Leben erhofft hatte.

»Rezzo!«

Der Ruf des Sehers ließ Marco zusammenzucken. Ein älterer Mann mit einer Krone aus grauem Haar um einen kahlen Schädel kam in die Halle. Seine Kleidung war dunkel, eine einfache Hose, lederne Sandalen, ein schlichtes Wams. Ein deutlicher Kontrast zum hellen Weiß der Robe von Bruder Giate.

»Degnato?«

»Dies ist Marco. Er wird von nun an bei uns bleiben.«

Rezzo bedachte Marco mit einem prüfenden Blick. Unsicher senkte der Straßenjunge das Haupt.

»Wo findet Ihr diese Bengel nur immer, Degnato.«

Es war weniger eine Frage als eine Feststellung von Marcos Status, aber Bruder Giate lachte milde.

»In diesem Fall in der Luzia.«

Unter seinem wilden Haar blickte Marco vorsichtig zu Rezzo auf, der gerade das Gesicht verzog.

»Ein Dieb? Oder Schlimmeres?«

Es war ihm anzusehen, dass er den Gedanken nicht mochte. Doch Bruder Giate winkte ab.

»Ein Junge, der Hunger litt. Lehrt uns nicht die Schrift, dass wir jenen Mildtätigkeit zeigen sollen, die weniger als wir haben?«

Das schien Rezzo nicht zu überzeugen, aber wenigstens glättete sich seine Stirn wieder.

»Ihr seid der Experte für die Schrift, Degnato«, murmelte er und schnippte mit den Fingern in Marcos Richtung. »Komm mit, Junge. Wir müssen dich erst einmal waschen.«

Unsicher sah Marco zu Bruder Giate, der ihm auffordernd zunickte.

»Rezzo wird sich um dich kümmern. Er steht in den Diensten des Ordens. Tu alles, was er sagt.«

Damit drehte der Seher sich um und verschwand durch eine der Türen. Verloren blickte Marco ihm nach, dann eilte er hinter Rezzo her.

Es ging durch mehrere Räume, die zwar kleiner als die Eingangshalle, aber immer noch beeindruckend groß waren. Überall streckten sich die Decken hoch über Marco, und da es kaum Möbel gab, wirkten die Zimmer noch größer. Es herrschte Zwielicht, denn die schmalen Fenster reichten nicht aus, um die Räumlichkeiten angemessen zu erhellen.

An manchen Wänden zeigten sich Wasserflecken, und die Farben waren unregelmäßig und verwaschen. Trotz des warmen Wetters war es hier drinnen kühl.

Nun führte Rezzo ihn durch eine in die Wand eingelassene Tür, die auf den ersten Blick kaum als solche zu erkennen war. Dahinter lagen andersartige Räume. Die Decken waren niedriger, alles wirkte kleiner. Dafür wurde die Luft wärmer und der Trakt wirkte bewohnt, anders als die stillen, verlassenen Hallen zuvor.

Aus einigen Türen spähten blasse Gesichter, Jungen mit großen Augen, viele deutlich jünger als Marco. Rezzo schien sie nicht zu bemerken, oder sie waren ihm egal.

Ihr Weg führte sie durch eine weitere verborgene Tür in einen einst prunkvollen Raum, dessen Boden und Wände mit bunten Fliesen bedeckt waren. Auch hier zeigten sich in diesem Schmuck große Löcher, aber man konnte immer noch die Bilder erahnen, die einst Landschaften mit Bäumen und Bächen gezeigt hatten, ein ländliches Idyll mit badenden Schönheiten und bocksbeinigen Gaffern halb hinter Baumstämmen verborgen. In der einen Wand waren drei große, hohe Fenster, durch die helles Licht hineinfiel. Marco erhaschte einen Blick auf Säulen und Mauern.

In den Boden war ein großes Becken eingelassen, in das breite, flache Stufen führten. Bis auf einige Pfützen war es leer.

»Rein mit dir.« Rezzo wies auf das Becken. »Und zieh deine Lumpen aus.«

Marco tat wie ihm geheißen, wand sich aus seiner löchrigen, schmutzigen Kleidung und ließ sie zu seinen Füßen auf den Boden fallen.

»Herrje. Das müssen wir wohl alles verbrennen.«

Nackt trat Marco vorsichtig in das Becken hinab. Die Fliesen waren kalt unter seinen Füßen. Er schlang die Arme um seinen Leib.

Zwei Jungen in dunkler Kleidung brachten Eimer. Marco mied ihren Blick und drehte sich so, dass sie ihn nur von hinten sehen konnten. Doch wie er mit einem Blick über die Schulter feststellte, achteten sie kaum auf ihn, sondern huschten gleich wieder davon.

Ein Schwall kalten Wassers traf ihn. Er keuchte auf. Bevor er sich von dem Schock erholen konnte, ging gleich ein zweiter auf ihn nieder. Marco prustete und schüttelte den Kopf, dass die nassen Haare flogen. Kaltes Wasser rann seinen Leib hinab, sammelte sich in schmutzigen Pfützen zu seinen Füßen.

Neben ihm klapperte eine Bürste auf den Boden.

»Ordentlich schrubben, Junge. Gib dir Mühe, von mir aus, bis deine Haut mit runterkommt. Es sei denn, du willst, dass ich das mache …«

Von all den Drohungen und Schrecken, die Marco schon erlebt hatte, mochte dies kaum wie die größte erscheinen, und dennoch bückte er sich schnell und begann wild, seine dreckige Haut abzubürsten. Die Borsten waren grob und kratzten, aber wenigstens gelang es, den Schmutz zu entfernen.

Immer wieder schüttete Rezzo Eimer kalten Wassers über Marco aus. Das braune Wasser floss über die Fliesen und verschwand in einem Abfluss, und nach und nach wurde es klarer und sauberer.

»Auch im Nacken. Und dein Hintern, Junge, vergiss deinen Hintern nicht.«

Artig kam Marco jedem Befehl des Mannes nach. Obwohl das Wasser so kalt war und er inzwischen regelrecht zitterte, war diese Waschung doch auch gut. Er konnte sich nicht daran erinnern, wann er zum letzten Mal so sauber gewesen war. Und trotz Rezzos rüdem Auftreten und der groben Art, auf eine seltsame Weise war es gut, dass jemandem sein Aussehen wichtig war. Er wurde wahrgenommen, nicht nur als Plage, sondern seiner selbst wegen. Und mochte die Aufmerksamkeit auch noch so rau sein, sie tat ihm gut.

Als Marco schließlich aufsah, weil kein Wasserschwall mehr folgte, schien sogar Rezzo zufrieden zu sein.

»Gut. Das hätten wir.«

Marco setzte ein schwaches Lächeln auf, das jedoch nicht erwidert wurde. Er wandte sich um und wollte aus dem Becken steigen, als Rezzo ihn scharf anfuhr: »Bleib, wo du bist!«

Jetzt stieg der Alte zu ihm herab. Zuerst dachte Marco, er wolle seine Drohung, ihn zu waschen, wahr machen, doch er packte Marcos Kopf und drehte ihn hin und her. Dann zog er eine breite Klinge aus einer Scheide an seinem Gürtel. Marco schluckte. Er fühlte sich mit einem Mal klein und verletzlich.

»Herrje, vermutlich hast du da ganze Kolonien von Läusen drin.«

Unwillkürlich zuckte Marco zurück, doch Rezzo hielt ihn fest im Nacken, zwang seinen Kopf zurück.

»Halt still!«

Die Klinge vor Augen erstarrte Marco. Der Alte packte sein Haar, dann glitt der Dolch hindurch, halb zerrend, halb schneidend. Schmerz rann über Marcos Kopfhaut wie das Wasser zuvor, doch er biss die Zähne zusammen.

Die Locken fielen auf seine Schultern, rutschten über seine nasse Haut, sammelten sich in kleinen Hügeln zu seinen Füßen.

»Ich habe früher Schafe geschoren«, erläuterte er nebenbei, während sein Dolch über Marcos Kopfhaut kratzte. »Tiere, stehen die ganze Zeit draußen bei Wind und Wetter. Und sind doch sauberer als ihr Straßenratten. So.«

Rezzo trat zurück, betrachtete sein Werk. Marcos Hand glitt über den glatten Schädel. Hier und da waren noch Stoppeln zu spüren, und mehr als eine kleine Wunde schmerzte bei der Berührung, doch sein Haupt war nun kahler als das des alten Mannes.

An seiner nassen Haut klebten noch Haare, ganze Strähnen, die zusammenhingen als wollten sie sich nicht von ihm trennen. Ein letzter Eimer Wasser schwemmte sie fort.

»Jetzt darfst du rauskommen.«

Vorsichtig stieg Marco über die nassen Haarbüschel aus dem Becken. Wasser troff von seinem Leib, floss über die Fliesen, doch nun war es klar und sauber.

»Ihr beiden, sammelt das Haar ein und wascht es aus. Aber gründlich!«

Die beiden Jungen schlichen heran, drückten sich an Marco vorbei, begannen mit der Arbeit. Er bückte sich, wollte seine Kleidung aufheben, doch Rezzo schnalzte missbilligend mit der Zunge.

»Ah, nein.«

Stattdessen reichte er Marco ein Tuch zum Abtrocknen und wies dann auf ein Bündel, das auf einem hölzernen Schemel lag. Es waren eine dunkelgraue Hose und ein ebensolches Hemd, dazu eine einfache Kordel. Doch oben auf lag eine lederne Weste, die Marco mit großen Augen ansah und dann vorsichtig befühlte. Sie war weich, glatt und kühl. Ein Kleidungsstück, wie er es noch niemals besessen hatte.

Hastig rieb sich Marco das Wasser von der Haut und schlüpfte in die Kleidung. Der Stoff war hier und da geflickt, aber von guter Qualität. Er schlang die Kordel um den Leib, dann hob er die Weste auf und sah sie noch einmal an, bevor er sie über die schmalen Schultern streifte.

Unwillkürlich streckte er sich, schob die Brust vor und packte die Weste vorne mit beiden Händen, wie er es die jungen Raufbolde hatte machen sehen.

Das brachte Rezzo zum Lachen, zum ersten Mal, seit Marco hier war und es war nicht einmal unfreundlich. Er gab Marco einen freundlichen Klaps.

»Stell dich normal hin, du Gockel. Wenn du ein Seher werden willst, musst du Demut lernen, und nicht das Gehabe der Taugenichtse aus den anderen Prunkvillen annehmen.«

Marco sank ein wenig in sich zusammen. Aber dennoch fühlte er sich wie ein neuer Mensch. Sauber, das Haupt geschoren, ordentliche Kleidung am Leib. Zwar war der einfache Stoff weit von den extravaganten, bunten Kostümen der Reichen entfernt, aber noch weiter von den Lumpen, die Marco sein Leben lang am Leib getragen hatte.

»Ja, Rezzo. Danke.«

Der Alte nickte.

»Ah, du lernst schnell. Vielleicht gibt es doch noch Hoffnung für dich.«

Dann warf er einen Blick in das Becken, schalt die beiden Jungen für ihre angebliche Faulheit, legte Marco eine Hand auf die Schulter und schob ihn vor sich her.

»So, komm mit. Jetzt, da du wieder wie ein Mensch aussiehst, zeige ich dir, wo du schlafen wirst.«

Marco tat, wie ihm geheißen. Auch wenn es schwierig zu sein schien, es Rezzo recht zu machen, war es doch besser, als ihn zu verärgern. Und egal, was der Alte tat oder sagte, schon jetzt ging es ihm in der Villa Ubrizzi besser als jemals zuvor in seinem Leben.

7. Kapitel

Aus einiger Entfernung wirkte der Heereszug wie etwas Lebendiges, ein brüllendes, stampfendes Tier, das über die sanften Hügel und grünen Felder des Landes herfiel.

Ombro hatte es sich im Schatten eines kleinen Hains von halb wild wuchernden Obstbäumen gemütlich gemacht. Dabei war er, ohne groß nachzudenken, halb mit den Schatten verschmolzen.

Die Soldaten seines Herrn Solare hatten keinen Blick für die Schönheit der sie umgebenden Natur, geschweige denn für ein Wäldchen oder gar einen einzelnen Mann übrig. Die meisten sahen so beharrlich zu Boden, als hofften sie, dass ihr gesenkter Blick den langen Marschweg verkürzen würde. Das allerdings war eine vergebliche Hoffnung – Solares Armeen marschierten stets so weit, wie er es wünschte, und keinen Schritt weniger.

Fast bedauerte Ombro die Soldaten, die unter schwerem Gepäck ächzten und deren ganzes Leben von anderen bestimmt wurde. Dann erinnerte er sich daran, dass er zwar vielleicht scheinbar mehr Freiheiten genoss, am Ende jedoch genauso von den Befehlen eines Mannes abhing wie sie. Und wie der Schwarze Herzog seine Truppen für den Sieg in den Tod schickte, so war auch Ombro für ihn nur eine Spielfigur auf dem Brett der Mächtigen. Mehr wert als jene, die dort unten schwitzten, aber keinesfalls unersetzlich.

Der Gedanke verdunkelte Ombros Gemüt, also schob er ihn beiseite und konzentrierte sich wieder auf das, was seine Sinne wahrnahmen.

Allein, wie es gelang, eine derartige Masse an Menschen zu mobilisieren, war eine Meisterleistung, für die Ombro den Herzog bewunderte. Solare war ein mehr als fähiger Stratege und Taktiker, der die fast schon unheimliche Befähigung besaß, jeden Schritt seiner Feinde vorauszuahnen – woran Ombro seinen bescheidenen Anteil hatte. Und der Herzog konnte nicht nur die gewaltige Logistik seiner Kriegszüge planen, sondern besaß auch noch die unbeugsame Loyalität und das Vertrauen seiner Soldaten.

Es war erst diese Kombination, die aus dem Schwarzen Herzog jenen Mann machte, den alle fürchteten. Der Teufel in Menschengestalt, ein Dämon, dessen Erfolge sich nur mit einem Pakt mit finsteren Mächten erklären ließen. Ombro hingegen war sich sicher, dass Solare nur ein Mann war, Fleisch und Blut, so sterblich wie sie alle. Aber dennoch fürchtete auch er Solares Zorn.

Angesichts des Heertrosses unter Ombro hatten auch andere guten Grund, den Schwarzen Herzog zu fürchten.

Immer wieder rumpelten Kolonnen schwerer Wagen vorbei, beladen mit Nachschub, Ressourcen, Kriegsmaterial. Schweres Gerät, ordentlich zerlegt und verstaut, bereit für die nächste Schlacht, die nächste Belagerung. Ombro hatte fasziniert zugesehen, wie die Ingenieure die Kriegsmaschinen zerlegt und verstaut hatten. Es war ein kleines Wunder. Es war kein Lebewesen, wie er nun erkannte, sondern eine Maschine aus ungezählten Teilen, ein jedes genau an seinem Platz.

Gesteuert und gelenkt vom Herzog selbst, über seine Offiziere und die ganze Befehlskette, die seinen Willen bis zum kleinsten Rädchen trugen.

Neben den marschierenden Soldaten ritten nun einige Kavalleristen vorbei. Nicht nur ihre Rösser waren herausgeputzt, auch sie selbst, mit glänzenden Rüstungen und hohen Helmen, von denen bunt gefärbte Rosshaarbüsche hingen. Viele der Männer trugen prächtige Knebelbärte und bunt gestreifte Beinkleider sowie bauschige Umhänge.

Kurz gesagt, sie waren alles, was Ombro nicht war. Auffällig, protzig, laut, stets darauf bedacht, im Mittelpunkt aller Aufmerksamkeit zu stehen. Sie hielten sich für die besten Soldaten des Herzogs und glaubten, dass er seine Siege ihnen verdankte. Die Elite! Ombro gestattete sich ein feines Lächeln – sein Beitrag war weit wichtiger. Und dass die aufgeplusterten Gecken dort unten ihn nicht einmal wahrnahmen, war einer der Gründe dafür.

In den Aufzeichnungen der Historiker würde viel über die Schlachten stehen, über Aufstellungen, über Strategie und Taktik. Und nur wenig darüber, dass der Schwarze Herzog selten in den Kampf zog, wenn er sich des Ergebnisses nicht vollständig sicher war.

Doch Ombro ahnte, dass der Schwarze Herzog mehr wollte als nur einzelne Schlachten gewinnen, ein paar Ländereien mehr regieren und ein paar zitternden Fürsten Tribut abpressen. Doch welches Ziel Solare Biocca verfolgte, wohin sein Weg sie alle führte, war das bestgehütete Geheimnis von allen, und das bei einem Mann, dem man nun wirklich keinen Mangel an Geheimnissen vorwerfen konnte.

Ombro schloss die Augen. Die Armee wurde zu einem fernen Rauschen von Schritten und Stimmen.

Über die Jahre hatte Ombro viele Herrscher gesehen und getroffen, große und solche, die sich dafür hielten. Sie alle hatten die Welt nach ihrem Wunsch geformt oder waren an dem Versuch gescheitert. Er fragte sich, wie das Reich aussehen würde, das der Schwarze Herzog schuf. War darin noch Platz für Menschen wie ihn?

Als er die Augen wieder aufschlug, schien sich nichts verändert zu haben. Der Tross reichte immer noch von einem Ende seines Sichtfeldes zum anderen, Tausende Soldaten marschierten, Berittene zogen an ihnen vorbei, Wagen, Lasttiere, mehr als man zählen konnte. Ombro erhob sich und streckte die Gliedmaßen. Bald schon würde er wieder gebraucht werden. Und diesmal ging es gegen Vastona selbst. Dieses Mal ging es um alles. Fiel die älteste, größte und mächtigste Stadt Padoliens, dann gab es niemanden, der dem Schwarzen Herzog noch widerstehen konnte.

Aufgrund der bisherigen Erfahrungen nahm Ombro an, dass die Frage nur noch war, wann das geschehen würde, und längst nicht mehr ob. Aber der Weg dahin war noch weit.

Eine neue Gruppe kam in Sicht, Reiter mit langen Wimpeln, Soldaten in bunten Uniformen. Ombro trat einige Schritte an den Rand des Wäldchens, an der Grenze zwischen Licht und Schatten verweilend.

Eine goldene Sonne im weißen Kreis vor schwarzem Hintergrund. Das Banner des Schwarzes Herzogs, dessen Anblick in jedem Winkel dieses Teils der Welt gefürchtet wurde. Seine persönliche Garde. Andere Herrscher mochten prunkvollere Truppen um sich versammeln; Solare setzte auf Erfahrung und Treue. Jeder Einzelne hatte ihm in vielen Schlachten gedient, von der Frau auf dem grauen Ross, die vorausritt, bis zum Soldaten, der hinter der kleinen Gruppe des Herzogs herschritt.

Im Zweifelsfall konnte die Garde in jede Schlacht eingreifen. Der Herzog war sich der Wirkung von Prunk und Reichtum bewusst und setzte jede Waffe in seinem Arsenal ein, doch vor allem schätzte er Effektivität. Und er belohnte jene, die ihm treu dienten. Ombro versuchte, nicht daran zu denken, was er mit jenen tat, die ihn verrieten.

Er lief den Hügel hinunter, trat aus den Schatten ins Licht. Einige Soldaten blickten zu ihm herüber, doch die Gardisten hatten ihn schon in der Nähe ihres Herrn gesehen und nahmen ihn nicht als

Bedrohung wahr. Dass sie sich Sorgen machten, war verständlich; der ganze Feldzug würde mit dem Tod des Schwarzen Herzogs in sich zusammenbrechen. Gleichzeitig wusste Ombro, dass ein Mordversuch auch gleichzeitig Selbstmord bedeutete. Der Herzog war einfach viel zu gut geschützt.

Obwohl es eine Handvoll Kutschen inmitten des Pulks von Gardisten gab, ritt der Schwarze Herzog auf einem schwarzen Hengst, weithin sichtbar für seine Armee, und gerüstet und bewaffnet wie einer von ihnen. Ein Mann des Volkes. Oder zumindest ein Mann, der sich als einer des Volkes gerieren konnte.

Ombro musste jenseits des schützenden Kordons von Gardisten warten, bis der Herzog ihn durchwinkte. Zum Glück passten sich auch die Reiter dem Tempo der Kolonne an, so dass Ombro recht gemütlich neben dem prächtigen Ross marschieren konnte, auf dem Solare über ihm thronte. Das Fell des Tieres glänzte in der Sonne, selbst sein Schnauben war majestätisch.

Neben dem Herzog ritt Selena, eine der Beraterinnen, die durch die Ränge der Armee aufgestiegen war. Die beiden unterhielten sich so leise, dass Ombro trotz seiner feinen Ohren kein Wort verstand. Immer wieder warf ihm Selena einen düsteren Blick zu; offenbar war ihr seine Anwesenheit nicht recht.

Doch als der Herzog sich zu ihm wandte, lag ein strahlendes Lächeln auf seinen Lippen.

»Ah, Ombro, ich hatte schon befürchtet, wir hätten dich verloren.«

Als wäre es ein Scherz und kein verborgener Vorwurf, lächelte Ombro.

»Keineswegs.«

»Willst du etwas trinken? Einen Wein vielleicht?«

Ombro schüttelte den Kopf, auch wenn der aufgewirbelte Staub der vielen Stiefel, Hufe und Räder in seiner Kehle kratzte. So begann der Tanz wieder.

»Bist du sicher? Wir haben Eis, bei dem Wetter geht wenig über einen gut gekühlten Weißen von der Küste.«

»Die Sonne macht mir nichts aus«, erklärte Ombro nicht ganz wahrheitsgemäß. Der Herzog lächelte.

»Natürlich. Du trinkst nicht, du schwitzt nicht. Manchmal frage ich mich, ob du ein Mensch bist.«

Wieder lächelte Ombro.

»Natürlich, Herr. Ein ganz normaler Mensch.«

»Ha! Ich hoffe doch, dass sich das als falsch erweist. Ich benötige nämlich von dir Hilfe, die weit über das hinausgeht, was die meisten Menschen zu leisten vermögen.«

Ombro legte den Kopf auf die Seite, sah fragend zu Solare hoch.

»Auf den Weg nach Vastona haben die Götter leider einige Hindernisse gelegt. Nicht unüberwindbar, aber störend. Ich möchte unsere Aufmerksamkeit nicht vom eigentlichen Ziel ablenken lassen.«

»Ich verstehe«, erwiderte Ombro. Er kannte die Landschaft und die Karten. Auch wenn er die Details noch nicht wusste, ahnte er, um was es dem Schwarzen Herzog ging.

»Selena reitet mit einer Eskorte vor und wird Überzeugungsarbeit leisten.«

Die Hügel Padoliens waren von Festungen gesäumt. Keine davon konnte einer Armee wie dieser lange standhalten. Aber mit Verteidigern, die entschlossen – oder verzweifelt! – genug waren, mochte es mehr Zeit und Ressourcen kosten, als der Herzog aufbringen wollte.

»Dort, wo es ihr nicht gelingt, die kleinen Festungen zum Aufgeben zu bewegen, wirst du gebraucht. Ich lasse dir freie Hand. Tu, was immer du für nötig hältst.«

Einschüchterung. Verrat. Mord. Folter. Ombro nickte, ohne es auszusprechen. Es mochte den Herzog ehren, dass er seinen Feinden einen Ausweg anbot, aber er hatte keine Skrupel, jenen, die seine Großzügigkeit verweigerten, jedes Übel der Welt anzutun. Oder besser antun zu lassen. Am Ende würden es Ombro und andere wie er sein, welche die Taten ausführten. Und Freund und Feind würden erfahren, was es bedeutete, sich dem Schwarzen Herzog zu widersetzen.

»Die Bezahlung«, hob Solare an, sah dann aber Ombros entspannte Miene und nickte nur. Sie beiden wussten, dass sie angemessen sein würde. Geld spielte für den reichen Herzog keine Rolle, und Ombros Dienste waren zu wertvoll, um über sie zu feilschen.

Gold für Blut. Der uralte Handel.

8. Kapitel

Der Schlafsaal lag im Erdgeschoss. Was einst seine Funktion gewesen sein mochte, konnte Marco nicht einmal erraten, jetzt standen darin zwanzig einfache Betten, die ordentlich an zwei gegenüberliegenden Wänden aufgereiht waren. Obwohl die beiden Fenster geöffnet waren, blieb der Raum düster, durch die schmalen Öffnungen fiel nur wenig Sonnenlicht.

Alle Betten waren gemacht, bis auf eines, in dem ein blässlicher Junge lag, der vielleicht ein oder zwei Jahre älter war als Marco. Rezzo führte ihn zu einem der hintersten Betten.

»Das ist deins. Wenn du nicht darin liegst, hat es penibel gemacht zu sein. Du bist dafür verantwortlich. Ebenso für deine Kleidung. Sauberkeit ist oberstes Gebot. Hast du verstanden?«

Marco nickte stumm und warf einen Blick auf den Jungen.

»Sieh hierher, Junge. Nur ich bin wichtig. Dein Verhalten fällt ab jetzt auf den Orden der Seher zurück. Du willst doch nicht, dass man schlecht von ihm denkt, nur weil du dich nicht benehmen kannst, oder?«

»Nein, Rezzo.«

»Gut. Die anderen sind bei ihren täglichen Pflichten. Dieser Teil beginnt morgen für dich. Heute darfst du hier bleiben oder dir die Villa ansehen. Aber nur das Erdgeschoss. Die Treppen sind dir verboten. Hast du das verstanden?«

»Ja, Rezzo.«

Natürlich weckte das seine Neugier, aber Marco waren sein Leben lang Orte verwehrt gewesen, so dass er kaum weiter darüber nachdachte. Vermutlich wohnten oben die Brüder des Ordens.

»Du verlässt die Villa nur, wenn es dir befohlen wird. Du tust generell, was man dir sagt. Keine Widerworte. Ich werde jedes Vergehen, das du dir zuschulden kommen lässt, bestrafen.«

Der alte Mann legte eine bedeutungsschwere Pause ein. Als Marco lediglich nickte, seufzte er.

»Schreib dir das hinter die Ohren, Junge. Du wirst hier gut behandelt werden, wenn du dich gut benimmst.«

Androhung von Strafen und Konsequenzen war für Marco nichts Neues. Immerhin schien Rezzo gewillt zu sein, nur echte Taten zu ahnden und Marco nicht, wie er es oft genug erlebt hatte, allein aufgrund seiner Existenz für einen Übeltäter zu halten.

»Ja, Rezzo.«

»Hast du Hunger?«

Marco lauschte in sich hinein. Zu seiner Überraschung hatte er keinen. So selten war dieses Gefühl, dass er sich einen Moment fragte, ob er krank sei. Dann nickte er, ohne Rezzo anzublicken.

»Über den Hof gibt es die Küche. Dort wird man dir Essen geben.«

»Danke, Rezzo.«

Seine Antworten schienen dem alten Mann zu gefallen, er legte Marco die Hand auf die Schulter.

»Den Rest lernst du schon. Das beginnt morgen. Ruh' dich aus, iss, ich werde seiner Degnato Bescheid geben.«

Damit verließ Rezzo den Raum. Vorsichtig tastete Marco über das Bett. Seine Erinnerungen an Betten waren vage und verschwommen. Er schlug die Wolldecke zurück und kroch darunter. Kaum hatte er sich in die Decke gewickelt, wurde es warm und gemütlich. Über seine Wange rann eine Träne, als er zur entfernten Decke des Saals empor blickte. So sicher und geborgen hatte er sich schon lange nicht mehr gefühlt.

»He!«

Ein leiser Zuruf. Erst jetzt wurde Marco wieder auf den Jungen aufmerksam. Marco schniefte und wischte sich verstohlen über das Gesicht.

»Du bist der Neue?«

Marco stützte sich auf die Ellbogen. Der Junge hatte ebenfalls einen kahlen Schädel, dazu tiefe, dunkle Ringe unter den Augen. Zusammen mit seiner fahlen Haut verlieh dies seinem Gesicht das Aussehen eines Totenschädels.

»Marco«, flüsterte er.

»Ich bin Luca«, antwortete der Junge und setzte ein Grinsen auf. »Willkommen bei den Ubrizzi!«

»Du bist ein Ubrizzi?«, fragte Marco erstaunt. Er hätte nicht erwartet, einen der Besitzer der Villa hier zu treffen. Lucas Grinsen wurde noch breiter.

»Wir sind alle Ubrizzi.« Er machte eine Geste, die das ganze Haus einschloss. »So nennen wir uns jedenfalls.«

»Bist du schon lange hier?«

»Mehr als ein Jahr«, erwiderte Luca mit sichtlichem Stolz. »Ich bin schon beim Ritual dabei.«

Marco runzelte die Stirn.

»Ritual?«

Obwohl er sichtlich schwach war, setzte Luca sich auf und präsentierte ein helles, beiges Hemd.

»Für die Aufnahme.« Er schien angestrengt zu überlegen, dann fügte er langsam hin: »Die Initiation.«

Das Wort sagte Marco nichts, aber es klang mystisch. Ein Jahr hatte Luca gesagt. Ein Jahr mit Dach über dem Kopf, eigenem Bett, Essen und einem Bad. Und dann eine weiße Robe und all den Respekt, den er heute bei Bruder Giate gesehen hatte. Er konnte sein

Glück kaum fassen. Dann bemerkte er, wie Luca wieder nach hinten sank.

»Hast du Hunger?«

Der Junge hob die Hand, wackelte mit ihr, als wollte er sagen, er sei nicht sicher.

»Ich bring' dir was mit«, erklärte Marco. »Wo ist die Küche?«

Aufmerksam lauschte er der kurzen Wegbeschreibung, dann machte er sich auf. Den Korridor vor dem Schlafsaal hindurch, im nächsten Raum rechts die Tür, durch ein kleines Vorzimmer, dessen niedrige Pforte in den Hof führte.

Es war ein komplett vom Gebäude umschlossener Innenhof, mit einer von Säulen getragenen, offenen Galerie, die einmal außen rumlief. In der Mitte waren Gemüsebeete angelegt, zwischen denen schmale Pfade verliefen. Eine Handvoll Jugendlicher in brauner Kleidung arbeitete dort, rupfte Unkraut und goss die Pflanzen. Sie sahen neugierig zu Marco hinüber, der aus Gewohnheit den Blick senkte. Dann zwang er sich, den Kopf zu heben und nickte ihnen zu.

Einige erwiderten die kleine Geste, andere wandten sich einfach wieder der Arbeit zu. Marco lief einen Weg zur anderen Seite des Hofes. Rechts und links waren marmorne Podeste mit den Überresten steinerner Füße darauf. Einst mussten hier Statuen gestanden haben, doch selbst die Inschriften waren entfernt.

Direkt gegenüber lag eine breite Tür, an die er klopfte. Als keiner antwortete, sah er sich verstohlen um, aber niemand beachtete ihn, also zog er sie auf. Ein Schwall warmer Luft schlug ihm entgegen, darauf die Gerüche einer Küche, verlockend und anregend.

Wie oft hatte er an den Hinterausgängen reicher Häuser gelungert und darauf gewartet, dass jemand Essensreste in die Gassen werfen würde. Nun schlich er in eine Küche, ein Ort, der für ihn fast ebensolche Mysterien bot wie ein Tempel. Vielleicht sogar mehr.

Ein junger Mann mit geschorenem Haupt und einer fleckigen Schürze sah auf, als Marco die zwei Stufen hinabstieg.

»Was willst du?«, fragte er direkt, aber nicht unfreundlich.

»... was zu essen?«

Der Koch winkte ab.

»Abendessen gibt es später.«

»Ich ... Rezzo hat gesagt, ich soll mir hier was holen.« Das brachte ihm mehr Aufmerksamkeit ein, und der Koch musterte ihn neugierig. Marco erinnerte sich an Lucas Worte: »Ich bin der Neue. Marco.«

»Sag das doch gleich.«

Der Koch drehte sich um und begann, auf dem Tisch in Schalen, Töpfen und Krügen zu suchen.

»Luca auch. Ich meine, für Luca auch was? Bitte?«

»Geht es ihm besser?«

Marco nickte. Er wusste nicht, wie es dem Jungen vorher gegangen war, aber mit etwas Essen im Bauch ging es allen immer besser.

»Das Abendessen ist noch nicht fertig, aber hier.«

Der Koch reichte Marco eine flache Schale mit Brot, einem Stück Wurst und zwei Eckstücken Käse. Dann blickte er Marco noch einmal an und legte noch zwei reife, rote Tomaten dazu. Dankbar nahm Marco alles an.

»Warte.«

Ihm wurde ein kleiner Krug gereicht, in dem kühles Wasser schwappte, dem Geruch nach mit etwas Essig versetzt.

»Kannst du das alles tragen?«

»Klar«, erwiderte Marco, obwohl er es nur mit Mühe balancieren konnte. Beim Anblick der Köstlichkeiten lief ihm das Wasser im Mund zusammen. Der Koch lachte.

»Schling es nicht so runter. Die Zeiten des knurrenden Magens sind für dich vorbei, Marco.«

Mit seiner Beute in beiden Armen quetschte er sich durch die Tür hinaus und kehrte zurück in den Schlafsaal.

Luca konnte sich an die Wand gelehnt aufsetzen. Während Marco mit Genuss alles verspeiste, bröselte der andere Junge Brot und Käse klein und aß nur ein wenig. Dafür trank er umso mehr von dem erfrischenden, leicht sauren Wasser.

»Wo kommst du her?«

Bevor er antworten konnte, musste Marco erst den gewaltigen Bissen kauen und mit Wasser herunterspülen. Dabei verschluckte er sich, musste erst husten und dann lachen. Auch Luca lächelte.

»Aus Vastona«, erklärte Marco, als er wieder Luft bekam. »Woher sonst?«

»Och, wir Ubrizzi kommen von überall her. Aus der Stadt, aber auch aus den Dörfern der Umgebung. Ein paar auch von weiter weg.«

Marco wischte sich mit dem Ärmel über den Mund.

»Wir werden immer mehr. Als ich hierherkam, waren wir kein Dutzend. Jetzt sind wir über zwanzig.«

Ungläubig ließ Marco seinen Blick durch den Schlafsaal wandern. Luca winkte müde ab.

»Nach dem Ritual bekommt man eine eigene Kammer. Hier sind nur wir, die Initia… die Neuen.«

»Aber du bist doch gar nicht neu«, widersprach Marco.

»Nicht so wie du, aber ein paar sind noch länger hier. Aber darauf kommt es nicht an. Nur auf das Ritual.«

»Was ist das für ein Ritual?«

In seinen Erinnerungen tauchten Bilder von den Segnungen in den Heiligen Hallen auf. Ernste Mienen, die großen Feuer in den bronzenen Schalen, der Geruch von seltenen Essenzen, die dort in die Luft stiegen.

»Das darf ich dir nicht sagen«, erwiderte Luca, und als er Marcos spöttischen Blick bemerkte, fügte er hinzu: »Nein, wirklich nicht.

Nur wer selbst dem Ritual beiwohnt, darf davon wissen. Es ist der erste Schritt auf dem Weg, ein Bruder des Ordens zu werden. Wenn du Glück hast, wirst du es auch irgendwann beginnen.«

»Wenn ich Glück habe? Bruder Giate sagte, ich würde ein Seher werden …«

Luca zuckte mit den Schultern.

»Nicht alle dürfen das Ritual beginnen. Man muss sich gut aufführen und viel lernen.«

Also doch eine Hürde. Es war natürlich nicht so einfach, wie er sich erhofft hatte. Doch das Ziel dieses Weges war wert, ihn zu gehen.

Obwohl sich sein Bauch zum Platzen voll anfühlte, knabberte er noch an einem Ende harter Eselswurst. Ein solcher Leckerbissen hätte ihn gestern noch durch einen ganzen Tag gebracht. Jetzt war es einfach ein Rest in der flachen Schale.

»Was muss man denn tun? Also, ich habe da draußen die Gemüsebeete gesehen.«

Luca nickte. Auf seine Wangen war etwas Farbe zurückgekehrt, und seine Augen waren lebhafter. Obwohl er nicht viel gegessen hatte, schien es ihm gut getan zu haben.

»Diese Aufgaben sind für die ganz jungen. Oder die von den Höfen. Wir haben alle unsere Arbeiten: Den Hof oder die Villa sauber halten. In der Küche helfen – das ist gut, da bekommt man das beste Essen!«

»Noch besser als das hier?«

Marco konnte es kaum glauben. Luca grinste.

»Pasteten. Ganz frisches Brot. Manchmal werden Kuchen gebacken.«

»Kuchen …«

Einmal hatte Marco es geschafft, ein kleines Stück aus einer Bäckerei zu stehlen. Noch jetzt konnte er sich an den süßen Geschmack erinnern, daran, wie weich er gewesen war, mit einer zuckrigen Kruste.

»Die Brüder oben bekommen anderes Essen als wir«, fuhr Luca fort. »Wie es ihrer Stellung angemessen ist.«

Die Worte klangen auswendig gelernt, aber Marco begriff. Natürlich stand den Sehern nur das Beste zu. Sein Entschluss, einer der ihren zu werden, wurde umso fester.

»Manche werden auch rausgeschickt«, wechselte Luca das Thema. »Vor allem Vastoni. Mit Botschaften oder um Bestellungen abzuholen oder Lieferungen auszutragen.«

Alles in allem klang das Arrangement in der Villa Ubrizzi in Marcos Ohren unvergleichlich gut. Nicht, dass ihn die Arbeit im Hof reizte; in der Küche helfen oder auf Botengänge in die Stadt geschickt zu werden, war für ihn verlockender.

»Haben die Seher noch mehr Prachtvillen?«

»Ich weiß nicht«, gestand Luca. »Aber bestimmt. Der Orden ist ja sehr reich.«

Bislang hatte er nur einen Teil gesehen, aber die Größe des Gebäudes beeindruckte Marco. Hier hätten Dutzende Menschen wohnen können, ohne dass sie einander zur Last gefallen wären. Er musste daran denken, wie viele noch draußen auf den Straßen schliefen, während er nun hier war.

»Einige der Älteren sagen die Villa stand lange leer.«

Erstaunt sah Marco sich um.

»Leer? Aber … warum sollte sie jemand ungenutzt lassen?«

Luca beugte sich vor. Seine Stimme wurde leise, verschwörerisch.

»Die Ubrizzi gibt es nicht mehr. Also die Familie Ubrizzi. Es heißt, die ganze Familie wurde während der Schreckensherrschaft von Irravo hingerichtet.« Luca fuhr sich mit dem Zeigefinder über die Kehle. »Alle Köpfe ab!«

Marco schluckte.

»Was, hier drinnen?«

»Nein, oben auf dem Hügel. Sie sollen zu loyal gewesen sein und sich geweigert haben abzuschwören. Und da hat der Verrückte sie alle umbringen lassen. Sogar die Kinder.«

Es war nicht das erste Mal, dass Marco eine Schauergeschichte über die kurze und blutige Zeit der Herrschaft Irravos hörte. All jene, die dem Orden der Seher nicht entsagen wollten, hatten die Anhänger des Wahnsinnigen auf grausamste Weise erschlagen.

»Spukt es hier?«

Offensichtlich zufrieden mit dem Ergebnis seiner Erzählung lehnte Luca sich wieder zurück.

»Nein, sonst hätten die Seher die Villa wohl kaum genommen, oder? Ich denke, die Rachsucht der Toten wurde befriedigt, als man Irravo und seine Getreuen verbrannte.«

Diese Versicherung ließ das klamme Gefühl nicht aus Marcos Brust weichen. Er kroch zurück in sein Bett und zog die Decke bis zum Kinn hoch.

»Vielleicht haben die Seher ja auch die Geister gebannt«, sagte er mehr zu sich selbst als zu Luca. Auch der legte sich wieder hin und schon bald zeugte ein leises Schnarchen davon, dass er eingeschlafen war.

Trotz seiner Ängste vor Gespenstern und wirren Vorstellungen von ermordeten Familien und Irravos Wahn glitt Marco, erschöpft von den Erlebnissen und Fährnissen der letzten Tage, in einen unruhigen Schlaf.

9. Kapitel

Die Tage flogen nur so dahin. Schon bald begann sich eine Routine einzustellen. Morgens in der Früh wurden sie mit den ersten Sonnenstrahlen geweckt. Im Bad wuschen sie sich, machten ihre Betten und bekamen dann im Speisesaal neben der Küche ihr Frühstück. Es gab Brot, Käse, Wurst, manchmal Schinken und Milch, hin und wieder sogar Eier.

Dann teilte Rezzo sie zu ihren Aufgaben ein. Wenn es eines gab, das Marco störte, dann dass sie kaum Kontakt zu den Brüdern des Ordens hatten, die in den oberen Stockwerken der Villa blieben und nur von den älteren Novizen bedient wurden. Denn das war ihr Titel, Novizen, sobald sie die Rituale hinter sich gebracht hatten und die noch grauen Roben anlegten.

Für Marco und die anderen galt das nicht. Sie waren Bittsteller, wie Rezzo sie gerne erinnerte, die niedersten der Fedelen, der Getreuen. Ihnen oblagen die einfachen Arbeiten in der Villa; alles, was anspruchsvoller war, wurde von den Novizen erledigt.

Über ihnen allen thronte Rezzo, der zwar kein Bruder des Ordens war, aber zwischen jenen und den Novizen und Fedelen stand. Dem Namen nach war er nur ein einfacher Diener des Ordens, doch tatsächlich formte und lenkte er das tägliche Leben der Ubrizzi.

Zu Beginn bekam Marco die einfachen Aufgaben zugeteilt, stets an der Seite eines erfahreneren Jungen. Putzen in den Räumen, Arbeiten im Hof, einmal auch der so begehrte Küchendienst als Belohnung für seine erste Woche in der Villa. Luca hatte recht: Die kleinen Köstlichkeiten, die während des Kochens abfielen, waren noch viel besser als ihre eigenen Mahlzeiten.

Die zweite gab es jeden Tag zum Mittagsschlag. Selten warm, meist Brot oder ein Brei, mit reichhaltigeren Beilagen als das Frühstück. Die Arbeit machte hungrig, aber die Prophezeiung des Kochs erfüllte sich, Marcos Bauch knurrte nicht mehr.

Der Nachmittag begann mit den Unterweisungen in den Schriften des Ordens. Alle waren in einem großen Saal versammelt und erhielten von den Novizen Unterricht je nach ihrem Wissen. Für Marco bedeutete dies das harte und schwierige Erlernen der Schrift. Sein Leben lang war das geschriebene Wort für ihn fern und unwichtig gewesen, doch wollte er in den Orden eintreten, musste er lesen und schreiben können. Also mühte er sich mit den Wachstafeln ab, auch wenn man ihm schnell mangelndes Talent oder einen zu dicken Schädel bezeugte.

Um ihn herum lernten diejenigen, die schon länger hier waren, die lange und wechselvolle Geschichte des Ordens. Manchmal lauschte er mit einem Ohr den Erzählungen von den Verfolgungen, Aufstiegen und Niedergängen, den Propheten und ihren Weissagungen, den Wundern und heiligen Männern. Dann jedoch musste er sich wieder auf seine eigenen Lektionen konzentrieren, da ihm die Buchstaben vor den Augen verschwammen und ihm einfach nicht ihre Geheimnisse preisgeben wollten.

Nach dem Unterricht gab es erneut Arbeit, bis sie der Gong zum Abendessen rief. Jetzt gab es warmes Essen, meistens einen Brei oder Eintopf, stets mit Fleisch oder Wurst, gut gewürzt und deftig, genau das Richtige nach einem solchen Tag.

Danach erfolgten die Segnungen des Bruders Giate, der zu

ihnen herunterkam und ihnen beim Schein der Feuerschalen aus den Schriften vorlas. Wenn er endete, war es bereits dunkel und Rezzo schickte sie in ihre Betten.

Solange sie leise blieben, ließ der Alte sie noch reden, so dass sie einander oft Geschichten erzählten. Bald kannte Marco ein Dutzend Versionen des Endes der Ubrizzi, die schauerlichsten Gerüchte über Irravos Gräuel und tausenderlei mehr aus der bewegten Historie Vastonas und des Ordens.

Und er lernte die anderen Jungen kennen. Die ältesten unter ihnen waren siebzehn oder achtzehn Jahre alt, so wie Luca. Die jüngsten hatten gerade einmal zwölf Sommer erlebt. Bevor sie Ubrizzi wurden, gehörten sie zu den Ärmsten der Armen.

»Der Orden ist gut zu uns«, erklärte Artelmo, einer der Ältesten, der es wohl bald zum Novizen bringen und aus dem Schlafsaal ausziehen würde. »Wir müssen dankbar sein!«

Alle pflichteten ihm bei. Es gab keinen unter ihnen, der sein altes Leben vermisste. Sie trugen ihren neuen Namen mit Stolz, trotz oder vielleicht auch wegen der tragischen Geschichte der Familie Ubrizzi.

Marco lehnte sich zurück und gähnte herzhaft. Vor dem Morgengrauen wurden sie geweckt, und dementsprechend müde war er abends. Doch dann näherte sich ein Licht, das unter der Tür des Schlafsaals hindurch schimmerte.

Als sie sich leise öffnete, blickte Bruder Giate über eine Laterne hinweg zu ihnen hinein.

»Luca, es ist an der Zeit.«

Sofort erhob sich der ältere Junge und nickte. Seine Schwäche war in wenigen Tagen vorüber gewesen und er arbeitete bereits seit einiger Zeit wieder ganz normal mit. Er zog sich sein helles Hemd über und eilte zu Bruder Giate, der ihn in seinem Lichtschein empfing. Dann tauchte Luca in die Dunkelheit ein und die Tür schloss sich hinter ihm.

Alle lagen schweigend da. Das einzige Thema, über das nie gesprochen wurde, war das Ritual.

»Viel Glück«, murmelte Marco leise. Er wünschte, er könnte Artelmo oder einen der anderen Älteren, die es durchliefen, befragen, aber er hatte Angst vor ihrer Reaktion.

Es war das erste Mal, dass einer von ihnen abgeholt wurde. Eine Unruhe ergriff von Marco Besitz. Er wollte so gerne wissen, was dieses Ritual beinhaltete. Aber da war noch mehr, eine Sorge um seinen Freund. Obwohl er müde war, konnte er nicht einschlafen, zu sehr tanzten seine Gedanken um Luca, um die Brüder, um das Ritual und die Villa. Das Mysterium war so groß, so wichtig, dass es ihn wach hielt. Er fragte sich, wann er wohl bereit sein würde. Und ob er würdig war. Er erinnerte sich an sein Leben auf der Straße, an all die kleinen und großen Sünden, die Diebstähle, die Lügen.

Als es schon längst ruhig geworden war und die meisten Jungen schliefen, öffnete sich leise die Tür und Rezzo trat in den Saal. Luca hing über seiner Schulter, und sein bleiches Haupt rollte von links nach rechts. Mit einem deutlichen Ächzen hob Rezzo ihn in sein Bett und deckte ihn zu.

Mit angehaltenem Atem und zusammengekniffenen Augen wartete Marco, bis der Alte den Saal wieder verlassen hatte. Dann stützte er sich auf die Unterarme.

»He, Luca.«

Keine Antwort.

»Luca?«

Weder ein Wort noch eine Geste. Marco glitt aus seinem Bett und schlich zu seinem Freund hinüber. Es war fast dunkel in dem Saal; nur ein wenig Mondlicht schien durch die offenen Fenster. Doch Lucas Antlitz war so bleich, dass es fast weiß zu leuchten schien.

»Luca?«

Marcos Herz raste. Sein Freund lag da wie tot. Doch dann sah er, dass sich die Brust langsam hob und senkte. Die Augen waren geschlossen, der Mund hing leicht auf.

Sanft legte Marco ihm eine Hand auf die Wange und erschrak, wie kalt sich die Haut unter seinen Fingern anfühlte. Fast wie bei einer der Statuen in der Stadt.

»Geh ins Bett, Frischling«, zischte Artelmo von der Seite und Marco zuckte zusammen.

»Aber …«

»Ist alles gut. Er braucht Ruhe, mehr nicht. Und jetzt halt die Klappe und tu, was ich dir sage.«

Marco kroch zurück in sein eigenes Bett. Er wartete, doch der Schlaf wollte sich nicht einstellen. Stattdessen lauschte er den regelmäßigen Atemzügen der anderen Jungen und versuchte, sich nicht vorzustellen, was dieses Ritual wohl sein mochte, dass es Luca so erschöpft zurückließ.

Später träumte er von geisterhaften, bleichen Schädeln mit Augenhöhlen und Mündern wie schwarzen Löchern.

Entsprechend müde war er, als Rezzo sie am nächsten Morgen bei Sonnenaufgang weckte. Der Alte schien keinen Schlaf zu brauchen, war er doch stets vor ihnen auf den Beinen und blieb länger wach als sie alle.

Dennoch quälte sich Marco aus seinem Bett und schlurfte zuerst zu Luca. Sein Freund lag immer noch in die Decke gewickelt, hatte aber die Augen geöffnet und schenkte Marco ein schwaches Lächeln.

»Na? Heute bleibst du Faulpelz liegen, was?«, neckte ihn Marco. Luca musste lachen. Doch dann ging das Lachen in Husten über.

»Geht es?«, fragte Marco.

»Mach dir um mich keine Sorgen«, erwiderte Luca leise.

Stumm nickte Marco und legte ihm kurz die Hand auf die Schulter.

»Genug«, raunzte Rezzo von der Tür her und wies mit dem Daumen über die Schulter. »Gönn' ihm seine Ruhe. Raus jetzt!«

Marco gesellte sich schnell zu den anderen, aber selbst das kalte Wasser im Bad konnte seine Lebensgeister nicht weiter beleben.

Während die anderen beim Frühstück plapperten und lachten, kaute Marco schweigend. Die Fenster des Essenssaales gingen zum Hof. Das Licht des Morgens drang mit Wärme herein, doch Marcos Geist kreiste um Luca. Endlich kam Rezzo in den Essenssaal.

»Rezzo, soll ich Luca Frühstück bringen?«

Der Alte sah ihn forschend an, schüttelte dann den Kopf.

»Nein, lass ihn schlafen. Ich bringe ihm nachher etwas. Außerdem hast du dafür keine Zeit.«

Verwirrt setzte sich Marco wieder. Nur mit halbem Ohr lauschte er, wie Rezzo sie zu ihren Pflichten einteilte. Bis er selbst an die Reihe kam.

»Marco, du wirst einen Brief in der Stadt abliefern und auf dem Rückweg ein Paket mitbringen.«

Sein Herz machte einen Sprung. So sehr die Villa auch zu seiner Heimat geworden war, der Gedanke, hinaus auf die Straßen zu dürfen, erfreute ihn so sehr, dass er sogar die Sorge um Luca vergaß.

»Melde dich oben bei Bruder Giate.«

»Natürlich, Rezzo.«

Marco sah sich mit stolzgeschwellter Brust um. So bald nach seiner Ankunft durfte er wichtige Aufgaben übernehmen. Und mit seiner neuen, schönen Kleidung durch die Stadt spazieren und allen zeigen, dass er nicht mehr der abgerissene Straßenjunge war.

Die anderen waren in ihre Gespräche und Scherze vertieft. Bis auf Artelmo, der ihm kurz zunickte. Im Zeichen einer geheimen Bruderschaft der Verstehenden erwiderte Marco die Geste.

Als sie sich auf ihre Arbeiten verteilten, überzeugte Marco sich davon, dass sein Kopf ordentlich geschoren war und seine Kleidung auch sauber war. Dann lief er zum ersten Mal die Treppen der Eingangshalle empor.

Im ersten Stock war es schon ein wenig heller. Marco fand sich schon erwartet. Ein Novize ließ ihn in ein geräumiges Zimmer oberhalb der Galerie im Innenhof.

»Ah, Marco.«

Bruder Giate wandte sich ihm zu. Ein weiterer Novize, ein hagerer junger Mann namens Menego, mit dem Marco noch kein Wort gewechselt hatte, stand an einem Schreibpult und rollte gerade eine lederne Tasche zusammen.

»Du kennst die Straßen der Roten Füße, mein Junge?«

Marco nickte, bevor er in die weißen Augen blickte und schluckte.

»Ja, Degnato.«

»Dort gibt es eine Manufaktur von den Vetori. Du solltest sie einfach finden. Bringe diesen Brief«, er hielt die Hand auf und Menego legte die Dokumententasche hinein, »dorthin und übergib sie der Dame der Familie Vetori, Elisa.«

»Natürlich, Degnato.«

»Sie wird dir ein Paket für uns geben. Das bringst du bitte mir direkt. Wiederhole das.«

»Ich gehe zur Straße der Roten Füße zur Manufaktur der Vetori und gebe den Brief der Frau Elisa Vetori. Das Paket bringe ich Euch, Degnato.«

Der Bruder lächelte.

»Sehr gut.«

Er hielt die Dokumententasche auffordernd hin, und Marco trat ehrfürchtig vor und nahm sie an sich, als enthielte sie alle Geheimnisse der Welt. Bruder Giate griff in seine Robe und als seine Hand wieder zum Vorschein kam, hielt sie eine kleine, silberne Münze zwischen den Fingern. Marcos Augen wurden groß.

»Es ist nicht eilig. Wenn du unterwegs etwas findest, was dir gefällt ...«

Ungläubig, dass die Münze für ihn sei, öffnete Marco die andere Hand und Bruder Giate ließ das Silberstück hineinfallen. Das Metall war angenehm warm. Münzen hatten in Marcos Leben bislang keine große Rolle gespielt, wenn man davon absah, dass sie eine ferne Wirklichkeit repräsentierten, an der er keinen Anteil hatte. Doch natürlich kannte er die Münzen, welche die stolze Stadt Vastona prägte, den goldenen, fürstlichen Dukaten und die beiden Silbermünzen, den Großen und den Kleinen.

In seinem Geist ratterten Gedanken und Phantasien vorbei, was er mit diesem unglaublichen Reichtum alles kaufen könnte. Mit offenem Mund starrte er auf seine Handfläche, auf der die Münze so klein und unscheinbar wirkte, obwohl sie doch so wertvoll war.

Erst als er Menegos Blick bemerkte, fasste Marco sich wieder.

»Danke, Degnato. Vielen Dank!«

»Man sagt mir, du hast es dir verdient. Und jetzt schnell, schnell, mein Junge.«

Das ließ Marco sich nicht zweimal sagen. Er verneigte sich tief, dann noch einmal flacher vor Menego, bevor er aus der Schreibstube lief und die Treppe hinunterlief, zwei, drei Stufen auf einmal nehmend.

An der großen Tür erwartete ihn bereits Rezzo.

»Bis zum Mittagessen bist du wieder hier«, stellte der Alte fest. »Sonst gehst du hungrig ins Bett, verstanden?«

»Ja, Rezzo«, antwortete Marco, während er durch die halb geöffnete Tür schlüpfte und ins Licht des jungen Tages trat.

10. Kapitel

Obwohl nur wenige Wochen vergangen waren, erschienen die Straßen und Gassen von Marcos Heimatstadt ihm nun aufregend neu und anders. Seine neuen Kleider forderten zwar nicht den Respekt ein, der Bruder Giates Robe gewährt worden war, aber sie zeugten dennoch von seiner Verbindung zum Orden der Seher und sorgten dafür, dass man ihn wahrnahm und achtete.

Statt sich durch die Gassen zu drücken, ging Marco also die breiten Straßen entlang. Doch noch immer suchten seine Augen beständig nach Gefahr, hielten Ausschau nach Raufbolden oder Bürgerwachen, auch wenn sein Kopf ihm sagte, dass er sie nun nicht mehr fürchten müsse, sein Herz blieb vorsichtig.

Überraschend viele Bettler säumten die Straßen, abgerissene Gestalten, denen Marco keinen Blick schenkte. Nicht einmal, als er zwei Bürgerwachen sah, die einige von ihnen vor sich her Richtung Stadttor trieben. Diese Welt lag hinter ihm.

Es war früh, aber die Temperatur begann bereits stetig zu steigen. Es würde ein heißer Tag werden, mit praller Sonne am blauen Himmel. Jedoch war es jetzt noch, zwischen der Kühle der Nacht und der Hitze des Tages, angenehm mit einem leichten Windhauch zwischen den Gebäuden.

Die Stadt war mit dem Licht zum Leben erweckt, und auf den großen Plätzen standen bereits die Händler und boten ihre Waren feil.

Die Münze fest in der linken Faust, besah sich Marco ihre Auslagen. Bislang wusste er nicht, was er sich aussuchen würde, aber die Möglichkeiten waren berauschend.

Erst wollte er aber seinen Auftrag erfüllen und sowohl Bruder Giate als auch Rezzo beweisen, dass sie sich auf ihn verlassen konnten. Sie sollten ihn öfter auf Boten- und Einkaufsgänge schicken.

Wie von selbst suchten seine Füße den Weg den Hügel hinab in Richtung seines Ziels. Sein Verhältnis zu der Stadt mochte sich verändert haben, aber ihre Straßen und Plätze waren immer noch dieselben und er kannte sie gut.

Am Platz der Klingen, wo ein Fürst einst aus den Schwertern seiner besiegten Feinde ein groteskes Kunstwerk hatte schmieden lassen, das aber schon längst wieder verschwunden war und sein Echo nur noch im Namen fand, standen die Verkünder der Stadt und riefen den Menschen ihre Neuigkeiten zu.

»Ein jeder Vastoni ist aufgerufen, sich zu melden!«

Überrascht blieb Marco stehen.

»Diene auch du deiner Heimat!«

»Wovon spricht er?«, fragte er eine junge Frau mit einem Korb voller Äpfel.

»Peluno ist gefallen. Sie sagen, der irrsinnige Schwarze Herzog wird auch gegen Vastona ziehen, jetzt da Padolien ganz in seiner Hand ist.«

Sie machte das Zeichen gegen das Böse, Zeige- und Mittelfinger gekreuzt vor der Stirn. Hastig tat Marco es ihr nach, fragte sich aber augenblicklich, ob es für ihn noch schicklich sei, jetzt, da er den Sehern diente.

»Ziehen wir in den Krieg?«

Sie hob die Schultern.

»Meldet euch zum Waffendienst! Ehre und Beute sind euch sicher!«, antwortete der Verkünder auf Marcos Frage. In seiner Zeit in der Villa hatte er von der Außenwelt nichts mitbekommen. Es erschien ihm seltsam, dass sie weitergegangen war, während sie für ihn gleichsam stillgestanden hatte.

Er nickte der Frau zu, die ihm den Korb hinhielt.

»Magst du einen Apfel?«

Er lächelte vergnügt, als er einen der weniger runzeligen aussuchte und sich bei ihr bedankte. Für einen Moment überlegte er, sie zu segnen, doch das erschien ihm anmaßend. Stattdessen nickte er ihr zu und ging seines Weges.

Ein Stück weiter hatte ein Straßenmagier eine kleine Bühne aus Fässern und Brettern errichtet, auf der er nun über einer Traube von Zuschauern thronte. Seine klare Stimme übertönte die Rufe der Verkünder.

»… mit nie gesehenen Wundern«, endete sein Versprechen, dessen Beginn Marco nicht mitbekommen hatte. Interessiert blieb er stehen. Der Apfel war fruchtig-sauer und Marco aß ihn bis zum Stil auf.

Ein kleines, rotes Leuchten erschien in der Luft über der Hand des Magiers, kaum größer als eine Fliege. Es zuckte durch die Luft, pulsierte dabei, folgte den Bewegungen der Finger, den stummen Anweisungen des Magiers. Marco nickte unwillkürlich. Es hieß, dass die Magier in den Theatern und bei Hof phantastische Illusionen weben konnten oder sogar Feuer entzünden, aber auf den Straßen sah man selten mehr als simple Tricks, bei denen man nie sicher sein konnte, ob man Zeuge echter Magie geworden war.

Das Licht jedoch war Zauberei, daran bestand kein Zweifel. Der Magier trug bunte Kleidung, altmodisch und mit seltsamen Symbolen versehen, die wohl arkan waren – oder zumindest so wirken sollten, wie der misstrauische Straßenjunge in Marco vermutete. Sein Alter war schwer zu schätzen, doch sein Haar war noch dunkel und von Grau unberührt, seine Haut straff und glatt.

»Dies ist die Seele einer Elfe, gefangen einst von finsterster Blutmagie!«

Allein die Erwähnung ließ einige Zuschauer zurückweichen, andere keuchten auf. Auch Marco hob Zeige- und Mittelfinger an die Stirn.

»Doch befreit von mir!«

Marco kniff die Augen zusammen. Das Licht, so unnatürlich es auch schien und sich bewegte, sah kaum wie eine Seele aus. Aber er wusste auch nicht, wie er sich eine Seele, noch dazu die einer Elfe, vorzustellen hatte.

»Nicht nur leuchtet ihr unsterblicher Geist für mich, da sie für mich in Liebe entbrannt ist, auch kann sie ihre Geschichte zeigen.«

Mit einem Mal erschienen verschwommene Bilder in der Luft, flirrend und blass, aber klar genug, um ein verzerrtes Abbild eines uralten Waldes zu zeigen. Marco starrte wie gebannt auf das Trugbild.

Neben ihm erklang ein spöttisches Schnalzen. Eine große, schlanke Gestalt, gehüllt in einen viel zu dicken, eng anliegenden Mantel von auffallend leuchtendem Rot und das Gesicht im Schatten eines breitkrempigen Hutes verborgen, schüttelte scheinbar belustigt den Kopf. Der hohe Kragen des Mantels ließ kaum eine Handbreit des Gesichts frei. Neugierig starrte Marco zu ihm empor. Der Fremde bemerkte die Aufmerksamkeit, und für einen Moment sah Marco zwei mandelförmige Augen im Schatten aufblitzen; eines zwinkerte ihm zu.

»Bevor die Elfen ihre Wälder der Erde entrissen und uns allen entsagten, lebten sie in ihrem Königreich, tanzend zwischen den uralten Bäumen.«

Nun war eine Gestalt zu sehen, ätherisch und schön, hell leuchtend im Dunkeln des imaginären Waldes. So sehr Marco sich aber auch bemühte, Details waren nicht zu erkennen, nur die schimmernde Idee einer Frau.

»Glaub ihm kein Wort, Junge«, erklang die melodiöse Stimme des Fremden neben ihm. »Seine Kunst ist wahrhaftig, seine Geschichte jedoch nicht.«

»Es ist keine Elfe?«

Der Mann schüttelte den Kopf.

»Nein.« Betrübnis schwang in dem einen Wort mit. »Nur Licht und Schatten, geformt zu Lug und Trug.«

Bevor Marco jedoch mehr fragen konnte, wandte der Fremde sich ab und verschwand in der Menge. Die Menschen machten ihm bereitwillig Platz. Ob es an seiner Größe oder dem feineren Stoff seiner Kleidung lag, wusste Marco nicht. Einige Momente sah er ihm nach, bis das Rot verschwand, dann richtete er seine Aufmerksamkeit wieder auf den Straßenmagier.

Doch die Geschichte von Liebe, Verrat, Krieg und Magie wusste ihn nicht mehr zu fesseln, nun da er sie für ebenso trügerisch wie die Illusionen hielt.

Der Rest des Publikums schien gebannt zu sein. Echte Magie war selten auf den Straßen zu finden; sie galt aus aussterbende Kunst. Es hieß, sie möge noch zur Unterhaltung taugen, aber für wenig mehr. Jahrhundertelang war jede ihrer Art verboten gewesen und für Marco war sie ein Relikt vergangener, dunklerer Zeiten. Die neue Welt bedurfte ihrer nicht mehr.

Die Geschichte des Straßenmagiers endete damit, dass er die Seele der Elfe aus ihrem Gefängnis befreite, in das finstere Blutmagier sie gesperrt hatten. Dann verblasste alles und der Mann verneigte sich vor seinem Publikum, das ihm lauten Applaus spendete.

Münzen fielen klappernd in die hölzerne Schale, die dargeboten wurde. Marco war in Versuchung, doch er konnte sich nicht durchringen, seinen Schatz bereits zu teilen. So tauchte er geschickt zwischen den Zuschauern unter und verließ den Platz der Klingen.

Seine Schritte führten ihn schließlich in die Straße der Roten Füße und er fragte sich bei den Leuten des Viertels durch, bis er vor der Manufaktur der Familie Vetori stand. Es war ein unscheinbares, schmales Gebäude, das Tor führte in einen Torgang und dahinter in einen Hof, in dem ein Ochsengespann stand. Einige Arbeiter liefen umher, luden große Ballen verschiedenfarbiger Stoffe ab, während eine Frau laut Befehle rief.

Zielstrebig ging Marco auf sie zu.

»Dame Elisa Vetori?«

Sie beäugte ihn einen Moment misstrauisch, dann erkannte sie seine Kleidung. Sie selbst trug ein schillerndes grünes Kleid, das hier, umgeben von Arbeit und Schmutz, fehl am Platze wirkte.

»Du kommst von Bruder Giate?«

Marco nickte und zeigte die Dokumententasche.

»Ich habe einen Brief und …«

»Ja, ja.« Sie sah sich um und schnippte mit den Fingern. »Danilo, übernimm hier mal und sorg dafür, dass die Affen meinen Stoff nicht in den Schmutz fallen lassen!«

Ein bulliger Mann hob die Hand und begann, die Arbeiter zu unterweisen. Elisa führte Marco in eines der Gebäude.

Feucht-heiße Luft schlug ihm entgegen, durchsetzt mit einem scharfen Geruch, der in seiner Kehle kratzte. Es war ein großer Raum, mit riesigen, dampfenden Bottichen, in denen Männer und Frauen mit langen Stangen rührten. Nasse Bahnen von Stoff waren überall kreuz und quer gespannt und Wasser troff auf den Boden. Marcos Augen begannen zu tränen.

»Hier entlang. Na los.«

Marco folgte ihr durch dieses labyrinthartige Gewirr. Schon nach wenigen Schritten klebte der Stoff seiner Kleidung an seiner Haut und Schweiß lief ihm die Schläfen hinab. Wie man es hier länger aushalten konnte, geschweige denn arbeiten, war ihm schleierhaft. Hinter den Stoffen zeichneten sich Gestalten ab und immer wieder wallte Dampf empor. Wasser platschte, jemand goss eine übelriechende Substanz in einen der Bottiche.

Dann waren sie hindurch und gelangten in eine kleine Stube mit einem Schreibtisch und mehreren Kladden in einem Regal an der Wand dahinter. Elisa setzte sich hinter den Schreibtisch und sah Marco auffordernd an. Er reichte ihr den Brief.

Sorgfältig löste sie das Lederband, entrollte die Tasche und entnahm das Papier. Sie studierte das Geschriebene eingehend, so dass Marco sich schon fragte, ob sie ebensolche Probleme damit hatte wie er. Aber dann lächelte sie dünn und legte das Papier zur Seite.

»Du wirst meine Antwort an Bruder Giate überbringen.«

»Ich soll ein Paket abholen«, stellte Marco fest. Sie schüttelte missbilligend den Kopf.

»Sei nicht so frech. Selbstverständlich bekommst du unsere Lieferung. Und dazu einen Brief. Warte hier.«

Dann begann sie umständlich Papier und Tinte hervorzukramen. Die Feder kratzte langsam über das Papier. Marco wurde unruhig. Er wollte auf keinen Fall den Mittagsschlag verpassen. Doch die Herrin der Manufaktur nahm sich alle Zeit der Welt.

Endlich war sie fertig, las noch einmal ihre Worte, lächelte zufrieden und schlug den Brief in die Dokumententasche ein, die Marco ihr vorher gegeben hatte.

Dankbar nahm er sie entgegen.

»Komm.«

Wieder führte sie ihn durch den höllischen Raum. Dieses Mal erschien er Marco fast noch unerträglicher. Als er in die klare Luft des Hofes trat, atmete er erleichtert auf.

Das Ochsengespann war verschwunden, und der Hof war gänzlich verlassen, bis auf den Vorarbeiter, der Elisa Bericht erstattete.

»Alles da und verstaut.«

»Gut. Danilo, der Junge holt das Paket für den Orden.«

Der Vorabeiter nickte kurz, ohne Marco eines Blickes zu würdigen, und verschwand dann in einem der Gebäude.

»Warte hier.«

Damit drehte Elisa sich um und ließ Marco grußlos allein. Da er nichts tun konnte, als ihrer Aufforderung zu folgen, suchte sich Marco ein Plätzchen im Schatten zwischen zwei großen, leeren Fässern und lehnte sich an die Wand.

Die Zeit verstrich. *Wie schwierig kann es sein, mir ein Paket zu bringen,* dachte er bei sich, aber ein Blick zum Himmel beruhigte ihn; die Sonne war noch weit davon entfernt, ihren Zenit zu erreichen.

An einem der hinteren Gebäude öffnete sich ein Tor und inmitten einer Dampfwolke stahl sich eine junge Frau daraus hervor. Sie trug ein helles Hemd über einem schlichten Rock, darüber hatte sie eine fleckige Schürze gebunden. Ihre Haare waren braun und die Locken mehr schlecht als recht zu einem Knoten am Hinterkopf gebunden, über den sie eine Haube gezogen hatte. Dennoch fielen ihr Haarsträhnen ins Gesicht. Sie schien Marco nicht zu bemerken, sondern schlich die Wand entlang und blieb schließlich im Sonnenlicht stehen. Ihre Augen waren geschlossen, das Antlitz der Sonne zugewandt wie eine Blume. Marco wagte kaum zu atmen.

Erst jetzt konnte er sehen, wie jung sie war, vielleicht in seinem Alter. Ihre Ärmel waren hochgekrempelt und ihre Unterarme und Hände bedeckten farbige Flecken. Sie schien so sehr in sich versunken, dass Marco sich beinahe schämte, sie in diesem Moment ohne ihr Wissen zu beobachten.

»Du verdammtes Miststück!«

Der Schrei brach den Zauber. Ein kleiner Mann sprang aus dem Tor.

»Wie oft habe ich dir gesagt, du sollst nicht einfach verschwinden!«

»Lass mich in Ruhe, Tadio! Ich brauche nur etwas frische Luft!«

Er lief zu ihr herüber, packte sie am Arm, zerrte an ihr, aber sie gab ihm nicht nach.

»Du wirst nicht fürs Rumstehen bezahlt!«

»Lass mich los«, erwiderte sie kalt und entriss sich seinem Griff. Sie stemmte die Fäuste in die Hüften und trat auf ihn zu. Marco hätte ihr jetzt ungern gegenübergestanden.

»Komm zurück, oder ich sage es der Dame, und dann kannst du sehen, wie du das Geld für deine erbärmliche Familie verdienst!«

Ihre Miene verfinsterte sich. Er lachte und griff sich in den Schritt. Marco brauchte nicht viel Phantasie, um zu wissen, was er meinte.

Auch sie schien zu verstehen. Ihre Hand hob sich zum Schlag.

»He!«, rief Marco quer über den Hof, ohne groß nachzudenken. Überrascht flogen beide Köpfe zu ihm herum.

Langsam löste er sich aus den Schatten. Seine Gedanken rasten. Beide sahen ihn gebannt an.

»Ich …«, begann er, dann stockte ihm die Stimme, da er nicht wusste, was er sagen sollte. Dann kam ihm eine Idee: »Sie sollte mir Gesellschaft leisten, bis das Paket für den Orden der Seher geholt wurde. Dame Elisa Vetori hat es angewiesen.«

Er betonte den letzten Teil besonders. Natürlich war es eine Lüge, doch nur eine kleine. Niemand sollte ihm Gesellschaft leisten, aber die Dame hatte befohlen, dass man ihm das Paket bringen sollte.

Der kleine Mann sah erstaunt von Marco zu dem Mädchen hin und her.

»Die hier?«

Marco nickte und packte seine Weste mit beiden Händen, schob die Schultern nach hinten und die Brust raus.

»Ich weiß auch nicht, wieso.«

Er zwinkerte dem Mann zu, als seien sie beide Teil eines Scherzes. Sie schüttelte den Kopf, sagte aber nichts.

Schließlich kam der Kleine zu einer Entscheidung.

»Sobald er weg ist, kommst du wieder rein. Sonst …«

Er ließ die Drohung unausgesprochen. Dann nickte er Marco zu und verschwand wieder im Inneren.

Mit einem Mal war Marco mit ihr allein und ihr Zorn richtete sich auf ihn.

»Ich brauche deine Hilfe nicht«, fauchte sie. »Mit Tadio werde ich allemal fertig!«

Marco sank in sich zusammen.

»Ich wollte nicht …«

»Natürlich wolltest du, du Schnösel. Mit deiner Ordenskluft und deinem kahlen Schädel hältst du dich für was Besseres, was?«

Jetzt wurde er wütend.

»Nein, tue ich nicht«, knurrte er zurück. »Ich wollte nur …« *Ja, was wollte ich eigentlich nur?* »Helfen«, beendete er den Satz. Sie musterte ihn abschätzig. Mit einem Mal kamen Marco seine Kleider weniger besonders, sondern eher wie ein Sündergewand vor.

»Normale Menschen würden sich bedanken«, entfuhr es ihm, als er sich abwandte, auch, um ihrem Blick zu entgehen. Sie schnaubte, sagte jedoch nichts. Er kehrte zurück an den Platz zwischen den Fässern.

»Danke«, wehte es leise herüber. Überrascht sah er auf. Sie blickte zur Seite. Auf ihrer Miene kämpften Stolz und Bedauern.

»Ich bin Marco«, sagte er freundlich.

Wieder dieser Blick, als hätte sie die Augen eines Sehers.

»Elena.«

11. Kapitel

Das ist betrüblich.«

Der Kastellan nickte, doch in seiner Miene war keine Trauer, nur trotzige Entschlossenheit zu erkennen. Es war eine Sache der Ehre, selbst im Angesicht der sicheren Niederlage Haltung zu bewahren und die Pflicht an vorderste Stelle zu setzen, aber Ombro hätte einen nachgiebigeren Verhandlungspartner vorgezogen. Und die Soldaten des Kastellans sicherlich auch, waren sie es doch, die für die Ehre ihres Offiziers bluten und sterben würden.

»Ich hatte es dieser arroganten Gesandten auch schon gesagt«, erklärte der Kastellan frostig. »Ich weiß nicht, warum Euer Herr Eure und meine Zeit derart verschwendet.«

Ombro gestattete sich ein feines Lächeln. Er sah aus dem Fenster, als sammle er seine Gedanken.

»Weil er Euch Gnade gewähren möchtet. Öffnet seinen Truppen Eure Tore, und Euch und Euren Leuten wird nichts geschehen.«

»Geleitet ihn hinaus«, befahl der Kastellan als Antwort und wandte sich ab. Die Verhandlung war vorbei.

Ombro war unter dem blutigen Banner zum Tor geschritten; bei diesem Mann gab es keine Befürchtung, dass die uralten Traditionen nicht geehrt werden würden.

Die Wachen, zwei Frauen und ein Mann, nahmen Ombro in

ihre Mitte. Nach Höflichkeiten stand niemandem der Sinn, dennoch deutete Ombro eine kleine Verbeugung an. Vielleicht würden sie ihn für einen simplen Unterhändler halten, für eine Hofschranze, mit goldener Zunge, aber ohne Rückgrat.

Der Weg durch die kleine Festung war schnell zurückgelegt, und Ombro fand sich unterhalb ihres Tores wieder, auf die Brücke schauend, die von der Bastion so vortrefflich bewacht wurde. Selbst eine große Armee konnte sich hier die Zähne ausbeißen oder zumindest viel Zeit verschwenden.

Dieser Außenposten von Vastona war gut in Schuss und die Garnison ordentlich besetzt. Ein Zeichen seiner strategischen Bedeutung für die Stadt, hier an der einzigen größeren Brücke über den Estos. Wer sie umgehen wollte, musste Meile um Meile flussaufwärts bis zu den Furten marschieren oder fast ebenso weit flussabwärts bis zu den Fähren. Beides kam für die Armee des Schwarzen Herzogs nicht in Frage.

Ombro seufzte. Sobald er aus der Sicht der Wachen auf den Zinnen war, nahm er eine andere straffere Haltung an, hob die Schultern und richtete sich auf. Aus einem gebeugten, schwächlichen Mann wurde wieder er selbst.

In der Scheune eines kleinen Gehöftes fand er Ruhe. Verborgen zwischen Ballen von Heu streckte er die Glieder aus und schloss die Augen. Obwohl die Sonne draußen noch hell schien, war es an der Zeit zu schlafen. Die Nacht würde lang werden.

Einst hatten die Schatten kommender Ereignisse Ombro einfach den Schlaf geraubt oder ihn mit düsteren Träumen erfüllt. Jetzt konnte er selbst in diesen Momenten tief und ruhig schlafen. Er wusste nicht, ob es Fluch oder Segen war, dass die Aussicht auf das Kommende seine Seele nicht mehr belastete.

Der Weg zurück über den Fluss war schnell gefunden. Diesmal nicht über die Brücke, sondern mit dem kleinen Ruderboot, das er vorausschauend in der Uferböschung verborgen hatte. Er machte sich nicht die Mühe, die Ruder mit Tuch zu umwickeln, sondern vertraute auf die Dunkelheit und die nächtlichen Geräusche. Die Überfahrt dauerte nur wenige Augenblicke, doch diese bargen die größte Gefahr, das Boot war auf dem Wasser von der Festung aus vermutlich mit etwas Anstrengung zu sehen. Aber es blieb still, keine Rufe, kein Alarm.

Der Rumpf stieß gegen das Ufer, Ombro sprang an Land, strauchelte kurz, fing sich dann aber und zog das Ruderboot leise auf die Böschung.

Dann bahnte er sich einen Weg durch die Sträucher, die ihn praktischerweise tarnten. Hast war in diesen Momenten ein Feind, und Ombro hatte vor langer Zeit gelernt, dem Drang nach Eile zu widerstehen. Jede Bewegung war sorgsam, jeder Schritt mit Bedacht gesetzt. Wie ein Schatten strich er so das Ufer entlang, langsam, aber unaufhaltsam, und so unbemerkbar wie die nächtliche Luft selbst.

Nicht, dass er sich allzu viele Sorgen machte. Die Wachen würden Ausschau nach heranrückenden Armeen halten. Sicher hatten sie Angst. Aber ihre Blicke richteten sich nach Norden, dorthin, wo sie Abertausende Soldaten und Söldner vermuteten. Eine einzelne Gestalt im Süden, ein Mann, so geübt darin, mit der Dunkelheit zu verschmelzen, dass er sich ihr manchmal näher als anderen Menschen fühlte, würde ihnen kaum auffallen.

Direkt um die Festung herum lag offenes Land. Ombro blieb in der Deckung der Büsche, bis er einen Schatten auf den Zinnen bemerkte. Geduldig wartete er, bis die Wache ihren Gang fortsetzte, dann schlich er bis zur Mauer.

Das Gestein war noch warm vom Tage und fühlte sich rau und hart unter seinen Fingern an. Beinahe zärtlich strich er darüber, erkundete es. Die Festung war alt, lange vor den derzeitigen Kriegen errichtet, verwittert, auch wenn die Mauern gut instand gehalten waren. Ombro hatte schon größere Herausforderungen bewältigt. Seine Finger fanden einen Spalt, krallten sich fest, dann zog er sich hoch, fand eine Lücke für seinen Fuß, hielt inne. Auch hier war Sorgfalt die beste Verbündete.

So erklomm er die Außenmauer, Stück um Stück, leise wie ein Windhauch. Seine Arme waren derartige Anstrengung gewöhnt, lediglich sein Atem ging ein wenig schneller, aber selbst der war zu leise, als dass eine Wache ihn hätte bemerken können.

Als er die Zinnen erreichte, verharrte er regungslos und lauschte. Schritte näherten sich. Jemand gähnte, entließ Darmwinde, entfernte sich wieder. Auch in Kriegszeiten war nächtliches Wacheschieben eine lästige Pflicht.

Als er sicher war, dass sich die Wache weit genug entfernt hatte, glitt Ombro mit einer geschmeidigen Bewegung zwischen den Zinnen hindurch und landete lautlos auf dem Wehrgang. Wie eine Katze strich er von Schatten zu Schatten, bis er die nächste Treppe hinab in den Hof erreichte und zwischen einem kleinen hölzernen Schuppen und der Festungsmauer ein Versteck fand. Jetzt machte sich sein Blick aus dem Fenster des Kastellans bezahlt, bei dem er sich den Grundriss der Festung genau eingeprägt hatte.

Es war ein Leichtes, den Hof zu überqueren und zum Tor des Bergfrieds zu gelangen. Tagsüber hatten hier Wachen gestanden, jetzt war nicht einmal der Riegel vorgelegt. Ombro konnte sich vorstellen, dass derartige Nachlässigkeit den Kastellan sehr verärgert hätte.

Auch in der Finsternis im Inneren fand er problemlos seinen Weg. Ein Rumpeln von oben ließ ihn innehalten. Schwere Schritte näherten sich, Licht begann zu tanzen – eine Laterne oder Ähnliches, schwankend, getragen in der Hand. Rasend schnell ging Ombro seine Optionen durch, sah sich um. Ein Stück unterhalb war eine Schießscharte in die Wand eingearbeitet, ein Hohlraum. Er sprang die Stufen hinab, zwängte sich dort hinein, presste seinen Rücken an die Decke und die Wand, die ihm die größte Deckung bieten würde.

Doch er wusste, dass es ein unzureichendes Versteck war. Ein Blick zur Seite würde ihn bereits verraten. Seine Hand glitt zum Griff des Dolches, der in einer Scheide an seinem Rücken steckte.

Näher und näher kamen die Schritte. Das Licht ließ die Schatten zucken. Jemand ließ sich mehr die Stufen herabfallen, als dass er schritt, eine schwere Person, vermutlich ein Mann, müde oder erschöpft. Die Erkenntnis gab Ombro Hoffnung.

Dann war das Licht heran. Noch tiefer presste er sich in die schmale Öffnung. Jetzt schlug sein Herz schneller, er zwang sich, ruhig und leise zu atmen. *Sei ein Schatten,* flüsterte eine Stimme in seinem Geist.

Im Schein einer rußigen Laterne trat eine massige Gestalt in sein Sichtfeld. Ein Mann, der einen langen Überwurf trug, grau und fleckig. Von seinem Versteck aus konnte Ombro das Gesicht nur im Profil sehen, dicke Wangen, eine knubblige Nase, die Haut glänzend.

Ein Schritt, eine Stufe. Noch eine. Noch zwei, und der nächtliche Störenfried wäre vorbei, müsste sich umdrehen, um Ombro zu sehen. Die nackten Fußsohlen klatschten auf den Stein, und der Mann streckte den Arm aus, hielt sich an der Wand fest. Möglicherweise war er nicht nüchtern, so unsicher, wie er auf den Beinen schien.

Dann blieb er stehen. Lautlos verfluchte Ombro sein Pech. Der Mann murmelte etwas, rieb sich über das Gesicht. Ombros Finger schlossen sich um den vertrauten Griff seiner Klinge. Besser, es schnell hinter sich zu bringen, als zu zögern und die Entdeckung zu riskieren. Ganz behutsam zog er den Dolch aus der Scheide. Das eingeölte Metall machte keinen Laut. Ein schneller Stich, direkt in die Seite des Halses, dann verhindern, dass der schwere

Mann die Treppe hinabpolterte. Danach musste alles viel schneller gehen. Ombro hob die Klinge.

Der Mann stöhnte, dann ging er weiter. Jeder Schritt ein halber Sturz, doch er blieb auf den Beinen, nichts ahnend von der Gefahr, in der er geschwebt hatte. Als das Licht der Laterne um die Biegung der Treppe verschwand, atmete Ombro auf.

Eine Weile noch lauschte er ins Dunkel, doch bald wurde es still. Als er sicher war, wieder allein zu sein, glitt Ombro aus der Schießscharte und streckte sich.

Er wollte die verlorene Zeit aufholen, deshalb lief er weiter, schnell die Treppe hinauf, bis er die Tür zu den Gemächern des Kastellans erreichte. Kein Lichtschein, kein Laut war zu hören.

Sanft öffnete Ombro die Tür und stahl sich durch den schmalen Spalt in den Raum. Hier war der kleine Empfangsraum, in dem er sich die Weigerung angehört hatte, die Waffen zu senken und die Feste zu übergeben. Dahinter, durch eine weitere Tür abgetrennt, musste das Schlafgemach liegen.

Kein Riegel, kein Schloss. Niemand hatte hier Angst vor Eindringlingen. Der Schutz der Festung waren ihre trutzigen Mauern und nicht die Türen in ihrem Innersten.

Ein großes Bett beherrschte den kleinen Raum. Darin lag eine Gestalt, leise und regelmäßig atmend. Das schmale, hohe Fenster war offen, um Nachtluft in den Raum zu lassen. Und etwas Mondlicht für Ombros an Dunkelheit gewöhnte Augen.

Unter der Decke lag nur ein Mann, wie Ombro erleichtert feststellte. Keine Frau, weder eine Gattin noch eine Dirne.

Alles ging sehr schnell. Eine Hand presste er auf den Mund. Noch bevor die Augen sich öffneten, zog er die Klinge über die Kehle. Warmes Blut schwappte hervor, rann über Ombros Hand. Er hielt dem Blick des Sterbenden stand, sah darin erst Erstaunen, dann Verstehen, dann Entsetzen. Und dann nichts mehr.

Er sog die Luft ein, merkte erst jetzt, dass er den Atem angehalten hatte. Mechanisch wischten seine Hände das Blut an der Bettdecke ab, reinigten den Stahl seines Dolches. Er wandte den Blick nicht vom Antlitz des Toten ab. Dies war sein Werk, der uralte Handel, Blut für Gold.

Doch selbst dieses offensichtliche Zeichen der Macht des Schwarzes Herzogs reichte nicht aus. Der Kastellan tot, ermordet, umgeben von seinen Soldaten. Seht her, sagte der Leichnam, nichts und niemand kann euch schützen, keine Mauern, keine Wachen.

Um die Botschaft noch zu verstärken, begann Ombro seine grausige Arbeit. Der Tote zuckte unter seinen Handgriffen. Zuerst die Zunge. Dann die Augen. Wer den Kastellan sehen würde, sollte erbleichen. Selbst die hartgesottensten, kampferprobtesten Soldaten sollten bei seinem Anblick Furcht spüren.

Wer so etwas tat, war zu allem fähig. Diese Nachricht hinterließ Ombro. Eigentlich kam sie von Solare Biocca, auch wenn der Schwarze Herzog niemals mit seinen eigenen Händen das tun würde, was Ombro nun tat.

Er betrachtete das Ergebnis. Blutige Öffnungen, tiefe Schnitte, wie klaffende, rote, zahnlose Münder. Kaum zu erkennen, dass dies ein Mensch gewesen war.

Ombro atmete aus. Dann wusch er sich gelassen in der Schüssel, die auf einem niedrigen Tisch in der Ecke stand, und verließ in aller Ruhe die Gemächer.

Er war schon fast über den Hof, als über ihm ein Schrei ertönte. Zu früh. Eine Glocke läutete, mehr Schreie dröhnten, Alarmrufe.

Mit einem Mal fand sich Ombro inmitten einer Festung voller Feinde, die nach ihm suchten, wieder.

12. Kapitel

Als sie das erste Mal zu ihm kamen, war Marco aufgeregt wie selten zuvor in seinem Leben. Es war dunkel, und die meisten anderen im Saal schliefen bereits. Die Tür öffnete sich mit ihrem üblichen Knarzen, aber leiser, da Rezzo sie vorsichtig aufschob. Das flackernde Licht einer Laterne fiel durch den Spalt.

Obwohl er einen langen Tag gehabt hatte, schlief Marco noch nicht. Vielleicht war es eine Vorahnung gewesen, die ihn wach gehalten hatte. So sah er genau, wie Rezzo zwischen den Schlafenden entlang ging, vorsichtig wie eine Katze, und schnurstracks auf sein Bett zukam. In der Tür war die helle Gestalt Bruder Giates zu sehen; die weißen Augen reflektierten das wenige Licht. Marco fühlte ihren Blick, der ihn zwar nicht sehen konnte, aber dennoch in seinen Geist einzudringen schien.

Ohne ein Wort legte Rezzo ihm die Hand auf die Schulter und nickte ihm zu. Sein Gesicht, nur von unten durch die Laterne angestrahlt, wirkte seltsam verzerrt, dunkle Schatten und helle Flecken, mehr Monster als Mensch.

Marcos Herz begann zu rasen, und seine Handflächen wurden feucht. Jetzt war es so weit. Alles Bisherige war nur Vorbereitung auf diesen Augenblick gewesen. Nun riefen ihn die Seher in ihre Mitte.

Ein erhebendes Gefühl breitete sich in ihm aus, als er seine

Decke abstreifte. Seine Gliedmaßen waren ungeschickt, fühlten sich fremd an. Und da war noch mehr. Ein Bild von Luca tanzte vor seinen Augen, bleich und schwach, wie er kaum stehen konnte. Doch Rezzos feste Hand ließ ihn nicht zögern, sondern schob ihn Richtung Tür.

Auf Bruder Giates Lippen war ein feines, aufmunterndes Lächeln zu sehen, aber auch er sagte nichts, sondern führte ihren kleinen Trupp durch die Korridore des Palastes. Hier und da schien Mondlicht durch vergitterte Fenster, doch vor allem war es das schmale Licht der Laterne, das ihnen den Weg wies.

Sie gelangten in einen kleinen, einst prunkvollen Raum, von dessen Wänden nun bunter Putz bröckelte, so dass nur noch Spuren alter Wandgemälde zu sehen waren. Löchrige Vorhänge aus dickem Stoff hingen vor dem einzigen Fenster. Es roch feucht, sogar modrig. In die gegenüberliegende Wand war eine Tür eingelassen, die einst geschickt verborgen gewesen sein mochte, durch den Verfall jedoch deutlich zu erkennen war, da um den Rahmen helles Mauerwerk durchschien.

Rezzo trat vor, und zu Marcos Überraschung öffnete sich die Tür mühelos. Dahinter lag eine schmale Treppe. Fragend blickte er Bruder Giate an, der mit ausgestreckter Hand auf die dunkle Öffnung wies.

Trotz der beiden Männer an seiner Seite durchfuhr Marco ein kühler Hauch der Angst beim Anblick der Stufen, die in die Schatten führten. Doch er gab sich einen Ruck, tat den ersten Schritt und stieg hinab.

Das Licht reichte kaum aus, um den Weg zu erkennen und Marco musste sich mehr tastend als sehend voranbewegen. Die Stufen waren schief, der Stein feucht unter seinen nackten Füßen und rutschig. Bruder Giate folgte ihnen sicheren Schrittes.

Es war keine einfache Treppe, die nur in einen Keller führte. Zu lang gingen die Stufen hinab und die Wände wurden unter Marcos

Fingern von Putz zu Fels. Die Luft fühlte sich auf Marcos Haut klamm an.

Als er endlich den Fuß der Treppe erreichte, atmete Marco erleichtert auf. Vor ihnen öffnete sich ein breiter, kurzer Raum, an dessen anderem Ende ein Torbogen in ein Zwielicht führte. Irgendwo jenseits dieses Durchgangs gab es mehr Licht.

»Geh«, erklang Rezzos Stimme und Marco schritt wie befohlen weiter. Ihm war nicht wohl. Bislang hatte er sich die Zeremonien nur vage vorgestellt, Bilder geprägt vom Glanz und der Glorie des Tempels, von Marmor und Gold und hymnischen Gesängen, von Weihrauch und einer Erhabenheit, der sich selbst Straßenjungen kaum entziehen konnten.

Dies hier war so anders. Ein dunkler Ort, verborgen vor den Augen der Welt, mehr Höhle als Keller, kühl und feucht. Keine Brüder, die ihn in Empfang nahmen, kein würdevolles Zeremoniell, nur Rezzo, der ihn mit einer Hand auf der Schulter vorwärts drängte.

Doch als er durch den Torbogen trat, war da wenigstens ein Teil von all dem, was er sich für diesen Moment immer vorgestellt hatte: Brüder in weißen Roben, fast zwei Dutzend mochten es sein; sie standen im Licht weniger Laternen in einem weiten Halbkreis und wandten sich ihnen zu, als Marco halb in den Raum trat, halb geschoben wurde.

In ihren weißen Augen spiegelte sich das Licht der Laternen, ließ sie noch heller und unnatürlicher wirken. Marco schluckte. Alle warteten offenbar auf ihn, und er wusste nicht, was ihn erwartete.

»Danke, Rezzo«, sagte Bruder Giate sanft und trat neben Marco. Der Diener verneigte sich leicht und ging zurück durch den Torbogen. Das Licht seiner Laterne verschwand die Treppe hoch.

Erst jetzt sah Marco, wo sie sich befanden. Es war eine künstliche Kaverne, die in den Fels unter der Stadt geschlagen worden war. Säulen stützten die Decke, in den Schatten konnte er weitere Eingänge mit gemauerten Türstürzen erkennen. Schon auf den ersten Blick wirkte es wie ein Labyrinth.

»Komm.«

Bruder Giate nahm seine Hand und führte ihn in die Mitte des Raumes, in die Versammlung seiner Ordensbrüder. Dort war ein flaches Becken in den Boden geschlagen, das sich absolut glatt und poliert unter Marcos nackten Füßen anfühlte. Er hielt den Kopf gesenkt, spürte aber dennoch die vielen Blicke auf sich ruhen. Aber Bruder Giates ruhige Hand gab ihm Kraft, nahm ihm einen Teil seiner Angst.

»Dies ist Marco. Er wird einer der unseren werden.«

Darauf gab es keine Erwiderung von den Brüdern, als sei diese Feststellung so sehr Wahrheit, dass es keiner Antwort bedürfe. Marco riskierte einen Blick aus den Augenwinkeln und sah, wie die Ordensbrüder den Kreis schlossen, wobei ihre weißen Roben leise raschelten. Nun war da doch ein Gefühl des Triumphs. Inmitten des Kreises war er, Marco, der Waisenjunge, Bettler und Dieb, im Zentrum des Ordens der Seher.

»Habe keine Angst«, flüsterte Bruder Giate und lächelte Marco an. Er zog ein weißes Tuch aus dem Ärmel seiner Robe, ein langes Band, das er durch einige Drehungen mit sich selbst verwickelte. Dann trat er hinter Marco und legte ihm das Tuch über die Augen. Kein Funken Licht drang durch den Stoff. Mit einem Mal war Marco blind. Sein Herz schlug bis zum Hals.

»Noch existierst du in Dunkelheit, Marco, geblendet. Doch so wie du bald dieses Tuch abstreifen wirst, so wirst du die Dunkelheit abstreifen, wenn du ein Seher wirst.«

Mit sanftem, aber unnachgiebigem Druck zwang Bruder Giate Marco nun auf die Knie. Die Hände des Bruders mochten weich wirken, doch ihre Kraft war weit größer, als Marco je gedacht hätte.

»Heißen wir ihn in unserer Mitte willkommen.«

Jetzt erklang ein Gesang aus vielen Kehlen, ein ruhiges, dunkles Lied in einer Zunge, die Marco nicht verstand. Es war ein Chor, wie er ihn im Tempel noch nie gehört hatte, komplex und dabei harmonisch, mit wechselnden Stimmen, die den Ton vorgaben.

Da ihm die Augen verbunden waren, konzentrierte sich Marco ganz auf seine Ohren. Er hörte Bruder Giates Schritte, der den Kreis abzugehen schien, leise Worte murmelnd, deren Sinn sich Marco nicht erschloss. Es wurde wärmer in dem Raum, vielleicht gewöhnte er sich nur einfach an die kühle Luft. Der Gesang schien wie eine Geschichte zu sein, selten wiederholte sich ein Teil. Um ihn herum kam Bewegung auf. Leises Rascheln von Roben, sanfte Schritte auf dem Boden. Als etwas seinen Arm berührte, zuckte Marco zusammen. Es war kalt und heiß zugleich, jedoch brachte es keinen Schmerz. Dann spürte er eine Feuchtigkeit auf seiner Haut, die seinen Arm warm hinablief, hörte einen Tropfen auf den Steinboden fallen. Obwohl er seinen Arm packen wollte, wagte er es nicht, sich zu rühren, sondern kniete ganz starr.

Das Ritual, so anders als die hymnischen Gesänge im Tempel, wurde lauter und fordernder. Der Gesang spülte über Marcos Geist hinweg, trug ihn davon. Jetzt war es ihm, als schwebte er, als sei sein Leib fern von ihm. Nicht einmal, als er sich bewegen wollte, konnte er dies.

Für einen Moment erschreckte ihn die Erkenntnis, doch alles war so fremdartig, so anders, dass er sich auf keinen Aspekt konzentrieren konnte. Wie im Traum nahm er alles um ihn herum nur noch wahr, unfähig zu reagieren, zu handeln, ja selbst klar zu denken.

Manchmal schien es ihm, als könne er die weißen Augen selbst durch die Binde sehen, ihren flammenden Blick auf sich spüren.

Wieder eine Berührung, diesmal an seinem Rücken. Gleichzeitig heiß und kalt, eine so unbekannte Empfindung. Mehr Flüssigkeit troff auf den Boden, rann über Marcos nackten Rücken.

Immer wieder glaubte er, in dem Gesang Worte zu erkennen, doch sie entglitten seinem Geist, sobald er sich an ihnen festzuhalten versuchte.

Jetzt kamen die Berührungen schneller und schneller, bald schien sein ganzer Körper zu brennen und dabei mit Eis bedeckt zu sein. Es waren keine Schmerzen, wohl aber das ständige Tropfen. Um seine knieenden Beine sammelte sich die warme Flüssigkeit, lief seinen Leib hinab, füllte das Becken.

Marco begann zu zittern. Sein Körper war ihm fern, doch selbst da fühlte er sich schwach, als könnten die Beine jeden Moment nachgeben.

Seine Gedanken, ohnehin schon fragmentiert wie zersplittertes Glas, wurden träge. Der Gesang verschwamm zu einem monotonen Dröhnen.

Alles war nun fern von ihm, er trieb in einer fröstelnd kalten Dunkelheit. Irgendwo in der Ferne sank sein Kopf auf die Brust, er sackte in sich zusammen, sein Leib längst wie vergessen.

»Genug!«

Es war Bruder Giates Stimme. Sie riss ihn ein Stück weit aus seiner Benommenheit. Mit einem Mal war er sich wieder seines Leibes bewusst, spürte die kalten Feuer auf seiner Haut.

Der Gesang verklang. Jemand packte Marco unter den Armen, zog ihn aus dem Becken. Die Augenbinde verrutschte bei der Bewegung. Obwohl das Licht nicht hell war, stach es in seine Augen. Kurz nur sah er das Becken voll mit dunkler Flüssigkeit, sah ihre Linien und Spuren auf seiner nackten Haut, sah die Wunde auf seinem Oberschenkel, ein langer, feiner Schnitt, aus dem jedoch kein Blut rann.

Ihm wurde wieder schwarz vor Augen. Sein Geist zog sich zurück in diese warme, angenehme Dunkelheit. Stimmen um ihn herum, Tücher mit kaltem Wasser, die ihn abwuschen. Mit ihnen kam der Schmerz. Doch die Dunkelheit in seinem Geist bewahrte ihn davor.

»Er hat viel gegeben.« Marco verstand die Worte, aber nicht ihren Sinn. »Beenden wir es.«

Mehr Gesänge, nun anders, weicher, freundlicher. Der Schmerz verging.

Marco fiel endgültig in die Schwärze, die auf ihn wartete.

13. Kapitel

Die Zeit war gegen Ombro. Je länger er sich verbarg, desto geringer wurden seine Chancen, unentdeckt aus der Festung zu entkommen. Aber für den Moment war er sicher in seinem Versteck, zwischen den Fässern und Truhen in dem ungenutzten Stall. Sobald er es verließ, wuchs die Bedrohung, war das Risiko, seinen Häschern in die Arme zu laufen, unkalkulierbar.

Zum ersten Mal seit Langem war sich Ombro unsicher, was er als Nächstes tun sollte. Eine ungewohnte Situation, deren kribbelnder Reiz jedoch nicht unwillkommen war. Er fühlte sich wie ein Wolf, der von einem Rudel Hunde gejagt wurde – jedem einzelnen überlegen, doch gegen die Meute ohne Chance.

Aber dieser Wolf hatte Zähne, und er konnte beißen.

Das Tor war verschlossen, und im Licht der entzündeten Feuer im Hof waren ein Dutzend oder mehr Soldaten zu sehen, die dort aufgeregt Wache standen. Dieser Fluchtweg war ihm also verwehrt.

Blieb nur die Mauer. Doch nun waren überall auf den Wehrgängen Fackeln zu sehen, auf den Türmen brannten Feuer und Menschen liefen umher. Selbst wenn er zwischen ihnen hindurchkam, war die Mauer zu hoch, um von ihr zu springen. Und kletterte er hinab, würden sie ihn durch das Tor verfolgen. Wie eine Ratte saß er in der Falle. Und die Zeit wurde knapp. Die Instinkte der Soldaten, die Befehle der Offiziere, alles trug dazu bei, dass das Netz schon bald noch enger zugezogen werden würde, und dann gab es keine Hoffnung mehr.

Ombro kam aus seinem Versteck und sah sich um. Er nahm eine schmierige Lampe in die Hand und öffnete ihr Ölgefäß. Fast leer, aber noch genug. Sorgfältig schichtete er Heu auf, legte Spuren von Öl zu anderen Ballen, verstreute warmes, duftendes Stroh überall. Nur in einer Ecke ließ er Raum frei, in einem kleinen Verschlag. Ein schneller Funkenschlag, dann dauerte es nicht lange, bis die Flammen aufloderten.

Das Feuer bereitete ihm Unbehagen, und am liebsten wäre er davongeeilt. Stattdessen verbarg er sich in dem Verschlag, duckte sich hinter das Gatter. Schon bald konnte er selbst hier die Hitze spüren. Die Flammen züngelten an der Wand bis zum Dach des Stalls empor. Sie liebkosten alte Fässer, schwärzten verstaubte Truhen und fanden in einem schiefen, von Spinnweben bedeckten Regal irgendeine Nahrung, die sie noch weiter anfachte.

Alles in Ombro schrie nach Flucht. Rauch wand sich durch die Luft, machte ihm das Atmen schwer, kratzte bis in die Brust hinab. Er unterdrückte den Husten, rieb sich Dreck ins Gesicht und duckte sich noch flacher auf den Boden. Schon loderten die Flammen über ihm die Decke entlang, fraßen sich gierig durch das viele Holz des Stalls, da wurde endlich die Tür aufgerissen.

Bevor der junge Soldat etwas sagen konnte, hob Ombro die Hand, so dass sie über das Gatter reichte.

»Hilfe!«, rief er mit schwacher Stimme, gerade laut genug, um das Tosen des Feuers zu übertönen. Es war ein riskantes Spiel.

»Feuer!«, schrie der Soldat nach draußen, hastete dabei aber zu Ombros Versteck. »Alles gut, alles gut, ich bin da.«

Es waren seine letzten Worte. Als er sich über das Gatter beugte, packte Ombro ihn und riss ihn herab. Seine andere Hand mit dem Dolch kam dem jungen Mann entgegen. Die Klinge glitt unter dem Kinn in den Hals, fuhr bis zum Heft hinein. Ombro drehte sich weg, zog den Sterbenden dabei in den Verschlag. Er kam auf die Knie, sah den Soldaten an, in dessen geweiteten Augen nur Unverständnis zu sehen war. Er wusste nicht einmal, wie ihm geschah, als Ombro den Helm von seinem Kopf zog und den Umhang von seinem Hals schnitt. Blut klebte an seinen Fingern, aber das ließ sich nicht ändern.

Während der junge Soldat gurgelnd sein Leben aushauchte, mit jedem Atemzug Blut ausspuckte, setzte Ombro den Helm auf und warf den Umhang über. Selbst in der Nacht war die Verkleidung schnell als solche zu erkennen, aber dies war keine gewöhnliche Nacht.

Dennoch raste sein Herz, als er sich erhob. Von draußen drangen Stimmen herein, durch den blendenden Schein des Feuers hindurch sah er Schemen, die auf ihn zu rannten.

Jetzt hustete er, keineswegs nur, um die Illusion aufrechtzuerhalten, sondern weil er musste. Er hob den Arm vors Gesicht, wie um sich vor der Hitze zu schützen, und taumelte übertrieben auf den Ausgang zu.

»Da … ist …« Er hustete, als die Soldaten ihn erreichten. »Noch … einer.«

Der Rauch war inzwischen wie dicker Nebel, überall schlugen Flammen empor und es war so heiß, wie es in der Hölle sein musste. Zwei Soldaten wagten sich weiter vor, doch da stürzte ein Balken herab, ein Funkenregen stieb auf und einer von ihnen fiel zu Boden.

»Helft … ihm!«, brüllte Ombro mit vom Husten rauer Stimme, wedelte mit der Hand in Richtung des Infernos und ging selbst zum Tor hinaus.

Dankbar sog er kühle Nachtluft in seine gemarterten Lungen, was ihn jedoch nur noch mehr husten ließ. Als der Anfall nachließ, sah er sich um, darauf bedacht, sein Gesicht im Schatten des Helms zu halten.

Sollte vorher tatsächlich Ordnung in die Truppen gekommen sein, so war sie nun wieder dahin. Die urtümliche Furcht vor dem Feuer sorgte dafür, dass bei vielen erst einmal der Verstand aussetzte. Einige rannten zum Stall, andere zum Brunnen, wieder andere liefen davon. Jeglicher Befehl ging in dem Tumult unter.

Als wäre er verletzt, beugte sich Ombro nach vorne und ging mit unsicheren Schritten immer weiter. Dort standen nur noch eine Handvoll Wachen, die mit großen Augen auf die Feuersbrunst starrten. Ihre Gesichter waren vom Schein der Flammen hell erleuchtet.

»Es sind … welche eingeschlossen«, presste er unter Husten hervor. »Hilfe.«

Die Soldaten blickten sich unsicher an; niemand wollte den ersten Schritt machen, keiner wollte näher an das Feuer heran. Da er es nicht mit allen aufnehmen konnte, packte Ombro eine Soldatin am Arm. Er blickte ihr in die Augen. Es war ein kalkuliertes Risiko; bei einer so kleinen Besatzung würden sich alle Soldaten kennen, aber es war dunkel, die Augen vom Feuer geblendet und sein Gesicht schmutzig und unkenntlich.

»Hilfe!«

Seine Stimme war so flehentlich, dass er sie zu überzeugen schien. Sie wandte sich an die anderen.

»Ihr beiden kommt mit, ihr anderen helft dem hier.«

Die drei Soldaten liefen los. Ombro taumelte, täuschte einen Sturz vor. Einer der Soldaten sprang ihm zur Seite, hielt ihn fest. Ombros Klinge glitt unter seinem Arm hindurch, stieß in die ungeschützte Achsel, bohrte sich in die Lunge. Der Soldat seufzte, seine eigenen Knie gaben nach. Der andere hielt in seiner Bewegung inne. Er erblickte Ombros Dolch, wich zurück.

»Mörder!«, rief er laut. Ombro warf sich nach vorne. Der Mann zog sein Schwert halb aus der Scheide, doch dann rammte Ombro ihm die Schulter in die Brust, schleuderte ihn nach hinten, gegen das Tor. Der erste Soldat sank in sich zusammen.

Es galt, keine Zeit zu verlieren. Ombro trieb dem anderen sein Knie in den Bauch, schlug seinen Kopf nach hinten gegen das harte Holz des Tores.

Der Soldat war von dem Ansturm benommen, und so kamen seine Arme viel zu spät hoch, um den Dolchstoß in sein Auge abzuwehren. Seine Beine gaben nach und er stürzte zu Boden.

Ombro blickte sich nicht um, sondern drückte nur seine Schulter unter den Balken, der das Tor verschloss, stemmte sich mit aller Kraft dagegen. Langsam, viel zu langsam hob er sich. Dann jedoch gab er nach, und Ombro sprang durch die schmale Lücke.

Er rollte sich ab, warf den Helm davon, ließ den Mantel von den Schultern fallen und schob den Dolch mit einer tausendmal geübten Bewegung in seine Scheide zurück.

Von den Mauern hinter ihm ertönten wütende Schreie. Armbrustbolzen schlugen um ihn herum in den weichen Boden. Ombro rannte geduckt den Fluss entlang.

Hinter ihm herrschte große Aufregung. Häscher strömten aus dem Tor. Viel zu viele, um ihnen allen zu entkommen, allein, zu Fuß. Es gab nur noch eine Hoffnung.

In seiner Brust brannte ein Feuer, so furchtbar wie jenes im Stall. Er bekam kaum Luft, doch er musste laufen, musste rennen, wie ein Hase gejagt von Füchsen.

Dann endlich erreichte er sein Boot. Er sprang einfach hinein, nutzte den Schwung seines Körpers, um es in den Fluss zu schieben. Es schaukelte heftig, drohte zu kentern, doch Ombro klammerte sich fest, hielt es irgendwie aufrecht.

Die Strömung zog es mit sich, und Ombro packte die Ruder. Am Ufer brüllten Soldaten unverständliche Befehle. Zwei, drei schnelle Schläge brachten ihn auf die Mitte des Flusses, der ihm nun viel zu schmal erschien. Ein Bolzen schlug neben seiner Hand ins Holz, die Spitze ragte eine Spannlänge heraus. Ombro fluchte und beugte sich runter, ließ die Bordwände seine Rüstung sein. Geschosse surrten durch die Luft, bohrten sich in Holz oder fielen ins Wasser. Ombro atmete so flach er konnte.

Jetzt konnte er die Befehle besser verstehen, da die Rufe näher und näher kamen. Seine Verfolger wollten ihm den Weg an der Brücke abschneiden. Wenn sie diese vor ihm erreichten, konnten sie von oben in das Boot schießen. Das wäre sein sicherer Tod.

Mit grimmig verzogener Miene richtete er sich auf, nahm die Ruder und begann, hart zu rudern. Die Strömung trieb das Boot dazuhin an, und er steuerte so schnell er konnte auf die breiteste Öffnung unter der Brücke zu.

Am Ufer liefen die Soldaten wieder zurück, deuteten auf ihn, auf das Boot. Ombro ruderte wie ein Besessener. Seine Muskeln im Rücken schrien gequält auf, inzwischen fühlte seine Brust sich an, als habe er bereits einen Bolzen abbekommen.

Es war ein Rennen zwischen Boot und Läufern. Ombro hatte den Fluss im Rücken, aber die Soldaten wurden von maßloser Wut angetrieben. Immer näher kam die Brücke, die Durchfahrten zwischen ihren Pfeilern wie schwarze, gähnende Münder.

Die Soldaten waren zu langsam. Keiner würde die Brücke vor ihm erreichen. Die Erkenntnis gab Ombro noch einmal Kraft, ließ ihn sich noch einmal wild in die Riemen legen. Schon ragte die Brücke vor ihm auf. Ombro frohlockte.

Der Bolzen traf ihn in die Seite, halb in den Rücken. Er wurde nach vorne geworfen, das Ruder entglitt seiner nun kraftlosen Rechten. Das Boot drehte sich ohne Kontrolle, der Bug schlug gegen Stein, Ombro wurde zurückgeschlagen, prallte auf hartes Holz.

Das warme Blut rann über seine Haut, tränkte seine Kleidung. Die Schmerzen waren unerträglich, dann wurden sie dumpf und fern. So wie die ganze Welt. Ombro wurde schwarz vor Augen, doch mit schierer Willenskraft zwang er die Dunkelheit zurück. Er konnte nicht rudern, konnte sich nicht mal aufrichten.

Doch die Strömung spülte sein Boot wie ein Treibgut unter der Brücke hindurch. Der Fluss trug ihn mit sich, fort von Rufen, Feuer und Tod.

14. Kapitel

Als Marco die Augen wieder aufschlug, herrschte Stille um ihn herum. Ein dämmriges Licht zeigte gerade genug seiner Umgebung, dass er den Schlafsaal erkennen konnte. Durch die geschlossenen Läden fielen die Strahlen der Sonne durch die staubige Luft. Er empfand keine Schmerzen, doch ihm war schwindelig. Und er hatte Durst, furchtbaren Durst, so schlimm, wie er ihn sich vorher niemals hätte vorstellen können. Sein Mund war trocken, die Zunge klebte ihm am Gaumen und allein sie zu bewegen, ließ ihn husten.

Langsam klärten sich seine Sinne. Von der Tür her vernahm er leise Geräusche, Zeichen eines normalen Tages, ein Lachen, Schritte. Er wollte etwas rufen, doch aus seiner ausgedörrten Kehle kam nur ein schwaches Stöhnen.

Dennoch öffnete sich die Tür und Rezzo betrat den Saal, ein Tablett in den Händen. Er kam schnurstracks auf Marco zu, stellte das Tablett auf den Boden und kniete sich neben das Bett.

»Du bist wach. Gut. Trink.«

Marcos Haupt wurde angehoben, ein Becher an seine Lippen geführt. Es war Wasser mit ein wenig Essig, säuerlich, erfrischend. Gierig trank Marco, bis er sich verschluckte und wieder husten musste.

»Langsam, Junge.«

Rezzos Stimme war fast freundlich. Marco nickte und lächelte dankbar. Er zog sich hoch und lehnte sich halb gegen die Wand. Diesmal konnte er den Becher greifen und so vorsichtiger trinken.

Mit jedem Schluck schienen mehr Lebensgeister wiederzukehren. Als er die kühle Flüssigkeit wohlig in seinem Leib spürte, ließ er ab und brachte sogar ein leises »Danke« hervor.

Rezzo wies auf das Tablett.

»Ein wenig Brei, das wird dir leichtfallen. Brot für später. Wenn du Probleme hast, weich es ein.«

Auf dem Tablett waren einige gute Dinge angerichtet, ein noch dampfender Haferbrei, ein Becher Milch, ein Krug Wasser, daneben ein Stück Brot und sogar zwei Scheiben Wurst und ein kleiner, bröckeliger Käse. Gerade noch hatte Marco sich zu schwach zum Essen gefühlt, doch jetzt stieg Hunger in ihm auf.

»Iss, Junge, du musst wieder zu Kräften kommen.«

Damit wandte Rezzo sich ab und ließ Marco allein. Trotz des Hungers war Marco zu schwindelig, um sich nach dem Tablett zu bücken, also sank er erst einmal wieder zurück und schloss die Augen. Das Wasser hatte gutgetan und er war ganz wach. Die Dunkelheit zog nicht mehr an ihm.

Dafür kehrten die Erinnerungen zurück. Das Ritual in jenem Raum unter der Villa, die Seher, Bruder Giate. Jetzt, hier, im vertrauten Schlafsaal, wirkte es so weit weg und seltsam.

»He! Der Langschläfer ist aufgewacht!«

In seine Erinnerung versunken, hatte Marco nicht gemerkt, wie Luca sich in den Saal geschlichen hatte. Über seinem hellen Hemd trug er eine dunkle Schürze. Ein Streifen Schmutz lief über seine blasse Wange, und Schweiß stand ihm auf der Stirn. Marco musste grinsen. Wie gerne wäre er mit den anderen draußen im Garten gewesen, selbst wenn das Arbeit bedeutete. Dann gähnte er ausgiebig und übertrieben.

»So ein wenig könnte ich noch liegen bleiben ...«

»Ha! So ein wenig wirst du noch liegen bleiben. Dauert etwas, bis die Knie nicht mehr so weich sind«, prophezeite Luca und deutete mit einem Nicken auf das Tablett. »Aber Essen ans Bett, ist doch auch was.«

»Von Rezzo persönlich bedient, daran könnte ich mich gewöhnen.«

Erst nach einem verstohlenen Blick über die Schulter, als befürchtete er, dass der Alte sich jeden Moment hinter ihm materialisieren würde, fiel Luca in das Lachen ein.

»Keinen Hunger?«

»Doch.«

Luca feixte und zwinkerte Marco verschwörerisch zu.

»Am Anfang ist es immer so, aber das geht schnell vorbei.«

Er bückte sich, stellte das Tablett neben Marco auf das Bett. Bevor dieser jedoch zugreifen konnte, hatte Luca sich das Brot und den Käse geschnappt und von beiden kräftig abgebissen.

»He!«

»Ach, du Hänfling schaffst doch eh nicht alles«, stellte er mit vollem Mund fest, reichte Marco dann aber die Schale mit dem Brei. So flüssig, wie er gekocht war, konnte Marco ihn einfach schlürfen. Es war ein guter Haferbrei, mit mehr Milch und wenig Wasser, dazu noch leicht gewürzt.

»Ist das Essen danach immer so gut?«, staunte er, während er sich die Lippen leckte.

»Besser.«

Beide grinsten wie zwei Verschwörer.

»Ich muss wieder zurück«, sagte Luca.

»Es geht vorbei«, erklärte Luca dann nach einem Moment der Stille. »Man ist schwach, aber nicht lange.«

»Weißt du ...?«

Luca schüttelte den Kopf.

»Es ist wichtig und alt und es macht uns zu Sehern. Mehr dürfen wir nicht wissen.«

»Ich verstehe.«

»Ruh' dich noch aus.« Luca legte ihm die Hand auf die Schulter, beugte sich zu ihm hinab. Seine Stimme wurde leise. »Ich habe gehört, dass du der Jüngste bist, den sie jemals gerufen haben. Du musst jemanden sehr beeindruckt haben.«

Das überraschte Marco, der in seinem Leben noch niemals Eindruck auf andere gemacht hatte. Es war ein Gefühl, warm und wohlig, eine Zugehörigkeit, die es in den kalten Gassen und Hinterhöfen nicht gegeben hatte. Er schloss die Augen.

Als Luca den Saal verließ, schlief Marco mit einem zufriedenen Gefühl ein. Die Erschöpfung forderte ihren Tribut und seine Ruhe war dunkel und traumlos.

Eine Ahnung von Nähe weckte ihn. Es war noch dunkler, doch selbst in diesem grauen Zwielicht schien Bruder Giates Robe von selbst zu leuchten. Marco schüttelte die Benommenheit des Schlafes aus seinem Geist und richtete sich auf.

Der Seher saß auf der Kante des Bettes, eine Hand auf Marcos Oberarm gelegt. Ein feines, fernes Lächeln lag auf seinen Lippen. Und obwohl die weißen Augen zur Wand zu schauen schienen, spürte Marco die Aufmerksamkeit des Bruders mit einer Intensität auf sich gerichtet, die ihn zittern ließ.

»Hast du dich ein wenig erholt?«

»Ja, Degnato.«

»Gut. Das ist gut.« Als wäre er abgelenkt, schwieg Bruder Giate eine Weile, bevor er fortfuhr. »Du warst sehr tapfer. Der erste Schritt auf dem Pfad in den Orden ist nicht leicht, das wissen wir.«

Erinnerungen stiegen in Marco auf, der Keller, die Seher, das … das Blut? Er schluckte.

»Ich verstehe das Ritual nicht.«

Jetzt wurde das Lächeln des Sehers breiter.

»Natürlich nicht, Marco. Das erwartet auch niemand von dir. Eines Tages wirst du in die Mysterien eintauchen und dann …«

Er ließ es unausgesprochen, aber Marco wusste, dass es der Tag sein würde, an dem er selbst die Robe eines Sehers anlegen würde. Sie alle hatten sich den Ritualen hingegeben, auch Bruder Giate. So tapfer er konnte, erwiderte er das Lächeln.

»Du musst wissen, Marco, dass es ein großer Erfolg war. Schon als ich dich zum ersten Mal traf, da wusste ich, dass du besonders bist. Wir sind froh, dich gefunden zu haben. Du wirst dem Orden viel geben.«

Wieder dieser Stolz, der ihn beinahe übermannte. Er, Marco, der Straßenjunge, der Dieb und Streuner, jemand Besonderes. Eine leichte Berührung riss ihn aus seinen Träumen; Bruder Giate hatte ihm die Hand sanft auf die Brust gelegt.

»Es stehen uns schwierige Zeiten bevor, Marco. Eine Dunkelheit sammelt sich, eine Gefahr, die uns alle zu verschlingen droht.« Der Druck der Hand wurde stärker. »Aber der Orden wird auch diese Dunkelheit überstehen, wie er jede zuvor überstanden hat. Und du wirst uns dabei helfen.«

Fast schmerzhaft waren Finger und Handballen nun auf Marcos Brust gepresst. Er atmete flach.

»Ich werde alles tun, Degnato.«

Bruder Giate beugte sich vor, ganz nah an Marcos Gesicht. Als er sprach, war sein Atem wie ein warmer Wind an Marcos Nacken.

»Das weiß ich, Marco. Das wissen wir alle.«

Mit einem Mal erhob sich der Seher, wandte sich ab. Seine weiße Gestalt war der einzig helle Fleck im Dunkel des Schlafsaals. Marco schluckte.

Die Tür knarrte, im hellen Rechteck Licht dahinter konnte Marco die unverwechselbare Gestalt Rezzos erkennen.

»Der wird geschont, Rezzo. Nur das beste Essen.«

»Diese Straßenratte, Degnato? Wirklich?«

»Keine Widerrede.«

Die Tür fiel hinter den beiden zu und ihre Stimmen wurden zu einem unverständlichen Gemurmel. Fast schien es, als wäre es ein Streit, aber das konnte Marco nicht glauben – wer würde schon einem Seher widersprechen?

Statt dass er lauschte, driftete seine Aufmerksamkeit nach innen. Noch war da eine Schwäche in seinem Leib, aber sein Geist war wieder hellwach. Die Aufregung war verflogen, aber das warme Gefühl, gebraucht zu werden, blieb. Der Jüngste, ein Besonderer. Die anderen würden ihn beneiden, so viel war sicher.

Auf seiner Brust konnte Marco noch die feste Berührung spüren. Und irgendwo tief hinten in seinem Geist sah er dunkle Bäche auf heller Haut rinnen, ein regelrechter Teich zu seinen Füßen. Er wollte die Erinnerungen von sich weisen, aber sie kamen immer wieder auf, ungebeten und ungerufen.

»Ich bin ein Besonderer«, sagte er sich leise. Doch obwohl ihn diese einfachen Worte glücklich machten, blieb eine Dunkelheit in ihm, die seine Freude trübte.

Aber Bruder Giate hatte es selbst gesagt; wenn er in die Mysterien eingeweiht wurde, würde er verstehen, was dieses Ritual bedeutete. Mit diesem Gedanken gelang es ihm, die Dunkelheit zu vertreiben.

Anstatt sich weiter verschwommenen Erinnerungen hinzugeben, griff er neben das Bett und verspeiste die Reste seiner Mahlzeit.

15. Kapitel

Wie so oft gelang es Elena, den wachsamen Augen des Vorarbeiters zu entkommen und damit ebenso seinen allzu flinken Händen, indem sie sich unter den Rest der Arbeiter mischte, die durch den Dampf hinaus auf den Hof strömten. Dort ging sie schneller, duckte sich zwischen zwei bulligen Kutschern hindurch, zog den Kopf zwischen die Schultern und huschte durch das Tor auf die Straße. Jeden Abend das gleiche Spiel, nur dass ihr Risiko weitaus höher war als das von Tadio, der keine Konsequenzen zu befürchten hatte, wenn er die jungen Arbeiterinnen bedrängte.

Immerhin gab es einige, die ihm in der Hoffnung auf bessere Behandlung entgegenkamen, was ihn so manches Mal ablenkte. Elena hingegen fand ihn mit seinen schiefen Zähnen und den kleinen, kalten Augen einfach nur widerwärtig.

Vor dem Tor der Manufaktur atmete Elena langsam aus und voll Inbrunst wieder ein.

Kein Gestank von Stoffen und Farben, keine Spur mehr von dem nassen Dampf und der schwülen Hitze. Als sie die Augen wieder öffnete, sah sie gegenüber einen Jungen, der ein helles Hemd trug, in einem Hauseingang herumlungern. Er blickte zu ihr, dann bemerkte er, dass sie ebenfalls zu ihm herüberblickte und senkte rasch den Kopf. Sie runzelte die Stirn. Es dauerte einen

Moment, dann erinnerte sie sich an den Fedelen, der ihr vor einigen Tagen auf dem Hof begegnet war – Marco.

»Was ist?«, rief sie ihm zu und schlenderte in seine Richtung. »Nichts zu tun?«

Als sie fast bei ihm war, sah er auf. Seine Augen waren hell, nicht so weiß wie die der Seher, dafür aber auch weit weniger furchteinflößend. Schalk schimmerte darin, als er eines zusammenkniff und sie anlächelte.

»Ich werde Seher«, erklärte er und zupfte an seinem Hemd, das aus gutem Stoff genäht war, wie Elena aus der Nähe feststellte. »Wir haben immer zu tun.«

Auf ihren skeptischen Blick hin sagte er: »Oder nie.«

Sie schnaufte und schob sich eine widerspenstige Locke unter das Kopftuch.

»Holst du wieder ein Paket ab?«

Er zögerte, wirkte mit einem Mal unsicher. Für einen Moment huschte ein Lächeln über sein Gesicht.

»Ich weiß noch nicht. Vielleicht.«

Marco kramte in einer Tasche, Münzen klimperten in seiner Hand.

»Ich habe ein wenig Geld und …«

»Was?« Sie trat einen Schritt auf ihn zu, hob wütend die Faust. »Was denkst du, wer du bist? Was ich bin?«

Um sie herum blieben einige Passanten stehen. Arbeiter aus der Manufaktur. Elena bemerkte ihre Blicke und senkte die Hände. Ihre heiße Wut verging so schnell, wie sie gekommen war, aber ein kaltes Glühen blieb zurück. Es war nicht das erste Mal, dass man ihr ein solches Angebot gemacht hatte.

»Ich … aber … was?«

»Ich dachte, ihr Seher fasst keine Frauen an?«, zischte sie ihm entgegen. »Da willst du mir Geld anbieten?«

»Oh.«

Sein Lachen kam plötzlich und es war so offen und ehrlich, dass Elena ihn verdutzt anblickte.

»Ich wollte dich fragen, ob du mich auf den Markt begleitest«, brachte er schließlich hervor. »Ich brauche eine neue Mütze und dachte, du könntest mir helfen.«

Sie schüttelte immer noch verwirrt den Kopf. Er nickte in Richtung des Tores der Manufaktur.

»Na, weil du Ahnung von Stoffen hast. Und zum Dank würde ich dir ein Essen spendieren.« Ihre Miene war wohl immer noch argwöhnisch, denn er fügte hastig hinzu: »Falls du magst.«

Die Münzen zwischen seinen Fingern schimmerten im Abendlicht. In ihrem Heim wartete nichts außer einer kärglichen Mahlzeit und ihrer strengen, niemals zufriedenen Mutter auf sie. Außerdem lächelte Marco jetzt wieder, was ihr gefiel. So zuckte sie mit den Schultern.

»Na gut. Aber bilde dir nichts ein, ja?«

»Nur eine Mütze«, bekräftigte er und tätschelte sein kurz geschorenes Haar. »Ist ganz schön kalt, so.«

Elena lachte und zog ihr Kopftuch glatt.

»Ist ganz schön heiß, so.«

Dann wies sie die Straße hinunter und Marco folgte ihrer Aufforderung. Sie schritt neben ihm her, sorgsam darauf bedacht, etwas Abstand zu halten.

»Arbeitest du schon lange für die Vetori?«

»Drei Jahre«, antwortete Elena, die selbst erst einmal darüber nachdenken musste. Es kam ihr so viel länger vor. »Seit mein Vater …«

Ihre Stimme wurde leiser, und sie brachte den Satz nicht zu Ende. Marco fragte nicht nach, also nahm sie an, dass er sie auch so verstand. Ihr Schicksal gab es in Vastona tausendfach; in jeder Gasse, auf jedem Platz. Sie hatte es noch gut getroffen, denn sie hatte die Arbeit in der Manufaktur gefunden. Andere Frauen und

Mädchen ihres Alters landeten oft genug in zwielichtigen Häusern und Bordellen. Der Gedanke daran ließ sie zusammenzucken. Marco schritt durch die Straßen, als habe er in der Welt keine Last zu tragen, als gehöre sie ihm allein. Und irgendwie stimmte das auch. Die Seher waren angesehen, besaßen Einfluss. Ihr Wort galt und ihre Visionen wurden geachtet, sowohl beim einfachen Volk als auch bei den Mächtigen.

Ja, aber dieser Weg stand nur Männern offen.

»Das tut mir leid.«

Elena stutzte. Erst dann begriff sie, dass Marco den Verlust ihres Vaters meinte. Bemüht, sich nichts anmerken zu lassen, zuckte sie mit den Schultern.

»Er war ein Trinker. Wir sind schon vorher kaum über die Runden gekommen.«

Selbst ihre frühesten Erinnerungen an ihren Vater Nestor waren von seinen Wutanfällen und seelischen Zusammenbrüchen getrübt. Sie konnte sich nicht erinnern, jemals nicht in Angst vor ihm gelebt zu haben. Der dumpfe Schritt seiner Tritte hatte sie jedes Mal erzittern lassen, so dass sein Tod fast eine Erleichterung gewesen war.

»Ich kenne meine Eltern nicht. Ich kann mich nur an das Leben auf der Straße erinnern, von vorher weiß ich nichts.«

Seine Stimme war leise, die Worte kamen zögernd. Ein schneller, verstohlener Seitenblick zeigte ihr, dass er den Kopf zwischen die Schultern gezogen hatte und auf den Boden starrte.

»Du bist eine Waise?«

»Ja. Ein Gassenjunge.«

Auch von diesen gab es in Vastona mehr als genug. So prächtig die Paläste der Patrizier auch waren, in den schmutzigen Gassen und Höfen lebten viele in bitterer Armut.

»Dann bist du wohl froh, dass der Orden sich deiner angenommen hat?«

Jetzt huschte ein Lächeln über seine schmalen Lippen. Zum ersten Mal an diesem Tag fiel ihr auf, dass er sehr bleich war, fahler als sie ihn in Erinnerung hatte.

»Natürlich. Ich habe ein Bett und neue Kleider und bekomme jeden Tag zwei Mahlzeiten. Und ein oberer Bruder gibt mir manchmal ein paar Münzen, wenn ich Aufträge erledige. Es ist wunderbar!«

Überrascht merkte Elena, dass sein Enthusiasmus ansteckend war. In ihrem Leben gab es genug dunkle Geschichten ohne einen Schimmer Hoffnung und sie freute sich, dass Marcos Geschichte nicht dazuzugehören schien.

Ohne es zu merken, hatten sie im Gespräch die alte Ledergasse erreicht. Hier reihten sich kleine Läden und Handwerksstätten nebeneinander und säumten die schmale Straße. Die Menschen gingen dicht gedrängt. Verkaufsgespräche wurden laut und mit vielen Gesten geführt, es schien, als ob halb Vastona sich hier eingefunden hätte.

»Was ist mit denen hier?«

Marco wies auf einen kleinen Laden, kaum breiter als drei Schritt, dessen Auslage eine Reihe flacher, einfacher Mützen präsentierte. Elena nahm eine in die Hand, ließ prüfend den Stoff durch ihre Finger gleiten.

»Eh«, gab sie mit einem Schulterzucken von sich. »Sieht ganz gut aus.«

Sein Gesicht hellte sich auf.

»Welche Farbe?«

Sie ließ ihren Blick wandern und entschied sich für eine helle Mütze, fast weiß.

»Die passt zu dir«, stellte sie fest und setzte sie ihm mit einer raschen Bewegung auf. Er rückte die Kopfbedeckung zurecht, zog sie schief in die Stirn und zwinkerte ihr zu.

»So?«

Elena lachte.

»Genau so.«

Ein älterer Mann kam aus der Tiefe des Lädchens hervor. Er warf Elena einen misstrauischen Blick zu, aber der Anblick von Marcos Gewand ließ ein freundliches – vermutlich falsches – Lächeln auf seiner faltigen Miene erscheinen.

»Ah, der junge Herr.« Honig troff von seiner Stimme. »Sie steht Euch hervorragend! Wie für Euch gemacht!«

Schnell zog Marco die Mütze wieder vom Kopf und drehte sie in seinen Händen.

»Ich weiß nicht«, sagte er leise. »So ganz kann sie mich nicht überzeugen.«

Elena trat einen Schritt zurück und überließ die beiden ihrem Tanz. Feilschen gehörte in Vastona zum guten Ton, und weder dem Händler noch Marco wäre es eingefallen, auf das Ritual zu verzichten. Es ging um Münzen, um Wert und um die Frage, ob das Angebot wirklich so beleidigend war.

Statt ihrem Schlagabtausch genau zuzuhören, ließ Elena ihren Blick wandern. Nur selten kam sie nach der Arbeit dazu, durch Vastonas Straßen zu schlendern. Hier in der Ledergasse versammelten sich alle Bürger, ob reich oder arm, alt oder jung, erledigten Einkäufe, tauschten Klatsch und Tratsch und die neuesten Nachrichten aus.

Sie sah einfache, schmutzige Hemden und prunkvolle Gewänder in schillernden Farben. Runde Hüte mit hohen Federn, einfache Mützen, wie Marco gerade eine vor dem Gesicht des Händlers schüttelte. Nackte Füße und glänzende Lederstiefel.

Eine Gruppe junger Gockel stolzierte vorbei, die Hände demonstrativ auf den Griffen ihrer Klingen, die Mützen keck zur Seite gekippt, die dünnen Schnurrbärte sorgsam gepflegt. Sie riefen einer Dame und deren Magd einige Frechheiten zu, die mit Kopfschütteln und Lachen quittiert wurden.

Überall wurde gehandelt. Leder, Stoffe, Kleidung, Töpferwaren, hier gab es alles, was man für den Alltag benötigte. Die Händlerinnen und Händler waren gewieft, aber in Vastona war jeder Bürger stolz auf seine Fähigkeit, Preise runterzuhandeln. *Eine Stadt der Geizhälse und Betrüger*, hatte einer der Kunden in der Manufaktur irgendwann einmal entrüstet gerufen, ein Mann von außerhalb, aus den Provinzen. Elena musste ihm recht geben.

»Schlagt ein!«

Marco streckte dem Händler die Hand hin. Einen Moment besah dieser die bleichen Finger misstrauisch, als ob sie eine besonders geschickt aufgebaute Falle darstellten, dann ergriff er sie.

Eine Reihe kleiner Münzen wechselte den Besitzer, und Marco setzte seine Neuerwerbung stolz auf den Kopf. Mit einer freundlichen Verbeugung verabschiedete er sich, berührte Elena an der Schulter und sagte, als sie durch die Menge davonschritten: »Wir sollten uns beeilen.«

Verwirrt blickte sie ihn an. Er griff in sein Hemd und zog ein Stück Stoff hervor, von dem Bänder herabbaumelten. Erst nach einigen Momenten erkannte Elena eine Haube.

»Hast du …?«

»Der Preis war viel zu hoch!«

Sie hasteten ein Stück weiter, aber keine Rufe folgten ihnen, niemand rannte hinter ihnen her, so blieben sie in der Mündung einer kleinen Gasse stehen.

Marco zog die Haube ganz hervor. Sie war blau, schön gearbeitet, aus gutem Stoff, sogar mit ein wenig Stickerei am Saum verziert.

»Hier.«

Er sah Elena auffordernd an. In ihren Fingern kribbelte es, als sie den Stoff berührte.

»Für mich?«

Ein Lächeln huschte über sein Gesicht.

»Ja.«

»Du hast sie gestohlen«, erwiderte sie streng und ließ die Haube widerstrebend los. Ihre eigene war schon alt und abgetragen, oft geflickt.

»Für das Geld, das er verlangt hat, hätte ich zwei Mützen und diese Haube bekommen sollen«, verteidigte sich Marco, fast schon entrüstet. »Wenn hier einer stehlen wollte, dann er.«

Wieder hielt er ihr die Haube hin.

»Sobald sie sehen, dass ich vom Orden der Seher bin, versuchen sie, mich auszunehmen. Im Tempel stehen sie alle mit offenem Mund da und sind ganz ergriffen, aber dann wollen sie nur ihre Beutel mit dem Geld der Seher füttern.«

Unsicher sah Elena ihn an. »Sie ist sehr schön.«

»Deshalb dachte ich, du solltest sie haben«, entgegnete Marco. »Aber ich hatte nicht mehr genug Münzen.«

Schließlich wurde Elena schwach und nahm sie an. Der Stoff war weich und sehr hell, wie es sich sonst nur die reichen Bürger leisten konnten.

Hastig zog sie ihr altes Tuch vom Haar. Für einen Augenblick fragte sie sich, wie sie wohl aussah, die Locken in wilder Unordnung von einem Tag harter Arbeit in der feuchten, heißen Luft.

Mit etwas Mühe bändigte sie ihre Frisur und setzte die neue Haube auf. Und sofort fühlte sie sich besser.

»Und?«

»Perfekt«, erklärte er und nickte erfreut. »Genau so hatte ich mir das vorgestellt.«

Da sie sich nicht selbst ansehen konnte, tastete Elena über ihren Kopf. Marco ergriff ihre Hand.

»Komm, jetzt habe ich Hunger.«

Sie folgte ihm lachend.

»So? Macht dein unredliches Tagwerk dich hungrig, Seher?«

Zum Schein getroffen hob er die Hand an die Stirn.

»Unredlich? Ich? Wir Ordensbrüder können gar nicht unredlich sein. Alles dient einem höheren Zweck!«

Durch ein Gewirr von Gassen und Sträßchen erreichten sie den Platz des Triumphs. Marco hielt inne, sah sich suchend um, dann wies er grinsend auf einen kleinen Wagen, von dem eine junge Frau Essen verkaufte.

»Da. Argeta hat den besten Bratfisch in ganz Vastona!«

Auch wenn Elena kaum glaubte, dass so ein simpler Essenskarren von irgendetwas das Beste hatte, folgte sie ihm. Er ging selbstsicher zwischen den Leuten hindurch, und tatsächlich machten ihm die meisten bereitwillig Platz. Seine Ordenskluft wirkte wie ein Schutzschild.

Schnell hatte Marco zwei gebratene Fische am Stock erstanden. Sie waren fettig und heiß und Elena musste gestehen, dass sie sehr gut schmeckten. Sie setzten sich auf den Sockel einer Statue, die einen General darstellte, hoch zu Pferd, mit einem Gesicht, als habe man ihm gerade gesagt, dass sein Lieblingshund gestorben sei. Das Leben Vastonas floss um sie herum.

»Es war früher schwierig, an den Fisch zu kommen«, erklärte Marco mit vollem Mund. Das Fett lief sein Kinn hinab, ließ die Haut glänzen. »Argeta hat Augen wie ein Adler. Aber manchmal …«

Er musste nicht weitersprechen. Elena wusste, wie es war, hungrig zu sein, so hungrig, dass alles andere an Bedeutung verlor und egal wurde. Wenn das dunkle Loch im Bauch jeden anderen Gedanken fraß.

Doch wenn sie Marco ansah, war sie dankbar. Zumindest hatte sie ihr Leben lang ein Dach über dem Kopf gehabt.

Während er schmatzend mit großem Genuss seinen Fisch verschlang, aß Elena bedächtiger. Deshalb brauchte sie länger als er, was ihn aber nicht zu stören schien. Er pfiff leise vor sich hin, ließ seine Füße baumeln und schien keine Eile zu haben.

Schließlich zog Elena den letzten Rest vom Stock.

»Und?«, fragte Marco.

Sie wog den Kopf hin und her.

»Kann man essen.«

»Kann man essen?« Marco ließ sich zurückfallen. »Kann man essen!«

»Er war gut«, gestand sie lachend und sprang vom Sockel hinab. »Sehr gut.«

Marco folgte ihr. Mit einem Mal wurde sie ernst.

»Ich muss nach Hause.«

Er nickte.

»Ich begleite dich. Wenn ich darf.«

Für einen kurzen Moment hatte sie Angst, dass er das ärmliche Haus sehen würde, in dem ihre Familie lebte. Aber dann erinnerte sie sich, dass er selbst vor nicht allzu langer Zeit nicht einmal einen Schlafplatz gehabt hatte.

Vom Platz des Triumphs aus war es ein gutes Stück bis zu ihrem Zuhause, das beim Fluss lag, nahe den Handwerkern, deren Werkstätten einen unverwechselbaren Geruch verbreiteten. Dort hauste niemand, der es sich hätte leisten können, woanders zu wohnen. Die Gebäude waren alt, hoch und schmal, mit wenigen Fenstern, so auch das Haus, in dem Elena lebte. Die dunkelrote Farbe blätterte gemeinsam mit dem Putz ab, das Holz der Fensterrahmen war brüchig und gesplittert.

Sie wandte sich Marco mit einem entschuldigenden Lächeln zu.

»Danke«, sagte sie schlicht.

»Ich habe zu danken«, war seine leise Antwort. Sie zögerte kurz, nickte dann und trat durch die knarrende Tür in das Innere des Hauses. Dann erscholl das Geschrei ihrer Mutter, die sie dafür schalt, so spät nach Hause zu kommen.

Inbrünstig hoffte Elena, dass Marco es nicht mitbekommen würde.

16. Kapitel

Schnelle Schritte ließen Marco von seiner Arbeit aufblicken. Er nutzte die Ablenkung, um seinen Rücken zu strecken, der vom stundenlangen Schrubben des Bodens schmerzte. Das Wasser troff von seinen Fingern, deren Haut aufgeweicht war.

Ein Teil von ihm fragte sich, wann endlich die wahren Lektionen beginnen würden, wann sie in die tiefen Mysterien des Ordens der Seher eingeweiht werden würden. Statt nur ein ums andere Mal die Villa zu putzen und all die anderen Arbeiten zu erledigen, die man ihnen auftrug.

Eine kleine Gruppe Ordensbrüder ging hastig über den Hof. Verwirrt runzelte Marco die Stirn. Noch nie hatte er einen Bruder sich so beeilen sehen. Im Gegenteil, sie schienen immer gelassen zu sein und alle Zeit der Welt zu haben.

Neugierig kroch er auf allen vieren zur Tür, doch die Brüder verschwanden im Palast, bevor er mehr erkennen konnte. Einen Augenblick lang spielte er mit dem Gedanken, nach Luca zu suchen, aber es wäre unklug gewesen, die Arbeit liegen zu lassen, wenn Rezzo es bemerken konnte. Also machte er sich seufzend wieder daran, die zerkratzten und abgenutzten Steinplatten zu putzen, auch wenn es vergebene Liebesmüh war – dem alten Stein konnte Wasser nicht zu neuem Glanz verhelfen.

»Du, Junge, komm mit.«

Rezzos Stimme ließ Marco zusammenzucken. Der Alte konnte erstaunlich leise sein, wenn er sich bewegte, fast wie eine Katze. Marco erhob sich, bückte sich nach Eimer und Bürste, aber Rezzo schüttelte den Kopf.

»Nein, lass alles hier und komm so schnell wie möglich zur Eingangshalle.« Als er Marcos fragenden Blick bemerkte, wedelte der Alte unwirsch mit der Hand: »Los, spute dich!«

Da Marco keine Lust hatte, den Zorn Rezzos auf sich zu ziehen, lief er los. Er war nicht gerade unglücklich darüber, das Bodenschrubben hinter sich zu lassen, fragte sich aber auch besorgt, was wohl die Seher und vor allem den Alten so aufgescheucht hatte.

In der Eingangshalle wartete bereits Artelmo, doch sonst war niemand zu sehen.

»He, weißt du …?«

Der ältere Junge schüttelte den Kopf. Er hatte sich die Erde der Gemüsebeete mehr schlecht als recht abgewaschen und rieb sich über die Wange, um die letzten Spuren zu tilgen. Bruder Giate kam in Begleitung von sechs anderen Sehern die Treppe herab, während Rezzo eine Truhe auf einen kleinen Wagen hievte. »Ihr werdet uns begleiten«, befahl Bruder Giate und wies auf die Truhe. »Tragt dies für uns.«

Beide Jungen erwiderten wie aus einem Mund »Ja, Degnato« und packten die Truhe an ihren eisernen Griffen. Sie wagten nicht zu fragen, wohin sie gehen würden.

Als sie den Palast verlassen hatten, wurde der Schritt der Seher langsamer. Die Truhe war schwerer, als Marco zuerst angenommen hatte. Ihrer Gruppe machten alle Platz. Viele Menschen verneigten sich sogar vor ihnen, manche Mutigere baten um den Segen der Brüder, den diese im Vorbeilaufen gewährten.

Je weiter sie gingen, desto klarer erkannte Marco ihr Ziel. Dennoch schluckte er, als es sich schließlich vor ihnen erhob. Der Fürstenpalast war ein altes Bauwerk, geprägt von geraden Linien und gekrönt von einer zackenartigen Brüstung, eine Festung in der Stadt, mit Türmen und Erkern, die nicht der Zierde dienten, sondern dem Schutz. Vor den breiten Toren standen Soldaten, keine Bürgerwachen oder gar Söldlinge, sondern die fürstliche Garde. Ihre prunkvollen Rüstungen glänzten im Sonnenlicht.

Es bedurfte nicht einmal eines Wortes der Brüder, damit die Wachen das Tor öffneten und ihnen den Weg freigaben. Selbst die beiden Fedelen wurden keines weiteren Blickes bedacht.

Bruder Giate führte die kleine Gruppe durch den Palazzo, als kenne er jeden Raum und jeden Korridor. Anders als in der Villa Ubrizzi war die Schönheit im Inneren des Fürstenpalastes nicht verblasst. Überall standen kunstvoll gearbeitete Möbel, Statuen, Büsten und hingen bunte Gemälde und Wandteppiche. Ein Heer von Dienstboten eilte über die Korridore, um die Herrschaften zu bedienen. Immer wieder kamen sie an Wachen vorbei. Aber Marco konnte all diese Eindrücke kaum aufnehmen.

»Ah, ihr seid da.« Eine junge Frau, in die Farben des Fürsten gewandet, empfing sie in einem der langen Gänge. »Man erwartet euch …«

»Wir wissen dies«, unterbrach sie Bruder Giate so rüde, dass Marco aufhorchte. Bislang hatte er ihn stets freundlich und umgänglich erlebt.

Die Dienerin verneigte sich mit rotem Kopf, stammelte eine Entschuldigung und führte sie in eine kleine Kapelle, die vergleichsweise schmucklos wirkte.

Der Raum war viel kleiner als der große Tempel, doch die Ähnlichkeit war nicht zu übersehen. Alles war in strahlendem Weiß getüncht, wo es nicht mit Gold beschlagen war. Der Boden war aus blassem Marmor, mit hohen Stufen zu den Wänden hin, so dass auch jene, die ganz außen standen, einen guten Blick haben konnten. Es gab keinen Zierrat, keine Statuen oder Gemälde. Und es herrschte das gleiche Zwielicht, nur durchbrochen von einzelnen Strahlen, die durch kleine, runde Fenster in den Wänden und der kleinen Kuppel fielen.

»Stellt die Kiste dort ab«, wies Bruder Giate sie an. Dankbar gehorchten die beiden Jungen. Schweigsam machten sich die Seher daran, ein Ritual vorzubereiten. Sie stellten eine große, blank polierte Schale aus getriebenem Silber in die Mitte, darum herum wurden kleinere Feuerschalen aneinandergereiht. Die beiden Fedelen schienen vergessen zu sein und drückten sich an die Wand, um nicht im Weg zu stehen.

Alle Handgriffe waren geübt, das wurde Marco beim Zusehen sofort klar. In die Schalen wurde bis zum Rand klares Wasser gefüllt.

Eine schnelle Bewegung ließ Marco aufmerken. Bruder Giate nahm eine kleine Kiste aus der Truhe, öffnete sie vorsichtig. Darin lagen gläserne Phiolen, gebettet auf Stoff. Mit einer Drehung der Hand ließ der Seher eine davon im Ärmel seiner Robe verschwinden. Marco stutzte. Die Fingerfertigkeit erinnerte ihn an die besten Beutelschneider der Stadt – genau so verbargen sie ihr Diebesgut.

Doch wie konnte es sein, dass ein angesehener Bruder des Ordens derlei Tricks beherrschte? War er vielleicht selbst einst ein Straßenjunge gewesen? Marco war fasziniert.

Als die Seher mit ihren Vorbereitungen zufrieden waren, ließen sie ihre Fedelen die Truhe an die Wand in den Schatten zwischen zwei Säulen schaffen.

»Ihr bleibt genau hier und verhaltet euch ganz still«, ermahnte Bruder Giate sie leise, aber eindringlich. »Ich will von euch weder etwas hören noch sehen.«

»Ja, Degnato.«

Die beiden wechselten einen Blick, als Bruder Giate sich zu den anderen Sehern gesellte, die sich so im Raum aufgeteilt hatten, dass jeder in einem Lichtstrahl stand. Es war ein beeindruckendes

Bild, denn ihre weißen Roben leuchteten dadurch wie von selbst, sie umgaben die Seher wie ein Schein von Weisheit und Macht.

Dann warteten sie, stumm und fast bewegungslos, so leise, dass Marco nur noch seinen eigenen Atem bewusst hörte. Die Zeit verstrich, ohne dass er hätte sagen können, wie lange sie schon dort ausharrten.

Mit einem Mal öffnete sich das Portal, und eine Gruppe, vielleicht knapp ein Dutzend, prunkvoll gekleideter Männer und Frauen kam in die Kapelle. Marco erstarrte, als er die hohen Hüte und Spitzenkrägen sah, die goldenen Ketten und Ringe, die dichten Pelze – es waren die Patrizier der Stadt, die Reichsten der Reichen, die Herren und Damen, die Vastonas Geschicke lenkten.

In ihrer Mitte schritt der Fürst von Vastona selbst, Emile, das Haupt mit der geschwungenen Krone der Stadt geschmückt. Marco erstarrte. So nah war er dem Fürsten noch nie gewesen. Bislang hatte er den Fürsten allenfalls aus der Ferne gesehen, im Tempel oder bei seltenen Gelegenheiten am Palast, unerreichbar wie die Sonne.

Emile war ein alter Mann. Er ging gebeugt. Sein Gesicht war hager und die Stirn von Sorgen zerfurcht. Unter der prächtig bestickten Robe war ein dürrer, ausgemergelter Körper zu ahnen.

Doch seine Stimme war fest und daran gewöhnt, dass man ihr folgte: »Dann zeigt es uns, Bruder Giate.«

Der Angesprochene nickte, während sich die Neuankömmlinge in der Kapelle verteilten. Die Adeligen streiften Artelmo und ihn höchstens mit ihren Blicken, doch niemand beachtete ihre Anwesenheit mehr als einen Herzschlag lang.

Nun entzündeten die Seher den Weihrauch in Schalen, und der würzige, unverkennbare Duft füllte schon bald den kleinen Raum. In dem Qualm waren die Strahlen des Sonnenlichts noch besser zu sehen. Gesang erklang, erst langsam, dann schneller, sprang von einer Seherkehle zur nächsten. Die meisten Zuschauer hatten ehrfürchtige Mienen aufgesetzt, wie es sich in einer Kapelle geziemte, doch der Fürst starrte nur stirnrunzelnd auf die mit Wasser gefüllte Schale.

Immer wieder schritten einzelne Brüder umher, tauschten Plätze, in Bewegungen, die genau einstudiert wirkten, ein Tanz, der schon bald Marcos Sinne verwirrte.

Der Gesang steigerte sich zu seinem Höhepunkt. Die Seher rissen die Arme empor. Alle bis auf Bruder Giate. Vielleicht waren es Marcos Sinne als Straßenjunge, doch er sah, wie dieser den einen Moment nutzte, um den Inhalt der kleinen Phiole, die aus seinem Ärmel wieder in die Hand glitt, in die Schale zu geben.

Schlagartig änderte das Wasser seine Farbe. Bruder Giate hatte die Augen geschlossen und murmelte etwas, während dunkle Schlieren entstanden, die sich im Wasser lebendig wie Tentakel wanden. Größer und größer wurden sie, bis alle Flüssigkeit dunkel war und eine spiegelnde Oberfläche bildete. Der Gesang verstummte, niemand sprach.

Ein flackerndes Bild erschien im Schwarz, so klar und deutlich, als sei die Schale ein Fenster. Eine Stadt vor einem dunklen Horizont. Häuser, Türme und Straßen, die sich wie ein Schattenriss vor dem Wasser abhoben. Flammen schlugen zwischen den Gebäuden empor, leckten an Stein und Holz, tanzten über Dächer. Selbst von seiner Position aus konnte Marco viele Details erkennen. Er sah ein Haus einstürzen, sah kleine Gestalten, die sich vergeblich bemühten, den Bränden Einhalt zu gebieten.

»Das ist Peluno«, zischte eine Frauenstimme.

Marco konnte nicht sehen, wer den Namen der Stadt gewispert hatte, aber die betroffenen Mienen zeigten ihm, dass es kein Trugbild war, das sie hier sahen, sondern ein reales Ereignis.

Bei der Vorstellung, dass dieses kleine Bild den Tod einer Stadt zeigte, wurde Marco übel. *Das könnte auch Vastona sein,* fuhr es ihm durch den Kopf.

Doch so schnell, wie es gekommen war, verschwand das Bild der brennenden Stadt wieder. Stattdessen war nun eine Festung zu sehen, hoch oben auf einem Felsen thronend. Lange Banner hingen von den Zinnen, die eine goldene Sonne vor schwarzem Hintergrund zeigte. Dieses Bild war beinahe noch klarer als das erste, die Farben noch deutlicher, die Linien unverwischt. Obwohl Marco nicht verstand, was er sah, zeigte ihm die entsetzte Reaktion der anderen, dass es schlechte Nachrichten bedeuten musste.

Auch dieses Bild verschwand, wurde durch ein anderes ersetzt. Ein Heerzug, so lang, dass sein Ende sich am Horizont verlor. Unzählige Soldaten, Wagen, Pferde, Ochsen. Sie marschierten über eine Ebene, zwischen Feldern, auf denen das Korn hoch stand. Es war eine gewaltige Armee. Marco konnte nicht einmal schätzen, wie viele Soldaten es sein mochten, und dazu gab es noch eine unfassbare Menge an anderem Volk, das den Tross begleitete.

Vorsichtig lehnte er sich vor, hielt sich an der Kante der Stufe fest, versuchte, mehr zu erkennen. Doch er hätte zwischen den Patriziern hindurchschleichen müssen, um näher an die Schale zu gelangen, und das wagte er nicht.

»Genug!« Der alte Fürst schüttelte zornig den Kopf. »Ihr zeigt mir nichts, was mir meine Späher nicht schon berichtet hätten!«

»Verzeiht«, flüsterte Bruder Giate, doch in seiner Stimme lag keine Unterwürfigkeit. Er murmelte einige schnelle Worte.

Das Bild wurde durch einen verschwommenen Anblick ersetzt, so als sähe man durch dicken Rauch. Gestalten bewegten sich, Männer und Frauen in Rüstungen. Marco kniff die Augen zusammen, bis er verstand, was er sah. Er blickte in das Innere eines großen Zeltes. Der Rauch schien sich zu lichten, das Bild wurde klar.

In der Mitte stand ein Tisch, auf dem eine Miniaturstadt errichtet worden war. Hohe Mauern, Tore, viele Häuser und Paläste. Ein gewaltiger Tempel. Es dauerte, bis Marco begriff, dass das Modell Vastona darstellte. Soweit er es erkennen konnte, war es von verblüffender Genauigkeit und Detailfreude. Doch es konzentrierte sich vor allem auf die Mauern, die Vastona schützend umgaben.

Die kleinen Figuren wiesen auf die Mauern, schienen sich zu beraten, Schwachstellen zu suchen, Angriffspläne zu schmieden. Es bedurfte nun keiner Erklärungen mehr. Marcos Heimat war das Ziel dieses Heerzuges.

Vor den Toren der Stadt waren Figuren aufgestellt worden, seltsame, verdrehte Leiber. So hoch wie die Türme selbst, bedeckt mit Schuppen, grauenvollen Mündern voller Reißzähne und gewaltigen Klauen. Fleischgewordene Schreckensträume. Marco hatte dergleichen noch nie zuvor gesehen.

»Wann?«

Die Stimme des Fürsten riss Marco aus seinen Gedanken. Bruder Giate hob fragend die Hände.

»Wann ist geschehen, was wir hier sehen? Ich erkenne die Vergangenheit, Seher, aber ich muss mehr wissen. Und was sind das für Kreaturen?«

Sein Finger zuckte auf das Becken herab, wies auf eine der Figuren. Bruder Giates Hand schnellte vor, packte den Unterarm des Fürsten. Ein Raunen lief durch die Menge.

»Verzeiht, aber es ist äußerst gefährlich, das Wasser zu berühren.«

Der Fürst starrte den Seher an, und einen Moment lang glaubte Marco, dass es zum Streit kommen würde, doch dann ließ Bruder Giate los und der Fürst trat einen Schritt zurück.

»Wir glauben, dass der Herzog sich dunkler Magie bedient«, erklärte Bruder Giate, während sich der Fürst den Arm rieb.

Marco atmete leise durch. Er konnte das Entsetzen auf den Mienen der Patrizier sehen.

»Magie? Seid Ihr sicher?«

In der Stimme des Fürsten lag Unglauben, doch Bruder Giate nickte ernst.

»So sicher, wie man in diesen schrecklichen Zeiten sein kann.

Wie anders konnte er Peluno so schnell einnehmen? Und sich ganz Padolien unterwerfen? Es gibt nur diese eine Erklärung.«

Niemand sprach ein Wort. Marcos Gedanken rasten. Der Schwarze Herzog war mit dunklen Mächten im Bunde. So ergab alles einen Sinn.

Und nun stand ihm nur noch Vastona bei seinen wahnsinnigen Plänen im Weg.

17. Kapitel

Immer wieder glitt Ombro in die Dunkelheit. Waren es nur Wolken, die sich vor den mondbeschienen Himmel schoben? Verließen ihn die Sinne? Der Bolzen steckte noch in seiner Seite, ein Fremdkörper, von dem aus ein heißer Schmerz durch seinen Leib pulsierte. Der Gedanke an das Eisen allein, das in seinem Körper steckte, war Übelkeit erregend. Der Drang, es aus seinem Fleisch zu ziehen, war beinahe überwältigend.

Doch Ombro spürte bereits, wie der Blutverlust ihn schwächte. Die Wunde jetzt weiter aufzureißen, den Bolzen zu entfernen, der wie ein Pfropfen wirkte, hätte vermutlich seinen Tod bedeutet. So biss er die Zähne zusammen.

Sein Kinn sackte auf die Brust, langsam sank er zur Seite. Erst als der Bolzen gegen die Bordwand stieß und wie ein glühendes Eisen tiefer in die Wunde drang, fuhr er mit einem heiseren Schrei auf.

Noch immer hatten die Häscher ihre Verfolgung nicht aufgegeben. Ombro hatte gehofft, dass die Armeen seines Auftraggebers sie abschrecken würden, ihm zu weit zu folgen. Aber der Mord an dem Kastellan wog wohl schwerer als die Angst vor der Vorhut der Truppen des Herzogs.

Mühsam wandte Ombro sich um. Ein Lichtschein war am Ufer der Feste zu erkennen. Auf der anderen Seite des Flusses blieb es dunkel. Immerhin wagten sie sich nicht dorthin oder zumindest nicht so auffällig. Vermutlich hatten sie gesehen, dass er getroffen worden war, und wollten ihn nun wie ein verwundetes Tier zur Strecke bringen.

Sollte er im Boot ohnmächtig werden, würde ihnen das gelingen. Früher oder später würde die Strömung ihn ans Ufer treiben, und dann war es nur noch eine Frage der Zeit, bis sie ihn finden würden.

Mit dem linken Arm schöpfte er kühles Wasser und trank einen Schluck, bevor er sich den Rest ins Gesicht spritzte. Seine Lebensgeister wurden davon ein wenig belebt. Sofort begannen Pläne durch seinen Kopf zu rattern. An Rudern war nicht zu denken, so viel war klar. Er brauchte baldige Hilfe, denn allein konnte er die Wunde nicht versorgen. Doch die würde es nur bei der Armee des Schwarzen Herzogs geben – niemand in diesem Landstrich würde einen Finger für einen der Eroberer krumm machen.

Einem Teil von ihm war das egal. Es erschreckte ihn, wie gleichgültig der Gedanke an den sicheren Tod diesen Teil ließ. Doch da war noch mehr – ein Gefühl von Gerechtigkeit, so als würde er den Tod verdienen. Das fachte seine Wut an. *Nein!*

Langsam packte er ein Ruder mit der Linken, schob es Stück für Stück über die Bordwand. Jede Bewegung strengte ihn an. Doch es gelang ihm, das Ruderblatt ins Wasser zu bekommen.

Das Boot begann, sich sanft in der Strömung zu drehen. Mit großer Geduld nutzte Ombro das Ruder als Pinne, steuerte es beständig an das sicherere Ufer. Es war keine leichte Aufgabe in seinem Zustand, und der Fluss arbeitete gegen ihn, wollte das Boot in seiner Mitte behalten, es fortspülen, weiter und weiter, hinab bis zum Meer.

Immer wieder brach das Boot aus, und die wertvoll erkämpfte Distanz war in wenigen Herzschlägen verloren. Doch Ombro ließ sich nicht entmutigen. Diese Aufgabe war nun alles, worauf er sich konzentrierte, sie füllte sein ganzes Bewusstsein aus.

In der Dunkelheit konnte er das Ufer sehen, die Büsche, die ihre Äste wie skelettartige Finger ins Wasser hängen ließen. Die kleinen Strudel auf dem Wasser in den flachen Buchten, das hohe Gras, das sanft vom Wind bewegt wurde. Zehn Schritt war das Ufer noch entfernt, fünf, drei. Mit zusammengebissenen Zähnen warf Ombro sich zur Seite, prallte gegen die Bordwand, stieß sich mit den Füßen ab. Ein Schmerzensschrei blieb ihm in der Kehle stecken, entrang sich ihr als gequältes Stöhnen. Dann fiel er wie ein Mehlsack in das kühle Wasser.

Die Dunkelheit war undurchdringlich. Es gab kein Oben, kein Unten, er fühlte sich umhergeschleudert, von Strömung erfasst, davongetragen. Es wäre ein Einfaches gewesen, sich dem hinzugeben, loszulassen, in die ruhige Dunkelheit einzutauchen.

Stattdessen strampelte er mit den Beinen. Seine Kleidung zog schwer an ihm. Steine kratzten über seine Brust, er stieß gegen etwas, seine linke Hand packte instinktiv zu, dünnes Holz, das unter seinem Griff zerbrach. Blätter glitten durch seine schwache Hand.

Mit schier übermenschlichem Willen hielt sich Ombro an dem dünnen Ast fest. Die Strömung drückte gegen ihn, wollte ihn nicht freigeben, als hätte der Fluss Geschmack an diesem seltsamen Stück Treibgut gefunden.

Einige Momente kostete es ihn all seine Kraft, einfach nur so zu verharren. Dann zog er seinen Kopf über das Wasser, sog gierig Luft in die brennenden Lungen. Doch der kühle Fluss linderte den Schmerz.

Sorgfältig darauf bedacht, das bisschen Halt nicht zu verlieren, drehte Ombro sich, bis ihn ein Strudel in der Strömung gegen das Ufer trieb. Er ließ den Ast los, ergab sich der Bewegung, wurde gegen festes Land gespült. Seine Füße tasteten über den weichen Flussgrund, fanden keinen Halt, aber er konnte sich mit seinem gesunden Arm ein kleines Stück hochziehen.

Dann lag er am Ufer, nass, frierend, verwundet, und doch am Leben.

An mehr Anstrengung war nicht zu denken. Einen Moment ergab er sich der inneren Nacht.

Doch Stimmen in der Nähe riefen seine Aufmerksamkeit zurück in die Welt. Es waren zwei, nicht ganz geflüstert, aber leise, als fürchteten ihre Besitzer ebenso Entdeckung wie er. Nun, nicht von ihm, wie Ombro bewusst wurde. Schwach wie ein Welpe, war er ihnen hilflos ausgeliefert. Er schloss die Augen, beruhigte seinen Atem.

»Bist du sicher?«

»Ja, da vorne.«

Ein Mann und eine Frau. Soldaten, nahm er an. Doch wem dienten sie?

»Wir erwischen den Bastard, dann schlitze ich ihm den Wanst bis zum Hals auf. Er hat Nico die Kehle durchgeschnitten!«

Ah, nicht die loyalen Diener seines Herrn. Feinde.

»Ich sehe nichts. Verdammt, es ist dunkel wie in einem Pferdearsch!«

»Ich sage dir, ich habe ein Platschen gehört.«

Schritte, brechendes Geäst, knirschendes Gras. Ombro überlegte, sich wieder der Gnade des Flusses anzuvertrauen. Doch er fühlte sich sogar zu schwach, sich vom Ufer abzustoßen.

»Das ist ein Fluss, hier platscht es dauernd. Gib mir mal …«

Die Stimme ging in einem kurzen Schrei über, etwas klatschte auf Wasser, dann erklang eine Serie von blumigen Flüchen.

»Jetzt bin ich auch noch scheißnass!«

»Komm da raus, wir müssen weiter.«

»Was denkst du denn, was ich hier mache? Ein Bad nehmen? Ein Platschen, ich geb' dir gleich ein Platschen!«

Ein weiteres Geräusch war zu hören, das Ombro nicht zuordnen konnte. Sie mussten nah sein, nur wenige Schritte von seinem

Versteck, wenn man es denn überhaupt so nennen konnte, entfernt.

Dann wieder Ruhe, als die Stimmen ihren Streit für einen Moment unterbrachen.

»Wir suchen das Stück da flussabwärts noch ab, dann zurück auf den Weg.«

Ombros Herz schlug schneller. Er lag flussabwärts von ihnen.

Eine Stimme brummelte leise, schien jedoch zuzustimmen.

»Geh du am Wasser, du bist eh nass.«

Beinahe hätte Ombro gelächelt, als er sich den Blick des Angesprochenen vorstellte. Wie erwartet, explodierte dieser.

»Willst du mich verarschen? Du gehst am Wasser, das hier war dein Einfall!«

»Du bist …«

»Ruhe!« Eine neue Stimme, befehlsgewohnt oder zumindest respektiert, denn die Streithähne schwiegen sofort. »Da, das Boot!«

Ombro wagte nicht zu atmen, nicht zu beten, nicht einmal sich zu rühren.

»Hinterher!«

Laut brach das Trio durch die Büsche am Ufer, bahnte sich einen Weg zurück zum Pfad, der dem Lauf des Flusses folgte. Ombro konnte sie noch lange hören, zornige Stimmen im Streit, aber auch das Jagdfieber darin, die Aussicht, ihre Beute bald zu erlegen.

Erst als die Nacht alle Geräusche verschlungen hatte und nichts blieb als das Gurgeln des Wassers und das Säuseln des Windes, nahm er all seine verbliebene Kraft zusammen. Einen Atemzug ausruhen, dann den Körper aufrichten. Der Bolzen ragte aus seiner Seite, als wolle er ihn verspotten. Ombro schob diese fremden Gedanken zur Seite; ihm war, als sei er in einem Fiebertraum gefangen. Alles war so unwirklich.

Nur der Schmerz war real. Er klammerte sich an ihn, nutzte ihn für sich. Solange die Pein da war, lebte er. Schwankend richtete er sich auf. Genoss die Flammenzungen, die durch seine Brust leckten, bis hinab in seine Lenden, hoch bis zu seiner Stirn.

»Noch lebe ich«, sprach er den Gedanken aus. Seine eigene Stimme war ihm fremd, schwach, gequält, gebrochen. Aber nicht verloren.

Ein erster Schritt. Sein Fuß berührte vorsichtig den Boden. Einen Sturz konnte er sich nicht erlauben – er wusste nicht, ob er dann noch jemals wieder aufstehen würde.

Ein weiterer Schritt. Und noch einer. Sein ganzes Sein immer nur auf den nächsten fokussiert, nicht auf den unmöglichen Weg, der vor ihm lag, nur auf die kleine Aufgabe, einen weiteren Schritt zu tun.

Wie eine wandelnde Leiche schlich er so durch die Nacht. Ein Mörder an der Schwelle des Todes. Die Dunkelheit tanzte um ihn herum, verhöhnte ihn mit Visionen von Gesichtern, die er längst vergessen geglaubt hatte. Totenmasken, bleich, anklagend, so viele.

Ihre Augen mochten tot sein, doch er konnte ihren Hass und Zorn auf ihn darin lesen. Sie wünschten, dass er fiel, wollten, dass er sich zu ihnen gesellte. Eine weitere Leiche, verloren im weiten Land, Ombros letztes, größtes Opfer: er selbst.

Doch diese Genugtuung wollte er ihnen nicht gönnen. Sie waren tot, er lebte. Sie waren schwach, er stark. Und so trieb ihn der Anblick seiner vielen Opfer immer weiter auf seinem dunklen Pfad.

18. Kapitel

Zunächst fiel es Marco schwer, Elena in die Augen zu sehen. Zu sehr waren da noch die Erinnerungen an die Visionen der Seher, an die Schreckensbilder und die Befürchtungen selbst des Fürsten. Er wollte nichts mehr, als ihr davon erzählen. Aber Bruder Giate hatte es ihnen ausdrücklich verboten. Niemand durfte davon erfahren. Das Schicksal Vastonas hing davon ab. Vielleicht hätte Marco es dennoch gewagt, Elena ins Vertrauen zu ziehen, doch die Angst vor der Macht der Seher, einen solchen Verrat zu entdecken, hielt ihn ab.

So war er schweigsam, mit sich selbst beschäftigt, bis es ihm endlich gelang, die Gedanken in die dunkelsten Kammern seines Geistes zu sperren und sich einfach nur an Elenas Gegenwart zu erfreuen. Denn es war ein noch größerer Reiz, mit Elena durch die nächtlichen Straßen Vastonas zu streifen. Über die großen Alleen, wo zwischen den Bäumen funkelnde Lampen standen, bis hin zu den Gassen, wo kaum ein Strahl Licht auf den Boden fiel.

Für Marco waren diese Stunden die besten seines Lebens. Obwohl er dem Orden der Seher dankbar für seine Aufnahme war, engte ihn das Leben im Kloster ein. Doch in der freien Zeit, die er sich erarbeitete oder erschlich, war er sein eigener Herr. Und mit Elena an seiner Seite fühlte er sich glücklicher, als es selbst die Patrizier der Stadt sein mussten.

Obgleich sie beide nicht weit voneinander aufgewachsen waren, kannten sie ganz unterschiedliche Orte und Geheimnisse der Stadt und mal folgten sie seiner und mal ihrer Führung, während sie umherstromerten, redeten, lachten und die Freiheit genossen.

Bei Tage waren sie zwei ordentliche Bewohner der Stadt, der angehende Seher und die Arbeiterin aus der Manufaktur, doch in der Nacht, wenn sie die Dunkelheit aufnahm, konnten sie sein, wer immer sie wollten. Straßenkatzen, Schatten zwischen den Gebäuden, flink und verborgen.

»Ich muss bald nach Hause«, beendete Elena leise seine Freude. Marco nickte. Es war bereits recht spät und Marco wusste, dass ihm eine Standpauke von Rezzo bevorstand, wenn er nicht bald zurückkehrte, doch er wollte den Moment noch auskosten.

»Noch einen kleinen Schlenker?«, schlug er deshalb vor. »Wir könnten noch einen Pfannkuchen holen, oben am Nachtmarkt.«

In seiner Hand klimperten die letzten beiden Münzen. Für heute zumindest, einen kleinen Beutel mit allem Ersparten hatte er in einer Mauerritze in der Villa Ubrizzi versteckt.

Er sah Elena zögern, setzte sein nettestes Lächeln auf und fügte hinzu: »Es gibt Honig dazu und manchmal auch Zucker.«

Ob es nun die Aussicht auf feines Essen war oder sein Charme, sie lachte auf.

»Na gut, aber schnell, ja?«

Ohne zu antworten ergriff Marco ihre Hand und lief los. Er stürmte die Straße entlang, so dass seine Sohlen auf die Pflastersteine klatschten. Elena folgte ihm gezwungenermaßen, immer noch lachend.

Marco kannte eine Abkürzung durch die Gassen. Hier war es dunkel und so fiel es schwer, dem Unrat auszuweichen, doch ein Leben auf den Straßen hatte ihn mit einem Instinkt ausgestattet, der ihm erlaubte, Elena an den schlimmsten Stellen vorbeizuführen.

Der Nachtmarkt war nur klein, doch um ihn herum hatten sich viele Schenken und Tavernen angesiedelt, um die Kundschaft der Stände noch auf einen Humpen Bier oder einen Becher Wein anzulocken.

Das schummrige Licht fiel durch eine halb offene Tür auf die Gasse. Vor ihnen konnte Marco schon den Nachtmarkt riechen, das frische Essen, die Gewürze.

Da glitt eine Gestalt aus einer Seitengasse vor ihnen. Seine euphorische Stimmung und die Nähe ihres Ziels hatten Marco unvorsichtig werden lassen. Er stoppte, sah sich um. Hinter Elena entdeckte er zwei weitere Schemen in den Schatten.

Alleine hätte Marco sich vielleicht an dem Mann vor ihnen vorbeidrücken können, doch zu zweit hatten sie kaum eine Chance.

»Was haben wir denn hier?«

Die Stimme kam von einem der beiden hinter ihnen, hoch und nasal, gehässig. Angsteinflößend.

»Zwei Straßenratten«, knurrte der bullige Mann vor ihnen. Noch sah Marco keine Waffen in den Händen der beiden, aber die Griffe der Dolche ragten aus ihren Gürteln.

»Ich bin Fedele des Ordens der Seher«, sagte Marco so laut und deutlich, wie es seine Furcht zuließ. »Aus dem Weg!«

Ein böses, knatterndes Lachen antwortete ihm.

»Seher, ja? Dann hast du die Taschen bestimmt voll mit Opfergaben. Und die Kleine da wird auch ein paar Münzen für uns haben!«

Der Bullige gab ein paar schmatzende Geräusche von sich, die Marcos Herz in die Magengrube sinken ließen.

»Wenn ich es sage, dann läufst du nach vorne«, flüsterte er Elena zu. »Egal, was du hörst, dreh dich nicht um.«

Ein Blick über die Schulter, sie nickte. Ihr in Schatten gehülltes Gesicht war vor Schreck verzerrt. *Das ist alles meine Schuld,* schalt sich Marco. *Sie könnte längst daheim in Sicherheit sein!* Doch er würde es richten. Wenn er den Bulligen lange genug beschäftigen konnte, würde Elena es bis zum Gedränge des Nachtmarktes schaffen.

Marco versuchte, alle drei im Blick zu behalten. Die hinteren beiden kamen näher und nun konnte er sie besser erkennen. Ein kleiner, ausgemergelter und ein noch dürrerer, großer Mann. Ihre abgerissene Kleidung und die strubbligen Bärte zeigten ihre Armut, doch Marco hatte kein Mitleid mit Straßenräubern.

»Jetzt«, raunte er Elena zu und warf sich auf den Mann vor ihnen. Elena lief los, dann schrie sie auf. Marco sah, wie sie neben ihm an ihrem Haar zurück gerissen wurde. Die schöne Haube, die er ihr geschenkt hatte, segelte in den Schmutz der Gasse. Der Bullige schlug Marcos Fäuste zur Seite und packte ihn an der Schulter, schleuderte ihn herum, so dass er mit voller Wucht gegen die Hauswand prallte und benommen zu Boden stürzte.

Sein Blick galt nur Elena, die emporgehoben wurde, so dass ihre Füße durch die Luft flogen.

»Lasst sie los«, wollte er brüllen, doch er brachte die Worte nur mit Mühe hervor, so sehr brannte seine Brust. Er wollte aufstehen, ihr helfen, aber seine Hände und Füße waren seltsam schwer, rutschen über die Steine, fanden keinen Halt, schienen nicht einmal ihm zu gehören.

Der Bullige trat zwischen ihn und Elena, hob den Fuß. Der schmutzige, löchrige Stiefel füllte Marcos Wahrnehmung fast gänzlich aus.

»Habt ihr den Jungen nicht gehört? Lasst sie los.«

Eine ruhige Stimme, kaum lauter als eine höfliche Bitte. Doch die Worte verfehlten ihre Wirkung nicht. Der Bullige drehte sich um, die beiden Dürren ließen für den Moment von Elena ab, ohne jedoch ihren Griff zu lösen.

Mit Mühe schob sich Marco ein Stück an der Hauswand hoch. Eine weitere schwarze Gestalt stand ein Stück die Gasse herunter, ein halblanger Mantel hing von seinen Schultern. Viel war nicht zu erkennen, aber dunkle Haare und ein Bart umrahmten das düstere Gesicht. Die Kleidung des Fremden schien komplett schwarz, ungewöhnlich in Vastona, dessen Einwohner es bunt bevorzugten.

»Wenn du nicht deine Zähne für zwei Straßenratten verlieren willst, solltest du dich verpissen«, knurrte der kleine Dürre in unangenehmem Tonfall. »Troll dich, oder wir schlitzen dich vom Arsch bis zur Kehle auf.«

»Meine Herren.« Der Mann hob die leeren Hände. »Noch können wir alle friedlich diesen Ort verlassen und niemand muss dafür Blut lassen.«

»Halt die Fresse, oder du wirst bluten«, entgegnete der Bullige und zückte einen seiner Dolche, der groß wie ein halbes Schlachtermesser war. Marco musste schluckten, als er es sah.

Der Mann seufzte. Mit der Geschicklichkeit eines Fechters zog er eine einen Ellbogen lange, spitz zulaufende Waffe, die am Heft vielleicht fünf Finger breit sein mochte. Das Rapier an seiner Hüfte ließ er achtlos im Waffengehänge baumeln.

Vorsichtig richtete sich Marco ganz auf. Seine langsamen Bewegungen blieben unbemerkt, denn die drei achteten nur noch auf den Mann in Schwarz. Der Angreifer, der Elena gepackt hatte, ließ das Mädchen los, worauf der Große seine Arme um sie schlang. Elena verzog wütend das Gesicht; sie schien ihren ersten Schrecken überwunden zu haben.

Noch zögerten die Straßenräuber. Die drei hatten augenscheinlich nicht mit einem bewaffneten Gegner gerechnet, und keiner von ihnen war willens, den ersten Schritt zu tun. Der Mann in Schwarz beäugte die Situation, wirkte dabei aber ruhig, obwohl er sich allein drei Gegnern gegenübersah.

Marcos Blick fiel auf einen losen Pflasterstein. Er bückte sich langsam, Stück für Stück, und hob ihn auf. Dann schleuderte er ihn voller Zorn auf den Bulligen. Es war kein besonders gut gezielter Angriff, aber immerhin ein schweres Wurfgeschoss, in dem seine ganze Wut lag. Es traf den Kerl mit einem Klatschen am Rücken und er heulte schmerzerfüllt auf.

Beinahe gleichzeitig warf Elena sich im Griff ihres Angreifers herum, ihr Fuß stampfte auf seinen. Überrascht lockerte der seinen Griff. Sie riss sich los und stolperte einige Schritte in Marcos Richtung.

Hinter ihr sah Marco, wie der Mann in Schwarz nun den Moment nutzte. Er sprang vor, seine Klinge fuhr dem Bulligen über die Hand, die den Dolch hielt, und den Unterarm entlang, zog eine rote Spur. Dann riss er sie herum, traf den kleinen Dürren mit der flachen Seite am Kopf, so dass dieser ebenso zu Boden fiel wie der Dolch des Bulligen. Der Große griff an seinen Gürtel, doch schon saß die Spitze der Klinge an seiner Kehle.

»Sachte. Noch ist wenig Blut geflossen«, sagte der Fremde ruhig. Die Bewegung seines Gegners erlahmte. »Noch immer können wir alle diesen Ort halbwegs unversehrt verlassen.«

Der Bullige hielt sich wimmernd den Arm. Blut rann über seine Finger, benetzte den Boden. Der Mann in Schwarz warf ihm einen Blick zu.

»Nun ja, halbwegs unversehrt.«

Einige lange Atemzüge rührte sich niemand. Dann nickte der Große ganz langsam, als habe er Angst, eine zu schnelle Bewegung könnte ihn seine Kehle kosten.

»Ist gut.«

Ohne die drei aus den Augen zu lassen oder seine Klinge zu senken, trat der Fremde zwischen ihnen hindurch und gesellte sich zu Elena und Marco.

Er war groß, mit breiten Schultern und schmalen Hüften. Seine Kleider waren fremdartig, vor allem wegen ihrer ungewöhnlichen Färbung, doch sie waren offensichtlich von hoher Qualität. Ebenso wie die Klinge in seiner Hand und jene an seiner Hüfte. Sein Bart war perfekt gestutzt, sein Haar in halblangen Wellen nach hinten gekämmt.

»Alles gut bei euch?«

Die Stimme war tief und angenehm dabei, getragen von echter Sorge um ihr Wohlergehen. Marco schnaufte und Elena nickte.

»Wir sollten gehen, bevor diese Bastarde ihren Mut wiederfinden.«

Mit ihrem neuen Begleiter entfernten sie sich langsam aus der Gasse, ohne jedoch die verhinderten Straßenräubern aus den Augen zu verlieren. Erst, als sie das Licht des Nachtmarktes empfing, wagte Marco aufzuatmen.

»Wir danken Euch, Herr«, platzte es aus Elena heraus. Der Mann lächelte freundlich und winkte ab.

»Solchen Schmutz gibt es überall auf der Welt und ehrbare Leute tun gut daran, sich gegenseitig beizustehen.«

Dankbar erwiderte Marco das Lächeln.

»Ich bin Fedele des Ordens der Seher. Ich bin sicher, wenn Ihr etwas wünscht, wird man Euch …«

Die Miene ihres Retters wurde undurchdringlich, als er ihn unterbrach: »Nein, nicht nötig, Junge.«

Mit einem Mal lag ein Hauch von Feindseligkeit in der Luft, der Marco erstaunte. Auch Elena schien es zu bemerken, denn sie legte dem Mann ihre Hand auf den Arm.

»Wir wollten Euren Einsatz nicht bezahlen, Herr. Nur unsere Dankbarkeit ausdrücken.«

Ihre Worte schienen ihre Wirkung auf den Fremden nicht zu verfehlen. Sein Lächeln kehrte zurück.

»Zum einen ist mir euer beider Dankbarkeit Lohn genug. Zum anderen habt ihr doch bewiesen, dass ihr selbst die Lage ganz gut im Griff hattet. Ohne eure Hilfe wäre es mir sicherlich nicht so leicht gelungen.«

So wie Marco ihn hatte kämpfen sehen, schien ihm seine Bescheidenheit weit übertrieben, aber es wäre unhöflich gewesen, das zu zeigen.

»Ihr seid fremd in Vastona?«, wechselte er das Thema. Der Mann in Schwarz nickte.

»Ich stamme nicht aus eurer wundervollen Stadt und bin nur zu Besuch hier. Man hat mir gesagt, die Befestigungen Vastonas seien ein Wunder unserer Tage und ich wollte mir mit eigenen Augen ein Bild davon machen.«

Marco war beeindruckt. Ein Mann, der es sich leisten konnte zu reisen, nur um eine Mauer zu sehen, musste über alle Maßen reich sein.

»Wir kennen die Stadt wie wenige andere«, sagte Elena. »Falls Ihr Euch Stadtführer wünscht?«

Der Fremde verneigte sich höflich vor ihnen. Marco gefiel weder, wie Elena ihn anblickte, noch wie er diesen Blick erwiderte.

»Das ist überaus freundlich von euch, aber meine Geschäfte rufen mich bald wieder fort, in andere Städte. Aber ich werde sicherlich bald nach Vastona zurückkehren. Sehr bald.«

Damit ergriff er Elenas Hand und hauchte einen Kuss auf den Handrücken. Elena hob die andere Hand vor den Mund und kicherte leise.

Dann war der Mann in Schwarz in der Menge des Nachtmarktes verschwunden.

19. Kapitel

Über eine Woche verstrich, ohne dass Marco wieder in der Nacht gerufen wurde. Seine Arbeit war immer noch leicht und oft fand er sich auf Botengängen verschiedenster Art wieder, die ihm viel Zeit jenseits der Villa schenkten. So oft es ging, besuchte er Elena. Manchmal traf er sie in den frühen Morgenstunden, wenn der Himmel noch grau war, und begleitete sie auf ihrem Weg zur Manufaktur. Manchmal konnte er sie nach ihrer Arbeit abholen und am Abend Zeit mir ihr verbringen.

»Und trödel nicht so!«

Rezzo warf Marco einen strengen Blick zu. Es war augenscheinlich, dass ihm Marcos kleine Freiheiten nicht schmeckten. Aber solange Bruder Giate Marco nicht daran hinderte, die Villa zu verlassen, konnte er wenig tun, und Marco war das Missfallen des Faktotums egal.

In gespielter Demut hob er die Hand an die Mütze und verbeugte sich. Rezzos Miene blieb finster, vermutlich durchschaute er ihn.

Dann schlüpfte Marco durch die Tür hinaus in den lauen Abend. Da er bereits spät dran war, um Elena abzuholen, beeilte er sich, das schmale Paket zum Tempel zu bringen.

»Es ist äußerst wichtig«, hatte Bruder Giate ihn ermahnt. »Und eine große Ehre, dass wir dir diesen Gang anvertrauen.«

Dementsprechend fest hielt Marco das Päckchen, während er schnellen Schrittes durch Vastona ging.

Im Tempel wurde er bereits erwartet. Ein kleiner, rundlicher Seher, der in seiner weißen Robe ein wenig wie die Zuckerkugeln aussah, die auf dem Nachtmarkt verkauft wurden, kam ihm schon auf den breiten Steinstufen entgegen und streckte seine Hand mit den kurzen, dicken Fingern aus.

»Du bist Marco.«

Es war keine Frage.

»Hier, Degnato. Von Bruder Giate.«

Der Seher brummte nur und nahm das in Stoff eingeschlagene und mit festem Band verschnürte Paket beinahe ehrfürchtig entgegen. Marco lag die Frage auf der Zunge, was sich darin verbarg, doch er hütete sich, sie zu stellen.

Ein zweiter Seher trat aus dem Tempel, die Robe leuchtete hell im Sonnenlicht.

»Ist es das?«, fragte er den Dicken, der nur nickte.

»Dann bring es rein, verdammt noch mal! Du willst doch nicht …«

Er verstummte und blickte Marco an, als bemerke er ihn erst jetzt. Seine Augenbrauen zogen sich zusammen. Marco schluckte.

»Ist das alles, Degnato?«

»Hm? Ja, ja, Junge, das ist alles. Fort mit dir!«

Das ließ Marco sich nicht zweimal sagen. Während der Seher im Zwielicht des Tempels verschwand, lief er die Stufen hinab und überquerte den Platz des Triumphs.

Um ihn herum schlugen die Anwerber ihre Trommeln und riefen allen, die ihnen nicht schnell genug auswichen, laute Versprechungen von Ruhm, Ehre, Sold und Beute zu. Die Anwerber waren in den letzten Wochen und Tagen immer zahlreicher geworden, immer drängender klangen ihre Rufe und Versprechungen. Marco musste an die Bilder denken, die er im Spiegel der Wasserschale gesehen hatte. Sicher hatten die Herren von Vastona Angst, nicht genug Soldaten zur Verteidigung der Stadt zu haben. Wie lange mochte es dauern, bis sie nicht mehr nur Freiwillige in die Armee mitnahmen? Zum Glück ließen sie Marco jedoch in Ruhe, als sie seine Robe gesehen hatten. Gleichwohl beeilte er sich, von den Anwerbern fortzukommen.

So stand er außer Atem und mit rotem Kopf vor dem Tor, als Elena in einer Traube anderer Arbeiter aus der Manufaktur kam. Sie lächelte, als sie ihn entdeckte.

»Hat dich jemand beim Stehlen erwischt, und du musstest rennen?«, fragte sie mit einem prüfenden Blick auf sein Gesicht.

Marco lachte.

»Nein, ich bin heute nur spät losgekommen. Bruder Giate hatte eine wichtige Aufgabe für mich.«

»Der Orden vertraut dir ja viel an.«

Ein warmes Gefühl des Stolzes durchlief Marco. Es stimmte, dass die Seher ihm mehr und mehr Verantwortung gaben. Trotzdem zuckte er nur mit den Schultern, als wäre es keine große Sache.

»Hunger?«

Elena wies über die Schulter auf den Eingang zur Manufaktur.

»Ich hab heute den ganzen Tag geschuftet. Natürlich habe ich Hunger!«

»Heute habe ich ein wenig Zeit«, erklärte Marco und unterdrückte den Gedanken an Rezzo. »Sollen wir uns etwas suchen?«

Sie schlenderten die Straßen entlang, bis sie in einer der ältesten Ecken der Stadt landeten. Die Häuser hier waren gedrungener, verwohnter und reihten sich um große Höfe. In einem solchen standen einige Bänke, Schemel und Tische und der Duft nach frischem Brot wehte herüber.

Ohne weiter zu überlegen, führte Marco Elena hinein. Bei einer jungen Frau bestellte er zwei Becher mit verdünntem Gewürzwein und etwas zu essen, das sich als zwei Brottaschen mit einem dicken Gemüseeintopf entpuppte. Das Essen war heiß und mit Brot etwas Feines.

Die Sonne erreichte den Hof schon nicht mehr, sondern beschien nur noch die Wände oben. Dennoch war es angenehm, die Luft noch warm vom heißen Sommertag.

Elena sah nachdenklich nach oben. »Denkst du, der Schwarze Herzog wird Vastona angreifen?«, fragte sie.

Die Frage überraschte ihn. »Die Seher scheinen es zu glauben«, antwortete er zögerlich. »Sie nennen ihn einen Dämon.«

Elena zog die Brauen hoch.

»Einen Dämon?«

»Wie sonst sind seine ganzen Siege zu erklären? Stadt um Stadt fällt seiner Horde zum Opfer. Kein Widerstand hilft, niemand scheint ihn besiegen zu können.«

Tatsächlich machte ihm der Gedanke an das, was er gesehen hatte, immer noch Angst. Es war eine Sache, die große Geschichte seiner Stadt zu kennen, all die Kriege und Siege, doch die Aussicht auf eine Schlacht vor den Toren Vastonas war eine ganz andere. Dass der Schwarze Herzog schon bald die Stadt belagern könnte, machte ihm Sorgen. Sorgen, die er in Elenas Miene gespiegelt sah.

»Vastona wird niemals erobert werden«, stellte sie schließlich fest. »An unseren Mauern wird sich selbst der Schwarze Herzog die Zähne ausbeißen.« Ein wenig klang sie so, als versuchte sie sich selbst zu überzeugen.

»Und die Seher schmieden eine Allianz«, entgegnete Marco. »Ich habe gesehen, wie sie Depeschen in alle Richtungen gesandt haben. Alle, die treu und aufrichtig sind, werden Vastona gegen diesen Dämon beistehen.«

Das war ein guter Gedanke. Aber es hieß, dass der Schwarze Herzog die Seher, die in seine Hände fielen, hinrichten ließ, sie in furchtbaren Ritualen opferte, um seine dunkle Magie zu stärken. Einen jeden Einzelnen, ohne Gnade. Marco schluckte.

Ein leises Surren lenkte ihn ab. Es klang wie ein Insekt, nur lauter als jede Biene oder Wespe, die er zuvor gehört hatte. Auch Elena sah sich suchend um.

Im Schatten des Hinterhauses lag noch ein Durchgang zu einem weiteren Hof. Aus diesem dunklen Loch kam das Geräusch. Langsam erhob sich Marco, den noch halb vollen Becher vergessend.

»Was …?«

Weiter kam er nicht. Etwas raste durch die Luft direkt auf sie zu. Wirbelnde Flügel, größer als sein Kopf, gerade Linien, alles in Bewegung, rotierend, ratternd, klackernd. *Die Dämonen des Herzogs sind hier*!, durchfuhr es ihn plötzlich. *Sie jagen uns*!

Instinktiv warf er sich zu Boden. Es war Elena, die aufsprang und schrie. Ein lautes Krachen ertönte. Etwas schlug neben Marco auf den Boden. Verdutzt sah er auf und sah Elena, die einen Schemel in den Händen hielt und schwer atmete.

»Es ist … nur … ich denke …«, stammelte sie und wies auf den Haufen neben Marco. Sofort rappelte er sich auf.

Doch das fliegende Etwas stellte keine Gefahr mehr dar. Elena hatte es zu Boden geschmettert. Viel verblüffender als ihr Mut jedoch war der Anblick, den es nun bot. Ein Haufen Holz und Metall, teilweise gesplittert und verbogen, noch immer hier und da zuckend. Eine Metallspirale und lange, seltsame Holzplättchen, die zusammen aussahen wie Libellenflügel.

»Was ist das?«, flüsterte Marco, während er die seltsame Maschine genauer betrachtete. Selbst halb zerstört war noch die Kunstfertigkeit zu erkennen, die darin steckte. Das polierte, dünne Holz, die perfekt ineinandergreifenden Räder und Stangen.

Mit einem letzten, fast klagenden Surren endete die Bewegung und das seltsame Objekt lag still.

»Es ist geflogen«, sagte Elena erstaunt. »Wie ein Vogel.«

Sie warf einen Blick auf den Schemel in ihren Händen und stellte ihn ab.

»Hast du …?«

Sie errötete, was Marcos Herz schneller schlagen ließ.

»Ich dachte, es wollte dich angreifen.«

Dann erst wurde ihm bewusst, dass er sich feige hingeworfen hatte, während sie sich zwischen ihn und dieses Ding gestellt hatte. Jetzt spürte er auch auf seinem Gesicht Hitze aufsteigen.

»Ich, äh, wollte nur ausweichen«, erklärte er, doch es waren lahme Worte. Um von seinem wenig heldenhaften Verhalten abzulenken, sah er zum Toreingang des Hinterhofs.

»Es kam von dort.«

Beide lauschten, doch nichts war zu hören, kein Summen, kein Rufen, nichts, das auf das außergewöhnliche Ereignis hindeutete, das gerade stattgefunden hatte.

Marco kniete sich neben das Ding und berührte es vorsichtig. Nur Holz und Metall, ein Konstrukt, das jemand gebaut haben musste.

»Vielleicht sollten wir von hier verschwinden?«, schlug Elena vor. »Immerhin habe ich es kaputt gemacht.«

Sein Instinkt riet ihm genau das. Davonlaufen, sich nicht erwischen lassen, nicht gesehen werden. Aber die Neugierde und die Faszination hielten Marco in ihrem Bann.

»Du hast einen Fedelen des Ordens beschützt«, murmelte er. »Niemand wird dir Vorwürfe machen.«

Jetzt besah sich auch Elena das kleine Wrack genauer.

»Sind das Flügel?«

Sie deutete auf die langen Holzblätter, die leicht gebogen waren.

»Und das hier«, er deutete auf die Metallspirale, »ist um diesen Schaft hier gewickelt.«

»Wie bei einer Uhr.«

Er sah sie überrascht an.

»Mein Vater hat mal für einen Uhrmacher gearbeitet, bis er zu oft betrunken war und hinausgeworfen wurde. Ich bin früher häufig mit ihm gegangen und habe geholfen. Werkzeuge angereicht und so.«

»Wir sollten es zurückbringen.«

»Bist du sicher?«

»Ich bin sicher, wer immer es gebaut hat, freut sich, es wieder zu haben. Bestimmt wird es vermisst.«

Vorsichtig schob er seine Arme unter das hölzerne Gestell und hob es empor. Es war überraschend leicht und wirkte sehr zerbrechlich.

Schnell sammelte Elena einige abgebrochene Teile ein und folgte ihm, als er zum Hofeingang schritt. Es war ein Rundbogen, doch das Tor, das den Zugang verschloss, war oben gerade und ließ so eine schmale Lücke. Vielleicht gerade groß genug, damit so ein Ding hindurchfliegen konnte.

Marco versuchte, am Griff des Tors zu ziehen, ließ dabei aber fast das Gerät fallen, so dass schließlich Elena das Tor öffnen musste.

Der hintere Hof lag im Schatten des schwindenden Tages. Es gab ein weiteres, halb geöffnetes Tor, das in das Haus gegenüber führte. Der Boden war mit Steinplatten gepflastert. Es gab sonst nichts im Hof, weshalb der ältere Mann, der dort suchend umherschritt, ein wenig seltsam wirkte.

Er war klein und wirkte durch seinen geduckten Gang noch winziger. Schlohweißes Haar umwehte seinen Kopf, doch über dem Schopf erhob sich ein kahler Teil, den er nun geistesabwesend mit einem Tuch abrieb, als wolle er ihn polieren. Sein Bart war ebenso wild und gewaltig wie die halbe Mähne und ebenso weiß.

Seine Kleidung war einfach, aber robust, dicker Stoff geschützt durch eine lederne Schürze, auf der sich allerlei Flecken und geflickte Löcher zeigten. Er schien die beiden Neuankömmlinge nicht zu bemerken, so vertieft war er in seine Suche.

»Herr?« Keine Reaktion. Also rief Marco noch einmal lauter.

Jetzt endlich sah der Alte zu ihnen hinüber. Falten bildeten sich auf seiner hohen Stirn, und als er das Gerät in Marcos Armen erblickte, wurden sie noch tiefer.

»Herrje! Was hast du getan, du dummer Junge?«

Er kam so schnell auf Marco zugestürmt, dass dieser schon dachte, er wolle ihn angreifen. Doch stattdessen nahm er ihm nur mit größter Vorsicht das Wrack aus den Armen.

»Nichts haben wir getan, Herr«, log Marco mühelos. »Es kam aus dem Toreingang gesegelt und fiel zu Boden.«

»Gesegelt!«

Der Mann schüttelte den Kopf.

»Geflogen«, warf Elena ein. »Es flog über das Tor.«

Der Alte warf ihr einen anerkennenden Blick zu, der Marco sich dumm vorkommen ließ.

»Korrekt, Mädchen. Es flog. Aus eigener Kraft!« Dann blickte er auf das gesplitterte Holz hinab. »Dieser Schaden, durch einen einfachen Absturz …?«

»Seid ihr ein Uhrmacher, Herr?«, fragte Marco schnell, um ihn abzulenken.

»Ich habe auch schon Uhren gebaut«, erwiderte der Mann, dann blickte er Marco an, als sehe er ihn zum ersten Mal richtig. »Bist du ein Seher, Junge?«

»Ich bin Fedele, Herr.«

Der Mann schnaubte.

»Scheinheiligkeit und naiver Wunderglaube. Wenn nicht gar Schlimmeres«, gab er von sich, eine Meinung, die einem in Vastona einigen Ärger einbringen konnte. Marco verzog das Gesicht, aber Elena schüttelte beinahe unmerklich den Kopf.

»Ich bin Elena, Herr«, sagte sie freundlich. »Und das ist mein Freund Marco.«

»Zalvado mein Name«, erwiderte der Alte höflich. »Gelehrter, Künstler, Universalgenie!«

20. Kapitel

»Kommt herein!«

Zalvado stand im Eingang seiner Werkstatt und wies mit einem Nicken in den dämmrigen Raum hinter sich, in dem ein paar Lampen brannten. Noch immer hielt Elena einige der Trümmerstücke in den Händen, während der Alte den Hauptteil seines seltsamen Fluggerätes trug. Er ging vor und legte es behutsam auf einer breiten Werkbank ab.

Elena war nicht sicher, was sie erwartet hatte, aber der Anblick der Werkstatt überwältigte sie. Sie nahm den ganzen unteren Teil des Hauses ein. Wo einst Wände gewesen sein mussten, stützten nun einige wenige Standbalken die hohe Decke ab. Die untere Reihe Fenster war nicht nur verschlossen, sondern regelrecht vernagelt, mit breiten Planken versehen. Durch die oberen Fenster fiel nur fahles Licht. Dafür schienen mehr als ein Dutzend seltsamer Lampen, die überall standen und hingen. Zwischen diesen Zonen des Lichts waren die Schatten dunkel, so auch am Eingang, wo sie einen Moment verharrten.

Elena sah viele unglaubliche Gebilde. Halb fertiggestellte Maschinen, Tische voll mit komplexen Zeichnungen, Werkzeuge, wie sie sie noch niemals gesehen hatte, und Gerätschaften, deren Zweck sie nicht einmal erahnen konnte.

Die ganze Rückwand zierte ein einziges, großes Gemälde, in

das die Fenster geschickt eingearbeitet waren. Auf den Planken zeigte sich eine schöne, ruhige Landschaft und es schien ein helles Licht durch sie hindurch zu leuchten, so wunderbar gemalt, dass es fast real erschien. Dazwischen standen, saßen und gingen gemalte Figuren, die alle in einer großen Diskussion versunken zu sein schienen, Männer und Frauen in altertümlichen Gewändern und mit ernster Miene.

Hier und da standen Statuen und Büsten, einige nur halb fertiggestellt, Leiber, die sich aus ungeschlachtem Stein schälten.

Ein oder zwei der Köpfe erkannte Elena sogar, es waren Helden aus alten Geschichten, aus den Mythen und Legenden. Doch die schönste war eine junge Frau, von der nur das Gesicht fertiggestellt war. Ihr Haar verlor sich noch in rauem Stein, ihr Hals ebenso. Ein dünner Strahl Sonnenlicht fiel von einem Fenster auf ihr Gesicht, so dass es wie von selbst leuchtete. Sie war schöner als alles, was Elena je zuvor gesehen hatte.

Auch Marco war nach wenigen Schritten verblüfft stehen geblieben und verharrte einfach nur in die Betrachtung versunken. Zalvado beachtete sie nicht, sondern kümmerte sich einzig um seine beschädigte Maschine, werkelte an ihr herum, während er vor sich hinmurmelte.

Vorsichtig legte Elena ihm die übrigen Teile hin und trat dann neben Marco.

»Was ist das für ein großartiger Ort!«

Er nickte stumm, sprachlos. Langsam schritten sie von Wunder zu Wunder. Überall lagen Pergamente und Papiere, übersät mit winziger Schrift und Zeichnungen, die Unglaubliches zeigten. Große Maschinen, auf denen Menschen ritten. Detailstudien von Leibern. Ein achtlos hingeworfenes Papier war mit einem Dutzend Händen übersät, eine jede so echt wirkend, als könne man sie ergreifen.

Es roch nach Holz und Metall, nach Farbe und Öl und nach tausend unbekannten Dingen. Sägespäne bedeckten hier und da den fleckigen Boden, ein feiner Staub lag in der Luft, tanzte in den Strahlen der Sonne.

Bedächtig, wie in einem Tempel, schritt Elena von Lichtfleck zu Lichtfleck, betrachtete die großen und kleinen Wunder. Sie hätte in den Zeichnungen versinken können. Fünf Ansichten eines jungen, hübschen Mannes, mal im Profil, mal von vorne. Eine Brücke, die sich filigran und nur von dünnen Seilen getragen über einen Abgrund spannte. Darstellungen von Gebäuden, so luftig und leicht, dass Elena sich nicht vorstellen konnte, dass sie nicht in sich zusammenbrechen würden.

Von Drähten an der Decke hing ein kleineres Modell der Flugmaschine, aus Holz geschnitzt. An einer der Säulen war provisorisch eine große Uhr angebracht, bei der man durch die Zeiger das Uhrwerk sehen konnte, wie es sich in einem endlosen Rhythmus bewegte.

Auf einem niedrigen Tisch stand ein Gefährt mit acht Rädern, in dessen Inneren sich ein Zahnrad drehte. Fast schon ehrfürchtig berührte Marco es und zuckte zurück, als sich der Wagen mit einem Surren in Bewegung setzte und über den Tisch rollte, ganz allein und wie von Zauberhand. Elena keuchte erstaunt auf. Der Wagen pflügte sich einen Weg durch einige kleine Ahlen, blieb dann aber an einem schweren Hammer hängen, so dass die hölzernen Räder sich vergeblich drehten.

Marco und Elena neigten sich vor, betrachteten das Gefährt genauer. Hinter dem äußeren Skelett rotierten kleine Rädchen, griffen ineinander, getrieben von einer Metallspirale. Alles schien perfekt zu passen.

»Ah, ja, es funktioniert«, erklang Zalvados Stimme direkt hinter ihnen. Wie ertappt fuhren sie herum. »Nur ein Modell, natürlich.«

»Ein Modell?«, fragte Marco verständnislos.

»Eigentlich soll diese Kutsche vier Männer transportieren können«, erläuterte Zalvado. »Wenn sie nach meinen Plänen gebaut wird.«

Ungläubig sah Elena auf das immer noch surrende Gefährt hinab. Sie konnte sich nicht vorstellen, wo in diesem Gewirr von sich bewegenden Teilen jemand Platz haben sollte.

»Die Flugmaschine kann ich reparieren. Ich weiß immer noch nicht, wie ein simpler Absturz so viel Schaden anrichten konnte, aber nun gut. Flog sie denn so hoch?«

Bevor Elena antworten konnte, nickte Marco.

»Ja, ewig hoch im Hof da hinten.«

Zalvado rieb sich erfreut die Hände.

»Sehr gut. Wenn ich die letzten Probleme ausräume, dann …«

Sein Blick wanderte zu einer der dunklen Stellen. Dort im Schatten war etwas unter einer gewaltigen Plane Stoff verborgen. Es war groß, mit Ecken und Kanten und man konnte seine Form nicht einmal erahnen. Dennoch schlug Elenas Herz schneller, als sie sich fragte, ob dies eine echte Flugmaschine war.

»Wird es lange dauern?« Auf Elenas Frage kam nur ein verständnisloser Blick, also erklärte sie: »Es zu reparieren.«

»Ich muss nur das Holz ersetzen, das zerbrochen ist. Leider habe ich keine der kleinen Nagelstifte mehr. Die muss ich erst wieder besorgen.«

»Das könnten wir für Euch tun, Zalvado«, preschte Marco vor und warf einen Blick zu Elena, die nickte. Der Alte kratzte sein bärtiges Kinn.

»Ihr? Ein Seher und eine … was bist du, Mädchen?«

»Ich arbeite in der Vetori-Manufaktur, Herr.«

»Ein Seher und eine Wäscherin!«

Zalvado lachte, ein kurzer, bellender Laut. Elena verbesserte ihn nicht. Sofort verflog seine Heiterkeit jedoch wieder, und er betrachtete sie unter seinen zusammengezogenen, buschigen Brauen hervor.

»Ach, warum nicht«, sagte er schließlich. »Es gibt einen Schmied nicht weit von hier, der genau weiß, was ich benötige.«

»Dorthin gehen wir, Herr.«

»Und lasst euch nicht übers Ohr hauen, denn das wird er versuchen!«

»Natürlich nicht, Herr.«

»Ha.«

Suchend blickte Zalvado sich um, sprang dann zu einem der Tische. Er schien nur zwei Arten zu kennen, sich zu verhalten – entweder ruhig stehend oder fast rennend von einem Ort zum nächsten. Er wühlte sich durch verschiedene Papiere und schob Werkzeuge und Schreibutensilien zur Seite.

»Aha!«

Triumphierend zog er einen kleinen Zettel hervor und wedelte damit vor Marcos Nase herum.

»Wenn ihr ohnehin für mich Erledigungen durchführt, könnt ihr auch mehr einkaufen.«

»Öh …«

»Sicher, Herr«, sprang Elena ein. Sie wollte Zalvado gefallen. Vielleicht würde sie so mehr über diesen wundervollen Ort erfahren, von seiner Arbeit, von seiner Kunst. Einige Einkäufe zu erledigen, war ein Kleines dafür.

»Es steht alles hier drauf. Ein wenig Gemüse. Aber kein Brokkoli! Nagelstifte, wie schon gesagt. Schuhe. Nein, Moment, das mache ich besser selbst.«

»Ich kann nicht lesen«, erwiderte Elena leise und sah zu Marco, der ebenfalls den Kopf schüttelte. »Wir beide nicht.«

Das ließ Zalvado innehalten. Vollkommen überrascht riss er die Augen auf.

»Nicht mal du, Junge? Bringen einem die Seher denn gar nichts Vernünftiges bei?«

»Ich bin nur Fedele«, erwiderte Marco trotzig. Eine Falte war zwischen seinen Augenbrauen erschienen. Elena legte ihm die Hand auf den Unterarm.

»Wir können es uns sicher merken, wenn Ihr uns alles aufsagt«, schlug sie vor. Zalvado knurrte zunächst, dann willigte er ein.

»Also, die Straße runter ist ein Gemüsehändler, der die besten Tomaten hat. Drei, oder vier, je nach Größe, aber nicht zu groß. Und achtet darauf, dass sie keine Flecken haben! Und Blumenkohl. Käse. Und Brot.«

So ging es weiter. Jedes Teil auf der Liste wurde ausgiebig und genauestens erläutert, mit Instruktionen bis ins letzte Detail. Eines wurde schnell deutlich: Zalvado traute keinen Händlern, keinen Handwerkern, und vermutlich auch nicht Elena und Marco.

»Wiederholt!«

Halb waren Elenas Gedanken abgeschweift, doch der schroffe Befehl holte sie zurück ins Hier und Jetzt. Zunächst stotternd, dann sicherer, wiederholte sie alles. Wo sie unsicher war, sprang ihr Marco zur Seite.

Zunächst sah Zalvado noch grimmig drein, als erwartete er, dass sie Fehler machten, doch nach und nach glätteten sich seine Züge.

»Gut, gut.«

Wieder suchte er auf einem der Tische, bis er eine Geldbörse fand, die prall gefüllt zu sein schien. Er zählte einige Münzen daraus hervor und drückte sie Marco in die Hand.

»Aber das ist kein Zustand. Auf Dauer geht das nicht.«

Verwirrt fragte Elena: »Was, Herr?«

»Dass ihr nicht lesen könnt.« Zalvado schüttelte den Kopf. »Und das mitten in Vastona!«

»Die meisten Vastoni können nicht lesen«, warf Marco ein. »Immerhin …«

»Und das ist eine Schande«, bellte Zalvado unvermittelt. »Aber wir werden das ändern. Sonst seid ihr ja zu nichts zu gebrauchen. Und jetzt los, los, bevor es ganz dunkel wird!«

Mit diesen Worten scheuchte er sie aus seiner Werkstatt in den Hof. Tatsächlich herrschte draußen schon Zwielicht. Viel Zeit blieb ihnen nicht, wenn sie die Einkäufe heute noch alle erledigen wollten.

Hinter ihnen schlug das Tor zu.

»Hat er gerade gesagt, dass er uns Lesen und Schreiben beibringen wird?«, fragte Marco leise. Elena hob die Schultern und lachte leise.

»Ich glaube schon.«

Sie verließen den Hof in bester Stimmung, die Schritte ob der Aussicht auf weitere Besuche bei Zalvado beschwingt.

21. Kapitel

Als Elena aus der Manufaktur trat, sah sie wie immer zuerst zu dem Hauseingang, in dem Marco auf sie warten würde. Doch er war nicht da, wie schon seit einigen Tagen nicht mehr. Es versetzte ihr einen Stich, aber sie wusste, dass er nicht jeden Tag zu ihr kommen konnte.

Ihr Weg führte sie zu Zalvados Werkstatt. Wenn sie allein unterwegs war, blickte sie zu Boden und versuchte, auf den Straßen und in den Gassen nicht aufzufallen. Als sie nicht mehr weit von ihrem Ziel entfernt war, kam ihr ein Trupp Soldaten entgegen, Söldlinge dem Aussehen nach, junge Burschen vor allem, die breitbeinig und laut lachend die Straße versperrten.

Kurz überlegte Elena, umzukehren und einen anderen Weg zu suchen, aber dann waren sie schon heran.

»Heda, schönes Mädchen«, rief einer und rempelte sie beinahe an.

»Pass doch auf«, lachte ein anderer, dessen Hand über ihren Arm glitt. Elena senkte den Kopf und drängelte sich durch die Gruppe, kämpfte wie gegen eine menschliche Flutwelle. Sie hatte Angst, keine Luft mehr zu bekommen, mitgerissen oder einfach umgestoßen zu werden. Ihr Herz raste.

Dann endlich war es vorüber. Ein altes Fischweib, dessen Karren die Söldner einfach geplündert hatten, ohne auch nur eine

Münze dort zu lassen, rief lautstark hinter ihnen her. Als sie Elena mit rotem Gesicht an der Wand lehnen sah, schüttelte sie den Kopf.

»Verdammte Bande! Die werden sich noch wundern, wenn sie gegen den Schwarzen Herzog zu Felde ziehen müssen!«

Elena erholte sich langsam von ihrem Schrecken.

»Inzwischen sind es so viele Söldlinge«, sagte sie.

»Wir heuern so viele an, wie wir können«, erwiderte das Fischweib mit einem schiefen Lächeln voller Lücken. »Unsere Regimenter werden es schon richten.«

Elena nickte, bevor sie ihre Kleider glatt strich und weiterlief, bis sie endlich den Eingang zu Zalvados Haus erreichte. Sie überquerte die beiden Höfe und schlüpfte durch das Tor in das innere Sanktum des Gelehrten, der ihre Ankunft kaum bemerkte, so vertieft war er in seine Lektüre.

Jeden Tag war es aufs Neue eine Überraschung, woran er arbeitete. Sein Geist schien keine Ruhe zu finden, sich nicht auf nur eine Kunst oder Wissenschaft beschränken zu können.

»Ah, Elena. Wieder allein?«

Sie nickte.

»Schade. Marco machte in den Lektionen große Fortschritte. Ich hoffe, dass er bald wieder kommt, damit wir weitermachen können.«

Das war auch ihre Hoffnung. Denn Zalvado lehrte sie das Lesen nur gemeinsam. *Ich habe kein Interesse an doppelter Arbeit,* hatte er unwirsch gesagt, als sie das erste Mal allein aufgetaucht war.

So legte sie nur ihre Schürze ab und nahm stattdessen die lederne vom Haken, die Zalvado allein für sie zurechtgeschnitten hatte.

»Woran arbeitet Ihr?«

»Oh, das ist nur ein altes Buch voller Unsinn von einem sogenannten Gelehrten, der nicht weiß, wovon er spricht.«

Zalvado ließ den ledergebundenen Folianten mit angewiderter Miene auf den Tisch fallen. Elena hütete sich zu fragen, warum er es dennoch las, obwohl seine Meinung davon so schlecht war.

»Er glaubt, dass wenn man Edelsteine auf Feldern vergräbt, es eine bessere Ernte gibt.«

Der Gelehrte schnaufte entrüstet, dann wischte er einige Blätter zur Seite und hob eine Zeichnung empor, auf der Getreidefelder zu sehen waren, die von einem äußerst komplexen System von Bewässerungsgräben durchschnitten wurden.

»Das hier hilft, den Boden zu bestellen. Selbst regulierend, größter Dürre gewachsen, kaum Instandhaltung nötig. Aber nein, statt Wissenschaft vertraut man lieber auf dümmsten Aberglauben!«

Inzwischen wusste Elena es besser, als ihn bei seinen Ausbrüchen zu unterbrechen. Sie trat einfach nur an seine Seite und nickte.

»Der arme Marco, gefangen in diesem Netz.«

Zuerst glaubte sie, er habe das Thema gewechselt, doch dann erkannte sie, worauf er hinauswollte.

»Der Orden hält das einfache Volk mit seinen Ritualen und Roben und was auch immer fest im Griff. Und die Patrizier … die stecken alle mit drin.«

»Wie könnt Ihr das nur sagen? Sind die Prophezeiungen der Seher nicht stets präzise?«

Zalvado hielt inne, unvermittelt, als wäre er eine seiner Maschinen und ein Hammer wäre ins Räderwerk gefallen.

»Was? Diese albernen Heucheleien?«

Es war eines seiner Lieblingswörter, wenn es um den Orden ging.

»Solare hat recht«, murmelte Zalvado in seinen Bart, bemerkte dann aber ihren fragenden Blick und fing sich wieder.

»Wir haben das Zeitalter der Zauberei hinter uns gelassen, Mädchen. Kennst du nicht die Geschichte?«

Sie schüttelte stumm den Kopf. Zalvado richtete sich zu seiner nicht besonders beeindruckenden vollen Größe auf. Er legte die Daumen beider Hände an die jeweiligen Mittel- und Ringfinger, eine Haltung, die er einmal als die der alten Rhetoriker erläutert hatte. Ein sicheres Zeichen, dass eine seiner Belehrungen folgen würde. Tatsächlich schritt er auf und ab und unterstrich seine Worte mit ausladenden Bewegungen.

»Magie, das ist meist Scharlatanerie. Natürlich gibt es diese Kräfte, und einige wenige Menschen können sogar auf sie zugreifen, doch die Effekte sind schwach und wenig beeindruckend. Ein Lichtschein hier, ein Windstoß dort, kaum genug, eine Kerze zu ersetzen oder auszublasen.«

Wie zur Erläuterung wies er auf eine seiner selbst konstruierten Lampen, die laut ihm sicherer und langlebiger als alle anderen waren.

»Doch nährt man diese Kraft mit Blut, Mädchen, oh dann, ja dann ist sie zu Schrecklichem in der Lage!«

Diese Geschichten kannte sogar Elena. Die Geschichte der Zaubererkönige, die ganze Städte opferten und furchtbare Kriege führten, die ganze Länder verwüstet hatten. Es hieß, dass diese Blutmagier alles Menschliche verloren hatten und zu leibhaftigen Dämonen geworden waren, nur noch getrieben von ihrer Gier nach Macht und Blut. Aber das waren Legenden, nichts als Geschichten, um Kinder zu ängstigen. Der Orden der Seher sagte, dass es nur uralter Aberglaube war, und alle glaubten es.

»Aber, Blutmagie gibt es doch in Wirklichkeit gar nicht, oder?«

»Oh doch, Elena. Sie ist nur allzu wirklich. Also, sie war es. Denn unsere Vorfahren haben die Blutmagier vernichtet, ihre Bünde zerschlagen, ihr Wissen dem Nichts überantwortet. Heutzutage sind sie keine Gefahr mehr. Denn wir leben in einer Welt der Wissenschaft!«

Es war offensichtlich, wen er meinte, als er sich vor ihr aufbaute, aber Elena verkniff sich ein Lächeln.

»Die Zauberer unserer Zeit sind Schausteller, fahrendes Volk, und über kurz oder lang werden sie ganz verschwinden. Wer braucht schon einen Zauber für ein wenig Licht, wenn man eine meiner Lampen haben kann?«

Elena antwortete nicht Sie hatte ein oder zwei Mal Straßenzauberer gesehen und erinnerte sich gern an ihre Darbietungen.

»Abgesehen davon ist die Hälfte ihrer Tricks genau das: Kunststück, Fingerspiel, Täuschung, mehr nicht.«

Elena hakte nach: »Und der Orden?«

Manchmal bedurfte es dieser Erinnerungen, sonst sprang Zalvado von einem Thema zum anderen, oft zu schnell, um ihm zu folgen.

»Der Orden ist ein Relikt dieser alten Zeiten. Ein Fossil. Ein Mahnmal unzivilisierterer, ungelehrterer Zeitalter und ein Hindernis auf unserem Weg in eine bessere Zukunft. Wenn doch nur …«

Er hielt inne, brummte dann noch etwas. Neben seinem Zorn war da noch etwas, das Elena kaum greifen konnte – *Angst? Fürchtete sich der alte Gelehrte, der sich gegen die Gesetze der Natur selbst auflehnte, etwa vor den Sehern?*

Inmitten seiner Erfindungen und Kunstwerke wirkten Zalvados Worte wahr. Wie konnte er unrecht haben, wenn er solche Meisterwerke schaffen konnte? Und dennoch, ihr ganzes Leben lang hatte Elena – wie alle Vastoni – den Ausführungen der Seher gelauscht und ihnen geglaubt. So schlugen zwei Herzen in ihrer Brust. Vielleicht bemerkte Zalvado dies, jedenfalls verfiel er in ein dumpfes Brüten.

»Sollen wir an etwas arbeiten, Meister?«

Es war seine liebste Frage, doch er rieb sich das Kinn, wie immer, wenn er grübelte.

»Wem dienen die Seher, Mädchen?«

Elena öffnete den Mund, wollte Vastona sagen, aber dann fiel ihr ein, dass der Orden überall vertreten war, in vielen Städten, auch wenn in Vastona sein größter und wichtigster Tempel stand.

»Nur sich selbst, Elena, nur sich selbst.«

Mit der ihm eigenen Geschwindigkeit huschte Zalvado durch seine Werkstatt. Die Lehrstunde war vorbei. Er blieb neben der Plane stehen.

»Die Seher sind die Vergangenheit, so sehr sie auch behaupten mögen, in die Zukunft sehen zu können. Die wahre Zukunft ist das hier.«

Mit einem Ruck zog er die Plane herunter und eine große Konstruktion aus Holz und Metall kam zum Vorschein. Ein Rahmen aus langen Stangen und schmalen Balken. Flügel, so leicht und dünn, halb um das Ganze gewunden. Ein Sitz mit Hebeln und Pedalen davor, dazu Sättel an den Seiten.

Elenas Kinnlade klappte herunter, während sie langsam näher herantrat.

Einiges hatte sie schon von Zalvado gelernt, doch das metallene Herz dieser Maschine war zu komplex, als dass sie es verstehen konnte. Doch den Zweck erkannte sie.

»Es bewegt die Flügel«, hauchte sie und legte eine Hand auf einen passgenau gefertigten Balken, welcher der Maschine Stabilität verleihen sollte.

»Genug gespeicherte Kraft für Stunden«, merkte Zalvado stolz an. Elena berührte ein Eisenrad. Es war ganz kühl.

»Fliegt es?«

»Ja«, sagte er, und Elena sah ihn mit großen Augen an. Doch dann fügte er leiser hinzu: »Bald.«

Das riss sie aus ihrer Andacht.

»Bald?«

»Es gibt noch einige Schwierigkeiten, an denen ich arbeiten

muss.« Er warf ihr einen abschätzenden Blick zu. »An denen wir arbeiten müssen.«

Ein Anflug von Stolz. Sie nickte aufgeregt.

»Wenn Marco wieder da ist …«

»Marco. Marco ist ein guter Junge. Gelehrig. Gut mit den Händen. Aber er versteht die Technik nicht so wie du.«

Elena wollte protestieren, aber Zalvado winkte ab.

»Du hast eine Gabe. Sei einfach froh, dass du sie hast. Wie viele Menschen gehen wohl durch ihr ganzes Leben, ohne jemals ihre Bestimmung zu finden? Wie viele Genies werden niemals richtig gewürdigt, weil die Welt ihnen nicht zugesteht, sich zu finden?«

»Ihr seid ein Genie, Meister.«

»Ha!«

Er schnaubte belustigt, sah sich in der Werkstatt um.

»Nur eines, Mädchen?«

Es war kaum zu bestreiten. Er beherrschte so viele Künste. Jede seiner Statuen hätte auf einem der Plätze oder in den Palästen der Stadt stehen können. Seine Gemälde und Zeichnungen bildeten das Leben ab, ja, manchmal wirkten sie echter als die Realität. Und seine vielen Projekte und Ideen in allen Feldern der Wissenschaft ließen sich kaum noch zählen.

»Ein ungewürdigtes Universalgenie.«

»Ich würdige Euch, Meister.«

Das ließ ihn sanft lächeln.

»Hier und da, in der Vergangenheit, haben mich auch andere geschätzt. Aber heute bin ich froh, in meiner Werkstatt zu sein, fern von all dem.«

Darüber hatte sie noch nie nachgedacht. Er war einfach in ihrem Leben aufgetaucht, und sie hatte es als gegeben hingenommen, dass er schon immer abgeschieden in einem Hinterhof in Vastona gelebt hatte, aber natürlich musste es andere gegeben haben, welche die Wunder, die er schuf, schätzten.

»Seid Ihr berühmt?«

Er legte die Hand auf die Lippen und zwinkerte ihr verschwörerisch zu.

»Ich bin nur Zalvado«, flüsterte er, als ob jemand sie belauschen könnte. »Vergiss das nicht.«

»Natürlich nicht, Meister.«

Abrupt wandte er sich ab und ging zu seiner Werkbank, auf der ein komplexes Räderwerk lag.

»Aber genug geredet. Wir haben viel Arbeit vor uns. Das hier ist eines meiner Modelle. Die Kraftübertragung ist einfach, aber mir bereitet sie in den richtigen Maschinen Kopfzerbrechen. Setzen wir es zusammen und sehen dabei, ob wir es noch besser machen können.«

Sie stellte sich neben ihn und versuchte zu verstehen, wie das Ineinandergreifen der Räder und Pendel die Stange antreiben würde.

»Hier fehlt noch eine Verbindung«, stellte sie fest und zeigte auf ein kleines, kaum sichtbares Loch. »Ohne sie endet die Kraft dort.«

»Sehr gut, Elena. Ich habe das Teil entfernt, weil wir dort am meisten Kraft verlieren.«

Elena war zu sehr in den Anblick versunken, um zu bemerken, dass er sie in sein Werk mit einbezog. Gemeinsam tüftelten sie bis in die Dunkelheit daran, es zu verbessern.

22. Kapitel

Wer konnte schon sagen, wie er die Nacht überlebt hatte? Den Tag danach? Und einen weiteren? Gerne wollte er sich einreden, dass es an seinem Können hing, an seiner Willenskraft, doch tief in sich ahnte er, dass es nur Glück war.

Glück, das andere nicht gehabt hatten.

Trotz seiner Wunden war er allen Jagdgruppen ausgewichen, hatte sich an Soldaten vorbeigeschlichen und war in ein Gebiet gelangt, das der Schwarze Herzog wohl als »befriedet« oder gar »befreit« bezeichnet hätte.

Tatsächlich war es verödet. Ombro war durch Dörfer gekommen, in denen nur noch verwilderte Hunde herumstreunten. Auf seinem Weg hatten die geschwärzten Ruinen niedergebrannter Gehöfte gelegen. Alles, was die Armeen, die hier durchgezogen waren, gebrauchen konnten, war fortgeschafft worden. Erst von der einen, dann von der anderen Seite. Bis den Menschen nichts mehr übrig blieb, als ihre Heimat zu verlassen und darauf zu hoffen, irgendwo in der Fremde mehr Glück zu haben.

So auch diese kleine Siedlung, kaum mehr als eine Ansammlung von einem halben Dutzend kleiner Bauernhöfe, die sich zum Schutz aneinanderschmiegten. Es hatte ihnen nicht geholfen.

Langsam schlich Ombro von einer Scheune zur nächsten,

suchte nach Vorräten, die irgendwie vor den gierigen Händen der Soldaten verborgen geblieben waren.

Doch da war nichts. Keine Hühner, kein Schinken, nicht einmal Futter für die Tiere war übrig geblieben. Also ging er zu dem größten Haus. Wie durch ein Wunder schien es ein Feuer überlebt zu haben, das den Dachstuhl aufgefressen hatte; wie schwarze Rippen ragten die übrigen Balken in den Himmel.

Er fand sie in einem kleinen Raum, vielleicht einer Speisekammer. Drei Gestalten, eng umschlungen, noch die verkohlten Arme umeinander gelegt. Verbrannte Haut, von Asche bedeckt, nackt, haarlos. Tonfiguren statt Menschen, wie von Kinderhand gefertigt. Zwei Erwachsene, ein Kind.

Erschöpft sank Ombro auf die Knie. Das Haus mochte das Feuer überstanden haben, doch seine Bewohner nicht.

Ihm war heiß und kalt zugleich. Er rutschte rückwärts von den Gestalten weg, bis er eine Wand im Rücken spürte, gegen die er sich lehnte.

»Wir sind schon vier, was?«, fragte er in die Stille. *Allerdings*, antwortete er sich selbst und schloss die Augen. *Drei Tote und ein Halbtoter.*

Inzwischen war er so erschöpft, dass er kaum noch die Schmerzen fühlte. Sie waren noch da, aber gleichzeitig weit weg. So wie alles, eigentlich. Die Welt war jenseits der Schwärze hinter seinen Augenlidern, und dort war sie gut, mit all ihren Fährnissen fort von ihm.

Du hast uns ermordet.

Die Stimmen waren so leise, dass er sie kaum verstand.

»Nein«, widersprach er verschwommen. »Das waren Soldaten.«

Menschen wie du. Ohne Gewissen. Mörder. Sie töteten für ihren Herzog. Wie du.

»Ich habe keinen Herzog.«

Aber das klang selbst in seinen eigenen Ohren hohl. Er konnte nicht einmal sagen, wie lange er schon für Solare arbeitete. Der hatte immer die dicksten Säckel, die höchsten Angebote, die besten Aufträge. Warum hätte er für jemand anderen töten sollen? Und war es für jene, die starben, nicht ohnehin egal, ob der Stahl nun von Ehrgefühl oder Gier geführt wurde? Tot war tot.

»Außer bei euch, hm? Ich seid nicht einfach tot.«

Oder lebst du einfach nicht mehr?

War es ein Gedanke oder die Stimme der Toten? Ombro konnte es nicht mehr unterscheiden. Aber es war auch egal. Es machte ihm keine Angst. Leben. Sterben. Das war weit weg. Das waren Sorgen um den Leib. Er war nur noch Geist.

»Ich habe euch nicht getötet. Ihr seid selbst schuld. Ihr wart schwach. Ihr wart ängstlich. Ihr habt anderen euer Leben anvertraut.«

Und weshalb stirbst du jetzt? Weil du schwach bist. Weil du dein Leben in seine Hände gegeben hast. Ihm vertraut hast.

Das ließ sich nicht wirklich von der Hand weisen.

Ombro seufzte. Sein Leben lang hatte er sich als Wolf unter Schafen gesehen. Und jetzt krepierte er genau so wie sie. Beinahe war es lustig.

Irgendwo, weit entfernt, zuckte sein Leib, und sein Atem wurde flacher.

23. Kapitel

Marco spürte die Schwäche in seinem ganzen Körper, von seinen Knien über seine Brust bis hin zu seinem Kopf. Ihn beherrschte das Gefühl, jederzeit den Kontakt zum Boden verlieren zu können oder einfach in die Schwärze zu fallen.

Doch nach außen ließ er sich nichts anmerken. Zum einen wollte er Rezzo nicht die Genugtuung geben, Schwäche zu zeigen, zum anderen zog es ihn nach draußen, hinaus aus der Villa, zu Zalvado – und zu Elena. Aber wenn Bruder Giate ihn noch für zu geschwächt hielt, würde er ihn niemals gehen lassen.

So stand Marco in der Schreibstube des Bruders und versuchte, nicht zu schwanken. Er hoffte, dass Giate nicht auffallen würde, wie blass sein Gesicht war.

»Deine Kraft ist bemerkenswert«, erklärte Bruder Giate nicht zum ersten Mal. Marco wollte stolz sein, aber es gelang ihm nicht. Und von Kraft spürte er gerade gar nichts.

Das Sonnenlicht aus den Fenstern blendete ihn, da er tagelang nur in dem ewig dämmrigen Schlafsaal gelegen hatte. Es war das dritte Mal gewesen, dass sie ihn gerufen hatten, und jedes Mal hatte er länger gebraucht, um sich zu erholen.

Bruder Giate erhob sich, umrundete seinen Schreibtisch und schritt langsam um Marco herum. Seine Hand landete federleicht auf dessen Schulter. Marco erzitterte bei der Berührung.

»Wir sind sehr stolz auf euch Novizen, aber vor allem auf dich, Marco. Nicht mehr lange, und deine Bestimmung wird sich erfüllen.«

Bruchstückhafte Erinnerungen an die nächtlichen Rituale tauchten ungebeten in Marcos Geist auf. Er war froh, dass es bald vorbei sein würde, auch wenn die Bilder verschwommen und kaum verständlich waren.

Es klopfte an der Tür.

»Bruder, kannst du uns kurz Gesellschaft leisten?«

»Natürlich«, antwortete Bruder Giate und flüsterte Marco zu: »Ich bin sofort wieder da.«

Seine Schritte entfernten sich, die Tür schloss sich, dann war Marco allein. Dankbar trat er einen unsicheren Schritt nach vorn und stützte sich auf den Schreibtisch. Das dunkle Holz war warm und glatt und gab ihm Halt.

Marco schloss erneut die Augen, doch als er spürte, wie die Dunkelheit dahinter an seinem Geist zog, riss er sie wieder auf. Er blinzelte.

Es war ein großes Arbeitszimmer. Der Schreibtisch stand schräg in der Mitte, so dass das Licht aus den Fenstern darauf fiel. An der hinteren Wand gab es zwei hohe, alte Schränke, deren Farbe abblätterte, und eine neue Truhe mit einem schweren Schloss. Auf dem Schreibtisch lagen Zettel, einige leer, andere beschrieben.

Fast ohne es zu wollen, machte sein Geist Worte aus, folgte dem Lauf der Buchstaben, setzte sie zusammen, so wie es Zalvado ihn gelehrt hatte. Es war nicht einmal seine Absicht, die Zettel zu lesen, es geschah einfach. Seine Lippen bewegten sich langsam, formten jedes Wort.

»Die … Ernte … ist …«

Da hörte es auf, ein langes Wort mit viel zu vielen Buchstaben. Warum gibt es überhaupt so lange Worte, fragte sich Marco müßig.

Der Orden der Seher hatte überall Besitztümer, Tempel, Häuser, Villen, aber auch Gutshöfe, Weingüter und vieles mehr, und um die Verwaltung dieser Ländereien schien es hier zu gehen.

»Der … Brunnen … ist … bald … voll.«

Er war dem alten Zalvado sehr dankbar, dass er ihn das Lesen und Schreiben lehrte. Marco runzelte die Stirn. Konnten Seher eigentlich die Schrift sehen? Müsste er dann nicht auch vom Orden unterrichtet werden? Der Gedanke verwirrte ihn.

»Die … Rück…kehr … ist … vor… vorbere… vorbereitet. Das neue Zeit… Zeitalter ist nah.«

Dieser Brief oder was es war, ergab für ihn keinen Sinn. Zuerst ging es um Ernten, dann um Brunnen und dann sollte jemand zurückkehren. Sein Geist war ohnehin geschwächt und nur zu wenig klaren Gedanken fähig. Er hatte Durst. Um ihn drehte sich alles.

»Vastona … wird … wieder … unser … sein. Dann … alles.«

»Aha«, murmelte Marco, ohne zu verstehen, was er dort las. Dann gaben seine Knie nach und er sank zu Boden. Das Licht verblasste, wurde erst grau dann schwarz.

So merkte er nicht einmal, dass er aufgehoben und wieder zurück in den Schlafsaal getragen wurde.

Es vergingen zwei weitere Tage, bevor er endlich wieder auf die Straße durfte. Bruder Giate schien Marcos Zusammenbruch in der Schreibstube nicht zu beunruhigen. Im Gegenteil, er lobte ihn sogar dafür, sich so rasch wieder erholt zu haben.

Dennoch war Marco mehr als froh, endlich wieder einige Botengänge erledigen zu dürfen und dann an der gewohnten Stelle auf Elena zu warten.

In der Ferne hörte er die Trommeln der Anwerber der verschiedenen Regimenter der Patrizier. Mehr und mehr Soldaten sah man nun auf den Straßen, in neuen Uniformen und mit glänzenden Brustplatten, Hellebarden und Armbrüste in den Händen. Es war wie ein Fieber, das von Vastona Besitz ergriffen hatte, eine kaum greifbare, aber ständig präsente Spannung. Die Menschen liefen schneller durch die Straßen, ihre Stimmen waren lauter, alles war eine Spur hektischer als gewohnt. Marco hatte aufgeschnappt, die Bordelle würden mehr Geld verdienen als jemals zuvor.

Endlich entdeckte er Elena. Zur Arbeit trug sie ihre alte Haube – die neue sei zu gut für die Manufaktur, sagte sie. Doch als sie ihm winkte und auf ihn zukam, tauschte sie sie behände aus.

»Da bist du ja«, stellte sie fest, während sie einige Strähnen unter den Stoff schob. »Wir haben uns schon Sorgen gemacht.«

»Zalvado macht sich Sorgen um einen Seher? Wirklich?«

Sie lachte auf.

»Na gut, ich habe mir Sorgen gemacht.« Sie betrachtete ihn eindringlich. »Blass bist du.«

»Ich …«

Unsicher, was er erzählen durfte, stockte er. Er wollte ihr von den Ritualen berichten, aber er erinnerte sich daran, dass er sich zur Verschwiegenheit verpflichtet hatte.

»Was ist denn? Was machen sie mit dir?«

»Nichts.« Ihm war unwohl bei dieser Lüge. Um abzulenken, erklärte er: »Ich werde bald aufgenommen«

Elena trat einen Schritt zurück.

»Oha, Marco der Seher?«

»Bruder Marco, bitte schön. Dann musst du mich mit Degnato ansprechen.«

Einen Moment lang gelang es ihm, ernst zu wirken, dann brach die Heiterkeit aus ihm heraus. Ihre Nähe ließ ihn alle Sorgen und die Schwäche der letzten Tage vergessen.

»Natürlich, Degnato, natürlich!«

So machten sie sich auf den Weg zur Werkstatt. Marco lauschte Elenas Erzählungen davon, was sie jeden Tag bei Zalvado getan hatte. Der Gelehrte hatte begonnen, ihr für ihre Hilfe und Arbeit kleine Münzen zu geben. Kein Vermögen, aber sie war dankbar für das zusätzliche Einkommen.

»Meine Mutter schimpft jetzt eher, wenn ich zu früh nach Hause komme. Ich glaube, sie würde mich am liebsten als Lehrling an Zalvado verkaufen!«

»Es gibt Schlimmeres«, erwiderte Marco, und Elena schürzte nachdenklich die Lippen.

»Ja, vermutlich.«

»Und Zalvado könnte die Hilfe gebrauchen. Du kannst gut mit dem Alten umgehen und bist geschickt. Und irgendwer muss ja die Werkstatt ausfegen!«

Sie kniff ihn in die Schulter.

»Das machst doch wohl eher du, Degnato!«

Immer noch lachend traten sie in den Hof, blieben dann jedoch stehen. Eine fremde Gestalt stand dort im Sonnenlicht. In all der Zeit hatte Zalvado niemals andere Besucher empfangen. Tatsächlich ging er selbst nur ungern aus, weshalb er immer die beiden zum Einkaufen schickte.

Doch es war nicht nur der Anblick eines Fremden, der sie stutzen ließ, sondern was für ein Fremder das war. Hochgewachsen, und dabei doch schlank wie eine Gerte, gekleidet in mitternachtsblauen Stoff und schwarzes Leder, wie einer der reichen Tunichtgute, doch viel weniger bunt. Kein Hut und keine Mütze auf dem langen Haar, das so blond war, dass es eher silbrig wirkte.

Es war das Gesicht, das seine Natur erkennen ließ. Lang und mit hohen Wangenknochen, gerade Linien, symmetrisch, schön, aber auch blass und kalt, mit mandelförmigen Augen von der Farbe des Meeres bei Sturm. Der Fremde trug keinen Bart und nichts verbarg die hohen, spitzen Ohren.

»Ein Elf«, hauchte Elena ehrfürchtig. Ebenso wie sie hatte Marco noch nie einen Elfen gesehen, obwohl er wusste, dass es sie gab. Gerüchte und Legenden umrankten sie – es hieß, ihre Städte seien in den Himmel gewachsen, um dem Griff der Erde zu entkommen, und flögen nun in den Wolken umher. *Dieser* Elf jedoch hatte beide Füße fest auf dem Boden.

Der Kopf des Elfen schwang herum, als er Elenas Worte hörte, so leise sie auch gewesen sein mochten. Seine schmalen, hellen Lippen verzogen sich zu einem Lächeln, das Marco an ein Raubtier erinnerte.

»In der Tat, meine Dame, ein Elf.«

Er drehte sich geschwind um die eigene Achse, sein Mantel flog wie Flügel hinter ihm auf, dann verneigte er sich mit einem Kratzfuß so tief, dass sein langes Haar fast den Boden berührte. Aber nur fast.

»Caronix mein Name, werte Dame, werter Herr.«

Der Anblick hatte fast etwas Komisches. Alles hätte Marco erwartet, aber nicht, dass ein Elf sich nach bester Vastoni-Manier vorstellte.

»Caronix der Duellant?«

Der Elf richtete sich langsam auf. Seine Augen waren nun zu schmalen Schlitzen geworden. Es gab nicht viele seiner Art auf der Welt und keinen in Vastona. Marco hatte noch nie einen zu Gesicht bekommen, und es gab Leute, die sie sogar nur für Legenden hielten.

»Genau dieser. Ihr kennt Eure Elfen, werte Dame.«

»Jeder in Vastona kennt Euren Namen, Herr«, erwiderte Elena mit einer Hochachtung in der Stimme, die Marco gar nicht gefiel.

»Ich nicht.«

Wieder zeigte er dieses schnelle Raubtierlächeln.

»Ich mische mich selten unter die ehrwürdigen Seher, mein Herr. Welchen Bedarf hätten sie auch an einem Duellanten?«

»Ihr schlagt Euch für …«

Marco wollte Geld sagen, doch der Elf kam ihm zuvor: »Ruhm. Ehre. Diese Art Dinge.«

Immer wieder kam es in der Stadt zu Händeln zwischen den Reichen und Mächtigen. Und wenn diese nicht auf andere Art und Weise gelöst werden konnten, dann gab es ein Duell. Mehr als einmal hatte Marco diesen zugesehen, denn oft waren es große Anlässe, halbe Volksfeste. Wer selbst nicht genug oder schnell genug mit einer Klinge war, heuerte einen Duellanten an, professionelle Fechter, die ihr Können und oft genug ihr Leben in die Waagschale warfen – gegen Geld natürlich.

Die besten dieser Männer und Frauen kannte oft die ganze Stadt. Oft fochten sie auch ohne Auftrag Duelle aus, um ihren Wert und ihr Geschick mit der Klinge zu beweisen, und sie galten als arrogant und mehr als nur ein wenig von sich und ihrem Können überzeugt. Aber für Straßenjungen wie Marco waren ihre Duelle vor allem eine günstige Gelegenheit gewesen, um hier und da in fremde Taschen zu greifen.

»Bin ich hier richtig, um den meisterhaften Zalvado zu finden?«, erkundigte sich Caronix. »Man trug mir zu, dass er in der Stadt sei.«

Marco warf einen schnellen Seitenblick zu Elena. Was mochte ein Duellant, ein Elf noch dazu, von ihrem Meister wollen? Die Vermutung lag nahe, dass es nichts Gutes war.

»Meister Zalvado?«, fragte Marco deshalb unschuldig. »Ist das ein Freund von Euch?«

»Wir kennen uns lange. Unsere Lebensbänder waren einst eng verknüpft.«

Eine rätselhafte Antwort. Marco runzelte die Stirn, unsicher, was er sagen sollte. Mit einem Mal wurde ihm bewusst, dass sie hier mit einem Mann allein waren, der seinen Lebensunterhalt mit der Klinge bestritt. Eine gefährliche Person.

Das Tor zur Werkstatt öffnete sich beinahe lautlos und Zalvado trat in das Sonnenlicht hinaus. Caronix warf einen schnellen Blick über die Schulter. Zalvado erstarrte, dann brach es aus ihm heraus: »Feuer und Schwefel, was machst du hier?«

Der Elf lachte laut auf, es klang wie Glocken an einem klaren Tag.

»Der Wind hat mich wieder nach Vastona getrieben. So wie dich offensichtlich auch.«

»Nicht der Wind. Eine andere Macht.«

Caronix quittierte das mit einem Nicken.

»Wie dem auch sei, du hast Schulden bei mir, alter Mann. Schulden, die ich gedenke, hier und jetzt einzutreiben.«

»Das ist so lange her. Ich bin nicht mehr derselbe«, protestierte Zalvado und hob abwehrend die Hände. Marco ballte die Fäuste. Sein Blick hing an jeder Bewegung, die Caronix machte.

»Diese Schulden sind Ehrenschulden, Zalvado. Kein noch so großes Wort wird dich vor ihnen bewahren.«

Daraufhin seufzte Zalvado und ließ die Schultern sinken, als sei er besiegt.

»Nun gut, dann lass mich wenigstens etwas anderes anziehen.«

Verdutzt schüttelte Marco den Kopf.

»Was geht hier vor?«, fragte er mit so viel Autorität, wie er gegenüber diesen beiden seltsamen Gestalten aufbringen konnte.

Caronix wandte sich langsam zu ihm um. Ein wenig erinnerte Marco die Intensität seines Blickes an die Augen eines Sehers. In diesen Momenten schien für den Elfen nichts als Marco zu existieren, und all seine Sinne nahmen nur ihn wahr.

»Es geschah bei der unsäglichen Belagerung von Necci gesehen. Eine miserable Angelegenheit, kann ich Euch versichern. Krieg ist kein Ort für einen Klingenkünstler.«

»Sollte es nicht genau der richtige Ort sein?«, warf Elena ein, doch der Elf schüttelte den Kopf, so dass seine Haare umherflogen.

»Mitnichten. Aber Euer Gefährte wollte den Grund dieser Zusammenkunft wissen. Nun, bei dieser Belagerung ging den Belagernden das Essen aus. Und als ich meinen letzten Schlauch Wein mit Meister Zalvado geteilt habe, versprach er, es mir hundertfach zurückzuzahlen.«

Sprachlos starrten Marco und Elena von Caronix zu Zalvado, der gerade in feinsäuberlicher Kleidung aus seiner Werkstatt trat.

»Und wo sind wir jetzt, alter Mann?«

Zalvado legte den Kopf zur Seite.

»Siebenundsechzigfach, wenn ich nicht ein Gelage vergessen habe.«

Caronix grinste breit.

»Nein, hast du nicht.« Er wandte sich an Elena und Marco. »Ihr seid eingeladen. Meister Zalvado zahlt!«

24. Kapitel

Der Ort, zu dem sie Zalvado brachte, entpuppte sich als eine dämmrige Kaschemme in einem Keller. Von außen war sie kaum als Wirtshaus zu erkennen. Es roch nach Rauch, saurem Wein und Schweiß. Selbst zu der noch recht frühen Stunde saßen einige Männer und Frauen an den groben Tischen und hielten ihre irdenen Krüge fest in den Händen.

Die Blicke, die auf die kleine Gruppe Neuankömmlinge geworfen wurden, waren nicht sonderlich freundlich. Aber niemand sagte ein Wort. Nur der Wirt, hinter einem provisorischen Tresen aus Fässern, nickte Zalvado zu.

»Vier Krüge von deinem besten, Micele. Und wenn ich den besten sage, dann meine ich das auch.«

»Ja, Meister Zalvado.«

Sie setzten sich an einen der Tische in der Ecke. Mit einem Mal sah Elena den Gelehrten mit anderen Augen. Vorher war er ein Exzentriker gewesen, alt, gebildet und klug und er lebte fast wie ein Eremit. Doch offenbar war er auch ein Freund von Caronix, hatte in Schlachten gekämpft und war an zwielichtigen Orten bekannt.

Auch Marco schien von dem neuen Zalvado überrascht, während Caronix sich auf einem der Hocker fläzte, als gehöre ihm die Kneipe.

»Möge Nummer achtundsechzig beginnen!«, verkündete er

lautstark, als Micele die Krüge vor sie hinstellte. Auch wenn Elena nur wenig Erfahrung mit Wein hatte, so roch sie doch, dass der beste hier nicht wirklich gut war. Aber weder Zalvado noch Caronix schien es etwas auszumachen, als sie ihre Krüge hoben, sich zuprosteten und tranken. Marco nippte nur an seinem Becher, während Elena einen langen Schluck nahm und versuchte, den säuerlichen Geschmack in ihrer Kehle zu ignorieren.

»Was treibt dich nach Vastona?«, erkundigte sich Zalvado, der schon die Hälfte seines Kruges geleert hatte.

»Und sag nicht: der Wind«, fuhr er schnell fort, gerade als Caronix zum Reden ansetzte.

»Jenseits der Tore dieser Stadt herrscht Krieg. Da gibt es wenig Bedarf für einen Meister der Klinge wie mich. Statt ihre Probleme auf die elegante Art und Weise zu lösen, lassen die Mächtigen Tausende Männer und Frauen sich gegenseitig die Köpfe einschlagen. Es ist eine finstere Zeit.«

Er warf unter zusammengezogenen Brauen einen Seitenblick zu Marco hinüber. Elena bemerkte, wie Zalvado beschwichtigend abwinkte.

»Steht es so schlimm?«

»Der Schwarze Herzog zieht von Sieg zu Sieg«, berichtete Caronix. »Man sagt, seinen Kriegsmaschinen sei keine Mauer dieser Welt gewachsen.«

Zalvado seufzte und nahm einen Schluck.

»Ihr habt gemeinsam gekämpft?«, meldete sich Marco zu Wort. Elena beobachtete Caronix ganz genau. Wer wusste schon, wann sie jemals wieder einen Elfen zu Gesicht bekommen würde. Seine Züge waren glatt und dabei von altersloser Schönheit.

»Wir waren gemeinsam in ein oder zwei Kriegen«, erwiderte Zalvado langsam. »Damals war ich aber noch jünger.«

»Du warst ein halbes Kind! Du warst so stolz auf das bisschen Flaum, das du einen Bart nanntest!«

Seufzend verdrehte Zalvado die Augen und wandte sich an Elena: »In fünfzig Jahren wird er dir genau solche Geschichten aus deiner Jugend erzählen.« Er drehte sich wieder zu Caronix. »Zum hundertsten Mal!«

Der Elf grinste wölfisch. Zwischen den beiden bestand eine Vertrautheit, die deutlich zu spüren war. Elena fragte sich, wie sie hatte glauben können, Caronix wolle Meister Zalvado ans Leder.

»Und deine beiden Freunde hier? Eine junge Dame, die sicher allen Gockeln am Hofe den Kopf verdreht, und ein angehender Seher. Was für seltsame Gesellschaft hast du dir hier gesucht, Zalvado? Sind die zwei deine Lehrlinge?«

Elena strich sich eine Strähne aus der Stirn.

»Ich bin keine Hofdame«, gab sie strikt zurück.

»Sie arbeitet in einer Manufaktur«, erklärte Marco und fing sich einen finsteren Blick von ihr ein. Es stand ihm nicht zu zu entscheiden, was über sie bekannt wurde.

»Ich helfe Meister Zalvado«, fuhr sie kühler fort. »Und Marco auch.«

»Und wie heißt Ihr, werte Dame?«

»Elena.«

Der Elf schnalzte mit der Zunge und hob seinen Krug.

»Ein schöner Name. Ein strahlender Name. Ein passender Name.«

Darauf trank er, während Elena errötete.

»Wie alt seid Ihr, Herr?« Marco starrte den Duellanten finster über den Rand seines Kruges hinweg an. »Sind Elfen wirklich unsterblich?«

Caronix lachte leise.

»Würde ich mich wirklich der Gefahr aussetzen, bei einem Duell einen tödlichen Streich zu erfahren, wenn ich ewig leben könnte?« Er legte den Kopf auf die Seite, als lausche er einer inneren Stimme. »Nun ja, durchaus. Aber nein, ich bin keineswegs unsterblich. Und die Frage nach meinem Alter ist ein wenig unhöflich, weshalb ich sie einfach ignorieren werde.«

»Dreihundert Jahre«, sagte Zalvado langsam und mit sichtlichem Genuss. Jetzt war es Caronix, der das Gesicht verzog, dann aber schnell wieder lachte und auf den Tisch schlug.

»Verdammt! Ich hätte es selbst beinahe vergessen, danke, dass du mich daran erinnerst, alter Mann!«

»Immer gerne!«

Jetzt musste Elena kichern. Der Wein mochte sauer sein, aber er verfehlte seine Wirkung nicht. In ihrem Bauch breitete sich ein warmes Gefühl aus, und ihr Kopf wurde munter.

»Dreihundert Jahre«, murmelte sie. »Was Ihr alles gesehen haben müsst …«

Der Elf zog eine seiner geschwungenen Augenbrauen empor.

»Nichts, was ihr nicht auch sehen könnt, werte Dame. Lebt Euer Leben gut. Das ist das einzige Geheimnis.«

Darauf schnaubte Marco verächtlich.

»Als wenn man sich das aussuchen könnte. Ein Duellant und Elf hat da gut reden. Aber was ist mit den Armen und Ärmsten? Wie leben die ihr Leben gut?«

Mit einem Mal schien es kühler in dem Schankraum geworden zu sein. Caronix trank bedächtig einen Schluck, ließ aber Marco dabei nicht aus den Augen. Aus Zalvados Miene war die Heiterkeit gewichen, hatte einer Wachsamkeit Platz gemacht.

»Darauf habe ich keine Antwort, angehender Seher«, erklärte Caronix schließlich. »Dreihundert Jahre machen einen nicht weise genug, um diese Frage zu beantworten.«

»Du bist unhöflich«, zischte Elena Marco aus dem Mundwinkel an. Einen Moment lang schien er sich zu streiten wollen, dann sanken seine Schultern herab.

»Verzeiht mir, ich wollte Euch nicht zu nahe treten.«

Der Elf hob die Hand.

»Keineswegs. Es sind wichtige Fragen. Aber vielleicht ist dieser Ort nicht der ganz richtige für sie? Immerhin findet hier Nummer achtundsechzig statt.«

Darauf stießen sie alle an. Sogar Marco schien seinen Groll nun vergessen zu haben oder vielleicht stieg ihm auch bloß der Wein zu Kopf.

»Zalvado war in seinen jungen Jahren ein wirklich schlimmer Kerl«, erklärte Caronix und der alte Gelehrte prustete los. »Nein, wirklich. Soll ich die Geschichte erzählen, wie ich ihm Beinkleider auf das Dach des Fürstenpalastes in Zevinzia bringen musste?«

Er machte eine dramatische Pause, sah in die Runde und, offenbar zufrieden mit seinem Publikum, breitete die Hände aus.

»Ihr müsst wissen, dass die Fürstin eine der schönsten Frauen der Welt war, wenn nicht sogar die schönste. Aber ihr Mann war ebenso eifersüchtig, wie sie schön war. Und zu jener Zeit war Zalvado Hofmaler in Zevinzia … sag mal, hast du das Portrait eigentlich jemals fertig gestellt?«

Der alte Gelehrte tippte sich verschwörerisch an die Nase.

»Ich musste es aus meiner eigenen Werkstatt stehlen lassen, weil ich ja keinen Fuß mehr in die Stadt setzen konnte. Aber ja, ich habe es dann fertig gestellt und dem Fürsten geschickt. Es hat ihm nicht gefallen.«

Beide lachten auf, als sei dies ein besonderer Scherz. Marco und Elena hingegen sahen sich nur fragend an.

»Ihr müsst wissen«, erklärte der Elf schließlich, »dass Zalvado dem Fürsten Hörner aufgesetzt hat. Also in jener Nacht, bevor er sich hosenlos auf dem Dach des Palastes wiederfand. Und das Portrait, nun ja, ich fürchte, diese Episode fand ihren Eingang in dieses Kunstwerk.«

»Nur eine Andeutung«, unterbrach ihn Zalvado. »Eine Ahnung vielleicht. Er hat es verbrennen lassen, was eine etwas übertriebene Reaktion war, wenn ihr mich fragt.«

»Ihr habt hosenlos gemalt?«, fragte Marco erstaunt, und Zalvado kicherte wie ein Schulmädchen, als er nickte. Caronix lachte auf, und diesmal fielen auch Elena und Marco ein.

»Und das Beste …«

In diesem Moment flog die Tür auf, und eine Gruppe junger Männer und Frauen betrat die Kaschemme. Sie waren viel zu gut gekleidet für diesen Ort. Und alle trugen Eisen an der Seite. Schlagartig wurde Caronix ruhig.

»Das Beste erzähle ich ein anderes Mal«, sagte er und richtete sich auf. Seine Hand fiel auf den Griff seiner eigenen Klinge.

Schnurstracks kamen die Gecken auf ihren Tisch zu und bauten sich vor den vieren auf, die Köpfe hocherhoben und mit kalten Blicken. Ihre Kleidung war bunt und auffällig

»He, Ihr da, seid Ihr der, den sie Caronix nennen?«

Der Elf deutete überrascht mit der Hand auf sich selbst, nickte dann aber freundlich.

»Wer sonst sollte ich sein?«

»Man sagt Euch eine schnelle Klinge nach.«

Halb klang es wie eine Frage, halb wie eine Feststellung.

»Die schnellste, so sagt man«, erwiderte Caronix. Dann zwinkerte er einer der jungen Frauen zu. »Man nennt mich auch den größten Liebhaber der Welt.«

Elena musste gegen ihren Willen und trotz der angespannten Situation leise lächeln. Der Elf saß mit leicht geschürzten Lippen an seinem Platz, als stünden keineswegs ein halbes Dutzend Bewaffnete vor ihm. Hätte er nicht mit ihnen gesprochen, man hätte glauben können, sie seien für ihn gar nicht da.

»Wir trinken hier nur in Frieden«, meldete sich Zalvado zu Wort. In der Taverne waren alle Augen nun nur auf sie gerichtet.

»Ich glaube nicht, dass Eure Klinge so schnell ist«, knurrte der junge Mann, ohne auf den Einwurf zu achten. Ein schmaler Knebelbart zierte sein Gesicht, und seine Kleidung ließ einen gewissen

Reichtum erkennen. Geschlitzte Ärmel, das Wams in Rot und Grün, ebensolche Beinlinge und hohe, glänzende Lederstiefel. Ein Gockel, sicherlich, doch die Klingen an seinen Hüften sahen benutzt aus.

Trotz der Beleidigung zuckte Caronix nur mit den Schultern, trank dann sehr langsam einen Schluck und wischte sich mit seinem Ärmel über die Lippen.

»Glaubt, was immer Ihr wollt, mein Freund.«

»Ich bin nicht Euer Freund!«, kam es zurück. »Und nicht der von diesem alten Tattergreis oder von dem Burschen und seinem Liebchen hier!«

Marco war halb aufgesprungen, als Caronix ihm die Hand auf den Arm legte und ihn sanft, aber bestimmt aufhielt.

»Ihr wollt Euch also unbedingt schlagen, mein junger Freund? Hier und jetzt? Denn dies wird geschehen, wenn Ihr Euch nicht bei der Dame entschuldigt.«

»Bei so einer …?«

Elena schlug mit der Faust auf den Tisch.

»Was soll das heißen?«

Bevor der junge Heißsporn antworten konnte, war Caronix flink wie eine Katze auf die Füße gesprungen. Er beugte sich vor.

»Eine letzte Chance, mein Freund. Ich nehme es nicht leichten Herzens auf mich, wenn man meine Freunde beleidigt.«

Statt zu antworten, grinste der junge Mann nur bösartig. Caronix seufzte.

»Dann müssen wir uns wohl schlagen.«

25. Kapitel

Mit stockendem Atem verfolgte Marco das Schauspiel. In seinem früheren Leben hatte er gelernt, solchen Gruppen aus dem Weg zu gehen, denn sie bedeuteten stets Ärger.

Während Caronix sich also betont gelassen zu Micele umsah und fragte, ob es hier einen Hof gab, sah Marco sich nach Fluchtwegen um. Aber Zalvado zwinkerte ihm zu und sagte leise: »Keine Sorge. Sie wollten ihn nur zu einem Duell reizen.«

Unsicher betrachtete Marco die Angeber mit ihren Klingen und den arroganten Mienen, einer Pose, als gehöre ihnen die ganze Welt.

»Es gibt einen Hof, und er bietet genug Platz«, sagte Caronix, als er wieder an den Tisch zurückkam. »Wollt ihr hier warten oder der Angelegenheit beiwohnen?«

Zalvado rollte mit den Augen.

»Ist das wirklich nötig?«

Der Elf zog ein Paar Handschuhe aus seinem Gürtel und streifte sie sich über die Finger.

»Nötig? Wohl nicht. Aber jetzt ist die Zeit gekommen, um meine Ankunft in Vastona zu verkünden.«

»Er ist doch nur ein ungehobelter Bengel«, gab der Gelehrte zu bedenken, woraufhin ihm Caronix die Hand auf die Schulter legte.

»Du wirst wirklich alt, mein Freund. Das ist Reterio. Er hat sieben Duelle für die Balucci gefochten und gewonnen.«

Verdutzt sahen sie sich zu dem jungen Mann um.

»Der da? Das ist Reterio? Der hat ja kaum …«

»Zwanzig Sommer gesehen. Korrekt, mein Freund. Er ist jung und schnell und ohne Furcht.«

Die Beine des Schemels scharrten über den mit Stroh ausgelegten Boden, als Zalvado sich erhob. Caronix war bereits auf dem Weg zu einer Hintertür, deren Umrisse Marco im dämmrigen Dunst kaum ausmachen konnte.

»Wir sollten mitgehen«, schlug der alte Gelehrte vor. »Das wird sicherlich ein ganz besonderes Schauspiel.«

Marcos Schädel kribbelte, und seine Hände wurden feucht. Ein Duell direkt hier, das war eine aufregende Angelegenheit. Doch Zalvado schien sehr ruhig und Caronix lächelte sanft in sich hinein. Zu dritt folgten sie der kleinen Traube Menschen, die sich um die beiden Duellanten gebildet hatte.

Der Hinterhof war nicht sonderlich groß, aber bot Platz genug, dass alle sich an den schmutzigen Wänden mit dem abblätternden Putz aufreihen konnten. Es roch nach Urin und die Häuser außen herum waren klein und geduckt.

»Heute werdet ihr alle Zeugen eines besonderen Schauspiels«, rief Reterio während er mit ausgebreiteten Armen langsam im Kreis umherlief und den Blick wandern ließ. »An diesem unwahrscheinlichsten aller Orte!«

Er legte eine dramatische Pause ein, dann wies er mit ausladender Geste auf Caronix, der die Hände in die Hüften gestemmt hatte und das Ganze mit einer Miene freundlicher Belustigung betrachtete.

»Dies ist Caronix, seit über siebzig Duellen in Vastona ungeschlagen!«

Tatsächlich kam etwas Jubel auf. Die Begleiter Reterios klatschten. Marco fühlte die Welle der Begeisterung über sich hinweg spülen und wurde mitgerissen – er schrie den Namen des Elfen aus vollem Hals.

»Bis jetzt«, fügte Reterio hinzu, als die Rufe abklangen. »Heute endet seine Serie.«

Damit warf er den Mantel von der Schulter und ging in eine geduckte Haltung. Einer seiner Freunde hob den Mantel auf, sprang dann schnell zurück in die Reihe der Zuschauer. Mit langsamen, sorgfältig abgezirkelten Schritten begann Reterio, Caronix zu umkreisen. Der Elf schien davon wenig beeindruckt, sondern rückte nur seinen Waffengurt zurecht und ließ den Kopf ein wenig kreisen, als sei sein Nacken verspannt.

»Hat er denn keine Angst?«, flüsterte Marco Zalvado leise zu.

»Angst? Nein. Respekt vielleicht«, antwortete der alte Mann ebenso leise. »Achte auf seine Augen. Bei einem Duellanten musst du immer auf die Augen achten.«

Und da sah Marco es. Die Aufmerksamkeit des Elfen war auf seinen Gegner gerichtet, egal, wie locker und ruhig er zu sein schien. Und in seinem Blick lag eine Spannung wie die einer Katze, kurz bevor sie eine Ratte anspringt.

Mit einem Mal ging alles sehr schnell. Reterios Klinge schien ihm wie von allein in die Hand zu fliegen. Die Spitze zuckte vor. Doch eine Handbreit vor Caronix' Kehle wurde sie mit einem metallischen Klang zur Seite geschlagen.

Es folgte eine Serie schneller Attacken, Hieben, Stichen, und bei jedem glaubte Marco, dass es ein Treffer sein müsse, so präzise und hart waren sie. Doch Caronix tänzelte davon, die Klinge seines Gegners perlte immer wieder an seinen Paraden ab oder fuhr durch leere Luft, nie fand sie ihr Ziel.

Dennoch wurde der Elf durch den improvisierten Ring getrieben, musste aus- und zurückweichen, er war seit dem ersten Angriff in der Defensive.

Es herrschte vollkommene Stille, alle Aufmerksamkeit war auf die beiden Duellanten gerichtet, die ihren unfassbar schnellen Tanz aufführten.

»Er wird ihn umbringen«, flüsterte Elena in offensichtlicher Sorge um ihren neuen Freund. Der Tonfall störte Marco auf eine Weise, die er sich selbst nicht ganz erklären konnte, doch sein Herz schlug ebenfalls immer schneller. Irgendwann musste einer der Stiche treffen und dann …

»Das ist nicht sein erstes Duell«, murmelte Zalvado beruhigend. Marco blickte den alten Gelehrten an. Seine Miene war entspannt. Er wirkte weniger wie jemand, der einen Freund in einem Duell kämpfen sieht, sondern mehr wie ein unbeteiligter Zuschauer.

Wieder und wieder trafen die Klingen klirrend aufeinander, wieder und wieder schabte Metall über Metall. Marco kam nicht umhin, beider Kunst zu bewundern. Jeder Schritt war genau platziert, jede Bewegung diente nur einem Zweck, nur einem Ziel. Er hätte nie gedacht, dass jemand sich so schnell bewegen könnte, dass es möglich war, eine Waffe derart genau zu führen.

»Der Junge ist gut«, pflichtete Zalvado ihm bei.

Es war unmöglich, die Angriffe und Paraden zu zählen. Doch langsam erlahmte der Ansturm. Caronix wich weniger und weniger zurück, hielt seinen Gegner jetzt nur noch mit der eigenen Waffe auf Abstand.

Und dann, ebenso schnell, wie es begonnen hatte, war es vorbei. Reterio führte einen schnellen Stich, genau auf Caronix' Brust. Seine Klinge wurde heftig zur Seite geschlagen, vielleicht war sein Arm ermüdet. Und nun sprang Caronix ihm wie ein Raubtier entgegen. Reterio riss seine Waffe zurück, doch der Elf duckte sich unter ihr hindurch, seine Klinge zuckte vor.

Blut rann aus einem Schnitt auf Reterios Wange herab. Caronix stand kerzengerade, hob seine Waffe wie zum Gruß vor sein Gesicht. Niemand sagte etwas. Ungläubig fasste Reterio sich an die schmale Verletzung.

»Ein guter Kampf«, sagte Caronix, der ein Taschentuch aus dem Ärmel zupfte und einen Tropfen Blut von der Klinge wischte. Er ließ die Waffe in ihrer Scheide verschwinden und begann, seine Handschuhe wieder auszuziehen.

Erst jetzt schienen die Zuschauer zu begreifen, was sie gerade gesehen hatten. Einige jubelten, andere standen immer noch mit offenen Mündern um die beiden Kontrahenten herum.

»Ja!«

Marco stieß die Faust in die Luft. Elena jauchzte neben ihm, dann fiel sie ihm lachend um den Hals. Er vergaß zu atmen, zu lachen, zu denken, spürte nur ihren Körper nah an seinem, ihre Wärme, ihre Umarmung

»Sagte ich doch«, brummte Zalvado und brach den Bann des Augenblicks damit.

Elena ließ Marco los und er ließ es unwillig geschehen. Doch er konnte ihre Berührung noch spüren. Ihm war heiß und kalt zugleich.

Caronix kam auf sie zugeschlendert, nun ein siegessicheres Grinsen auf dem Gesicht. Nicht mal ein Tropfen Schweiß stand ihm auf der Stirn und sein Atem ging langsam. Er wirkte nicht, als habe er gerade ein Duell gefochten.

»Das war wundervoll«, empfing ihn Elena. »Aber ich hatte solche Angst!«

Das ließ den Elf noch breiter grinsen. Er machte einen Kratzfuß. »Ein kleines Schauspiel für Euch, holde Dame.«

Elena kicherte und errötete. Doch Marco sah über den gebückten Caronix hinweg, wie Reterios Erstaunen Wut wich. Der junge Duellant funkelte den Elfen geradezu an. Seine Klinge, immer noch fest in der Faust, tanzte vor ihm hin und her.

»Caronix«, sagte Marco leise. »Ich glaube …«

Weiter kam er nicht, denn Reterio stürmte vor und schrie: »Bis zum Tod!«

Marco machte einen Schritt zur Seite, stellte sich vor Elena. Doch Caronix fuhr noch immer geduckt herum, warf sich Reterio entgegen. Die Klinge glitt durch die Luft, Caronix sprang zur Seite, die Spitze folgte seiner Bewegung, blieb auf seine Brust gerichtet.

Aus der Menge ertönte ein Schrei. Blut spritzte auf den dreckigen Boden. Caronix verharrte in der Hocke. Reterio schritt an ihm vorbei. Seine Klinge fiel ihm aus der schlaffen Hand. Er sah mit verständnislosem Blick zu seinen Gefährten. Die Vorderseite seines Wamses wurde rot, ein großer, dunkler Fleck. Er öffnete den Mund, seine Lippen bewegten sich um Worte, doch es kam nur Blut. Dann gaben seine Beine nach, er sank zu Boden, fiel auf die Seite. Seine Füße zuckten.

»Der dumme Junge«, wisperte Zalvado, dann packte er Marco und Elena an den Schultern. »Kommt.«

Während Reterio sein Leben im schmutzigen Hinterhof einer Kaschemme aushauchte und sein Lebenssaft in den Dreck rann, erhob sich Caronix langsam. Seine Klinge war nach unten gerichtet, doch er fixierte die Begleiter des Sterbenden mit einem eisigen Blick.

»Bis zum Tod«, erklärte er ruhig, so als habe er nicht gerade einen Menschen getötet. »Ihr habt es alle gehört.«

»Du Bastard«, rief ein junger Mann, dem kaum Flaum auf den Wangen wuchs, aber seine Freunde hielten ihn zurück, redeten beruhigend auf ihn ein. Dennoch ließ Caronix ihn nicht aus den Augen.

»Wenn es dich eines Tages in den Fingern juckt, wirst du mich finden können. Man kennt meinen Namen überall.«

Der junge Mann erlahmte, hörte auf, sich gegen die Griffe zu wehren. Zufrieden mit dem, was er sah, wandte Caronix sich an das Trio, das zu ihm getreten war.

»Gehen wir.«

Sie betraten den Schankraum. Im Zwielicht wirkte das eben Gesehene noch unwirklicher. Nur durch eine alte Holztür von ihnen getrennt, lag ein Toter. Caronix hatte seine Klinge wieder gereinigt und in die Scheide gesteckt. Man sah ihm nichts an.

Zalvado sah ihn fragend an. Caronix hob die Schultern.

»Wir sollten diese Kerle nicht reizen. Kehren wir zu deiner Werkstatt zurück? Ich fürchte, die Achtundsechzig endet ein wenig früh.«

Gerade kamen einige der Gäste zurück und sie nutzten den Moment, um aus der Schenke zu verschwinden.

Vor der Tür atmete Marco tief ein. Sein Kopf drehte sich, in seinem Magen revoltierten die gebackenen Tomaten, die er vorhin gegessen hatte. Er stützte sich gegen die Wand.

»Meine Güte.«

Er konnte kaum die Worte aussprechen, so schummrig war ihm.

»Er ist tot«, hauchte Elena. Zum ersten Mal sah Caronix selbst betroffen aus.

»Ich wünschte, er hätte seine Niederlage akzeptieren können«, erklärte er. »Ich wollte ihn nicht töten.«

Zum ersten Mal verstand Marco, was es bedeutete, Duellant zu sein. Viele Duelle gingen nur bis zum ersten Blut, aber bei den großen Streitfragen – oder bei einer unverzeihlichen Kränkung – ging es manchmal auf Leben und Tod. Siebzig Duelle allein in Vastona, dachte er. Laut fragte er: »Wie viele …?«

»Gegner ich besiegt habe? Oder getötet?« Die Stimme des Elfen war kalt. »Ich habe mehr Duelle gefochten als Jahre erlebt. Und von meiner Hand starben mehr Menschen, als du je Jahre sehen wirst.«

Mit noch mehr Respekt sah Marco den Duellanten an. Sein elegantes Aussehen und seine lässige Art verbargen einen gefährlichen Mann.

»Zalvado hat noch mehr auf dem Gewissen«, fuhr dieser fort, doch der alte Gelehrte brummte unwillig und unterbrach ihn.

»Du und deine Geschichten«, knurrte er. »Lass uns lieber gehen, bevor es doch noch zu einer Messerstecherei mitten auf der Straße kommt.«

Er stapfte voran, gefolgt von Caronix. Marco und Elena gingen dahinter und sahen sich verwundert an. Doch Zalvado schien keine Lust zu haben, die seltsamen Worte seines elfischen Freundes zu erklären.

26. Kapitel

Die Spätsommersonne beschien die Steine der Stadtmauer unterhalb des Tores der drei Dämonen. Marco tanzte vor ihr über den schmalen Sims, Elena folgte ihm vorsichtiger.

Als er ihr gesagt hatte, er wolle ihr etwas Besonderes zeigen, war sie nicht sicher gewesen, was er damit meinte, doch jetzt wies er auf einen verwaisten Teil der Mauer, dort verlief ein schmaler Gang, umrandet von einer hohen Brüstung.

»Das hier ist mein Platz.«

»Dein Platz, so so.«

Er grinste frech.

»Ja, der Platz von Marco. Weiß doch jeder in Vastona.«

Damit zog er sich auf die Brüstung und setzte sich, die Füße ließ er nach außen über die Kante baumeln. Er strich mit der Hand über den Felsquader neben sich. Elena kam seiner Einladung nach, kletterte empor und setzte sich, jedoch weitaus vorsichtiger als er. Ein Blick nach unten auf den Platz vor dem Tor ließ ihre Zehen kribbeln; sie befanden sich mehrere Schritt über dem Boden.

Nur selten verließ sie die Stadt, denn es gab dazu für eine Vastona kaum einen Grund. Und auf der Stadtmauer war sie überhaupt noch nie gewesen. In der Ferne war ein lautes, beständiges Hämmern zu hören, von dort, wo das Gerüst an der Mauer hochgezogen worden war und Arbeiter, klein wie Ameisen, sich an ihr zu schaffen machten.

Über ihnen unterhielten sich einige Wachen, hin und wieder wehte ihr Lachen herab. Die Geräusche der Stadt fanden ihren Weg um den Torturm, dieses beständige Lärmen, das für Elena einfach ein Teil ihres Lebens war.

Doch vor allem wurde ihre Aufmerksamkeit von den unzähligen Zelten, Hütten und Verschlägen in Anspruch genommen, die sich schier endlos vor den Toren der Stadt erstreckten. Hauptsächlich grau und braun, schmutzig und verstaubt, doch dazwischen mit vielen Farbtupfern.

Unzählige Menschen wuselten zwischen diesen improvisierten Behausungen umher, es stieg Rauch von Dutzenden Kochstellen auf.

»Jeden Tag kommen mehr«, sagte Marco leise. »Vor zwei Tagen konnte man noch das Ende des Lagers hinten auf dem Hügel sehen. Und jetzt …«

Er musste nicht weiterreden, denn Elena konnte es mit eigenen Augen erkennen. Die Zelte erhoben sich bis jenseits des Hügels, und dahinter sah man nur mehr dünne Rauchfahnen in den strahlend blauen Nachmittagshimmel aufsteigen. Es war nicht abzuschätzen, wie weit sich das Lager dort noch erstreckte.

Gemeinsam betrachteten sie das Schauspiel. Die Flüchtlinge waren wie eine Flut über Vastona gekommen. Manche mit Wagen, beladen mit ihrem Besitz, andere nur mit dem, was sie am Leibe trugen. Arme und Reiche, Junge und Alte, sie alle flohen vor den Truppen des Schwarzen Herzogs. Eine endlose Schlange, die sich zwischen den sanften Tälern in Richtung Vastona bewegte. Und jeden Tag kamen mehr.

Unter ihnen befanden sich die großen Tore. Seit die Flüchtlinge ihr Lager aufgeschlagen hatten, waren sie selbst tagsüber geschlossen und wurden nur geöffnet, wenn die Wachen jemanden passieren ließen. Eine Kolonne schwerer, jeweils von zwei Ochsen gezogener Wagen kam aus der Stadt gefahren. Rechts und links marschierten Wachen, mit Hellebarden und hohen Helmen. Eine ganzer Trupp, zwanzig, dreißig und mehr, fast eine Armee.

Kaum kamen die Wagen draußen in Sicht, kam wilde Bewegung in die Menge der Flüchtlinge. Wie ein Lauffeuer schien sich die Kunde von Zelt zu Hütte zu verbreiten und eine Flut von Menschen strömte durch die schmalen Gassen – nur um an der von den Soldaten errichten Mauer abzuprallen. Die hatten sich breitbeinig vor den Wagen aufgestellt und hielten die Menge mit gekreuzten Hellebarden auf.

»Orantes ist gefallen, habe ich heute gehört«, sagte Elena, während sie die Flüchtlinge beobachteten. »Die Feste an der Brücke über den Redo wird belagert. Viele befürchten, dass sie bald fallen wird.«

Sie bemerkte Marcos unsicheren Blick.

»Wenn er die Brücke einnimmt, gibt es für den Schwarzen Herzog auf dem Weg bis nach Vastona keine Hindernisse mehr. Keine Befestigungen mehr, keine Städte«, erklärte sie, was sie selbst erst heute gelernt hatte.

Marco sog laut Luft ein.

»Ich hätte nie gedacht, dass ich mal einen Krieg erleben würde«, murmelte er leise. »Ich meine, hier in der Stadt!«

Elena wusste genau, was er empfand. Die größte, mächtigste Stadt der Welt wurde nicht angegriffen oder belagert. Natürlich führte Vastona Kriege mit Rivalinnen und Feinden, doch das waren Schlachten und Scharmützel, weit entfernt, nichts, was mit ihnen zu tun hatte.

Unter ihnen begannen Männer und Frauen, Säcke mit Mehl an die Menge zu verteilen. Laute Rufe drangen zu ihnen empor, Schreie von den Flüchtlingen, Befehle der Wachen. Sack um Sack flog über die Linie der Bewaffneten und wurde von dankbaren Händen ergriffen. Wenn es ein System gab, konnte Elena es jedenfalls nicht erkennen.

»Die Mauer wird halten«, stellte Marco mit einem Optimismus fest, von dem Elena nicht sagen konnte, ob er echt oder nur gespielt war. »Sie wird ausgebessert und verstärkt.«

»Und noch nie ist sie in der Schlacht gefallen«, pflichtete sie ihm bei. Doch in Gedanken sagte sie sich: bis jetzt. Irgendwann ist immer ein erstes Mal.

Schon waren die Wagen halb leer und noch immer kamen Menschen aus den weiter entfernten Teilen des Flüchtlingslagers an, drängten sich hinten in die Menge, versuchten nach vorne zu gelangen, dorthin, wo es wenigstens eine Chance auf Essen gab. Elena zitterte, als sie dieses geballte menschliche Elend sah.

Kurz nach dem Eintreffen der ersten größeren Flüchtlingsgruppen hatte Vastona die Tore geschlossen. Kein Platz für sie, so sagte man, und viele Bürger stimmten damit überein. Der größte Teil der Fliehenden stammte aus den Ländereien, die Vastona sich untertan gemacht hatte, aber behandelt wurden sie wie Fremde.

»Das wird doch niemals für alle reichen.«

Ein Mann kletterte auf die Schultern der vor ihm stehenden, versuchte, über die Reihe der Wachen zu gelangen. Ein Offizier, der hinter seinen Soldaten stand, hieb mit einem dicken Knüppel nach den Armen des Mannes, schlug ihn zurück in die Menge. Der kippte nach hinten, verschwand im Getümmel. Die Befehle des Offiziers waren harsch und laut, aber nicht an seine Untergebenen, sondern an die Menge gerichtet: »Zurück! Zurück, sonst gibt es gar nichts mehr!«

Doch das schien die Menge nur noch mehr anzuspornen. Weniger wie eine Ansammlung von einzelnen Menschen und mehr wie ein gewaltiges, brüllendes, hungriges Tier wogte sie auf und ab. Die Soldaten stemmten sich dagegen, doch Schritt für Schritt wurden sie von der urtümlichen Wucht zurückgedrängt, näher und näher an die Wagen heran.

Der Offizier brüllte, doch unter dem tausendkehligen Schrei der Menge war er nicht zu hören. Wieder schlug er zu, sprang in Lücken. Sein Knüppel traf Köpfe, Leiber, sauste auf Männer, Frauen und Kinder nieder.

»Meine Güte«, hauchte Elena und hob die Hand vor den Mund. Auch Marco war wie gebannt.

Fast schien es, als würden die Menschen die Soldaten überwinden. Die Wagen setzten sich schaukelnd in Bewegung, obwohl noch Säcke auf ihren Ladeflächen waren, machten kehrt, in Richtung der abgeschirmten Stadt.

Auf einen Ruf ihres Offiziers hin änderten die Soldaten ihre Taktik. Nun hackten und schlugen auch sie auf die vordersten Reihen der Flüchtlinge ein. Es floss Blut. Menschen versuchten, vor den Attacken zurückzuweichen, wurden jedoch von den Reihen hinter ihnen wieder nach vorne gedrängt.

Jetzt stand Elena auf der Brüstung, nach vorne gelehnt, atemlos in das grausige Geschehen involviert, obwohl sie es nur beobachtete.

Unter ihnen öffnete sich wieder das Tor. Doch bevor die Wagen es erreichten, stürmten Soldaten hinaus, vorbei an den Wagen, deren Kutscher die Ochsen wild antrieben. Die einzelnen Stimmen waren nicht mehr zu verstehen, es war ein wildes, chaotisches Durcheinander.

Der neue Trupp Soldaten warf sich wie in eine Schlacht ins Getümmel. Elena konnte kaum fassen, was sie sah: Auf der einen Seite halb verhungerte Menschen, auf der anderen gerüstete Soldaten, die gnadenlos in die Menge schlugen. Obwohl sie viel weniger waren, gelang es ihnen, die Masse in Schach zu halten, denn so sehr die hintersten Reihen auch nach vorne drängten, ihnen strömten jetzt jene entgegen, die vor den Klingen der Soldaten flohen.

Es war ein Ziehen und Zerren gegeneinander, ein jeder war sich selbst der Nächste. Doch die Soldaten drangen nicht weiter auf die Menge ein, sondern zogen sich unter den Befehlen ihres Offiziers diszipliniert zurück.

Als sie ihm Torhaus verschwanden und sich die mächtigen Pforten Vastonas hinter ihnen geschlossen hatten, blieb ein grauenvoller Anblick zurück.

Die Menge verschwand, verlor sich, verging so schnell, wie sie entstanden war. Gerade noch war sie eins gewesen, nun auseinander und fort.

Überall lagen Leiber im Dreck. Blut rann zwischen ihnen über den Boden. Verletzte riefen um Hilfe, doch viele rührten sich nicht. Einige hatten große Wunden, andere verdrehte Gliedmaße, wie zerbrochene Puppen.

Viele Zelte waren von Fliehenden niedergetrampelt worden. Ein Kind wankte zwischen den Trümmern umher, schreiend, das Gesicht rot vor Angst.

Über sich hörte Elena, wie Soldaten die Türme bemannten, als erwarteten sie einen Angriff auf die Stadt selbst. Marco packte sie am Ärmel.

»Wir sollten verschwinden, bevor hier Wachen auftauchen.«

Sie nickte benommen, warf noch einen letzten Blick hinab.

Es war ein Schlachtfeld. Der Krieg war längst in Vastona angekommen.

27. Kapitel

»Noch einmal.«

Marco schnaufte, als er den Befehl hörte. Seine Schultern schmerzten, die Pein zog die Arme hinab bis in seine Hände, die er kaum noch spüren konnte. Die beiden schweren Holzstäbe hielt er nur noch mit Mühe.

Dennoch strengte er sich an, hob sie wieder vor seinen Körper. Caronix schritt um ihn herum, betrachtete ihn genau. Der Elf hatte ebenfalls zwei Stöcke in den behandschuhten Händen, doch ihm schien ihr Gewicht nichts auszumachen.

Eine Spitze schob Marcos Rechte zur Seite, die andere berührte sein Kinn und drückte es hoch.

»Sieh deinem Gegner in die Augen, Junge.«

Marco versuchte es, doch der enigmatische Blick war kaum auszuhalten. In der dunkelblauen, fast purpurnen Iris schimmerte etwas, das er nicht einordnen konnte.

Dann sauste eine der Übungswaffen auf Marco zu. Trotz seiner Erschöpfung riss er die Linke empor und wehrte den Angriff ab. Doch seine Euphorie währte nicht lange, denn nun prasselten Schläge, Hiebe, Stöße auf ihn ein. So sehr er auch versuchte, sich an die Lektionen zu erinnern, wieder und wieder wurde er getroffen, bis ihm schließlich seine hölzerne Waffe aus der Hand geschleudert wurde.

»Ah! Verdammt!«

Marco bewegte die schmerzenden Finger. Blaue Flecken zeichneten sich schon jetzt auf der Hand ab. Morgen würde er an einigen Stellen grün und gelb sein, so viel war sicher.

»Das war schon recht gut«, gestand ihm Caronix zu, der nicht einmal ins Schwitzen gekommen war. Marco hegte den Verdacht, dass der Elf vielleicht gar nicht schwitzen konnte – das war einfach nicht sein Stil.

Zudem hatte er sich nicht annähernd so schnell bewegt wie in dem Duell mit Reterio, auch wenn es Marco so vorgekommen war, als müsse er sich dreier und mehr Gegner erwehren. Wenn es Caronix darauf anlegte, hätte er ihm wohl mit seiner ersten Attacke den Schädel spalten können. Kein sehr ermutigender Gedanke.

»Recht gut?« Marco rieb die Finger seiner Rechten mit der Linken. »Ich wäre heute geschätzt siebzehn Mal gestorben, wenn das hier ernst wäre.«

Caronix lächelte nachsichtig.

»Dachtest du, ein paar Übungen mit mir und du könntest gegen die besten Duellanten der Stadt antreten?«

Unwirsch spie Marco auf den Boden des Hofs vor Zalvados Werkstatt, den sie hin und wieder für die Übungsstunden im Fechtkampf nutzten. Der alte Gelehrte werkelte drinnen mit Elena an irgendeiner seiner Erfindungen.

»Nein, aber …«

»Nichts aber. Wir können hier ein Jahr jeden Tag üben, und ich würde dich dennoch mühelos besiegen. Was denkst du, wie lange ich benötigt habe, um auch nur die fundamentalen Regeln zu lernen?«

Erst einmal nahm Marco einen Schluck warmen Wassers aus der Zinnkaraffe, die sie im Schatten abgestellt hatten. Die Flüssigkeit spülte durch seinen Mund, wusch den bitteren Geschmack der Anstrengung fort und lief dann seine Kehle hinab.

»Ich weiß nicht. Lange?«

Das ließ den Elf lachen.

»Ehrlich gesagt, ich weiß es auch nicht. Ja, vermutlich lange.«

Dann nahm er selbst einen Schluck. Manchmal wirkte der Elf so ganz andersartig und mysteriös, und dann wieder nur allzu menschlich.

Aus dem halb geöffneten Tor hinter Caronix kam ein Fluch, dann flog etwas Kleines surrend durchs Sonnenlicht, bevor es abrupt erlahmte und zu Boden fiel.

»Der Traum des alten Mannes vom Fliegen«, erklärte Caronix nicht ohne Wohlwollen in der Stimme. Marco grinste.

Mit wehendem Rock eilte Elena aus der Dunkelheit des Eingangs hervor. Sie beachtete die beiden Fechter kaum, sondern hob das kleine Fluggefährt auf. Erst auf dem Rückweg schenkte sie ihnen ein Lächeln.

»Macht er Fortschritte?«, neckte sie Marco, an Caronix gewandt. Der Elf breitete die Arme in großer Geste aus: »Famose!«

»So ist es gut«, erwiderte Elena lachend, bevor sie mit einem kleinen Sprung in die Werkstatt verschwand. Marco sah ihr nach, bis er Caronix' abwägenden Blick bemerkte und sich zusammenriss.

»Sie ist ein außergewöhnliches Mädchen«, sagte er fast wie an sich selbst gerichtet. Doch Marco verstand die Frage.

»Ja, ist sie.« Unwillig, weiter darauf einzugehen, bückte er sich und hob seine Übungswaffe auf. »Noch einmal?«

Zur Antwort zog der Elf seine Handschuhe aus. Immer ein Zeichen, dass die Übungen vorbei waren. Marco atmete unmerklich auf, denn er wusste nicht, ob er überhaupt noch die Kraft besessen hätte, auch nur eine Attacke zu parieren.

»Nein, genug für heute.« Gerade als Marco dachte, dass es vorbei sei, fügte Caronix hinzu: »Sie wird nie wissen, wie du von ihr denkst, wenn du es ihr nicht sagst.«

Wie es der Elf ihn gelehrt hatte, entließ Marco die Anspannung mit der Atemluft aus seinem Leib. Doch obwohl ihn diese Methode beruhigte, wusste er nicht, was er sagen sollte.

Mit einem aufmunternden Klopfen auf die Schulter wies Caronix auf eine schmale Steinbank, die halb im Schatten lag. Sie setzten sich nebeneinander, der Elf in die grelle Sonne, die ihm nichts auszumachen schien. Marco spürte, wie ihm der Schweiß auf der Haut langsam trocknete.

»Wie lange kennt ihr euch?«

Es war eine harmlose Frage.

»Einige Wochen … nein, länger.«

»Und ihr verbringt viel Zeit miteinander.« Halb Frage, halb Feststellung. Marco nickte. »Nun, dann ist die Sache doch klar, Junge. Sie würde das sicher nicht tun, wenn ihr nichts an dir läge.«

»Wir sind Freunde«, kam seine trotzige Antwort. Er musste an den Überfall denken, an seine furchtbare Angst um sie, an den Stich in seinem Herzen, als sie den Mann in Schwarz mit großen Augen angesehen hatte.

»Natürlich seid ihr das.« Jetzt war es an Caronix zu seufzen. »Wenn man so lange über die Welt wandelt wie ich, sieht man so einiges. Aber manches verändert sich nie.«

Er ließ die Worte ein wenig wirken, bevor er fortfuhr: »Weißt du, du hast großes Glück, Marco. Du lebst in einer Stadt unter deinesgleichen. Ja, einige tragen Pelz und Seide, andere Lumpen und Löcher, aber ihr seid alle Menschen.«

»Gibt es noch mehr Elfen?«

Ein Schnauben war die erste Antwort.

»Natürlich. Aber hier? In Vastona? Nein. Es gibt noch ganze Fürstentümer von uns, aber …«

Seine Stimme versiegte. Zum ersten Mal erlebte Marco den sonst nie um einen schnellen Scherz verlegenen Duellanten ohne Worte.

»Das ist schlimm.«

»Es ist mein Los. Ich habe es mir selbst erwählt. Wild nennen sie uns in der Heimat, wilde Elfen. Weil es uns nicht dort hält, sondern fortzieht, in die Lande der Menschen, in ihre Städte und noch weiter.«

Es gelang Marco kaum, sich das vorzustellen. Schon die Lebensspanne des Elfen war so gewaltig, dass er an ihr verzweifelte. Diese vielen Jahre, Jahrzehnte, Jahrhunderte gar fern der Heimat zu verbringen, immer Außenseiter zu sein, das erschien ihm unmöglich zu ertragen.

»Aber es gibt deine Heimat noch? Du kannst dorthin zurückkehren?«

Caronix legte den Kopf in den Nacken und blickte zum wolkenlosen Himmel, ohne zu antworten.

»Nur weil man sagt, die Elfen seien aus der Welt verschwunden und allein ihr zurückgeblieben.«

Er wurde still, als er den stechenden Blick des Duellanten bemerkte.

»Nein, das sind Legenden der Menschen, nicht mehr. Es gibt meine Heimat noch, aber ich kann niemals dorthin zurückkehren. Der Weg ist mir verschlossen, und selbst wenn ich eine Möglichkeit fände, so wäre ich nicht mehr willkommen.«

Nun schwiegen sie beide, der Junge, der noch nie seine Heimatstadt verlassen hatte, und der Elf, der die halbe Welt bereist und dabei seine Heimat verloren hatte.

»Die ewigen Wälder, Marco, du kannst dir ihre Schönheit kaum vorstellen. Selbst heute noch, nachdem …«

»Nachdem?«

»Nachdem sie vom Antlitz der Welt verschwunden sind.« Caronix bedachte Marco mit einem uralten Blick. »Es war eine Flucht. Vor den Menschen, vor euch.«

»Die Elfen sind vor Menschen geflohen?«

»Vor der Blutmagie, deren ausgreifender Macht nichts und niemand Einhalt gebieten konnte. Sie drohte, alles zu korrumpieren. Auch unsere Heimat.«

Aus dem Mund des Elfen hörten sich die alten Geschichten unvermittelt wahr an. Viele sagten, Blutmagie sei nur eine Legende, ein erfundenes Phantom vergangener Tage, doch wenn Caronix so von ihr sprach, klang es, als habe er sie selbst erlebt.

»Ich dachte immer, Blutmagie, das wäre nur eine Spukgeschichte.«

»Heutzutage, ja«, erwiderte Caronix. »Aber damals drohte sie, alles zu verschlingen.«

Stumm versuchte Marco sich an alles zu erinnern, was man ihm jemals darüber gesagt hatte. Doch es waren nur Fetzen, Bruchstücke, etwa eine Handbewegung zur Abwehr von Blutmagiern oder Geschichten von blutsaufenden Monstren, derlei Dinge.

»Aber das war ja nicht, worüber wir eigentlich sprachen«, wechselte Caronix scheinbar gut gelaunt das Thema, so als habe ihm sein Heimweh ebenso wenig anhaben können wie die Geschichten von finsterer Blutmagie. »Elena.«

Marco stöhnte auf.

»Für dich ist das leicht zu sagen. Du bist berühmt und gescheit und, na ja …«

»So ein Dummkopf bist du auch wieder nicht, Junge.«

Marco schnaufte auf.

»Ja, danke.«

Dann wies er auf seine Ordenskleidung, die er ordentlich gefaltet abgelegt hatte, bevor er sich mit einem Meisterduellanten schlug.

»Ich werde ein Seher. Dann muss ich allem Weltlichen abschwören. Auch Frauen.«

»Das scheint mir kein guter Handel zu sein«, gab Caronix zu bedenken. »Wie wäre es, wenn du ihn nicht eingehst?«

»Und dann? Ich habe auf den Straßen gelebt. Wohin soll ich gehen? Was für ein Leben kann einer wie ich Elena schon bieten?«

Caronix schnalzte mit der Zunge.

»Junge, die Seher … lass das sein, hänge nicht deine Hoffnungen an sie. Zalvado braucht Gesellen, wenn er seine furchtbare Maschine jemals in die Lüfte bringen will. Elena ist begabt, sehr begabt. Und aus dir mache ich schon noch einen halbwegs ordentlichen Duellanten.«

Mit einem Mal eröffnete sich Marco in Gedanken eine neue Welt. Sein Leben war immer in Bahnen verlaufen, auf die er keinen Einfluss nehmen konnte. Erst auf den Straßen, dann in der Villa. Sein Pfad war ihm immer von anderen bestimmt worden.

»Du meinst, wir könnten …?«

»Lass die Seher sein, Junge. Von ihnen kommt nichts Gutes.«

Der düstere Ton in der Stimme des Elfen ließ Marco aufhorchen. Er sah ihn forschend an, doch wie immer konnte er in dem zeitlosen Antlitz kaum etwas lesen.

»Wir könnten hier leben«, murmelte Marco mehr zu sich selbst, als wolle er sich davon überzeugen, dass es wahr sein mochte, indem er es aussprach. »Elena und ich.«

28. Kapitel

Es war eine kleine Karawane, die sich durch vollgepackte Straßen zum Tor der drei Dämonen schlich. Der Ochsenkarren kam nur langsam voran.

Auf dem Kutschbock verlor Zalvado schnell die Geduld und begann, diesen und jenen im Weg Stehenden mit allerlei Flüchen zu belegen – »Sohn einer Schnecke!« oder »Gehörntes Scheusal!« –, während Elena einfach nur die ungewohnte Sicht auf die Stadt genoss. Marco hatte es sich auf der anderen Seite des alten Gelehrten gemütlich gemacht.

»Geht ihr beiden vor und macht uns Platz«, befahl Zalvado schließlich zweien der Arbeiter, die er angeheuert hatte. Mit grimmigen Blicken begannen der bullige Mann und die breitschultrige Frau ihnen eine schmale Gasse zu schaffen. Schließlich erreichten sie das Tor.

Die Wachen sahen gelangweilt zu ihnen herüber. Es interessierte sie wenig, wer aus der Stadt wollte; nur jene, die vor den Toren lagerten und hineinwollten, beschäftigten sie derzeit.

»Sinn und Zweck?«, erkundigte sich ihr Offizier, ohne seinen Platz im Schatten des Tores zu verlassen.

»Ein Ausflug«, erklärte Zalvado missmutig ob der weiteren Verzögerung, dann kam er der nächsten Frage zuvor: »Ich, das Mädchen, unsere vier Helfer. Ach ja, und ein Elf.«

Er deutete mit der Hand über die Schulter auf Caronix, der es irgendwie geschafft hatte, sich auf der Ladefläche neben dem gewaltigen, von einer Plane verborgenen Konstrukt, eine Stelle zu schaffen, wo er schlafen konnte.

Das Letzte ließ den Offizier kurz aufhorchen, und er erhob sich, warf einen Blick auf Caronix, dann winkte er seinen Leuten zu und nickte.

Das Tor öffnete sich, offenbar zu langsam für Zalvados Geschmack, aber Elena schluckte, als der erste Streifen Licht in den düsteren Torgang fiel. Jenseits dieses Schutzes lag das Lager der Flüchtlinge, und sie konnte sich nur allzu gut an den letzten Anblick, den sie davon erhascht hatte, erinnern.

Doch kaum waren die Torflügel weit genug geöffnet, trieb Zalvado das Ochsengespann wieder an und der Karren rumpelte unaufhaltsam vorwärts. Zuerst in den kühlen Schatten des Torhauses, dann hinaus in die Helligkeit jenseits der Stadt.

»Kommt nicht zu spät zurück«, rief ihnen der Offizier hinterher. »Nach Sonnenuntergang kommt niemand mehr in die Stadt, Vastoni oder nicht.«

»Ja, ja«, knurrte Zalvado zu leise, als dass der Mann ihn noch hätte hören können. »Als ob diese Mauern uns heute Abend noch aufhalten könnten!«

Jetzt grinste er wieder breit. Die Aussicht, bald den kleinen Hügel zu erreichen, den er als ihr Ziel auserkoren hatte, hob seine Laune beträchtlich.

Elena hingegen sah sich vorsichtig um. Ihre Hand verkrampfte sich im Stoff ihrer Schürze, und sie spürte einen kühlen Film Schweiß auf ihrer Haut. Es war nicht nur die warme Sonne. Es waren die unzähligen Zelte, die Gestalten dazwischen, die Gesichter, die zu ihnen herüberstarrten.

Sie tauschte einen Blick mit Marco, dem offenbar ebenso mulmig zumute war wie ihr, der jedoch eine tapfere Miene aufgesetzt hatte. Eine Gruppe Kinder löste sich, lief neben dem Karren her. Schmutzige Gesichter, schmutzige Füße.

»Eine Münze, Herr!«

»Brot!«

»Wir haben Hunger!«

Zuerst ignorierte Zalvado sie, aber als er Elenas mitleidigen Blick bemerkte, griff er seufzend in seinen Beutel und warf einige Silbermünzen in die Mitte der Meute. Elena lächelte ihn an, was er mit einem Schnaufen quittierte.

»Ich wollte die kleinen Bratzen nur loswerden. Nicht, dass sie uns was beschädigen. Das wäre nicht auszudenken.«

»Der Alte hat ein weicheres Herz, als er zugeben möchte«, kam Caronix' schläfrige Stimme von hinten. »Unter seiner harten Schale …«

»Schon gut, schon gut«, unterbrach ihn der Erfinder. »Du flößt dem armen Mädchen noch ein ganz falsches Bild von mir ein.«

Das Hin und Her ließ Elena auflachen, doch als sie sich daran erinnerte, wo sie waren, verflog ihre Heiterkeit. Aus der Nähe sah das Flüchtlingslager noch chaotischer aus. Die Zelte standen kreuz und quer, die Wege zwischen ihnen waren kaum zu erkennen.

Doch es waren vor allem die Menschen, deren Anblick Elena erschütterte. Blasse, sorgenvolle Gesichter. So viele Augen, in denen jede Hoffnung erloschen war. Von überall her waren sie vor den Feinden Vastonas geflohen, hatten den einen Ort aufgesucht, der ihnen Sicherheit versprochen hatte – nur, um vor seinen Toren zu stranden, so ungeschützt und ausgeliefert wie zuvor.

»Es sind so viele«, murmelte sie, mehr zu sich selbst. Zalvado brummte.

»Der Krieg bringt es mit sich, dass Menschen entwurzelt werden. Für jeden Toten gibt es zehn, die alles verlieren, was sie besitzen. Für jede Schlacht gibt es hundert geplünderte Bauernhöfe, für jeden glorreichen Sieg einen verwüsteten Landstrich.«

Die Fahrt durch das Lager dauerte lange. Es zog sich nun über den Hügel hinaus bis in das flache Tal dahinter. Elena fragte sich, woher all diese vielen Menschen ihr Essen bekamen, wie sie lebten, wo sie ihre Notdurft verrichteten. Es war wie eine eigene Stadt vor der Stadt, und sie konnte nicht einmal schätzen, wie viele Menschen in ihr lebten.

»Die Seher spenden ihnen Brot und andere Nahrung«, erklärte Marco. »Ich habe Bruder Giate davon reden hören.«

»Immerhin«, war alles, was Zalvado dazu zu sagen hatte.

Dann endlich ließen sie den traurigen Anblick hinter sich und folgten der Straße zwischen Oliven- und Obsthainen. Mit einem Mal war die Luft frischer, die Gerüche schöner, die Welt freundlicher. Die breite Straße war gut ausgebaut und bot Platz für zwei Wagen nebeneinander, doch es kamen ihnen vor allem Menschen zu Fuß entgegen. Alles Flüchtlinge, wie Elena beunruhigt feststellte.

»So viele Mäuler zu stopfen«, knurrte einer der Arbeiter und spie auf den Boden.

»Vastona ist reich«, gab Elena zu bedenken, was ihr einen aufmunternden Blick von Zalvado bescherte. Der Mann sagte nichts, doch seine Miene blieb finster. Der Ochsenkarren rumpelte langsam die Straße entlang, bevor Zalvado ihn auf einen kleineren Pfad lenkte. Rechts und links säumten niedrige Natursteinmauern ihren Weg.

Mit einem Gähnen streckte sich Caronix hinter ihnen und schwang sich dann elegant auf den Kutschbock neben Zalvado.

»Sind wir bald da?«

»Was bist du, ein Fünfjähriger?«, erwiderte Zalvado unwirsch und wedelte dann unbestimmt mit der Hand. »Die Wiese liegt dahinten, auf der Kuppe dort.«

In weiten Serpentinen führte sie der Weg hinauf auf den Hügel. An zwei Hängen wurde Wein angebaut, an einem dritten Citrusbäume, doch oben gab es eine weite Wiese, deren Gras vor nicht allzu langer Zeit geschnitten worden sein musste.

Sie passierten ein letztes Tor in der Mauer, dann hielt Zalvado den Karren mitten im Grün an. Elena sprang leichtfüßig vom Bock und rieb sich heimlich den Po, der vom Sitzen auf dem harten Holz eingeschlafen war, während Zalvado sofort damit begann, seinen Leuten Befehle zu erteilen.

Elena beobachtete sie dabei, wie sie sich bemühten, die Fracht behutsam vom Karren auf den Boden zu hieven. Der Gelehrte lief dabei mit wehenden Armen und lauten Belehrungen um sie herum, doch sie ließen sich davon nicht weiter aus der Ruhe bringen.

Dann stand das Konstrukt auf dem Boden, noch bedeckt von der Plane. Insekten schwirrten um sie herum, die Sonne brannte herab. Doch Elena hatte keine Augen für die Natur. Vorsichtig half sie Zalvado, sein Werk aus der Verhüllung zu schälen.

Die Flugmaschine war erstaunlich klein, wirkte aber immer noch über alle Maßen komplex. Zalvado sonnte sich in ihrem Anblick, ein breites Lächeln auf den Lippen. Die Arbeiter machten es sich im Schatten des Wagens gemütlich und begannen, so seelenruhig ihre Vesper auszupacken, als sei dieses Wunderwerk der Wissenschaft gar nicht weiter beachtenswert. Selbst Caronix schien nicht allzu beeindruckt zu sein.

»Helft mir«, bat Zalvado und begann, die beweglichen Teile zu justieren, wobei ihm Elena und Marco zur Hand gingen. Die beiden großen Flügel, dünner Stoff über einem Skelett aus Holz, lagen noch eng an den Körper der Maschine gefaltet, wie die eines Vogels am Boden. Doch unter seinen Anweisungen breitete Elena sie langsam aus, zog sie Stück für Stück auseinander, bis die kleinen Gelenke einrasteten und ihnen eine vorher nicht erkennbare Festigkeit gewährten.

Stück für Stück setzten sie die Flugmaschine zusammen, montierten die letzten Teile, die für den Transport abgenommen worden waren, richteten die Flügel und Stabilisatoren aus, spannten die Leinen und Stoffplanen, zurrten alles fest. Es war ein mühsamer, langwieriger Prozess, doch Zalvado ließ trotz seiner sichtlichen Ungeduld große Sorgfalt wirken.

Endlich erhob sich die Flugmaschine in ihrer ganzen Glorie vor ihnen. Elena musste einige Schritte zurücktreten, um sie in ihrer Gänze erfassen zu können. Der schmale Leib mit den drei Sitzen, einer ganz vorne und jeweils einer an der Seite. Davon abgehend die riesigen Flügel, noch weit gespannt wie die eines Adlers. Tatsächlich wirkte das ganze Gebilde wie ein seltsamer Vogel, größer als alles, was jemals geflogen war, und doch unverhofft vertraut. Es nahm ihr den Atem.

»Das ist ja mal ein Ding«, stellte Caronix fest und schlug Zalvado auf die Schulter. »Du hast dich mal wieder selbst übertroffen.«

Der alte Gelehrte lächelte selig.

»Dem Himmel so nah«, flüsterte er andächtig. »Bald gehört er uns und dann wird es keine Kriege mehr geben, denn wer würde noch für Land kämpfen wollen, wenn wir den Himmel haben?«

Elena bemerkte den skeptischen Blick des Elfen, der aber schwieg.

»Kommt, kommt!«

Zalvado hastete zum vorderen Sitz und nahm darauf Platz. Es war ein schmaler Sattel, auf dem man nach vorne gebeugt saß, damit man die zahlreichen Hebel bedienen konnte, welche die Flugmaschine steuerten.

Mit klopfendem Herzen kletterte Elena auf den linken Sattel, während Marco den rechten erklomm. Hier gab es keine Hebel, nur Griffe, um sich festzuhalten. Und es gab Pedale, auf die sie ihre Füße setzten.

»Sollten nicht zwei von deinen Kraftpaketen da helfen?«, fragte Caronix, aber Zalvado winkte ab.

»Die beiden sind gut, nicht so schwer.«

Der Elf zuckte mit den Achseln, doch der alte Gelehrte achtete nicht darauf. Er bewegte die Hebel, was wiederum Flügel und Stabilisatoren in Bewegung setzte. Erst als alles zu seiner Zufriedenheit war, warf er Elena einen Blick über die Schulter zu.

»Bereit?«

Sie nickte kurz. Ihr Hals war wie zugeschnürt.

»Bereit«, erwiderte Marco.

»Gut. Dies ist ein großer Moment. Der Tag, an dem der Mensch den Himmel erobert.« Zalvado hielt inne. Alles schien stillzustehen. »Dann los!«

Elena begann, in die Pedale zu treten. Die Mechanik der Flugmaschine bewegte sich, ruckelnd zuerst, doch mit jeder schnelleren Umdrehung der Pedale glatter und von einer wundervollen Zielstrebigkeit erfüllt.

»Schneller!«

Sie legte sich noch mehr ins Zeug. Zwischen den tanzenden Stangen und Rädern sah sie Marco, über seinen Griff gebeugt, ebenfalls mit großer Kraft tretend.

»Schneller!«

Elenas Atem ging schnell. Ihr Herz schlug lauter in ihrer Brust. Die Maschine surrte und klackte und gab Geräusche von sich, mit nichts vergleichbar, was sie je erlebt hatte.

Vor ihr legte Zalvado die Hand an den größten Hebel. Vorsichtig, fast liebevoll, zog er ihn zu sich. Zahnräder senkten sich ineinander, und ein Ruck ging durch die ganze Maschine, als ihre Pedalkraft auf einmal mit den Flügeln verbunden wurde.

Langsam hoben sie sich, halb gedreht, dann sausten sie mit einer weiteren Drehung herab. Der Luftzug wehte Elena die Haare um das Haupt. Wieder stiegen sie langsam hoch, nur um schnell herabzufallen. Die Flugmaschine machte einen kleinen Satz, bäumte sich regelrecht unter ihnen auf, prallte dann auf den Boden. Elena schluckte, als Übelkeit in ihr aufstieg. Zalvado bewegte hastig einige Hebel.

Ein weiterer Flügelschlag und ein weiterer Satz, ein kleines Aufsteigen. Marco jauchzte.

»Schneller!«

Auch wenn sie nicht gedacht hätte, dass sie es konnte, legte Elena noch mehr Kraft in ihre Tritte. Sie sog die Luft in ihre Brust, umklammerte die Griffe, stemmte sich in die Pedale.

Ein Sprung, höher diesmal. Die Flügel hoben sich in ihrer seltsamen Bewegung, von der Zalvado sagte, dass er sie bei Vögeln abgeschaut habe. Ein Schlag, und die Maschine glitt höher, noch bevor ihre Kufen wieder den Boden berührt hatten.

»Wir fliegen! Wir fliegen!«, schrie Zalvado. Elena wollte lachen, doch sie hatte keinen Atem dafür. Ihre Beine brannten, Schweiß rann ihr über die Haut.

Die Flügel glitten empor. Elenas Kraft erlahmte, und auch Marco konnte nicht mehr so schnell. Die Flugmaschine fiel herab, Zalvado rief etwas Unverständliches, zerrte an den Hebeln. Ein Flügelschlag. Ein Satz nach Vorne. Caronix sprang katzenhaft aus dem Weg, rollte sich über die Schulter ab, als das erstaunliche Gerät auf ihn zu raste.

Der plötzliche Sprung brachte Elena aus ihrem Rhythmus, nur mit Mühe konnte sie sich überhaupt festhalten. In einer Übelkeit erregenden Bewegung kippte die Flugmaschine vorwärts, während die Flügel wieder schlugen.

Dann bohrte sich eine Kufe in das weiche Erdreich. Elena fühlte sich herumgeschleudert, klammerte sich verzweifelt an die Griffe. Während Oben und Unten sich drehten und kreischend Holz splitterte, brüllte jemand. Ein Ruck, und sie verlor den Halt, wurde vom Sattel gerissen, flog durch die Luft. Ihr Aufprall trieb ihr die Luft aus dem Leib, sie überschlug sich, rollte durch das niedrige Gras.

Schließlich war es vorbei. Verschwommen nahm sie Grün und Blau wahr, als sie ihre Augen öffnete. Ihr ganzer Leib schmerzte. *Gras,* erkannte sie. *Himmel.* Damit kehrten ihre Lebensgeister zurück. Vor ihren Augen tanzte die Welt, als sie sich wieder aufrichtete. Die ersten Atemzüge konnte sie nichts tun als sitzen. Dann sah sie an sich herab. Kein Blut. Immerhin.

Die Flugmaschine lag halb auf der Seite. Geborstene Stangen ragten aus dem Rahmen. Ein Flügel streckte sich in den Himmel, der andere war unter ihrem Leib zerschmettert. Sie wirkte wie ein Insekt, das jemand mit der flachen Hand zerschlagen hatte.

Nun kniete Zalvado vor ihr, nahm ihren Kopf in die Händen. Caronix kam zu ihnen gerannt, dahinter die Arbeiter. Doch Elena konnte Marco nirgends sehen. Sofort begann ihr Herz zu rasen. Sie sprang auf. Ihre eigenen Schmerzen verloren alle Bedeutung. Sie humpelte um die gefallene Maschine herum.

Dort lag Marco. Halb unter ihr begraben. An seiner Schläfe war Blut. Elena schrie auf.

29. Kapitel

Das Erste, was Marco bemerkte, war das Brennen in der Brust. Er öffnete den Mund, wollte Luft holen, doch etwas drückte auf ihn nieder, lag so schwer auf ihm, dass sein Leib sich nicht bewegen konnte. Ihn erfasste Panik.

Laute Rufe, Worte, die er nicht verstand. Schemen, Schatten, die sich hektisch bewegten. Eine Berührung an seiner Wange. Endlich kam ein Gesicht in seinen Fokus, füllte alles aus, umgeben vom hellen Blau des Himmels – Elena.

»Es wird alles gut.«

Ihre Stimme durchdrang den Nebel, schnitt durch die Angst, gab ihm trotz der Schmerzen Ruhe. Allmählich konnte er mehr erkennen. Caronix und Zalvado, die hektisch an etwas zogen, sich irgendwelche Sachen zuriefen. Seine Lippen bewegten sich, er wollte Elena sagen, dass er Schmerzen hatte, doch da war kein Atem in ihm.

»Alles wird gut.«

Ihre Finger strichen über seine Haare, ein Kontrast zu den furchtbaren Schmerzen, die sich immer weiter ausbreiteten. Er stemmte sich gegen den Druck, doch nichts geschah. Es war, als sei sein Körper nicht mehr der seine, als sei von ihm nur noch Geist übriggeblieben.

Vor seinen Augen tanzten bunte Flecken, spielten um Elenas

Antlitz, gaben ihr etwas Wunderbares, Entrücktes. *Ich ersticke,* erkannte ein seltsam gefühlloser Teil in ihm, eine kalte, logische Stimme. Sie machte ihm Angst. Gleichzeitig war der Anblick von Elena im glitzernden Farbenspiel zu wundervoll, so dass er nicht an den Tod denken konnte.

»Auf zwei!«

Am Rande seines Gesichtsfeldes schlich sich Schwärze in die bunten Flecken, löschte das Licht, ließ das Glitzern verblassen. Auch Elena wurde von dieser Finsternis verschlungen. Nun tauchte Marcos Geist doch in die Tiefen der Furcht ab.

»Zwei!«

Etwas ruckte. Mit einem Mal war da ein Spalt, ein Hauch von Freiheit. Marco sog Luft ein. Nur ein wenig.

»Jetzt!«

Marco fühlte sich gepackt, jemand zerrte an seinen Schultern. Etwas hielt ihn fest, hart und unnachgiebig, doch Elena warf sich nach hinten. Marco schrie auf, als sein Bein über eine Kante glitt. Doch der Schrei bedeutete auch, dass er wieder atmen konnte.

Gierig füllte er die Lungen. Er lag auf dem Rücken, auf einer Wiese, über sich den Himmel. Und Elena.

»Marco? Marco, bist du verletzt?«

Bevor er sich aufsetzen konnte, war Zalvado heran, drückte ihm die Hand auf die Brust.

»Bleib liegen, Junge«, brummte er bestimmend, aber nicht unfreundlich. Dann tasteten seine Hände Marcos Gliedmaßen ab. Die Finger strichen über die Kleidung, übten hier und da Druck aus. Marco, der noch immer nicht bei klarem Bewusstsein war, ließ es geschehen.

»Was ist passiert?«

Seine Erinnerungen waren verschwommen. Die Fahrt auf dem Karren, die Flugmaschine, und dann … Dunkelheit.

»Zalvados Geniestreich hätte euch alle beinahe umgebracht«,

hörte er Caronix' Stimme, konnte den Elf jedoch nicht sehen. Über Zalvados Miene huschte ein wütender Ausdruck, wurde dann jedoch wieder vertrieben.

»Hm, nichts gebrochen, soweit ich sehen kann, Junge. Du hattest arges Glück.«

Der alte Tüftler schob ihm einen Arm unter die Schulter und half ihm auf. In Marcos Kopf drehte sich alles, und er musste die Augen schließen.

»Langsam. Sachte.«

Dann sah er Elena vor sich knien, die ihn zaghaft anlächelte. Er erwiderte das Lächeln.

»Vorsichtig, Marco. Nichts gebrochen heißt nicht, dass alles gut ist. Du hast dir einige unangenehme Blessuren zugezogen.«

»Das habe ich gemerkt.«

Marco rieb sich den Arm. Er stand langsam auf, gestützt von Elena und Caronix. Dafür, dass der Elf sonst gerne einen Scherz auf den Lippen hatte, war er nun ruhig und wirkte fast besorgt.

Als Zalvado sah, dass Marco auf die Füße gekommen war und halbwegs sicher stand, wandte er sich seinem Apparat zu. Er sah nicht glücklich aus.

An vielen Teilen war das Holz gesplittert oder gebrochen. Mehr denn je wirkte die Flugmaschine wie ein Tier. Nun lag es waidwund auf der Wiese, mit verdrehten Gliedmaßen und gleichsam sterbend. Die Arbeiter standen in der Nähe, hielten Abstand von Zalvado, als sei er ein Aussätziger.

»Das kostet uns eine Woche. Oder mehr!«

»Was?«, erkundigte sich Marco.

»Die Reparatur. Was denn sonst?«

»Ihr wollt doch nicht noch mal auf dieses Höllending steigen?« Marco fasste sich entsetzt an den schmerzenden Kopf. »Ist das Euer Ernst?«

Der alte Gelehrte sah ihn empört an.

»Selbstverständlich. Das war lediglich ein kleiner Rückschlag. Ich …«

»Ein kleiner Rückschlag? Ich wäre beinahe wie eine Wanze zerquetscht worden!«

»Im Dienste der Wissenschaft müssen wir Risiken eingehen, Junge.«

»Wir!«

Marco ging einige Schritte. Noch waren seine Knie weich, aber der aufsteigende Zorn ließ es ihn ignorieren. Einen Moment lang war er geflogen, dann war alles schwarz geworden, und als er die Augen wieder aufgeschlagen hatte, war es ein Albtraum gewesen. Nun sprach Zalvado von *wir*.

»Auch ich bin abgestürzt«, gab dieser zu bedenken. »Und Elena ebenfalls.«

Die plötzliche Erkenntnis, dass auch Elena in tödlicher Gefahr gewesen war, ließ Marco schlucken. Er blickte zu ihr hinüber, doch ihre Miene zeigte eher Sorge wegen des aufkommenden Streits. So schnell, wie er gekommen war, verebbte Marcos Zorn.

»Wir müssen das Ding auf den Karren laden«, stellte er ruhig fest. »Und zurück nach Vastona.«

Das vertrieb die üble Stimmung ein wenig und brachte alle dazu, sich auf das Notwendige zu konzentrieren. Caronix seufzte und winkte die vier Arbeiter heran, die widerwillig näherkamen.

»Das Ding ist von Dämonen besessen«, erklärte die bullige Frau und verschränkte die Arme vor der Brust. »Beinahe hätte es den armen Hänfling da gefressen.«

»He!«

Selbst in Marcos eigenen Ohren klang sein Protest schwach. Zalvado schüttelte verärgert den Kopf.

»Keine Dämonen, nur ein kleines Problem mit der Kalibrierung.«

Die Arbeiter sahen nicht überzeugt aus. Bevor Zalvado noch

mehr erklären konnte, sagte Caronix: »Doppelte Bezahlung für alle.«

Der alte Tüftler sah seinen Freund entgeistert an. Doch die Ankündigung hatte die gewünschte Wirkung: Schon begannen die vier, den Karren zu holen und Trümmerteile einzusammeln.

»Doppelt?«, zischte Zalvado. »Sehe ich aus, als wäre ich aus Gold?«

»Sei froh, dass ich nicht dreifach gesagt habe«, erwiderte Caronix ungerührt. »Ich habe keine Lust, dass sie uns hier mit den Überresten deiner Hirngespinste sitzen lassen.«

Damit wandte Caronix sich ab und ließ Zalvado mit offenem Mund stehen. Marco musste grinsen, als er ihn zum ersten Mal sprachlos erlebte. Da legte Elena ihm die Hand auf den Arm und alles andere war vergessen.

»Du solltest dich ausruhen.«

»Was ist mit dir? Hast du dich verletzt?«

Sie schenkte ihm ein mattes Lächeln.

»Außer, dass ich sehr unsanft auf allen vieren gelandet bin, hat es nur meine Würde erwischt, als ich mit wehendem Rock durch die Luft gesegelt bin.«

Marco atmete erleichtert auf.

»Gut.«

»Gut? Du denkst, das ist gut?«

»Äh, nein. Nur wegen … also dass du … ich bin froh«, stammelte er, bis er den Schalk in ihren Augen sah.

»Immerhin warst du so beschäftigt damit, dich von der Flugmaschine beinahe beerdigen zu lassen, dass du sicher nichts von meinem Sturz gesehen hast.«

Gegen seinen Willen musste Marco sich vorstellen, wie Elena durch die Luft segelte, ihr Rock wie ein Segel gebläht. Er wusste nicht, ob er lachen sollte. Ihm war heiß.

Während sie sich unterhielten, begann die harte Arbeit. Zuerst wurden all die Bruchteile der Maschine aufgesammelt und kurzerhand auf die Ladefläche des Karrens geworfen. Zalvado hingegen demontierte so viel der Flugmaschine, wie möglich war. Zuletzt blieb ein karges Skelett übrig, der innerste Rahmen.

Es war schon Nachmittag, als die Arbeiter diesen Kern der Flugmaschine unter lauten Rufen auf den Karren wuchteten. Hatte das alles auf der Hinfahrt noch ordentlich und sortiert ausgesehen, wirkte es nun eher wie eine Lieferung Feuerholz denn wie ein hochkomplexes mechanisches Fluggefährt.

Als sie zuletzt die Plane darüberlegten und befestigten, seufzte Zalvado vernehmlich. Nun tat der alte Tüftler Marco doch leid. Sein Lebenswerk lag zerschlagen wie ein Kinderspielzeug unter dem Stoff, fast wie begraben. Es war ein betrüblicher Anblick.

Sogar Caronix war verstummt. Vorsichtig kletterte Marco auf den Kutschbock. Immer wieder schmerzten ihn auch einfachste Bewegungen. Rumpelnd setzte der Karren sich in Bewegung. Das erste Stück bis zum Weg wurden sie ordentlich durchgeschaukelt, was Marco mehr als einmal ein Stöhnen entlockte. Er spürte Elenas Blick auf sich und biss die Zähne zusammen.

Endlich erreichten sie den Pfad und am Fuße des Hügels den breiteren Weg. Niemand sagte etwas. Caronix hatte sich abgesetzt und lief ein Stück vor ihnen, während die Arbeiter ihnen mit einigem Abstand folgten. Es war, als sei dies nicht ein Karren voller Holzteile, sondern ein mit Seuchentoten beladener.

Als sie die Straße erreichten, war Caronix bereits außer Sicht. Müßig fragte sich Marco, ob der Elf vorhatte, allein bis Vastona zu laufen, da er genug von ihnen und Flugmaschinen hatte.

Doch noch bevor er den Gedanken zu Ende gedacht hatte, sprintete Caronix hinter einer Mauer geduckt zurück zu ihnen. Er wedelte mit den Armen, so dass Zalvado den Karren anhielt.

»Was ist denn los?«, rief der alte Gelehrte, als Caronix näherkam.

»Soldaten«, erwiderte der Elf, der trotz seines schnellen Laufs nicht außer Atem zu sein schien.

»Was, eine Patrouille aus Vastona?«

»Nein. Truppen des Schwarzen Herzogs. Der Krieg ist hier.«

Marcos Herz sank. Zalvado fluchte ausgiebig, während Elena entsetzt die Hand an den Mund hob. Trotz der immer schlimmer werdenden Nachrichten, obwohl Vastona von großen Flüchtlingslagern umgeben war, irgendwie hatte Marco dennoch gehofft, dass dies alles an der Stadt vorbeigehen würde, nur ein böser Spuk sei, ein Albtraum, der auch wieder verschwinden würde.

»Wo?«, fragte er schließlich mit belegter Stimme. Caronix' Miene war Antwort genug, aber der Elf wies auf die Straße nach Vastona.

»Zwischen uns und der Stadt. Berittene, vier oder fünf. Ich nehme an, dass es Späher der Streitmacht sind.«

Jetzt fluchte auch Marco.

»Mit dem Karren kommen wir niemals ungesehen an ihnen vorbei.«

»Wir lassen mein Fluggerät nicht zurück!«, bellte Zalvado sofort. »Unter keinen Umständen.«

»Wenn wir zwischen die Fronten geraten …«

Mehr musste Elena nicht sagen. Die Gräueltaten der Truppen des Schwarzen Herzogs waren ihnen allen nur allzu vertraut. Fast jeden Tag hatte es schlimme Berichte gegeben. Marco schauderte bei dem Gedanken, wie sie über Elena herfallen würden.

»Zalvado«, begann Caronix mit echter Sorge in der Stimme. »Bedenke, was geschieht, wenn du gefangen genommen wirst. Du bist bekannt, nein, berühmt für deine Kriegsmaschinen. Wie lange würden die Mauern Vastonas stehen, wenn Solare dich zwingt, ihm zu helfen?«

Der alte Gelehrte schüttelte langsam den Kopf.

»Wir können das Fluggerät nicht in ihre Hände fallen lassen.

Wenn er den Himmel beherrscht, ist ihm die ganze Welt untertan.«

Marco wollte einwenden, dass die Flugmaschine kaum mehr als ein paar Ellen vom Boden abgehoben hatte und dass sie wohl kaum den Himmel beherrschte, aber Caronix schien den Einwand ernst zu nehmen. Voller Zweifel blickten sie die Straße entlang. Aus dem sonnenumspielten Heimweg war nun eine düstere Strecke geworden, voller unbekannter Gefahren. Für einige Herzschläge schien niemand eine Entscheidung treffen zu wollen.

»Wir verschwinden von hier«, verkündete die Anführerin der Arbeiter. Von Marco unbemerkt waren sie herangekommen und hatten Caronix' Bericht mitgehört.

»Ihr könnt nicht einfach …«

»Doch. Bringt eure Dämonenmaschine selbst nach Vastona. Wir verschwinden.«

Selbst Zalvados Angebot von dreifachem Lohn hielt sie nicht auf. Sie kletterten über die Steinmauer und schlugen sich in die Obsthaine, offenbar mit dem Ziel, die Späher zu umgehen. Marco sah ihnen nach. Ihr Plan schien ihm besser, als mit einem langsamen Ochsenkarren berittenen, blutgierigen Soldaten entgegenzufahren.

»Bleiben nur wir vier«, stellte Elena schließlich fest. »Entweder wir tun es ihnen gleich, oder wir vertrauen auf unser Glück und fahren einfach weiter.«

Die unausgesprochene Frage hing in der Luft. Schließlich nickte Zalvado grimmig.

»Wir fahren weiter.«

In Marcos Händen kribbelte es, als Zalvado die Zügel hob und die Ochsen sich wieder in Bewegung setzten. Am liebsten wäre er vom Kutschbock gesprungen und davongelaufen, aber erstens konnte er das Elena nicht antun, und zweitens war er nicht mal sicher, wie gut er noch zu Fuß war.

»Ich laufe vor und schaue, ob der Weg frei ist«, rief Caronix ihnen zu, bevor er schnell wie ein Falke davoneilte.

»Elena, sei doch bitte so gut und öffne die Kiste hinten«, bat Zalvado ruhig. Wie die beiden angesichts der Gefahr so entspannt bleiben konnten, war Marco unverständlich. Sein Herz raste und sein Mund war trocken. Elena beugte sich auf die Ladefläche und mühte sich kurz mit der flachen Holzkiste ab, die unter Trümmern lag. Marco half ihr, sie freizuräumen. Darin waren glattes, poliertes Holz und eingeöltes Metall, gebettet auf ein fleckiges Futter.

»Gebt mir die beiden.«

Erst als sie die Gerätschaften aus der Kiste hoben, erkannte Marco zwei Armbrüste, kompakt und tödlich. Darunter lagen zwei Bündel mit gefiederten Bolzen.

Die Armbrust, die er in die Hände nahm, war überraschend leicht. Das Holz des Griffes war warm.

»Ihr müsst den Abzug dort einrasten. Und dann die Sehne da befestigen«, erklärte Zalvado. Unter seiner Anleitung spannten sie die Sehnen und legten Bolzen ein.

Die Waffe in seinen Händen gab Marco ein Gefühl der Sicherheit zurück. Sein Finger streichelte den Abzug.

Dann sah er Caronix hinter einer Hecke knien, sein Rapier in der Hand. Der Elf hob den Arm, ohne sich zu ihnen umzusehen. Zalvado stoppte den Karren, Marco glitt vom Kutschbock und lief das Stück bis zu ihrem eigenen Späher.

»Sie sind da vorne«, flüsterte Caronix. Ganz vorsichtig hob Marco den Kopf über die Hecke. Weniger als fünfzig Schritt entfernt sah er fünf Pferde, die direkt am Rand der Straße angepflockt worden waren. Die Soldaten standen in einem kleinen Grüppchen daneben und schienen sich zu beraten.

»Was machen sie?«

»Eine Rast«, erklärte Caronix. »Sie scheinen sich sehr sicher zu fühlen, so nah an Vastona. Verdammte Bastarde.«

Einen Moment lang fragte sich Marco, ob der Elf die Späher kannte, waren er und Zalvado doch einst mit dem Schwarzen Herzog in die Schlacht gezogen, dann verwarf er die irrwitzige Idee.

»Was tun wir?«

»Warten. Wenn wir Glück haben, erkunden sie die Umgebung und verlassen die Straße. Ansonsten …«

Weiter musste er nicht reden. Wenn sie die Straße zurück nahmen, würden sie den Karren entdecken. Was dann geschah, konnte Marco nicht sagen, aber er malte sich das Schlimmste aus.

Die Anspannung war fürchterlich. Marcos Hände waren feucht vom Schweiß, doch Caronix schien von der Gefahr ungerührt.

Die Späher hatten offensichtlich keine Angst, so wie sie sich nahe der Feindesstadt verhielten. Marco konnte sie nicht verstehen, war er selbst doch voller Angst. Caronix schien seine Unruhe zu bemerken.

»Daran musst du dich gewöhnen.«

»Woran?«

»An die Warterei. Der Krieg ist nicht immer nur Kampf und Tod. Die meiste Zeit verbringt man damit, einfach nur zu warten, dass etwas passiert.«

Das mochte Marco sich nicht vorstellen.

»Wenn wir zu lange hier warten, kommen wir nicht mehr in die Stadt«, stellte er fest. »Wenn es dunkel wird, bleiben die Tore verschlossen. Und wenn die Wachen erfahren, dass die Späher des Schwarzen Herzogs schon so nah sind, werden sie die Tore endgültig verriegeln.«

Caronix wiegte den Kopf hin und her, nickte schließlich.

»Du hast recht. Wenn wir es nicht vor Anbruch der Nacht zurück in die Stadt schaffen, sind wir hier draußen verloren.« Der Elf sah Marco an. In seinen so fremdartigen Augen lag große Sorge.

»Und glaub mir – bei einer Belagerung willst du nicht vor der Stadtmauer sein, Marco.«

Marco schluckte und schaute zurück zum Karren, auf dem Elena und Zalvado auf ihr Signal warteten. Sie durften nicht die letzte Möglichkeit, Vastona zu erreichen, verpassen.

Dann wären sie verloren.

30. Kapitel

Noch bevor Marco den Karren erreicht hatte, wusste Elena, dass er schlechte Neuigkeiten brachte. Sein Gesichtsausdruck war wie eine Gewitterwolke, düster und voller Vorahnung. Caronix blieb vorne an der Straße, eine ungesehene Bedrohung im Blick.

»Was ist denn?«, knurrte Zalvado. »Was treibt ihr beiden da vorne?«

»Die Späher stehen zwischen uns und der Stadt«, berichtete Marco. »Und sie machen keine Anstalten aufzubrechen.«

»Faules Pack!«

»Es sieht aus, als warteten sie auf etwas. Jedenfalls müssen wir an ihnen vorbei, denn wenn wir Vastona nicht vor Einbruch der Dunkelheit erreichen, sieht es finster aus.«

Elena verstand die Gefahr. Vielleicht waren die kommenden Stunden ihre letzte Möglichkeit, die Sicherheit der Stadtmauern zu erreichen.

»Caronix schlägt vor, den Karren zurückzulassen und sie zu umgehen.«

»So, tut er das? Das Fluggerät darf nicht …«

»Ich weiß«, unterbrach Marco den alten Tüftler rüde. »Caronix sagt, wir sollten die Ochsen los machen und den Wagen anzünden. Zwei Fliegen mit einem Schlag: niemand bekommt die Flugmaschine und wir hätten sie abgelenkt.«

Die Flüche, die aus Zalvados Mund sprudelten, ließen Elena erbleichen. Der Kopf des Erfinders war puterrot, und er gestikulierte wild, während er erst Caronix mit allerlei Epitaphen bedachte, um dann Marco dieselbe fragwürdige Ehre zuteilwerden zu lassen.

»Niemals!«

Marco seufzte.

»Das hat Caronix prophezeit. Dann müssen wir an den Spähern vorbei, mit Karren und Fluggerät und allem.«

»Und wie sollen wir das machen?«, fragte Elena. »Kann er uns etwa mit einem Zauber unsichtbar machen?«

»Wir warten erst einmal ab. Aber wenn sie nicht verschwinden, müssen wir uns an ihnen vorbeiwagen. Caronix meint, dass sie wohl größere Vögel als uns jagen.«

Es war nicht wirklich ein Plan, mehr eine Verzweiflungstat. Aber Elena sah nicht, wie sie Zalvado überreden sollten, seine geliebte Flugmaschine zurückzulassen, geschweige denn, sie in Brand zu stecken.

»Wir sollten sofort los«, schlug sie vor. »Wir müssen Vastona möglichst früh erreichen. Jeder Moment erhöht die Gefahr, dass die Stadt vom Anrücken des Schwarzen Herzogs erfährt und ihre Tore endgültig verschließt.«

Die anderen beiden sahen sich an. Kein Wort wurde gesprochen, aber Zalvado nickte schließlich und nahm die Zügel wieder auf. Nun rannte Marco geduckt die Straße entlang, um Caronix von ihrer Entscheidung zu berichten. Während der Karren langsam die Straße entlangfuhr, blickte Caronix zu ihnen herüber, hob die Schultern und sprang dann aus der Hocke über die Hecke, um im Schatten zwischen den Obstbäumen zu verschwinden. Elena stockte der Atem. *Hat er uns im Stich gelassen?*

Doch Marco schien gefasst, als er zurückkehrte und auf den Kutschbock kletterte.

»Caronix bleibt in der Nähe«, erklärte er leise. Zalvado brummte nur, und Elena atmete erleichtert auf.

Quälend langsam fuhr der Karren um die Kurve. Dann sah auch Elena das Hindernis: fünf Soldaten, die beim Anblick ihres Gefährtes zu ihren Pferden schlenderten. Zwei stiegen in die Sättel, die anderen drei bauten sich auf der Straße auf und blockierten den Weg.

Je näher sie kamen, desto schneller schlug Elenas Herz. Sie sah die Anspannung in Marcos Gesicht, während Zalvado wie so oft grimmig schaute.

Als sie nur noch ein Dutzend Meter entfernt waren, hob der Anführer der Soldaten die Hand und kam auf sie zu. Zalvado brachte den Karren zum Stehen.

»Wer seid ihr, und wohin wollt ihr?«

Der Soldat war hochgewachsen und schlank, beinahe schon dürr. Sein Helm saß leicht zur Seite auf seinen dunklen Haaren, und sein Bart war akkurat gestutzt.

»Wir bringen Holzschrott zum Lager vor den Toren der Stadt«, log Zalvado scheinbar gelassen. Sein Fluggerät als Schrott zu titulieren, musste ihm schwerfallen, doch er ließ sich nichts anmerken.

»Holzschrott, so so.«

Der Offizier schritt langsam um ihr Gespann herum, tätschelte die Flanke eines der Ochsen. Die Berittenen hielten Abstand, doch die beiden Soldaten zu Fuß kamen ebenfalls näher. Noch hatte niemand seine Waffe gezogen, doch das Gefühl der Bedrohung in der Luft war greifbar.

»Ganz schön fette Tiere habt ihr hier«, erklärte der Offizier beinahe wohlwollend. »Damit kann man viele Bäuche füllen. Wie sagtest du, ist dein Name?«

»Estaron«, erwiderte Zalvado ohne zu zögern. »Das sind meine Enkelin und mein Gehilfe.«

»Estaron, weißt du nicht, dass Krieg herrscht?«

Der alte Gelehrte zuckte mit den Schultern, als sei das nichts Besonderes.

»Es herrscht immer irgendwo Krieg«, stellte er fest. »Wir bringen den armen Menschen vor der Stadt nur Holz, dass sie Hütten bauen können.«

Jetzt war der Offizier am Wagen. Er sah zu Elena auf, sein Blick gefiel ihr gar nicht. Doch er löste sich, ging am Karren vorbei, seine Hand strich über die Plane.

»Holzschrott …«

Mit einem Ruck riss er eine Ecke der Plane hoch. Als er zerborstenes, gesplittertes Holz sah, wurden seine Augen weit. Er zog die Plane noch ein Stück weiter zurück, doch das Bild änderte sich nicht.

»Holzschrott«, sagte Zalvado bestätigend. »Vielleicht für die Feuer. Vielleicht als Baumaterial.«

Er wandte sich um und sah den Offizier an, der mit einem zornigen Gesichtsausdruck seine Runde um den Karren fortsetzte.

»Können wir weiter, Herr?«

»Nicht frech werden, Bursche.«

Elena sog leise Luft ein. Den alten Gelehrten so zu bezeichnen, war eine Frechheit, doch sie schwieg und hielt den Blick gesenkt.

»Denkst du wirklich, wir lassen euch Holz und Ochsen in die Stadt bringen, damit ihr die Mauern verstärken und die Soldaten füttern könnt?«

»Wir sind nur …«

»Spar dir die Lügen, alter Mann«, fuhr ihm der Offizier ins Wort. »Wir wissen, wer du bist. Zalvado der Erfinder, heute Morgen aus Vastona aufgebrochen. Deinetwegen sind wir hier!«

Er schnippte mit den Fingen, woraufhin seine beiden Begleiter ihre Klingen zogen. Elena wurde eiskalt, als sie den Stahl im Sonnenlicht glänzen sah. Seine Worte ergaben keinen Sinn, doch darüber konnte sie nicht weiter nachdenken.

»Das würde ich nicht tun.«

Caronix' Stimme schnitt durch die Luft, scharf wie sein Rapier. Der Elf war hinter dem Offizier aus den Schatten aufgetaucht, er stand urplötzlich auf der sonnenbeschienen Straße, als habe er sich dort einfach materialisiert. Scheinbar entspannt ruhte seine Hand auf dem Knauf seiner Klinge, doch Elena kannte ihn nun gut genug, um zu wissen, dass er jederzeit bereit war.

Der Offizier fuhr herum, die beiden Soldaten hielten inne. Der Anblick eines Elfen überraschte sie, doch sie fingen sich schnell.

»Zurück«, befahl der Offizier mit lauter Stimme und zog seine eigene Waffe, einen langen, schweren Säbel, der vom Pferderücken aus sicherlich tödlich war. Caronix rührte sich nicht.

»Wisst Ihr nicht, wer das ist?«, erkundigte sich Elena und wies auf den Elfen. »Das ist Caronix, der berühmte Duellant. Wollt Ihr wirklich Eure Klinge mit ihm kreuzen?«

Das zeigte Wirkung – aber nicht die erhoffte. Der Offizier schrie: »Schnappt sie euch!«

Die Berittenen gaben ihren Pferden die Sporen. Die Soldaten stürmten auf den Karren zu. Marco griff unter die Plane, zog eine Armbrust hervor. Zalvado tat es ihm gleich.

Als der erste Soldat an den Kutschbock trat und nach Marco griff, drückte der ab. Die Sehne peitschte nach vorn, der Bolzen grub sich in die Schulter eines der Soldaten. Zalvado hatte sich erhoben, die Spitze des Bolzens auf den zweiten gerichtet, den der Schmerzensschrei seines Kameraden innehalten ließ.

»Schön langsam, Jungchen«, knurrte er einschüchternd.

Zu Elenas Erstaunen drehte sich der Mann um und rannte davon. Die Pferde galoppierten heran. Elena kroch halb unter die Plane, suchte verzweifelt nach einer Waffe, fand einen gesplitterten Balken.

Sie kam hoch, sah den Soldaten, der gerade am Karren vorbei reiten wollte, und riss ihre improvisierte Keule herum. Mit dem Mädchen hatte er wohl nicht gerechnet. Der Balken traf ihn direkt in die Brust, wurde Elena aus der Hand gerissen. Der Stoß warf sie um die eigene Achse, sie fiel rücklings auf die Plane, Splitter bohrten sich schmerzhaft in ihren Leib. Der Soldat wurde jedoch aus dem Sattel gehoben und überschlug sich mehrfach auf dem harten Boden.

Von ihrer Position aus konnte Elena Caronix sehen, der elegant einige Schritte zurücktrat. Der zweite Reiter preschte auf der anderen Seite am Karren vorbei. Der Soldat hing nach vorne gebeugt über dem Hals des Pferdes, den Säbel hoch erhoben. Fast spielerisch tänzelte der Elf erst nach rechts, nur um im letzten Moment eine Pirouette nach links zu drehen. Der Hieb des Reiters ging durch leere Luft; Caronix' Rapier vollzog einen schnellen Stich.

Das Pferd verfiel in Trab, wurde langsamer, blieb einige Dutzend Schritte hinter dem Karren stehen. Der Säbel fiel zu Boden. Dann sackte der Reiter zur Seite, glitt aus dem Sattel und fiel leblos zu Boden.

Innerhalb weniger Herzschläge war aus einer Übermacht eine geschlagene Truppe geworden. Zu siegesgewiss gegen einen alten Mann, zwei Kinder und einen Elben. Der Offizier war hinten geblieben und zog sich nun noch weiter in Richtung der Pferde zurück, die Augen auf Zalvados Armbrust gerichtet. Die Verletzten ließ er einfach zurück. Marco lud wild nach.

»Denk nicht einmal daran«, rief Zalvado ihm hinterher. Elena kam auf die Füße und rieb sich ihre schmerzende Rückseite, während Caronix geschickt auf die Ladefläche sprang, so entspannt, als habe er keineswegs gerade einen anstürmenden Reiter getötet. Er zwinkerte Elena zu.

»Sehr geschickt«, lobte er sie leise. Neben dem Wagen stöhnte der Soldat und kroch in den Straßengraben. Sie schnitt eine Grimasse, als sie sich vorstellte, wie schmerzhaft der Sturz gewesen sein mochte.

»Er oder du«, erklärte Caronix, dann berührte er Marco an der Schulter. »Komm.«

Gemeinsam sprangen sie auf die Straße und liefen auf den Offizier zu. Zalvado folgte ihnen etwas langsamer.

»Waffen weg!«

Einen Moment schien es, als wollte er sich widersetzen, doch der Anblick der beiden Armbrüste und des Duellanten brach seinen Widerstand. Er ließ seinen Säbel fallen.

»Ihr schafft es nie nach Vastona«, verkündete er. »Unsere Späher sind überall, und sie suchen nach Zalvado!«

»Lüge«, rief Elena wütend, doch der alte Gelehrte legte ihr die Hand auf die Schulter. Sowohl er als auch Caronix schenkten den Worten Glauben.

Während Marco und Zalvado die Soldaten in Schach hielten, sammelte Caronix die Klingen ein und warf sie auf den Karren. Dann fesselten sie die drei an Obstbäume auf dem Hain.

»Wir müssen hier weg«, stellte Marco das Offensichtliche fest, sprach dann die unangenehme Wahrheit aus: »Wir können den Wagen nicht mitnehmen.«

Diesmal protestierte Zalvado zu Elenas Überraschung nicht.

»Könnt ihr reiten?«, fragte Caronix. Elena und Marco schüttelten den Kopf.

»Bis zur Stadt wird es gehen«, meinte Zalvado. Dann strich er sich über das Gesicht. Mit einem Mal sah er müde und erschöpft aus und wirkte viele Jahre älter als noch vor wenigen Momenten.

»Und deine Erfindung?« Elena schluckte. »Wir können sie nicht einfach hierlassen.«

»Ich baue sie neu«, erklärte der alte Tüftler mit einem widerborstigen Ton in der Stimme. »Und noch besser!«

Wie verloren standen Elena und Marco am Rand der Straße, als

Caronix die Pferde einsammelte und Zalvado sich an ihrem Karren zu schaffen machte. Natürlich kannte Elena Pferde, vor allem aber die gemütlichen Riesen vor den Wagen, die Lieferungen in die Manufaktur brachten oder von dort abholten. Diese Tiere hier waren anders, edler, aber auch Respekt einflößender. Vorsichtig streichelte sie den Hals eines Braunen, der sie erst misstrauisch beäugte, aber dann ruhiger wurde.

Caronix nahm sie vor sich, während Marco hinter Zalvado hochgezogen wurde. Sie ritten die Straße entlang, während hinter ihnen schwarzer Rauch von dem Feuer aufstieg, das ihren Wagen und die Flugmaschine verschlang.

31. Kapitel

Als er einen Blick über die Schulter warf, konnte Marco den schwarzen Rauch sehen, der wie ein Mahnmal über den Obsthainen hing. Oder vielleicht eher wie ein dunkles Omen, denn unter der dunklen Wolke waren Reiter auf der Straße, die ihre Pferde ebenso antrieben wie Zalvado und Caronix.

»Sie kommen näher« rief Marco über den Lärm des Galopps hinweg. Er wurde ordentlich durchgeschüttelt, konnte sich nicht an den Rhythmus der Bewegungen gewöhnen. Elena schien es besser zu machen; zumindest ritten sie und Caronix schneller als Zalvado und er.

»Die sind auch allein«, knurrte Zalvado laut genug, dass Marco ihn verstehen konnte. Ja, es waren erfahrene Soldaten, die wohl ihr halbes Leben auf dem Rücken von Pferden verbracht hatten.

Tatsächlich holten sie immer schneller auf. Marcos Herz schlug bis zum Hals. Immer wieder blickte er zurück, versuchte zu erkennen, wie viele es waren, doch mitten im Galopp war das unmöglich. Sicher jedoch waren es mehr als ein halbes Dutzend. Zu viele, viel zu viele. Marco mochte sich gar nicht ausmalen, was geschehen würde, sollten ihre Verfolger sie erreichen.

»Heja!«

Zalvado trieb ihr Pferd immer wieder an, doch die Stadt war noch weit entfernt.

Bäume und Sträucher flogen nur so vorbei. Immer wieder waren ihre Verfolger hinter Kurven verborgen, nur um danach noch näher wieder aufzutauchen. Marcos Gesäß schmerzte, sein Atem ging stoßweise, der Schweiß lief ihm den Rücken hinab. Er hätte nie gedacht, wie anstrengend Reiten war.

Jetzt waren ihre Verfolger so nah heran, dass er die Sonne auf ihren Helmen glänzen sehen konnte. Auf ihren Wämsern prangte das Wappen des Schwarzen Herzogs, die goldene Sonne in weißem Kreis auf schwarzem Stoff. Marco wollte nicht, dass sie der letzte Anblick seines Lebens war.

Ihr Ritt wurde langsamer, als sich ihre Pferde einen Hügel emporquälten. Ihr Fell war nassdunkel von der Anstrengung, Schaum troff von ihren Mäulern. Auf der Kuppe des Hügels sah Marco wieder nach vorn – da lag Vastona vor ihnen. Ein Jauchzen entrang sich seiner Kehle.

»Noch sind wir nicht in Sicherheit, Junge!«

Noch ein letzter Hügel lag zwischen ihnen und der Stadt. Das Flüchtlingslager war bis in das sanfte Tal hinab gewachsen.

»Sie werden uns doch nicht bis dort verfolgen?«

Zalvado antwortete nicht. Doch Marco verstand. Die Reiter des Schwarzen Herzogs fürchteten die Flüchtlinge nicht. Vielleicht waren sie entschlossen genug, um sie bis vor die Mauern der Stadt zu verfolgen. Noch war es nicht vorbei, wie der alte Tüftler bewies, als er ihr Pferd wieder antrieb.

Caronix hingegen hatte seines gezügelt und ritt nun neben ihnen.

»Wenn es hart auf hart kommt, springt ihr ab und lauft in die Felder«, übertönte seine melodische Stimme das Hufgetrappel. »Und du reitest weiter, Zalvado. Halt nicht an, bis du in Vastona bist!«

»Ich lasse dich nicht allein zurück.«

»Sie jagen dich. Ohne dich bin ich sicherer.«

Der Elf fand die Zeit, ihnen zuzuzwinkern. Selbst jetzt, im

Angesicht höchster Gefahr, schien er seine Gelassenheit nicht zu verlieren.

»Wenn sie uns einholen, bleiben wir zusammen«, erklärte Marco fest. »Alle oder keiner!«

Caronix lachte nicht unfreundlich auf, aber Elenas entschlossene Miene gab Marco recht.

»Gut gebrüllt, Löwe, aber wir sind mitten zwischen die Fronten geraten. Zalvado darf nicht in Solares Hände fallen, wenn Vastona gerettet werden soll. Und ihr beiden könnt sie ablenken.«

Der Gedanke gefiel Marco nicht, aber er wusste keinen besseren Weg. Er konnte nur hoffen, dass es nicht so weit kam, doch ein Blick über die Schulter ließ ihn erschauern – schon konnte er die verzerrten Gesichter ihrer Verfolger erkennen.

Noch einmal beschleunigten sie ihren Ritt, forderten ihren Tieren das Letzte ab. Den Hügel hinunter, zwischen die ersten Zelte und Verschläge des Lagers.

Ihr wilder Ritt blieb nicht unbemerkt. Menschen starrten zwischen Planen hervor, kamen aus Erdlöchern gekrochen. Große Augen, vor Angst bleiche Gesichter. Dann entdeckten die Flüchtlinge die Verfolger. Und Panik brach aus.

Schreie überall.

»Der Schwarze Herzog! Der Schwarze Herzog ist hier!«

Wie eine Welle ging die Nachricht über die Flüchtlinge hinweg, erfasste sie in unnachgiebigem Griff.

»Wir sind verloren!«

Überall rannten sie nun, flohen von der Straße, vor den heranpreschenden Reitern.

»Flieht! Flieht!«

Es herrschte Chaos, doch Marco konnte kaum mehr tun, als sich an Zalvado festzuklammern. Den letzten Hügel ritten sie hinauf, doch die Panik war schneller, eilte ihnen voraus, wie ein lebendiges Tier auf tausend Füßen.

Die Türme der Stadt tauchten über der Kuppe auf, dann die Mauer. Marco konnte den Tempel der Seher erkennen, den Palast des Fürsten, Wimpel auf den Türmen am Tor, Soldaten, die auf den Zinnen patrouillierten.

Die Sicherheit war so nah, dass er glaubte, sie greifen zu können. Und doch so fern. Solange die Tore geschlossen blieben, hätte Vastona auch auf dem Mond sein können.

»Feinde«, schrie Elena. »Haltet sie auf!«

Es war ein verzweifelter Versuch, bewegten sich die Flüchtlinge doch von den Reitern weg. Natürlich hätten ihre schiere Masse die wenigen Verfolger spielend leicht unter sich begraben können, doch für die Fliehenden wirkten die Späher wie der Ansturm der ganzen Armee des Schwarzen Herzogs.

Ein Blick zurück. Marco sah, dass die ersten kaum fünfzehn Schritt hinter ihnen waren. Einige hatten bereits ihre Säbel gezogen. War das Mordlust in ihren Augen? Oder nur simples Vergnügen an der Jagd, daran, die Beute zur Strecke zu bringen? Wenn sie die vier erreichten, war das einerlei.

»Komm schon, du alter Klepper«, feuerte Zalvado ihr Pferd zwischen zusammengepressten Zähnen an. Vielleicht hoffte er, mit der Beleidigung den Widerspruchsgeist des Tieres zu wecken.

Die Mauern der Stadt kamen näher und näher, doch die Verfolger ließen nicht von ihnen ab. Marco stellte sich vor, wie sie im Schatten der Stadtmauer eingeholt und erschlagen wurden, während die Soldaten über ihnen dem Schauspiel einfach zusahen.

Die Rufe hinter ihnen wurden lauter, Befehle, Angriffskommandos. Marco wünschte sich seine Armbrust in den Händen, auch wenn er nicht wusste, wie er sich in diesem stürmischen Ritt damit auf dem Pferd halten sollte, geschweige denn, gezielt schießen.

Schon erhoben sich die Mauern über ihnen. Marco bildete sich ein, den Atem der Verfolger in seinem Nacken zu spüren.

Mit einem Mal öffnete sich das Tor. Marco schrie auf, jubelte.

Reiter preschten hervor, zwanzig oder mehr, mit wehenden Umhängen und gezogenen Klingen.

»Vastoni«, brüllte Marco ihnen zu, immer wieder: »Vastoni!«

Ob sie seinen Worten Glauben schenkten oder es bereits wussten, jedenfalls ritten sie in einem Bogen um die beiden Pferde herum. Marco sah zurück. Die Reiter des Herzogs hatten ihre Tiere gewendet, galoppierten so schnell, wie sie gekommen waren, davon. Und nun verfolgten sie die Soldaten aus der Stadt, Jäger waren Gejagte.

Dann tauchten sie in den Schatten des Torhauses ein, ritten in die Stadt, in Schutz und Sicherheit. Ihre Pferde kamen schnaubend auf den Pflastersteinen zum Stehen, mit zitternden Flanken, die Augen groß.

Schon kamen Soldaten auf sie zugerannt, Hellebarden in den Händen.

»Vastoni«, keuchte Marco atemlos. »Wir sind Vastoni.«

»Was, bei allen Dämonen, geht da vor sich?«

Eine Offizierin hielt ihre Untergebenen zurück, doch die Klingen ihrer Stangenwaffen waren immer noch unangenehm nah. Caronix half Elena vom Pferd, dann glitt er elegant selbst herab.

Auch Marco sprang runter, deutlich ungeschickter, mit schmerzenden Gliedmaßen.

»Späher des Schwarzen Herzogs«, berichtete Zalvado vom Rücken seines Pferdes, ungerührt von der Umzingelung. »Wir waren vor den Toren der Stadt, als sie uns überfielen. Wir mussten unseren Wagen zurücklassen.«

Die Offizierin trat heran, legte eine Hand auf den Sattel von Caronix' Pferd. Ihre Finger folgten einer Verzierung, glitten über Messingbeschläge in der Form von kleinen Sonnen.

»Wir haben diese Tiere, äh, beschlagnahmt«, versuchte der alte Gelehrte zu erklären.

»Wie ist Euer Name?«

»Man nennt mich Zalvado. Dies sind …«

»Schon gut.«

Die Offizierin wies ihn mit einer Handbewegung an abzusteigen. Mit einem Stöhnen kam Zalvado dem Befehl nach.

»Ihr seid Zalvado der Erfinder? Der Künstler?«

Mit einer übertriebenen Verbeugung bestätigte er dies. Die Übrigen von ihnen schienen vergessen zu sein.

»Eben jener!«

»Dann müsst ihr mit uns kommen«, befand sie. »Man will euch im Palast sehen.«

Marco schüttelte den Kopf. Die Ereignisse überschlugen sich, so dass er ihnen kaum noch folgen konnte.

»Im Palast? Aber …«

»Man sucht überall in der Stadt nach Euch«, fügte die Offizierin hinzu, als wäre dies eine Erklärung. Dann wandte sie sich an ihre Soldaten: »Ihr zwei, versorgt die Gäule. Der Rest formiert sich, Zweierreihen. Los!«

Während den Befehlen Folge geleistet wurde, sahen sich Elena und Marco verwirrt an. Doch sie wurden in die Mitte des Trupps genommen und mit fortgeführt.

Wieder einmal fand sich Marco vor dem Fürstenpalast wieder, diesmal fühlte er sich jedoch mehr wie ein Verbrecher, der vorgeführt wurde.

Fürstliche Wachen nahmen sie in Empfang und geleiteten sie ins Innere des gewaltigen Bauwerks. Am Ende fanden sie sich in einem großen Raum mit hoher Decke wieder, an dessen Wänden Portraits mächtiger und reicher Frauen und Männer hingen. Einige erkannte sogar Marco von den Statuen in der Stadt wieder, doch es waren viel zu viele, die alle missbilligend auf ihn zu starren schienen.

Schlimmer jedoch war die kleine Gruppe, die sie erwartete. Denn neben dem Fürsten stand Bruder Giate in seiner makellosen weißen Robe. Marco machte sich ganz klein. Doch der Bruder gab kein Zeichen, dass er ihn erkannte.

»Ihr seid Zalvado?«

Der Fürst gab mit keiner Regung seiner Miene zu erkennen, ob dies ein guter oder schlechter Umstand war.

»So nennt man mich«, erwiderte der alte Gelehrte mit einer Ruhe, die Marco aufhorchen ließ.

»Warum suchen die Agenten des Schwarzen Herzogs überall in der Stadt nach Euch?«

Marco schluckte. Seine Kehle war trocken. Auch Elena hob die Hand vor den Mund, während Caronix ein leichtes Lächeln auf den Lippen hatte.

»Das müsst Ihr ihn schon selbst fragen«, erwiderte Zalvado ungerührt. »Und wer mich finden will, kann das jederzeit tun: Ich habe eine Werkstatt mitten in Vastona.«

Jetzt meldete sich Bruder Giate zu Wort.

»Ich fürchte, genau um diese geht es, Meister Zalvado. Es scheint, dass der Schwarze Herzog Eure Expertise sucht.«

Zalvado knurrte verächtlich.

»Die wird er nicht bekommen. Ich arbeite nur noch an eigenen Projekten.«

Der Fürst strich sich über das Kinn. Sein Blick ruhte auf dem alten Gelehrten, als suche er in dessen Miene einen Hinweis.

»Ihr seid für ihn zu Felde gezogen«, stellte er schließlich fest, deutete dann auf Caronix. »So wie jener da.«

Die Anklage lag in der Luft.

»Vor einer halben Ewigkeit«, bestätigte Zalvado. »Und für andere. Aber ich bin Vastoni. Hat man Euch nicht berichtet, dass wir vor seinen Spähern geflohen sind?«

»Doch, natürlich. Deshalb kniet Ihr nicht in Eisen vor uns, Meister.«

Marco schien, dass es in dem Raum merklich kühler geworden

war. Er sah sich verstohlen um. An jeder Tür standen Wachen der fürstlichen Garde. Es gab kein Entkommen, auch wenn der Gedanke, mitten aus dem Palast zu fliehen, ohnehin Narretei war.

»Ihr werdet uns Gesellschaft leisten«, stellte der Fürst schließlich fest. »Wenn Solare solches Interesse an Euch hat, ist Euer Verbleib in der Stadt unumgänglich. Wir werden uns an einem, ah, privateren Ort besprechen.«

»Und meine Begleiter?«

»Sind ebenfalls unsere Gäste. Zumindest, bis diese Angelegenheit zu unserer Zufriedenheit geklärt ist.«

Caronix seufzte theatralisch.

»Ich hoffe, Ihr habt guten Wein. Zalvado kann sehr störrisch sein.«

»Den besten«, bestätigte der Fürst, winkte dann Wachen herbei. »Bringt unsere Gäste unter.«

Sie wurden wieder in die Mitte genommen. Marco machte sich eben bereit, erneut eskortiert zu werden, als Bruder Giate die Hand hob.

»Moment. Der Junge ist Angehöriger des Ordens. Wir nehmen ihn in unsere Obhut zurück.«

Der unerklärliche Blick des Sehers lag auf ihm. Marco sank in sich zusammen, als die Wachen zurücktraten. Mit einem letzten Blick auf Elena verließ er seine Freunde.

Als Bruder Giate seine Hand auf Marcos Schulter legte, war er wieder Teil des Ordens der Seher.

32. Kapitel

Sie gingen schweigend nebeneinander her. Marco konnte nichts wahrnehmen, sein Kopf war gesenkt, er war ein Büßer. Seine ganze Aufmerksamkeit galt seinem Inneren, der Angst vor Strafe, vor dem, was ihn im Inneren der Villa erwartete.

Erst, als sie den Palazzo verließen, wurde sein Kopf freier. Da war das vertraute Gefühl der Pflastersteine unter seinen Fußsohlen, der Schatten der hohen Gebäude, das alles war so vertraut, gab ihm ein Gefühl der Sicherheit. Und dennoch war es anders.

Auf den Straßen herrschte eine seltsame Ruhe. Wo sonst Händler ihre Waren feilboten und Menschen sich laut unterhielten, wo tausenderlei Geräusche in den Gassen hallten, war kaum mehr ein Flüstern zu hören. Es war, als habe sich ein Leichentuch über die Stadt gelegt.

Die Kunde von dem Erscheinen der Reiter vor den Toren Vastonas musste sich bereits verbreitet haben. Nun war der Krieg da, und die Menschen der Stadt spürten dies. Die Stimmung war gespenstisch.

Gesteigert wurde dies durch Bruder Giates Schweigen. Ein Büßergang, wie man ihn sich schlimmer kaum vorstellen konnte. Als sie endlich vor dem Eingangstor der Villa Ubrizzi standen, war Marco fast erleichtert. Bald würde es vorbei sein.

Rezzo empfing sie in der Vorhalle, natürlich Rezzo, immer wieder Rezzo. Er musste nur einen Blick auf den Bruder und Marco werfen, damit ein wissendes Grinsen über sein Gesicht huschte, bevor es Besorgnis Platz machte.

»Bringt Ihr Kunde?«

»Allerdings, Rezzo. Es ist jeden Tag so weit. Bald werden die Truppen des Feindes vor den Toren der Stadt stehen.«

Der Diener stieß einen ganz und gar unseherhaften Fluch aus.

»Bereite alles vor. Wir haben nicht mehr viel Zeit.«

Mit einer Verbeugung verschwand Rezzo und ließ sie allein. Jetzt erst wandte sich Bruder Giate an ihn.

»Marco, was du getan hast, war sehr dumm. Verstehst du das?«

Da er nicht wusste, ob er seiner Stimme trauen konnte, nickte Marco lediglich stumm, hielt dabei den Blick gesenkt wie ein armer Sünder, der um Vergebung bittet.

»Was immer du auch mit diesen Leuten zu schaffen hast, es hört jetzt auf. Du musst dich auf deine Aufgaben hier konzentrieren. Das ist wichtig, der Orden benötigt dich jetzt mehr denn je.«

Nun sah Marco doch auf.

»Benötigt mich, Degnato?«

»Natürlich, Marco. Das Überleben der Stadt hängt von uns ab. Nur wir können den dämonischen Herzog aufhalten. Und das geht nur, wenn wir alle zusammenhalten.«

Statt einer Standpauke waren dies fast flehentliche Worte. Marcos Brust schwoll unbewusst an. Er wollte die Stadt retten, wollte Elena retten. Wenn der Orden der Seher ihm diese Möglichkeit bot, wie konnte er sie ausschlagen?

»Es tut mir leid, Degnato.«

»Zalvado ist kein Umgang für einen angehenden Seher«, befand Bruder Giate bestimmt. »Er ist ein alter Narr, der mehr von Holz und Metall als von Menschen aus Fleisch und Blut hält. Sein Kopf ist wirr, und seine Vorstellungen ebenso.«

»Ihr kennt ihn?«

Bruder Giate nickte nachdenklich.

»Einst war er weithin gerühmt für seine Kunst. Doch er ist ein Häretiker und ein Feind des Ordens. Er hat sich mit unseren Feinden, wie dem Schwarzen Herzog, gemein gemacht. Das hat ihn seinen Ruf und jedes Ansehen gekostet.«

Das waren neue Informationen für Marco.

»Du bist zu jung«, erläuterte Bruder Giate, als könne er Marcos Gedanken lesen. »Sein Sturz ist lange Jahre her. Und dieser Elf …«

»Caronix?«

Der Bruder verzog bei dem Namen angewidert das Gesicht.

»Ja, dieser. Elfen kann man nicht trauen, Marco. Sie sind Streuner und Herumtreiber, sie haben kein Heim und keinen Glauben. Sie stehen gegen alles, was in unserer Welt gut und ehrbar ist.«

Diese Beschreibung seines Freundes ließ Marco die Stirn runzeln. Es stimmte, dass Caronix anders als jeder Mensch war, den er kannte, doch unter dem respektlosen Anstrich schlug ein Herz, das ebenso richtig und falsch kannte, wie jedes andere, da war er sicher.

Bruder Giate hatte einen regelrechten Hass auf alle Elfen, seine Tirade ging noch weiter und er warf ihnen vor, feige und verschlagen zu sein, Leute, die lieber davonliefen als sich dem Schicksal zu stellen.

So lange schimpfte der Bruder auf alle Elfen, dass Marco mit den Füßen scharrte und sich fragte, ob ein Elf ihm etwas angetan haben mochte.

»Wenn der letzte Elf aus den Landen der Menschen verschwindet, wird es ein guter Tag sein. Dann sind wir endgültig frei.«

Schon wollte Marco fragen, wovon man befreit werden musste, biss sich jedoch auf die Zunge, um sein Glück nicht zu strapazieren. Noch war ihm Ärger erspart geblieben, und er wollte Bruder Giate keinesfalls mit unbedachten Äußerungen reizen.

»Geh jetzt in euren Saal, Marco«, kam der Befehl, nachdem der

Bruder einige Momente geschwiegen und sich wieder gesammelt hatte. So aufgeregt hatte Marco noch keinen Seher erlebt.

»Ja, Degnato.«

»Du wirst dein großes Werk bald fortsetzen. Und uns gegen alle Feinde verteidigen!«

Während Marco ging, fragte er sich, ob Caronix in den Augen der Seher ein solcher Feind war. In den Lektionen des Ordens waren die Elfen zwar als feige und unmenschlich erwähnt worden und ihr Verschwinden als eine gute Wendung der Geschichte, aber dieser feurige Hass, mit dem Bruder Giate sprach, war nicht vorhanden gewesen. Er zuckte mit den Schultern. Schon seit einiger Zeit ahnte er, dass die Seher nicht immer so ruhig und würdevoll waren, wie sie in der Öffentlichkeit auftraten. Vielleicht hatte Bruder Giate schlechte Erfahrungen mit Elfen – oder gar mit Caronix selbst! – gemacht.

Im Schlafsaal war es düster und ruhig. Nach der ganzen Aufregung war Marco froh, wieder hier zu sein, dem einzigen Ort, der jemals eine Art Zuhause für ihn gewesen war. Vorsichtig legte er sich auf sein Bett. Sein ganzer Leib schien ein einziger blauer Fleck zu sein, jedes Gelenk protestierte bei der kleinsten Bewegung und sein Gesäß hatte den Kampf gegen den harten Pferderücken verloren und fühlte sich breit und platt an.

Als er endlich lag, versuchte er, die Gedanken von den Schmerzen abzulenken. Doch die einzigen Bilder, die ihm vor Augen kamen, waren die Reiter des Schwarzen Herzogs, die Sonne auf ihren Westen und die düstere Prophezeiung, die ihr Ritt bis fast vor die Tore der Stadt für Vastona war.

So sehr er es auch versuchte, er konnte sich nicht von diesen Sorgen ablenken, bis er an Elena dachte. Mit ihrem Gesicht vor seinem inneren Auge wurde es besser. Bis er sich fragte, wann er sie wohl wiedersehen konnte. Mit einem Mal wurde ihm bewusst, dass seine ungebundenen Tage in der Stadt vorüber waren – Bruder Giate würde ihn nach diesem Schlamassel nicht mehr alleine ziehen lassen. Zudem galt es, das große Werk fortzusetzen, auch wenn er nicht sicher war, was dieses genau beinhaltete.

So lag er mit finsteren Gedanken und Visionen im Halbdunkel, bis die anderen Fedelen kamen. Die Kunde von der Art seiner Rückkehr musste sich bereits verbreitet haben, denn die meisten warfen ihm nur verstohlene Blicke zu und machten einen Bogen um ihn. Bis auf Luca.

»Verdammt, was hast du getrieben?«

»Ich bin geflogen«, sagte er die halbe Wahrheit. *Wohl eher abgestürzt. Danke, Zalvado, oh großer Erfinder!*

»Auf die Fresse?«

Da musste Marco lachen, was in seiner linken Brusthälfte ein kleines Schmerzensfeuer entzündete.

»Ja, auch auf die.« Er winkte Luca heran, flüsterte ihm dann wie einem Verschwörer zu: »Ich war vor der Stadt. Der Schwarze Herzog kommt.«

Obwohl die Worte leise waren, pflanzten sie sich im ganzen Schlafsaal fort, wanderten von Mund zu Ohr, bis die ganze Schar in einem Kreis um Marcos Bett stand und ihn mit Fragen bedrängte.

»Es waren nur Späher«, verkündete er das von Caronix Gehörte, als sei er in militärischen Fragen bestens bewandert. »Aber das bedeutet, dass die Hauptstreitmacht nicht mehr fern ist. Ein, zwei Tage vielleicht noch, bevor sie vor den Toren der Stadt erscheint. Und dann …«

Sorge und Angst spiegelte sich auf den vielen Gesichtern. Marco konnte es ihnen nicht verdenken, waren es doch seine eigenen Gefühle.

Doch dann betrat Rezzo den Saal, und die Gruppe verteilte sich wie Hasen, die vor dem Fuchs fliehen. Der Diener sah sich um, wartete, bis jeder im eigenen Bett lag.

»Gute Nachrichten«, erklärte er mit saurer Miene. »Für einige von euch beginnt heute schon die große Reise. Die ehrbaren Seher haben beschlossen, dass es an der Zeit ist, euch früher zu rufen. Ab jetzt werden die Rituale Tag und Nacht stattfinden.«

Erstaunt sahen sich alle an. Hier und da stahl sich Freude und Stolz auf ein Gesicht. Das Getuschel erstickte Rezzo jedoch im Keim.

»Es gibt gleich für alle ein großes Mahl. Wascht euch danach gründlich. Ihr wollt doch nicht schmutzig wie Ratten vor die Seher treten.«

»Haltet euch bereit. Es brechen glorreiche Zeiten für den Orden an. Und für euch.«

Damit drehte er sich um und verließ den Saal, aber nicht ohne Marco noch einen letzten, undeutbaren Blick zuzuwerfen.

Doch Marco sah nur zu Luca hinüber, der bleich geworden war. Sein letztes Mal war noch nicht lange her, und er war danach kaum in der Lage gewesen, aus dem Bett zu steigen. Auch Marco spürte noch die Erschöpfung der nächtlichen Rituale in seinen Knochen.

Zum ersten Mal war ihm bei dem Gedanken, gerufen zu werden, unwohl.

33. Kapitel

In dem kleinen Saal war so viel Gold und Marmor, dass Elena mit offenem Mund stehen blieb. Jeder Kerzenleuchter, jedes Möbelstück schien mit Blattgold überzogen. Dunkelblaue Samtvorhänge mit goldenen Stickereien hingen vor den hohen Fenstern, die Polster der Stühle waren darauf abgestimmt. Der Prunk und der Reichtum überwältigten Elena.

Dagegen schienen Zalvado und Caronix unbeeindruckt. Der alte Gelehrte nahm sich ungeniert eine Glaskaraffe und goss sich eine bernsteinfarbene Flüssigkeit in einen glitzernden Pokal aus geschliffenem Glas, während der Elf einen der fein ziselierten Stühle quietschend über den Boden schob und sich dann lässig hinsetzte.

Die Soldaten verließen den Saal, aber bevor sie die Türe schlossen, sah Elena, wie sich zwei von ihnen links und rechts postierten. Bei all seiner Schönheit war der Saal doch ein Gefängnis für das Trio.

»Setz dich, Elena«, empfahl Caronix und wies auf einen weiteren Stuhl. »Man wird uns warten lassen.«

»Weil die hohen Damen und Herren so viel Wichtiges zu bereden haben?«

Zalvado kicherte in sich hinein, während Caronix sardonisch grinste.

»Nein«, erwiderte er. »Die hohen Damen und Herren haben nur hohle Phrasen zu dreschen. Der Krieg wird nicht von ihnen entschieden. Keiner von denen kann Solare das Wasser reichen, wenn es um die Kriegskunst geht.«

Zalvado nickte bei jedem Satz, besonders beim letzten.

»Sie lassen uns warten, dass wir erst einmal schmoren«, ergänzte er. »Um zu zeigen, dass sie wichtig sind und wir Bittsteller.«

»Oh.«

Elena verstand, da sie sich in dieser Umgebung genau so fühlte. Fehl am Platz, ein Fremdkörper, unwichtig und bedeutungslos.

»Wie oft und lange ein jeder von uns schon in solch protzigen Räumen gewartet hat«, sinnierte Caronix, dann veränderte sich seine Stimme, wurde hoch und nasal, arrogant: »Seht her, wie reich und mächtig ich bin. Du bist ein Nichts, ein Niemand!«

Elena musste lachen.

»Trink ein wenig hiervon. Wenigstens ihr Branntwein ist hervorragend.«

Zalvado reichte ihr einen Pokal. Das Getränk war überraschend weich, obwohl es beim Schlucken in ihrer Kehle brannte. Ein warmes Gefühl breitete sich in ihrem Bauch aus.

Während sie warteten, unterhielten Caronix und Zalvado sie mit alten Geschichten von ihren gemeinsamen Reisen und Abenteuern. Es war erstaunlich, was die beiden schon zusammen gesehen und erlebt hatten, auch wenn Elena vermutete, dass genug davon wilde Ausschmückungen waren. *Es konnte doch niemand auf allen drei Seiten des vierjährigen Krieges gekämpft haben und dann noch ein riesiges Gemälde der Übergabe von Barda gemalt haben, oder doch?*

Die Erzählungen waren so kurzweilig, dass Elena gar nicht merkte, wie die Zeit verstrich. Der Branntwein tat das Seine, auch wenn sie darauf achtete, nicht zu viel zu trinken. So war sie ehrlich überrascht, als sich die Tür öffnete und der Fürst mit seinem kleinen Gefolge eintrat. Von Marco und dem Seher gab es keine Spur, wohl aber war ein anderer Vertreter des Ordens anwesend, der Caronix mit einem abschätzigen Blick betrachtete. Ob es dem Elf persönlich galt oder seiner unhöflichen Art, einfach sitzenzubleiben, konnte sie nicht sagen. Sie selbst machte einen tiefen Knicks und hielt den Kopf gesenkt. Zalvado baute sich selbstbewusst vor den Neuankömmlingen auf und stemmte die Fäuste in die Seite.

Niemand schien weiter Notiz von Elena zu nehmen. Es war, als sei sie gar nicht anwesend. Alle Augen waren auf den alten Tüftler und seinen elfischen Begleiter gerichtet.

»Was habt Ihr für Euch zu sagen?«

Es war der Seher, der sprach. Zalvado verzog keine Miene.

»Was ich bereits gesagt habe. Meine Verbindung zu Herzog Biocca ist längst gekappt. Ich bin ein Sohn der Stadt. Und ich gehe nur noch meinen eigenen Projekten nach. Ich habe dem Kriege abgeschworen.«

»Und doch, so sagt man uns, entwerft und baut ihr dämonische Maschinen, die einem Kriegstreiber wie dem Schwarzen Herzog nur gerade recht kommen würden.«

Es war kein Gespräch, sondern vielmehr ein Tribunal, dem Elena beiwohnte. Doch ihre Begleiter blieben gelassen, und so bemühte sie sich, es ihnen gleichzutun.

»Muss ich mich wiederholen?«

Jetzt meldete sich der Fürst zu Wort: »Wie erklärt Ihr, dass von unseren Wachen aufgegriffene Spione nach Euch fragten?«

Zalvado zuckte mit den Schultern.

»Wenn ich in Diensten des Herzogs stünde, müssten seine Agenten wohl kaum nach mir suchen, oder?«

Das war nur logisch und zeigte bei allen Wirkung. Doch während der Fürst und seine Berater zustimmend nickten, zog Ärger über das Antlitz des Sehers.

»Ihr seid impertinent!«

»Ich bin Realist«, konterte Zalvado ruhig, was den Seher noch mehr in Rage zu bringen schien.

»Die Soldaten haben uns verfolgt, haben uns angegriffen«, platzte es aus Elena heraus. Von ihrem eigenen Mut überrascht, stockte ihr der Atem, als der ganze Raum auf sie sah.

Caronix glitt geschmeidig wie eine Schlange aus dem Stuhl und stellte sich neben sie. In die Stille hinein fuhr sie fort: »Sie wollten uns gefangen nehmen oder töten. Wir sind ihnen nur entkommen, weil wir gegen sie gekämpft haben.«

Sie funkelte den Seher an. Zorn wogte durch ihren Leib. Er und die Seinen hatten Marco mitgenommen, und Elena sorgte sich um ihn.

»Wie viele Feinde Vastonas habt Ihr erschlagen?«

Caronix lachte in sich hinein, legte ihr die Hand auf den Arm.

»Wer ist dieses vorlaute Mädchen?«

Der Seher deutete mit einem Finger auf sie.

»Dieses vorlaute Mädchen, wie Ihr sie nennt, hat einen Reiter des Schwarzen Herzogs von seinem Pferd geworfen«, erklärte der Elf mit grimmiger Kälte in der Stimme. »Sie hat mehr Mut bewiesen als so mancher Soldat der Stadt. Ihr Name ist Elena, und sie hat einen der ersten Schläge zur Verteidigung Vastonas geführt. Ihr alle solltet ihr danken – die Stadt wird noch viel von ihren Bürgern verlangen, ehe dies vorbei ist, und Ihr könnt nur hoffen, dass sie sich ihrer Heimat ebenso würdig erweisen wie Elena.«

Alle schwiegen verblüfft. Elena bemerkte, dass ihr der Mund offen stand und schloss ihn. Für einen Moment glaubte sie Caronix sogar, dann jedoch erinnerte sie sich an die Angst, die sie während des Kampfes empfunden hatte, und an die Übelkeit danach.

»Vastona dankt seiner Tochter«, erklärte der Fürst gewichtig, bevor der Seher sich wieder gefangen hatte. Dann wandte er sich wieder an Zalvado: »Wenn Ihr der Stadt treu ergeben seid, Meister Zalvado, dann könnt Ihr uns bei unseren Bemühungen, sie vor der

Blutgier von Solare zu schützen, helfen. Man versichert mir, dass Ihr einige der ausgeklügeltsten Maschinen entworfen habt, die je in einer Schlacht zum Einsatz kamen.«

Jetzt verneigte sich Zalvado.

»Ihr ehrt mich. Gerne will ich mein Wissen in den Dienst meiner Heimat stellen.«

Der Fürst nickte wohlwollend.

»Wir werden Euch Soldaten zur Seite stellen, um Euch zu schützen. Wer kann schon sagen, wie viele Agenten Solare bereits in die Stadt geschmuggelt hat?«

Damit drehte er sich um und wollte gehen, doch Elena rief ihm hinterher: »Was ist mit den Flüchtlingen?«

Der Fürst hielt inne, sah zu ihr hin.

»Was soll mit ihnen sein, Kind?«

»Sie sind ungeschützt. Bald wird die Armee des Schwarzen Herzogs hier sein, und was geschieht dann mit ihnen?«

»Sie müssen weiter fliehen, fürchte ich. Vastona kann sie nicht aufnehmen. Es sind zu viele.«

Die Antwort enttäuschte Elena, die die Menschen vor den Toren der Stadt mit eigenen Augen aus nächster Nähe gesehen hatte.

»Sie vertrauen auf Vastona«, bat sie leise.

In den Augen der Mächtigen konnte sie Mitleid erkennen – doch nicht mit den Flüchtlingen, mit ihr. *Sie halten mich für ein dummes, naives Mädchen.*

»Mein Kind«, hob der Fürst an. »Wir wünschten, es wäre mehr für diese armen Seelen möglich. Aber im Kriege müssen schreckliche Entscheidungen gefällt werden. Vastona muss über allem stehen!«

Damit zog er sich mitsamt seinen Begleitern aus dem Saal zurück. Elenas Schultern sackten herab. Da war eine Leere in ihr. Ihr Herz begann zu rasen, als sie erkannte, dass sie den mächtigsten Frauen und Männer der Stadt Vorhaltungen gemacht hatte. Caronix hingegen schnaubte.

»Was ist Vastona, wenn nicht die Menschen, die auf die Stadt vertrauen?«

Zalvado goss sich einen weiteren Pokal Branntwein ein.

»Diese aufgeblasenen Narren glauben, sie wären die Stadt. Und die Seher …«

Er schwieg und stürzte das kostbare Getränk in einem Schluck runter.

»Was wird mit den Flüchtlingen geschehen?«

Elf und Gelehrter sahen sich an.

»Der Herzog wird sie vertreiben«, erklärte Caronix sanft. »Wenn es zur Belagerung kommt, werden seine Truppen die Gegend plündern und alles, was jemand fressen kann, rauben. Da kann er nicht noch mehr hungrige Mäuler gebrauchen.«

»Falls es zur Belagerung kommt«, warf Zalvado ein, der schon wieder einen vollen Pokal in der Hand hielt. »Denkst du nicht, Solare hat einen besseren Plan, als eine Stadt wie Vastona auszuhungern?«

Der Elf nickte bedächtig.

»Es würde mich nicht verwundern.«

Zweiter Teil: Blutsbande

»Wer das Blut singen hört,
wird bald es auch vergießen.«

34. Kapitel

Irgendwo in der Ferne erklangen Schreie. Angsterfüllt, drängend, genug, um den Herzschlag anzutreiben und den Atem zu rauben. Doch für Marco waren sie weit weg. Nicht, dass er sie deutlich wahrnahm, doch sie drangen nicht von seinen Ohren in seinen Geist, versickerten irgendwo in dem Sumpf, der sich um seine Gedanken gelegt hatte und der alles verschlang.

Vage war er sich bewusst, im Schlafsaal der Villa Ubrizzi zu sein. Doch es gelang ihm einfach nicht, das in einen Bezug zu setzen. Jeder Gedanke kostete so viel Kraft, verlangte ihm mehr ab, als er geben konnte.

Ganz zu schweigen von Bewegungen. Sein Körper schien aus Blei zu sein, schwer und unbeweglich wie die Statuen Vastonas. Vielleicht war es nicht einmal mehr sein Leib? Bewegen konnte er die Gliedmaßen ohnehin nicht, aber spüren konnte er sie auch nicht. Doch, da war etwas, ein Echo von Erschöpfung, so stark, dass sich die ganze Welt fern und unwichtig anfühlte.

Doch je mehr er darüber nachsann, desto mehr kehrte das Gefühl eines Körpers zurück, desto klarer wurde sein Kopf, auch wenn er immer noch wie in einem Kokon gefangen war.

Licht.

Schreie.

Staub, tanzend im Licht.

Schreie, erfüllt von Angst.

Es gelang Marco, den Kopf zu drehen. Er lag in seinem Bett, in seinem Zuhause, wieder Teil des Ordens der Seher.

»Scheiße.«

Es war nur ein gemurmeltes Wort, aber es war Häresie, dessen war sich Marco bewusst. Doch mit einem Mal brannte in ihm das Verlangen, alles hinter sich zu lassen, den Orden, die Villa, ja, selbst Vastona, und mit Elena davon zu laufen.

Laufen. Eben konnte er sich nicht einmal im Bett aufsetzen. Er seufzte. Eine einfache, grobe Decke schien ihm zu schwer, um sich gegen ihren gnadenlosen Griff zu wehren.

Im Dämmern seines Geistes sah er Bilder von Sehern vor sich, sie schienen in der Dunkelheit des Kellers weiß zu leuchten. Sie hatten ihn gerufen, ihn und alle anderen. Nicht nur einmal.

So schlimm war es noch nie gewesen. Fast schien es Marco, er wäre tot, sein Körper eine blutleere Hülle, nur noch eine Erinnerung ans Leben.

Aber das Leben kehrte zurück. Und mit ihm kam ein dumpfer Schmerz. Marco begrüßte ihn. Tote spürten keine Pein.

Jetzt wurde nicht nur seine Umgebung, sondern auch sein Geist klarer. Die Schreie kamen von draußen, jenseits der Mauer der Villa. Jetzt konnte er sogar einzelne Stimmen erkennen, Worte verstehen.

»Angriff … Herzog … Krieg!«

Das ließ ihn schaudern. Er rutschte im Bett empor, zwang sich, den Oberkörper aufzurichten, gegen das Kopfende zu lehnen.

Krieg. Das Wort brachte Bilder mit sich, von Soldaten und Waffen und Bannern. Pferden, Reitern. Die Armee vor den Toren der Stadt. Vastona wurde belagert.

Nein. Vastona wurde angegriffen. Das war die Nachricht, die schreiend und klagend durch die Straßen getragen wurde, von einer Stimme zur nächsten, eine Flutwelle der Angst.

Die Schlacht um Vastona hatte begonnen.

Und ich liege im Bett, verfluchte Marco seine Situation, auch wenn er nicht wirklich wusste, was die Alternative sein sollte. Auf der Stadtmauer stehen und … was? Kämpfen? Zusehen?

Er schüttelte den Kopf, verdrängte diese defätistischen Gedanken. Langsam schob er einen Fuß unter der Decke hervor, genoss für einen Augenblick die kühle Luft, dann setzte er ihn auf den Boden. Das zweite Bein folgte, noch immer mit diesem Gefühl, dass ihm die Glieder nur widerwillig gehorchten. Aber als er sich auf die Bettkannte setzte, fühlte er sich wieder mehr wie ein Mensch als zuvor.

Langsam, wie ein alter Mann, erhob er sich. Seine Beine zitterten, seine Muskeln protestierten. Aber er stand.

Die Fensterläden waren zugeklappt, und so fiel das Sonnenlicht nur durch einige wenige Schlitze. Aber selbst das war fast schon zu hell für Marcos geschundene Augen. Dennoch blickte er sich um und sah in vielen Betten reglose Gestalten. Hier und da starrten ausdruckslose Augenpaare zu ihm, die sein Verhalten nicht zu begreifen schienen.

Doch was Marco mehr Angst einflößte als die leeren Blicke, waren die Flecken auf den Decken. Dunkel, feucht. Blut.

Auch in seinem Bett sah er Blutflecken. Dann spürte er die Wunden, scharfe, dünne Schnitte seinen Rücken hinab, über die der raue Stoff seiner einfachen Tunika rieb. Hier und da klebte sie sogar an seinem Leib. *Getrocknetes Blut,* dachte er benommen. *So viel Blut.*

Dann bemerkte er, dass Lucas Bett leer war. Kein Körper, jedoch waren Matratze und Decke geradezu mit Blut getränkt. Mit unsicheren Schritten ging Marco hin, legte seine Hand auf die Decke. Sie war nicht mehr feucht, sondern schon hart.

»Wo ist Luca?«, brachte er hervor. Seine Stimme war rau, als habe er stundenlang geschrien. Er ließ seinen Blick durch den

Schlafsaal schweifen, suchte nach einem Gesicht, in dem er Verständnis erkennen konnte.

»Wo ist Luca?«

Sein Herz schlug schneller. Ihm wurde schwindelig.

»Sie haben ihn geholt«, antwortete einer der älteren Jungen – *Piero? Petro?* – leise. »Nach dir.«

»Nein, er wurde vor mir gerufen«, widersprach Marco, der den Nebel aus seinem Geist vertrieben hatte und sich wieder erinnerte.

»Nach dir. Noch einmal.«

Es war wie ein Schlag vor Marcos Stirn. Sie hatten Luca noch einmal geholt. Ein Ruf war schon unendlich anstrengend, wie sollte man zwei überstehen? Das blutige Bett, seine Wunden. Die Erinnerung an den Keller. Mit einem Mal war es zu heiß in dem Saal. Seine Knie gaben nach und er musste sich auf Lucas Bett setzen.

Das war alles so viel größer, als er begreifen konnte. Immer, wenn er einen Gedanken fasste, eine Ecke des Bildes sehen konnte, entwich ihm alles andere. Der Orden rief sie nun alle, immer, so oft. Jetzt waren da Wunden und Blut. Luca war fort.

Wie schlüpfrige Fische glitten diese Fetzen durch seinen Geist, ließen sich nicht fangen. Aber sie ließen das Gefühl zurück, dass er etwas unternehmen musste. Alles in ihm wehrte sich dagegen, einfach passiv liegen zu bleiben.

Also erhob er sich wieder, zwang den erschöpften Gliedmaßen seinen Willen auf. Was ihm an Kraft mangelte, machte er mit Entschlossenheit wett.

So stakste er Richtung Tür. Keiner sagte etwas, keiner hielt ihn auf. Vorsichtig zog er sie auf und zuckte zusammen, als die Scharniere quietschten. Aber im Korridor war es gespenstisch still. *Aber wer sollte dort auch sein?*, ging es ihm durch den Kopf. *Die Seher sind im Keller, wir sind hier.*

Mit jedem Schritt kehrte ein wenig Sicherheit in seinen Leib zurück. Ohne einen wirklichen Plan ging er durch Flure und Zimmer, bis er aus einem Fenster den Innenhof sah. Dort, im Schatten des Säulengangs, schienen einige andere Jungen zu hocken.

Marco lief durch den Korridor auf den Hof. Obwohl Wolken am Himmel hingen, hinter denen sich die Sonne gerade verbarg, musste er die Augen zusammenkneifen. Etwas stimmte nicht.

Da hockte niemand. Es war vielmehr ein Haufen von Körpern, wild über- und untereinander, mit Armen und Beinen überall. Doch vor allem bewegte sich nichts. Kein Hauch in der Luft, kein Leben im Fleisch, kein Lachen, keine Worte, nichts.

Dunkelheit umwölkte Marcos Kopf, schien das Licht der Sonne aufzufressen. Ohne etwas zu empfinden, trat er in den Schatten des Säulengangs. Die wenigen Gesichter, die er erblickte, kannte er. Offene Münder und tote Augen. Tiefe Wunden, Schnitte durch das Fleisch bis auf die Knochen, klaffend, und doch so wenig Blut.

Fliegen summten durch die Luft, krabbelten über fahle Haut, über Wundränder und Augäpfel. Marco fiel auf die Knie, sein Leib zuckte, er würgte, und ein Schwall bittere, saure Flüssigkeit ergoss sich über seine Lippen. Wieder und wieder zog sich sein Bauch zusammen.

Mit zittriger Hand wischte er sich den ekligen Geschmack von den Lippen. Er wollte nicht wieder hinsehen, aber da war nur ein Gedanke in seinem Kopf: *Ist Luca dabei?*

Also zwang er sich. Der Anblick war grauenhaft. Marco versuchte, sich nur auf die Gesichter zu konzentrieren, um nicht alles auf einmal aufnehmen zu müssen. Zu jedem einzelnen der entstellten Antlitze kannte er einen Namen – Matteo, Leano, Afesco, Gianno. Artelmo. Auch Artelmo.

Und Luca. Marco schloss die Augen, doch er konnte das Bild immer noch vor sich sehen. Lucas Körper, grotesk verdreht, der Kopf hing über einen Oberschenkel, die Augen nach hinten verdreht, so dass fast nur noch das Weiße zu sehen war. Lange, tiefe

Schnitte den nackten Oberkörper entlang, vom Hals hinab bis zu den Lenden. *Geschlachtet*, fuhr es Marco durch den Kopf. *Wie ein Tier!*

Wieder musste er würgen, doch in seinem Magen war nichts mehr. Nur ein wenig Speichel troff von seinen Lippen, vermengte sich mit den Tränen, die ihm über die Wangen liefen.

Man hatte Luca ermordet. Nein, nicht man. Sie, die Seher. Und Marco wusste, dass er der Nächste war. Was immer die Seher auch vorhatten, welchen Grund sie auch für ihre Gräueltaten hatten, Marco ahnte, dass sie nicht aufhören würden. Erst recht nicht in diesen Tagen. Die Ankunft der feindlichen Armee schien sie regelrecht anzupeitschen.

Die Erkenntnis wuchs in ihm wie eine Blume: *Ich muss hier weg!* Es war reiner Überlebensinstinkt. Was immer auch im Krieg geschehen mochte, es konnte nicht so schrecklich wie der Anblick vor ihm sein. Besseres als hier auszubluten, musste es überall geben.

Marco riss sich von Lucas Anblick los und kam taumelnd auf die Füße. Seit er aufgewacht war, hatte sich ein Schatten über die Welt gelegt. Alles, was vorher fest und sicher erschienen war, wurde vom Strudel der Ereignisse fortgerissen. Und zurück blieb nur die schwankende, stürmische See der Ungewissheit.

Elena.

Das war ein Lichtpunkt am Horizont, ein Leuchtturm, an dessen Strahlen er sich klammern konnte. *Ich muss zu Elena.* Mit wiedergefundener Bestimmung wandte er sich ab und verließ den Innenhof, tauchte wieder in die düsteren, kühlen Räume der Villa ein und lief so schnell er konnte zum Tor.

Oft war er diesen Weg gegangen, doch jetzt drängte ihn die Angst wie nie zuvor. Ihm war, als wüssten die Seher von seinen Fluchtplänen, als beobachteten sie ihn, wie ein Insekt, das dem Finger niemals entkommen kann, so sehr es sich auch eilt.

Doch das große Portal ragte bald vor ihm auf, und kein Ruf ertönte, niemand verfolgte ihn. Wie immer war es nicht verschlossen – warum auch, wer würde schon in das Haus der Seher einbrechen wollen?

Marco schob den rechten Türflügel gerade weit genug auf, um sich durch den schmalen Spalt zu quetschen, dann war er hinaus auf der Straße vor der Villa.

Ihm wehte ein leichter Hauch ins Gesicht, verhieß Freiheit in den verwinkelten Straßen und Gassen seiner Heimat. Wenn er erst einmal in seinem alten Revier war, würde ihn kein Seher und keine Bürgerwache aufstöbern.

Ohne zu zögern lief er los.

Und fühlte sich von fester Hand am Kragen gepackt und zurückgerissen. Er wand sich, strampelte mit Armen und Beinen, und sah dann ins Antlitz seines Häschers – Rezzo!

»Wo willst du hin, Straßenratte? Die Herren sind noch nicht fertig mit dir!«

Marco wollte schreien, nach Rezzo schlagen, doch der packte ihn am Hals, sein Arm drückte Marcos Kehle zu, und sofort war die bleierne Erschöpfung wieder da. Seine Gegenwehr war hilflos und schwach.

Rezzo hatte recht: Er war gefangen wie eine Ratte in der Falle.

35. Kapitel

Das ist mir egal!«

Elena wurde laut. *Wollten die beiden nicht verstehen?*

Zalvado und Caronix warfen sich einen Blick zu, der sie nur noch wütender werden ließ.

»Der Orden ist mächtig«, wiederholte der alte Tüftler. »Gerade jetzt, da die Stadt vor dem Schwarzen Herzog zittert und sich von ihm Segen und Rettung erhofft.«

Die Stimmung auf den Straßen war seltsam. Einerseits schienen Wellen der Angst durch die Stadt zu wogen, andererseits hatten sich große Menschenmengen auf den Plätzen versammelt, um still zu beten. Eine gewisse Schicksalsergebenheit mischte sich mit Entsetzen.

Für Elena war das alles weit weg, obwohl sie eine der wenigen war, die mehr von diesem Krieg erlebt hatten, als nur Geschichten über ihn zu hören. Ihre Sorge galt nicht Vastona; sie galt Marco.

Seit der Orden der Seher ihn mitgenommen hatte, war eine dunkle Ahnung über sie gekommen.

In der Mitte des Raumes standen und lagen die Überreste der Flugmaschine. Zalvado hatte, seit man sie ihnen zurückgebracht hatte, ein wenig halbherzig daran herumgeschraubt, aber irgendwann mit einem Seufzen aufgegeben. Es würde mehr benötigen als ein paar einfache Reparaturen. Doch daran konnte Elena jetzt gerade keinen Gedanken verschwenden. Es gab Dringenderes als des alten Tüftlers Traum vom Fliegen.

»Wenn der Schwarze Herzog die Seher so sehr hasst, wie alle sagen, was wird er dann mit Marco tun, sollte er die Stadt erobern?«, sprach sie ihre Sorgen unvermittelt aus.

»Für niemanden in Vastona wird es angenehm, wenn die Mauern fallen«, entgegnete Caronix und lehnte sich in seinem staubigen alten Sessel zurück. Die Werkstatt bot mehrere Ecken mit Sitzgelegenheiten; gerade saßen sie in plüschigen, von Motten zerfressenen Sesseln.

»Mir sind die Seher nicht geheuer.«

Das ließ die Mienen der beiden Männer finster werden. Sie wusste, dass sie ihre Einschätzung teilten. Gleichzeitig schien Zalvado mehr als nur gesunden Respekt vor dem Orden zu haben.

»Sie hat recht«, sagte er schließlich nach langer Pause und überraschte damit sowohl Elena als auch den Elfen. »Was immer auch geschieht, Marco ist am gefährlichsten Ort der Stadt.« Bevor Caronix widersprechen konnte, fuhr er fort: »Du weißt, dass ich es nicht ungerne sähe, wenn der Herzog den Orden zurechtstutzt, besonders hier in Vastona. Aber Marco gehört nicht dazu.«

Seufzend erhob sich Caronix und streckte sich ausgiebig wie eine Katze.

»Was schlägst du vor?«

Auch wenn er die Worte wohl an Zalvado gerichtet hatte, sprang Elena auf und antwortete: »Wir holen Marco aus der Villa Ubrizzi.«

»Gut.«

Ohne weitere Umstände begann Caronix, sich seinen Waffengurt mit den Klingen umzuschnallen. Erst als er bemerkte, dass Elena ihn überrascht ansah, hielt er inne.

»Was?«

»Gut? Einfach so? Ihr beiden habt den ganzen Weg, die ganze Zeit versucht, mir das auszureden …«

»Ja, es ist ja auch keine besonders kluge Idee«, stellte der Elf achselzuckend fest.

»Und jetzt: gut?«

»Der alte Narr hat einen alten Zorn auf den Orden, dem er jetzt nachgibt. Und wenn ich eines gelernt habe, Elena aus Vastona, dann dass es wenig Sinn hat, sich deinen Wünschen auf Dauer zu widersetzen.«

Das Kinn klappte ihr nach unten, und Zalvado schien sich nicht zwischen Stirnrunzeln und Grinsen entscheiden zu können.

»Zudem habt ihr beide recht«, gab Caronix auch noch zu. »Und auch ich denke, es wäre ein gewisses Vergnügen, den Sehern den Tag zu verderben.«

Er legte den Kopf auf die Seite. »Kommt ihr?«

Freude durchströmte sie. Alles war besser als hier hilflos herumzusitzen. Sie konnten nichts tun, was die Schlacht beeinflusste, aber für Marco konnten sie da sein.

»Und was ist dein Plan?«, erkundigte sich Zalvado amüsiert. »Die Tür der Villa eintreten und die frevelhaften Seher mit deinem Eisen niederstrecken?«

Caronix hob die Schultern.

»Warum nicht?« Er wies mit den Händen in einer dramatischen Geste ringsum in alle Richtungen. »Die Welt geht gerade unter. Wann, wenn nicht in diesem Moment, kann man etwas Verrücktes tun?«

Grummelnd schloss sich Zalvado den beiden an. Im Vorbeigehen nahm er eine kleine Armbrust von einem Arbeitstisch, deren komplexer Mechanismus Elena ein wenig an die Flugmaschine erinnerte. Also sah sie sich auch nach einer Waffe um und entschied sich schließlich für einen Besen, den sie von seinen Reisigborsten befreite und einige Male durch die Luft fahren ließ.

»Eine gute Wahl«, bestätigte Zalvado sie. »Gib mir einen Hebel, der lang genug ist.«

»… und ich kann die Welt bewegen«, beendete sie den Satz.

»Fast«, erwiderte er. »Einen Angelpunkt braucht man auch noch.«

Der improvisierte Kampfstab kreiste noch einmal, dann ließ sie ihn auf einen der Sessel knallen. Uralter Staub wirbelte auf und sie spürte die Kraft des Aufschlags in ihren Handflächen. Sie lächelte.

»Oder so«, murmelte Zalvado.

»Wie kommen wir an den Wachen vorbei?« Caronix legte eine behandschuhte Hand auf den Knauf seines Rapiers. »Auf die altmodische Art und Weise?«

Zalvado verdrehte die Augen.

»Denkst du wirklich, ich habe nur einen Weg aus meiner Werkstatt? Als hätte ich nichts aus dem Debakel von Estas gelernt!«

Der alte Tüftler führte sie zu einer Falltür im Boden, die in einen Keller hinabführte, von dem Elena bislang gar nichts gewusst hatte. Sie gingen durch einige dunkle Räume und Gänge hindurch, bis sie in einem kleinen Stall auf der anderen Straßenseite wieder an die Oberfläche zurückkehrten.

Elena riskierte einen Blick durch den Torspalt und sah zwei Soldaten in den Farben Vastonas, die im Hofeingang herumlungerten. Aber Zalvado wies ihnen den Weg durch eine kleine Hintertür, und bevor sie sich versahen, waren sie im Labyrinth der Gassen verschwunden.

Die Sorge um Marco trieb Elena zu großer Eile an. Die meisten Straßen hatten sich inzwischen geleert. Wer nicht auf den Plätzen betete, blieb im Haus. Die größte Menge hatte sich bestimmt auf dem Platz der Stille versammelt, vor den Toren des Tempels. Von dort konnte man leise immer wieder den Gong hören. Elena entschied, dass es ein gutes Omen war; nicht, weil sie noch an das Heil des Ordens der Seher glaubte, sondern weil es ihr Hoffnung gab, dass viele seiner Mitglieder dort waren. Und nicht in der Villa Ubrizzi, wohin sie nun liefen.

Vor den meisten Fenstern waren die Läden geschlossen worden, als ob dünnes Holz den Feind abwehren könnte. Elena konnte mit den Bewohnern fühlen. Natürlich wusste sie, dass die Soldaten der Stadt auf den Mauern standen, dazu die angeheuerten Söldnerheere. Alles Vertrauen musste auf sie gesetzt werden und auf jene, die sie anführten. Doch blieb ein Gefühl von Ohnmacht zurück.

Es war seltsam, tagsüber durch so leere Straßen zu laufen. Hinter ihr keuchte Zalvado, während Caronix mit seinem federnden Gang lässig Schritt hielt.

Elena musste nicht über den Weg nachdenken. Es war, als ob ihre Füße ihn von selbst finden würden. Sie hastete um Ecken, lief über Pflastersteine, wurde schneller und schneller.

Und dann erreichten sie die Villa Ubrizzi. Dunkel und still erhob sie sich vor ihnen, die Pforte geschlossen, die Läden zugezogen, eine abweisende Festung.

Mit einem Mal verließ Elena der Mut und die Gewissheit. Sie hielt inne, unsicher, was nun zu tun war.

»Hinein?«, schlug Zalvado vor und wies mit der Armbrust auf die Eingangstür.

Von innen drang ein Geräusch zu ihnen, ein gedämpfter Schrei. Es war nur ein kurzer Laut, aber Elena wusste mit jeder Faser ihres Herzens, dass es Marco war. Sofort fiel alle Unsicherheit von ihr ab.

Ohne ein Wort stürmte sie die drei Treppenstufen empor und warf sich gegen die Türflügel – die zu ihrer Überraschung einfach nachgaben. Mit einem Schrei stolperte sie über die Schwelle und als sie sich wieder fing, sah sie mit geweiteten Augen zwei Gestalten, die sie ebenso verwirrt anstarrten.

Marco!

Der andere war dieser Diener der Seher, Rezzo, der Marco festhielt, einen Arm um den Hals geschlungen, eine Hand auf dem Mund. Drohend hob Elena ihren Stab.

»Was treibst du Göre hier?«, zischte der Mann und richtete sich auf. In diesem Augenblick trat Caronix schlendernd in die kleine Eingangshalle und hob eine Hand an den breitkrempigen Hut.

»Seid gegrüßt.«

Rezzos Blick fiel auf die Klinge in der Hand des Elfen. Er zog Marco noch fester an sich. Da bemerkte Elena die dunklen Blutflecken auf Marcos Tunika.

»Was hast du ihm angetan, du Bestie?«, rief sie und trat einen Schritt vor. Der Mann nahm die Hand von Marcos Mund und zog seinen Dolch. Nur eine einfache Klinge, wie man sie zum Essen und für kleine Arbeiten mit sich trägt, doch für Elena schien sie mit finsterer Macht erfüllt zu sein.

»Der Junge leistet nur seinen Dienst für den Orden«, behauptete Rezzo und schob die Spitze des Dolches unter Marcos Kinn. Entspannt trat Caronix an Elena vorbei, worauf der Mann versuchte, Marco von ihnen wegzuzerren. »Nein, nein. Stehen bleiben.«

»Guter Mann.« Caronix ließ sein Rapier mit einer schnellen Bewegung in der Scheide verschwinden und hob beschwichtigend die Hände. »Macht doch keinen Fehler, den Ihr sogleich bereuen würdet. Wie wäre es mit einem Handel? Ihr überlasst den Jungen unserer Obhut, und ich sehe davon ab, Euch zur Ader zu lassen.«

»Nein, ihr verschwindet von hier, oder ihr landet im tiefsten Kerker der Stadt für euren Angriff auf den Orden.« Wieder trat Caronix einen Schritt vor, während Rezzo Marco fortzog. »Noch ein Schritt, und …«

»Sie ermorden alle«, stieß Marco hervor. »Luca … Luca ist tot. Blut, so viel Blut …«

»Blut?«

Mit einem Mal war die Klinge wieder in Caronix' Hand, so schnell, dass Elena der Bewegung nicht folgen konnte. Selbst die falsche Freundlichkeit war aus seinen Zügen gewichen und hatte Zorn Platz gemacht.

»Der Junge weiß nicht, wovon er redet«, versuchte Rezzo ihn wieder zu beschwichtigen. »Er ist krank, redet im Fieber.«

Tatsächlich wirkte Marco kaum bei Bewusstsein, mit seiner fahlen, wächsern schimmernden Haut und den glänzenden Augen. Jetzt, da Rezzo seinen Kopf nicht mehr so fest hielt, schien er ihn kaum noch aufrecht halten zu können. Der Anblick gab Elena einen Stich ins Herz.

»Nein«, brachte er dennoch hervor. »Ich … habe es gesehen.«

Mit einem Mal wurde sein Blick klarer, und er nickte Elena kaum merklich zu.

Dann wand er sich aus Rezzos Griff und riss die Arme empor. Der Dolch schnellte vor, doch da war Marcos Unterarm. Die Klinge schnitt durch Haut und Fleisch. Elena war schon vorgesprungen, bevor Rezzo reagiert hatte. Ihr Stab sauste von oben herab, traf den Mann direkt auf die Stirn. Das hässliche Knacken war ihr eine Wonne.

Rezzo taumelte zurück, der Dolch entglitt seinen Fingern und fiel scheppernd auf den Boden. Marco rutschte zur Seite, stützte sich gegen die Mauer, während Elena sich mit erhobenem Stab zwischen ihn und ihren Feind stellte.

»Habt Ihr noch eine andere Waffe?«, erkundigte sich Caronix so ruhig, als würde er über das Wetter plaudern. »Mit der Ihr Euch verteidigen könnt?«

Ein lautes Knallen, ein dumpfer Schlag, dann ragte Rezzo ein Bolzen genau dort aus dem Hals, wo die Kehle in die Brust überging. Er tat einen Schritt zurück, hob die Hände an den Hals, noch einen Schritt, dann sackten seine Beine unter ihm weg. Regungslos lag er auf dem Rücken.

»Meine Güte, kannst du nicht einmal pragmatisch handeln?«, fragte Zalvado und begann, an seiner Armbrust zu kurbeln. »Nicht jeder Kampf muss ehrenhaft sein.«

Caronix seufzte, aber Elena hatte keine Aufmerksamkeit für die Händel der beiden. Sie ließ ihren Stab fallen und sprang zu Marco, der sich nur mit Mühe an die Wand gelehnt auf den Beinen halten konnte.

»Wie geht es dir?«

Sie kam sich närrisch vor, das zu fragen, doch er schaffte es, ihr ein Lächeln zu schenken.

»Jetzt besser.«

»Was haben sie dir angetan?«

Bevor er antworten konnte, trat Zalvado zu ihnen.

»Wir müssen fort von hier.«

Schon wandte er sich ab, doch Marco hob die Hand.

»Nein. Die anderen … wir müssen ihnen helfen.«

»Wem?«

»Die anderen Ubrizzi … Jungen. Die Seher, sie machen etwas mit uns. Rituale, glaube ich. Im Keller. Es ist alles so verschwommen.«

Er legte den Kopf in die Hände. Elena fuhr mit der Hand über sein mattes Haar. Caronix kniete sich neben sie, sah Marco fest an. »Du hast von Blut geredet«, stellte er fest. »Rituale mit Blut?«

Statt zu antworten, schob Marco seine Tunika von der rechten Schulter. Elena erschauerte, als sie die tiefen Schnitte sah, die von seinem Hals den Rücken hinab liefen, bis sie unter dem Stoff verschwanden.

»Verdammt sollen sie sein«, entfuhr es Zalvado und er stampfte mit dem Fuß auf. »Diese verfluchten Narren. Es hat die Welt schon einmal ins Unglück gestürzt, und jetzt …«

Eine Bewegung zog Elenas Aufmerksamkeit auf sich. Rezzos Kopf hatte gezuckt.

»Hoffen wir, dass es nur ein dummer Kult ist.« Caronix erhob sich wieder. »Und keine Wiederkehr.«

Zalvado fluchte lang und ausgiebig. Keiner sonst schien zu bemerken, dass Rezzo nicht tot war.

»Äh …«

Die Bewegung wirkte unnatürlich. Und dann sah Elena, wieso: Blut rann seinen Hals hinauf, floss aus seiner Nase, seinen Augen, sammelte sich in seinem offenen Mund.

»Seht ihr das auch?«

Sie deutete auf den Toten.

Gegen alle Gesetze der Welt floss mehr und mehr des roten Lebenssaftes zum Mund, wölbte sich sogar aus diesem hervor, trotzte der Schwerkraft, wuchs und wuchs zu einer sich drehenden Säule aus Blut. Der Anblick war so widernatürlich, dass Elenas Geist ihn nicht begreifen wollte, sich weigerte zu akzeptieren, was ihre Augen sahen.

»Raus hier!«

Caronix packte Marco und sie, zerrte sie Richtung Tür. Zalvado benötigte keine Hilfe, um die Stufen hinabzuhetzen. Geistesgegenwärtig zog Elena die Türflügel hinter ihnen zu.

Keinen Moment zu früh. Ein lauter Schlag ließ sie erzittern. Durch den Türspalt schoss rotes, schäumendes Blut.

»Beantwortet das deine Frage?«, rief Zalvado ohne innezuhalten, doch anstatt etwas zu antworten, blieb Caronix stehen, wandte sich der Villa zu und verschränkte die Finger ineinander. Dann sprach er schnelle Worte in einem Singsang, den Elena nicht verstehen konnte.

Mit einem Mal war da ein seltsamer Geschmack in der Luft, und alles schien zäh und langsam zu werden, als würde jemand dicken Sirup über die Welt gießen. Sie stolperte, als ihre Beine nicht mehr den richtigen Rhythmus zum Laufen fanden.

Während sie mit fuchtelnden Armen versuchte, nicht zu stürzen, bewegte sich Caronix so schnell, dass er nur noch ein Schemen war. Sie fühlte sich gepackt und gestützt. Dann kehrte die Zeit wieder zurück in die Welt.

»Das wird es aufhalten«, stellte Caronix keuchend fest. Noch nie hatte sie den Elfen so atemlos erlebt, weder nach dem Duell noch nach einem schnellen Lauf.

»Dann nichts wie weg!«

Elena musste das nicht zweimal sagen.

36. Kapitel

An den Weg konnte Marco sich kaum erinnern. Es war ein Vorbeirauschen von Häusern gewesen, dann ein Hinabsteigen in eine Dunkelheit, die ihn an den Keller unter der Villa Ubrizzi erinnert hatte. Er wollte sich dagegenstemmen, aber bevor er es überhaupt begriffen hatte, hatte ihn die Finsternis schon verschlungen.

Doch an ihrem Ende hatte Licht auf ihn gewartet. Licht und die gewohnte Umgebung der Werkstatt. Jetzt lag er auf dem Bauch auf einer hastig freigeräumten Werkbank und spürte die warme Berührung von Elenas Händen, die seine Wunden reinigte. Dazu gab Zalvado Anweisungen, da er nach eigener Auskunft auch ein Meister der Anatomie war.

Marco war dies herzlich egal. Er genoss das schon verloren geglaubte Gefühl der Sicherheit und Elenas Nähe. Manchmal drangen Schmerzen in seinen Geist, aber überraschend wenig, so dass er im zwielichtigen Dämmern zwischen den Gesprächsfetzen entlangglitt, die er verstehen konnte.

»Sie werden uns suchen!«

Es war Caronix, mit ungewohnter Sorge in der Stimme.

»Ja, wir können nicht lange hier bleiben. Aber die Belagerung hat auch ihr Gutes: Sie können die Soldaten nicht für ihre Zwecke einspannen.«

»Ja.«

Schweigen, dann wieder Zalvado: »Hier, reib das auf die Wundränder. Eine eigene Mischung.«

Mit einem Mal zog ein Feuer über Marcos Rücken. Er keuchte auf, als die Pein seinen Geist zurück in die harte Wirklichkeit riss.

»Äh, ja, das kann etwas ziepen. Aber es verhindert Wundbrand, Junge, und fördert die Heilung.«

Marco fluchte.

»Kannst du dich hinsetzen?«

Langsam, mit steifen Gliedmaßen, kam er ihrer Bitte nach. Er hob die Arme etwas an, damit sie seinen Oberkörper mit sauberem Leinen verbinden konnte.

»Wir müssen zurück«, stellte er fest. »Die anderen …«

Er bemerkte die Blicke, die sich Caronix und Zalvado zuwarfen, und verstummte.

»Die Seher …«, hob der alte Tüftler an, er war zum ersten Mal um Worte verlegen. Caronix übernahm: »… sind ein altes Übel. Mehr als nur religiöse Fanatiker und sogar mehr als die wahre Macht in Vastona. Was wir gesehen haben … das war Blutmagie. Schändlich und grausam, eine Bedrohung für uns alle.«

Den Elf so zu sehen war ernüchternd. Zuerst konnte Marco es nicht einschätzen, aber dann begriff er. Caronix hatte Angst.

»Aber wir müssen doch etwas unternehmen«, flehte Elena beinahe.

»Gegen diese Macht?« Zalvado schüttelte das Haupt. »Wir vier?«

»Dann nicht allein«, erwiderte Elena entschieden. »Senden wir eine Nachricht in den Fürstenpalast. Zu den Söldnergenerälen. An alle, die uns helfen können!«

Selbst Marco ahnte, dass dies keinen Zweck hatte.

»Unser Wort gegen das der Seher«, murmelte er und dachte daran, wie unterwürfig sich die Vastoni dem Orden gegenüber benahmen. Wie viel Respekt sogar ihm entgegengebracht worden war.

»Und wir sind suspekt«, gab Caronix zu bedenken. »Ein Elf. Ein Mann, der lange dem Schwarzen Herzog gedient hat. Ihr beiden.«

Mehr musste er nicht sagen. Wer würde schon auf eine ehemalige Straßenratte und ein Mädchen aus dem Armenviertel hören?

»Sie haben uns an der Stadtmauer festgenommen. Es liegt ohnehin der Schatten des Verdachts auf uns. Der Orden müsste nur behaupten, wir seien Agenten des Feindes, und niemand glaubt uns mehr.«

Unter Marco schien sich eine dunkle Grube zu öffnen, doch diesmal war es nicht die Schwäche seines geschundenen Leibes, sondern Hoffnungslosigkeit, die ihn zu verschlingen drohte.

»Wenn sie mich finden …«

Er schluckte. Elena legt ihm die Hand auf die Schulter.

»Wenn sie uns finden«, entgegnete Zalvado, »machen sie kurzen Prozess.«

»Der Schwarze Herzog«, murmelte Elena so leise, dass Marco sie kaum verstand, obwohl sie ganz nah bei ihm stand.

»Was?«

»Der Schwarze Herzog. Es heißt, er hasse den Orden der Seher. Angeblich lässt er in allen eroberten Städten ihre Tempel niederbrennen.«

Zalvado rieb nachdenklich seinen Bart und Caronix lehnte sich im Sessel nach vorne, was ihn wie ein Raubtier auf der Pirsch wirken ließ.

»Er weiß es«, stellte Marco fest. »Deshalb die Kriege …«

»Junge, Solare Biocca benötigt keinen ehrbaren Grund, um Krieg zu führen«, unterbrach ihn Zalvado. »Macht allein reicht.«

»Ja, vielleicht. Aber er hat doch besonderen Hass auf die Seher, oder nicht? Und er treibt seine Eroberungszüge besonders gegen Vastona. Wo, wie wir jetzt wissen, der Orden furchtbare Blutmagie betreibt.«

Er nickte Caronix zu, der ihm beipflichtete: »Es klingt plausibel.«

»Bah.« Zalvado winkte verärgert ab. »Ihr kennt ihn nicht wie ich.«

»Und das nimmt dir die klare Sicht, alter Mann.« Caronix sprang auf. »Aber Elena und Marco haben recht. Und gleichzeitig ist es unsere beste Chance.«

Stille senkte sich auf die Werkstatt herab. Alle versuchten, die Implikationen zu verstehen. Am Ende war es Elena, die als Erste sprach.

»Und was bedeutet das? Wir lassen ihm eine Nachricht zukommen? Wie soll das gehen?«

Zalvado fluchte.

»Wenn wir nur mehr Zeit hätten.« Er blickte zur Flugmaschine. »Ich bin sicher, wenn ich hier und da noch kleine Modifikationen vornehme …«

»Keine Flugmaschinen«, sagte Marco, der unter all der Erschöpfung und Schwäche noch die Beulen und Blutergüsse von ihrem Absturz spürte.

»Was dann? Wir können nicht aus der Stadt. Alles ist bewacht, überall sind Soldaten. Wenn wir versuchen, hinauszuschleichen, wird man uns verhaften.«

Elena hatte recht. Und es würde zum Schlimmsten führen. Anklagen wegen Hochverrats für die anderen, zurück in die Villa Ubrizzi für ihn. Todesurteile, so viel war sicher.

»Aber wenn wir in der Stadt bleiben, werden sie uns früher oder später aufspüren«, erwiderte er. »Egal, wo wir uns verstecken. Wenn Bruder Giate erst einmal die Vastoni gegen uns aufhetzt …«

Niedergeschlagen schwiegen sie alle. Sie saßen wie Ratten in der Falle, eine Situation, die Marco nur allzu gut kannte.

»Dann können wir nur darauf hoffen, dass der Schwarze Herzog Vastona bald einnimmt?«, fragte Elena in die Stille. »Das kann doch nicht sein.«

Bedächtig erhob sich Caronix. Er schien etwas sagen zu wollen, hielt aber inne, strich sich mit der Hand über den Kopf, atmete dann tief aus, als habe er eine Entscheidung getroffen.

»Wisst ihr, bevor mein Volk auf seine lange Wanderung ging, waren wir es, die den Menschen beim Kampf gegen die Blutmagier halfen. Es ist eine lange und traurige Geschichte. Aber nur wir konnten es tun, denn unsere Vorfahren haben schon vor langer Zeit gelernt, was es bedeutet, wahre Magie zu nutzen.«

Er trat in ihre Mitte.

»Nicht die Taschenspielertricks, die hier an den Straßenecken feilgeboten werden. Magie, wahre Magie, hat ihren Preis.«

Er hob die Hände, schloss die Augen, und mit einem Mal schien ein Licht hell zwischen seinen Fingern hervor, wechselte in schneller Folge die Farbe von Grün zu Rot zu Weiß, bevor es ebenso plötzlich wieder verschwand.

Es war ein wunderschönes Schauspiel, auch wenn es jetzt nicht wirklich beeindruckender als die magischen Darbietungen war, die Marco schon in Vastona gesehen hatte.

»Ein kleines Licht, nur. Genährt mit meinem Leben.«

»Wie meinst du das?«, fragte Elena.

»Lebensenergie. Vitalität. Nenn es, wie du willst. Das ist die Kraft, die Magie ermöglicht. Wir haben damit lange Erfahrung. Und wir haben diese Macht immer sorgsam eingesetzt, waren uns des Preises stets genau bewusst.« Er senkte den Kopf. »Wir gaben unser Wissen weiter, aus reinen Motiven. Ich gab es weiter, lehrte Menschen die Kunst meiner Ahnen. Aber Menschen und Elfen, wir unterscheiden uns, so ähnlich wir uns auch sein können. Ich habe weit über tausend Sonnenwenden gefeiert.«

Zalvado sah auf.

»Ich dachte, du wärst dreihundert Jahre alt?«

Der Elf hob entschuldigend die Hände.

»Es war deine Vermutung, ich habe sie nur nie korrigiert.«

Es dauerte einen Moment, bis Marco verstand, was Caronix ihnen sagte.

»Du … du warst dabei?«

»Von Anfang an. Die Schuld lastet auf meinen Schultern. Nicht nur, aber ich dachte, es wäre das Richtige für uns alle. Aber ich irrte mich. Für uns Elfen ist Lebenskraft ein tiefer Brunnen, aus dem wir mit Bedacht schöpfen können. Für Menschen aber …« Er schnippte mit den Fingern. »… vergeht das Leben so schnell.«

Marco war von seinen Worten zu gebannt, um sich beleidigt zu fühlen.

»Die ersten Magier verstanden das noch. Wie kostbar Magie für Menschen ist, sein muss. Jeder Zauber ein Geschenk. Aber jene, die folgten … sie wollten mehr. Sie sahen, was wir können, welche Reserven uns geschenkt worden waren, und Neid zerfraß sie.«

Der Elf hielt inne, musste sich sammeln.

»Ich weiß nicht, wie der Name des Menschen ist, der zuerst erkannte, dass es nicht die eigene Lebenskraft sein muss. Ich weiß nicht einmal, ob es absichtlich oder aus Versehen geschah. Aber ich weiß, wohin es führte. Ihr nennt es Blutmagie. Raub von Lebenskraft. Sie blühten im Verborgenen auf, perfektionierten ihr schreckliches Können, drangen tiefer und tiefer in diese verbotenen Gefilde vor. Und kannten bald keine Grenzen mehr.«

»Weil es nicht ihr eigenes Leben war, das sie verbrauchten«, verstand Marco. Caronix nickte.

»Selbst für uns ist Magie endlich. Doch nicht für sie. Sie konnten Macht einsetzen, die weit über das hinausging, was bislang möglich schien. Es war … schrecklich.«

Marco versuchte, es sich vorzustellen, doch es wollte ihm nicht gelingen. Natürlich kannte er die alten Geschichten, doch sie waren seiner Wirklichkeit so fern gewesen, dass er keinen Bezug zu sich hatte sehen können.

»Wir kämpften. Wir mussten kämpfen. Viele starben. Große

Opfer wurden erbracht, doch sie hatten sich siegessicher zu früh offenbart. Elfen und Menschen konnten ihnen noch einmal den Sieg entreißen, zur letzten Stunde, als bereits alles verloren schien.

Danach entschieden die Elfen, dass wir diese Welt hinter uns lassen mussten. Vielleicht um sie zu schützen. Oder um uns zu schützen. Oder aus Sühne. Vermutlich alles davon.«

Nun schwieg Caronix. Von dem selbstsicheren, übermütigen Duellanten war keine Spur mehr zu sehen.

»Du bist geblieben, weil du dich schuldig fühltest«, flüsterte Elena. Der Elf sah sie an, antwortete jedoch nicht. »Du glaubst, du hast das über die Welt gebracht.«

Er verzog die Lippen zu einem schiefen Lächeln, dann sah er zu Boden. Zalvado ließ sich in einen der Sessel fallen. Vielleicht hatte er das eine oder andere geahnt, aber offensichtlich hatte er vorher nicht erkannt, um was es eigentlich ging.

»Die Seher …«

»Ein Überbleibsel, eine Absicherung. So dachten wir. Jäger der Blutmagier. Ich wusste, dass sie schon vor langer Zeit von diesem Pfad abgekommen sind, aber ich dachte, sie wären nur banaler weltlicher Macht verfallen.«

Es war seltsam, dass die Werkstatt noch genauso aussah wie zuvor, hatte sich doch die Welt grundlegend verändert. Wie konnte alles vertraut wirken, wenn es doch nicht mehr vertraut war?

»Die Ubrizzi suchten noch einmal nach jener Macht, aber der Orden der Seher deckte dies auf. Deshalb fiel ihm aller Besitz der Ubrizzi zu. Der Reichtum machte sie noch mächtiger, und ihr Erfolg zeigte den Fürsten der Lande, wie wichtig sie waren.«

Caronix und Zalvado sahen sich an, als teilten sie verbotenes Wissen.

»Aber dann ist alles in Gefahr«, erkannte Marco. »Nicht nur wir, nicht nur Vastona. Alles.«

Zalvado nickte.

»Gute Mechanik, ordentliche Technik. Das sollte die Zukunft sein. Nicht ein Haufen durchgedrehter Blutmagier, die Kinder zu Tode quälen.«

»Wir müssen sie aufhalten. Wir müssen …«

Caronix trat an Marco heran, legte ihm sanft die Hand auf die Brust.

»Halt still«, flüsterte der Elf, und dann war da wieder dieses Licht zwischen seinen Fingern, nur diesmal spürte Marco es in seinem Leib, ein warmes Strahlen, das Dunkelheit und Erschöpfung und Schmerzen vertrieb.

37. Kapitel

Die Erzählungen und Neuigkeiten waren so schnell auf Elena eingeprasselt, dass sie sich wie betäubt fühlte. *Elfen und Blutmagier und das Ende der Welt …*

Als Marcos Leib jedoch unter Caronix' Berührung zu leuchten begann, riss sie das aus ihren Gedanken.

»Was …?«

Es dauerte nur einige wenige Herzschläge, so lange wirkte Marco wie eine Lichtgestalt aus einer anderen Welt. Dann erlosch das Licht und Caronix trat zurück.

»Nimm die Verbände ab.«

Einem Impuls folgend, wollte Elena protestieren, doch sie schwieg, da sie dem Elfen vertraute. Ungeschickt nestelte Marco unter seiner Achsel, bis sie dazutrat und ihm half.

Als der Leinenstoff herabglitt, kam darunter unversehrte Haut zum Vorschein. Elena lachte erfreut auf und ließ ihre Finger über den Rücken gleiten. Ganz leicht waren noch Narben zu erkennen, gerade, parallele Linien, ein wenig heller als die sie umgebende Haut.

»Mein Leben für dich«, stellte Caronix einfach fest. Marco sah an sich herab, auf den Körper, der bis gerade noch von blauen Flecken und Schrammen gezeichnet gewesen war. Sein Mund stand offen, bis Elena ihm einen Klaps auf die Schulter gab.

»Äh, ja. Danke.«

»Kann uns deine Magie über die Mauern bringen? Oder hindurch?«, fragte Zalvado. Da war ein unangenehmer Unterton in seiner Stimme, den Elena nicht zuordnen konnte.

»Meine Magie allein? Nein.« Der Elf sah seinen alten Freund lange an. »So wenig wie deine Flugmaschine allein.«

Der Tüftler schnaubte.

»Aber zusammen …«

Damit trat Caronix an die Trümmer der Flugmaschine heran, strich mit der Hand über eine geborstene Holzstrebe. Wieder glühte das überirdische Leuchten auf, und zu Elenas Entzücken wuchs das Holz wieder zusammen, bewegte sich wie das lebendige Ding, das es war, als ob sie einem Baum dabei zusahen, wie er unglaublich schnell wuchs.

Dann war das Holz wieder glatt und fest, schmaler als zuvor, aber stabiler wirkend.

Zalvado war herangetreten und beäugte das Werk kritisch. Er fuhr mit den Fingern darüber, hob es hoch.

»So leicht.« Dann nahm er die Enden in jeweils eine Hand und strengte sich an, doch das Holz bog sich nur ein wenig und brach nicht. »Und so fest.«

Jetzt lag Bewunderung in seiner Stimme, zumindest so lang, bis er sich wieder fing.

»Du kannst so was und lässt mich all die Jahre mit Sägen, Feilen, Ahlen, Hobeln und was weiß ich noch alles meine Zeit vergeuden!«

Doch der Ärger war nicht echt oder zumindest nicht ernst.

»Erstens kostet es mich einiges, wie schon gesagt. Zweitens habe ich dem eigentlich abgeschworen, was, wie ich hoffe, verständlich ist. Und letztens, und das ist das Wichtigste, dir macht das doch Spaß.«

»Pah.«

»Kannst du sie reparieren?«, fragte Elena, ohne auf Zalvado zu achten, der begann, zwischen ihnen auf und ab zu gehen.

»Ich verstehe nicht, wie sie funktioniert«, gestand der Elf. Elenas Hoffnung schwand. »Aber wenn der alte Nörgler mir sagt, was ich tun kann …«

»Das ist euer Geheimnis«, entfuhr es dem so Benannten. »Eure Flucht vor der Welt. So habt ihr es hinbekommen!«

Caronix grinste.

»Es ist schon ein wenig komplexer als das«, entgegnete er. »Aber ja, im Grunde so.«

»Dann an die Arbeit!«

Zalvado schien seinen Groll vergessen zu haben. Marco war von der Werkbank gesprungen und streckte sich, als würde er nach langem Schlaf erwachen. Elena musste lächeln. Mit diesen Gefährten mochte es glatt gelingen. Eine Flugmaschine des großen Zalvado mit elfischer Magie. Marco und sie gemeinsam.

»Dann haben wir uns also entschieden, dem Schwarzen Herzog zu vertrauen?«, erkundigte sich Elena zur Sicherheit noch einmal.

»Das kleinere Übel«, murmelte Marco, und Caronix fügte hinzu: »In normalen Zeiten würde ich vorschlagen, einen Bogen um ihn und seine Ambitionen zu machen. Aber in diesen Zeiten ist er wohl unsere beste Hoffnung.«

»Unsere einzige Hoffnung«, berichtigte sie ihn, und der Elf nickte.

»Elena, fang schon mal an«, befahl Zalvado, der sich offensichtlich längst entschieden hatte und keinerlei Lust verspürte, sich an moralischen Diskussionen zu beteiligen. Er wedelte mit der Hand in Richtung der Flugmaschine. »Ich habe hier irgendwo noch einige Skizzen mit Ideen, für die wir noch kein passendes Holz hatten.«

»Ich?«

»Ja, du«, blaffte er sie unwirsch an. »Du kennst sie ebenso gut wie ich.« Dann wandte er sich an Marco. »Los, hilf mir suchen.«

Damit verschwanden die beiden im Durcheinander der Werkstatt und ließen sie mit dem Elfen allein zurück. Er nickte ihr zu.

»Zalvado hat recht, auch wenn er es einen Hauch höflicher hätte ausdrücken können. Du kannst das.«

Zweifelnd blickte Elena auf den Haufen zerborstenen Holzes. Sie unterdrückte die Erinnerung an den schrecklichen Moment, als sie Marco darunter eingeklemmt gesehen hatte, zwang sich vielmehr zu ruhigem Überlegen. *Wo anfangen?*

Als hätte Caronix ihre Gedanken gelesen, fragte er: »Was soll ich tun?«

Schon wollte sie Zalvado rufen, der in einer Ecke der Werkstatt rumorte und Marco Befehle gab, aber dann riss sie sich zusammen. Es stimmte, sie hatte die Konstruktion lange begleitet. Als sie die Teile näher betrachtete, konnte sie vor ihrem geistigen Auge sehen, wie sie vom Boden abhoben, durch die Luft schwebten, sich in einem chaotisch anmutenden, doch hoch strukturierten Tanz wieder so anordneten, wie sie gehörten. Als wollten sie wieder die Maschine bilden, für die sie geformt und bereitet worden waren. Hinter ihr sagte Caronix etwas, doch sie war zu sehr vom Anblick der Flugmaschine abgelenkt und hob nur eine Hand.

Was in Vastona geschah, der schreckliche Verrat des Ordens der Seher, ergab für sie keinen Sinn, war zu verworren, unverständlich, ein Mysterium. Doch die Maschine konnte sie verstehen. Jedes Teil hatte seinen Platz und seine Aufgabe, und im Zusammenspiel aller Bewegungen ergab sich eine Schönheit, die weit über die Summe der einzelnen herausging.

Schnell begann sie, die Trümmer neu zu sortieren, ihnen eben jene Ordnung zu geben, die sie beim Absturz verloren hatten. Sie bemerkte dabei nicht einmal, dass sie ein hochkomplexes, mehrdimensionales Puzzle löste, vor dem die meisten anderen Menschen verzweifelt wären. Dabei kroch sie auf allen vieren über den Boden und schob Holz und Metall hin und her.

Als sie sich schließlich erhob, waren ihre Knie und Hände zerkratzt und ihr Kleid staubig. Unbewusst zog sie sich einen Splitter aus dem Handballen und betrachtete ihr Werk. Wo vorher nicht mehr als ein Trümmerhaufen gelegen hatte, war nun wieder die Ahnung einer Flugmaschine zu erkennen.

»So kann sogar ich es fast verstehen«, meldete sich Caronix zu Wort, der sich irgendwann in einen der Sessel hatte fallen lassen und sich nun wieder zu ihr gesellte.

»Sie ist wunderschön, nicht wahr?«

»Sie?«

»Die Maschine«, erklärte Elena, aber es stimmte, etwas in ihr hatte entschieden, dieses Konstrukt als Freundin zu sehen.

Caronix rieb sich die Hände, dann streckte er sie vor.

»Was soll ich tun?«

»Der Rahmen«, antwortete sie und deutete auf einige der tragenden Elemente. »Damit müssen wir anfangen. Alles andere fügt sich dort hinein.«

So begannen sie ihre Arbeit. Ein ungleiches Duo, das gegenseitig die Fähigkeiten nicht verstand, wohl aber auf sie vertraute.

Caronix formte das Holz so einfach, als sei es aus Ton. Seine Hände strichen über die Maserung, seine Finger liebkosten es geradezu, als wollte er es allein durch seine Berührung überzeugen, die neue Form anzunehmen.

Immer, wenn Elena nicht mehr weiter wusste, schloss sie die Augen, und dann sah sie die Flugmaschine vor sich, sowohl als Ganzes, als auch als ein Konstrukt aus vielen Teilen.

Dann konnte sie Caronix wieder Anweisungen geben, so genau, als habe sie eine Zeichnung von Zalvado vor sich.

Doch der Elf setzte seine Kunst für mehr ein, als nur das wieder zu erschaffen, was zertrümmert worden war. Die Teile nahmen Formen an, die um vieles eleganter und zarter waren, als Elena vorher ahnen konnte. Und wirklich, als sie einige davon in die

Hand nahm, waren sie nicht nur leichter, sondern auch viel stabiler als zuvor.

»Stark wie Eisen, leicht wie Federn«, murmelte sie voller Bewunderung. Caronix schenkte ihr ein Lächeln. Sie ließ eine lange, geschwungene Strebe fallen, und sie schwebte fast zu Boden.

»Mit mehr von meiner Kraft würde sie zur Decke schweben«, stellte Caronix simpel fest. »Aber dann läge ich irgendwann am Boden.«

»Und das wollen wir nicht.« Elena schüttelte verwundert den Kopf. »Das ist der Durchbruch, der uns bislang fehlte.«

»Aber sag es nicht dem alten Griesgram.«

»Niemals.«

Wie zwei Verschwörer zwinkerten sie sich zu und arbeiteten weiter. Als Marco und Zalvado zurückkehrten, waren sie mit den Anfängen so gut wie fertig. Nur einige wenige Teile fehlten noch.

»Das sieht elfisch aus«, knurrte Zalvado, aber Elena konnte hinter den zusammengezogenen Augen einen bewundernden Blick erkennen. Der alte Tüftler mochte wenig von Magie halten, aber von Ästhetik verstand er als Künstler sehr viel. Und auch wenn die Flugmaschine vorher bereits eine Schönheit gewesen war, fingen allein ihre Teile nun schon den Blick ein. Elena konnte kaum erwarten, sie fertig gebaut zu sehen.

Offenbar ging es Marco ähnlich, sein Mund stand weit offen. In den Armen hielt er große Bogen Papier, die auf die Zalvado eigene Art bis in die kleinste Ecke mit Zeichnungen und Anmerkungen gefüllt waren.

Zalvado zog sie Marco aus den Armen und breitete sie auf einem Tisch aus.

»Ah, ja, hier, ein neues Gewinde. Und die Form der Flügel«, murmelte er und deutete auf seine detaillierten Skizzen. Elena lief herbei und sah ihm über die Schulter.

»Damit wird die Kraft besser von den Pedalen übertragen«,

stellte sie fest, als sie das Konzept verstand. Der alte Tüftler sah anerkennend von seinen eigenen Entwürfen auf.

»Korrekt. Pass auf, das mit dir und dem da funktioniert ja gut.« Zalvado nickte in Richtung des Elfen, der sich spöttisch verneigte. »Deshalb gehen wir beide durch meine Skizzen, und du erklärst ihm, was er tun muss.«

Sie nickte.

»Und was mache ich?«, meldete sich Marco zu Wort. Zalvado sah ihn an, als erinnere er sich erst jetzt wieder, dass er da war.

»Du steigst hoch in den Dachstuhl und hältst Ausschau. Früher oder später wird man nach uns suchen.«

Zuerst dachte Elena, dass Marco es als Zumutung empfinden würde, fortgeschickt zu werden, aber er nickte ernst.

»Die Seher werden mich niemals einfach ziehen lassen.«

Damit verschwand er im Dämmerlicht der Werkstatt, und schon bald hörte sie ihn die Leiter nach oben steigen.

Dann nahm Zalvado ihre Aufmerksamkeit wieder ganz in Anspruch. Er erklärte ihr jene Teile seiner Ideen, die sie nicht sogleich verstand, und sie wiederum übersetzte sie für Caronix.

Es war ein seltsames Gespann, das da zusammenarbeitete. Doch Stück für Stück, Teil für Teil nahm Zalvados Vision wieder Gestalt an.

Doch dieses Mal benötigten sie kein Metall, keine Klammern, Nägel, Schienen oder Verstrebungen. Alles, was zuvor daraus gefertigt worden war, konnte Caronix mit bloßer Berührung aus Holz herstellen. Und Holz gab es in der Werkstatt zur Genüge.

Es war wie ein Tanz zwischen den dreien, und bald schon verlor sich Elena in dieser seltsamen, wunderbaren Choreographie.

38. Kapitel

Von seiner Warte hoch oben im Dachstuhl konnte Marco das Treiben unter sich gut sehen. Zalvado, der mit den Armen fuchtelnd Dinge erklärte. Elena, die ruhig zuhörte und mit gemessenen, gezielten Bewegungen Caronix anwies. Und den Elfen, dessen Magie sanft leuchtend den Ideen der beiden Gestalt verlieh.

Es war ein besonderes Schauspiel, und Marco spürte einen Stich in seinem Herzen, als er sah, wie gut Elena und Caronix zusammenarbeiteten. Aber er vertrieb jeden Gedanken daran, sondern erinnerte sich an ihre Sorge um ihn nach dem Absturz.

Hier oben hatte Zalvado nur einige Bretter und Bohlen zwischen den Balken verlegt, die das Dach und die Wände trugen. An vielen waren Haken befestigt, von denen Seile und Ketten nach unten in die Werkstatt hingen. Manche verschwanden in den Schatten, andere konnte er samt ihrer Last sehen. Modelle, Geräte, alles, was der alte Tüftler für seine mannigfaltigen Arbeiten benötigte.

Es gab eine Reihe von Oberlichtern direkt unterhalb des Daches, und einige Erker mit Fenstern und Luken im Dach selbst. Es war das erste Mal, dass Marco hier oben war, und wie alles unter Zalvados Ägide war es ein veritables Labyrinth. Der alte Tüftler schien sich nur in verwinkelten, verdrehten Orten wohl zu fühlen, die andere Menschen verwirrt hätten.

Aber Marco hatte sich bereits ein wenig an diese Eigenart gewöhnt und fand seinen Weg balancierend und von einer halbwegs sicheren Plattform zur nächsten huschend.

Schließlich hatte er einen guten Weg gefunden, um in die Ecke zu gelangen, von der aus er einen guten Überblick über die Straßenkreuzung hatte, über die wohl ein Trupp der Seher oder ihrer Schergen kommen würde.

Er lehnte sich dort so bequem an eine der Wände, wie es ging, und starrte hinaus ins grelle Sonnenlicht.

Noch immer war es seltsam, die Welt so zu sehen. Als habe sich nichts verändert. Die Tauben auf den Dächern, die Sonne, der blaue Himmel. Eine Welt ohne Luca, eine Welt voll Blutmagie, doch auf den ersten Blick wirkte dieser so unwirkliche Tag wie jeder davor. Es fiel Marco schwer, diesen Widerspruch zu ertragen.

Alte Magie, finstere Kulte, das alles hatte etwas von einem Märchen. Zalvado sagte immer, dass das Zeitalter der Vernunft angebrochen sei, in dem Rationalität und Erfindungsgeist das Leben nicht nur besser machen, sondern bald beherrschen würden. Doch jetzt sah Marco, dass unter der dünnen Tünche alte, dunkle Kräfte wirkten.

Schon als Straßenjunge war ihm oft genug bewusst geworden, dass die Errungenschaften der Zivilisation nicht für alle galten. Aber erst jetzt verstand er, wie viel andere aufgegeben, ja geopfert hatten, um sie überhaupt erst zu erlangen.

Die Elfen hatten alles hinter sich gelassen. Und die Menschen hatten gehofft, das auch zu tun. Aber es war wohl doch eine ewigwährende Wacht nötig, um zu verhindern, dass die Welt wieder genau jenen Schrecken anheimfiel, die sie längst überwunden geglaubt hatte.

Es waren keine beruhigenden Gedanken, die durch Marcos Kopf kreisten. Im Gegenteil, sie wühlten ihn auf. Doch die Aufregung und Erschöpfung der letzten Stunden forderte nun ihren

Tribut, und Marco merkte nicht einmal, wie ihm die Augenlider immer schwerer wurden und er langsam, aber sicher in einen tiefen Schlaf sank.

Ein lauter Schrei riss ihn aus seinen Träumen. Düster waren sie gewesen, erfüllt von Blut und gierigen Schatten, doch der Laut war ein Triumph. Verwirrt rieb er sich den Schlaf aus den verklebten Augen und sah sich um.

Draußen war die Dämmerung hereingebrochen. Hier und da brannten Lichter in Fenstern, die Nacht senkte sich auf Vastona herab.

Von jenseits der Straßen war ein lautes Krachen zu hören. Wie zur Antwort wurde ein Gong geschlagen, der Ton blieb lange in der klaren Luft hängen. Krieg. Vastona wurde belagert.

Doch der Ruf war unter ihm erklungen. Neugierig beugte er sich vor und spähte über die Brüstung seines Wachpostens. Jemand hatte eine Reihe Laternen entzündet und überall in der Mitte der Werkstatt verteilt. Dort standen die drei anderen und bewunderten ihr Werk. Halb erwartete Marco, eine fertige Flugmaschine zu sehen, doch es waren nur sorgfältig angeordnete Teile, die so auf dem Boden lagen, dass er gerade nur erahnen konnte, was aus ihnen werden sollte.

»Was ist los?«, rief er ihnen zu. Elena blickte zu ihm hoch. Sie stand vor zwei Laternen, deren Licht ihren Körper wie ein Halo umgaben.

»Wir haben alles vorbereitet«, antwortete sie mit lautem Enthusiasmus in der Stimme. »Alle Teile sind bereit!«

»Und wann wird sie fertig sein?«

Beinahe konnte Marco Zalvados Stirnrunzeln hören.

»Wenn sie fertig ist«, kam die knurrige Erwiderung. Marco

lachte in sich hinein, stand auf und streckte seine Gliedmaßen, die vom langen Schlaf steif waren.

Dann ging er zurück zur Leiter, lief mit bloßen Füßen einen schmalen Balken entlang. Er wusste, dass andere solche Höhen nicht vertrugen, aber ihm machte das keine Angst.

Geschickt glitt er nach unten und trat zu seinen Freunden.

»Wir sollten sie schnell zusammenbauen«, befand er. Halb erwartete er Widerspruch vom gähnenden Zalvado, doch stattdessen nickten alle.

Es war ein komplexes Puzzle, aber mit Elena und Zalvado hatten sie zwei Meister an ihrer Seite, die seine Teile ohne Probleme zusammensetzen konnten. Bei manchen erkannte Marco ihren Zweck oder zumindest die Stelle, wo sie sich einfügen mussten, aber bei vielen wäre er allein verzweifelt. Immerhin verstand er es besser als Caronix, der sich allerdings auch gar nicht bemühte.

Zu viert schoben sie Stücke ineinander, verbanden sie, ließen etwas Neues entstehen. Mit jedem Holzteil wuchs die Maschine, wurde realer, nahm Gestalt an.

Da waren Schienen, auf denen sie stand. Ein Gerippe, an das sich alles andere anfügte. Die Mechanik, ihr schlagendes Herz. Zwei Sättel, Pedale, Kurbeln und Stangen. Segelblätter, ihre weiten Flügel.

»Zalvado!«

Das fordernde Brüllen riss sie aus ihrem Tun. Elena sah sich ängstlich um. Der alte Tüftler strich sich über die erschöpfte Miene und legte ihr dann seine Hand auf die Schulter.

»Mach weiter.« Dann wandte er sich an Caronix: »Kommst du?«

»Aber natürlich, mein alter Freund.«

Der Elf band sich scheinbar sorglos seinen Waffengurt um, während Zalvado die mechanische Armbrust von der Werkbank nahm und sie mit schnellem Kurbeln spannte.

»Zalvado!«

»Ich komme«, antwortete er ebenso laut. Er warf Elena und Marco noch einen Blick zu und trieb sie mit einem Nicken zur Eile an.

»Sind das Soldaten? Oder die Seher?«

»Soldaten«, vermutete Marco. »Die Brüder würden leise kommen.«

Elena nickte. Wortlos arbeiteten sie weiter, während Caronix und Zalvado in den Hof hinaustraten. Nur einen Herzschlag darauf ertönte ein schmerzerfüllter Schrei, dann Befehle und lautes Rennen.

Marco wusste, sie hatten keine Zeit. Die beiden draußen würden ihnen so viel erkaufen, wie sie konnten, aber er befürchtete, dass es nicht reichen würde.

Mit diesen Gedanken schien sich die Flugmaschine selbst gegen sie zu wenden. Was vorher einfach passte, sperrte sich nun, verkantete sich, wehrte sich regelrecht gegen ihre Bemühungen. Der Schweiß lief Marcos Rücken hinab, er brannte ihm in den Augen, der Schweiß der Anstrengung. Und der Angst.

Er sah sie in Elenas Antlitz gespiegelt. Es bedurfte keiner Worte. Wenn sie in die Hände des Ordens der Seher fielen, würde das ihren grausamen Tod bedeuten. Und in Vastona gab es niemanden, der sich jetzt gerade dem Willen der Seher widersetzen würde. Niemand, der ihnen und ihren Geschichten von Blutmagie und ermordeten Jungen Glauben schenken würde.

Draußen hörten sie Zalvado fluchen. Ein Krachen ertönte.

»Gebt auf! Oder man wird euch beide von den Mauern hängen!«

Einige Momente lang herrschte Stille. Dann lachte Caronix.

»Zuerst müsst ihr uns holen!«

Marco rieb sich die feuchten Handflächen am Hosenbein ab. Das Einzige, was ihnen half, war, dass alles Holz durch die Magie des Elfen unfassbar leicht geworden war. Als habe er die Essenz von Luft damit vermengt. Dazu aber auch die von härtestem Stein.

»Du musst das Ende dort hineinstecken und damit verbinden«, wies Elena ihn an, die selbst mit zwei kleineren Teilen hantierte. Ohne ihr Wissen wäre er aufgeschmissen gewesen.

Nach einer kurzen Stille waren im Hof wieder Rufe zu hören. Diesmal klang es nach mehreren Stimmen. Besorgt fragte sich Marco, mit wie vielen Soldaten es wohl selbst ein berühmter Duellant wie Caronix aufnehmen konnte, und ahnte, dass ihm die Antwort darauf nicht gefallen würde.

Umso hektischer wurden seine Bewegungen. Die Antriebsstange rutschte ihm aus den Fingern, quetschte seinen Daumen gegen den Rahmen. Er fluchte, Elena kam ihm zu Hilfe, und gemeinsam schoben sie das störrische Stück Holz an seinen vorbestimmten Platz.

Marco steckte sich den vor Schmerz pulsierenden Daumen in den Mund.

»Das ist es«, hauchte Elena. Verwirrt blickte er sie an. Dann verstand er.

Vor ihnen stand die neue Flugmaschine in all ihrer Pracht. Zum ersten Mal sah Marco sie als Ganzes, nicht nur aus der Nähe beim Einfügen der Einzelteile. Wo sie vorher gerade, kantig und klobig gewesen war, schwangen sich nun edle Linien zu einem fast organischen Gesamten. Alles war gebogen, die Vorderseite wirkte wie der Bug eines Schiffes, an den Seiten erhoben sich die Streben wie Federn eines Flügels. Wie auch immer Caronix es geschafft hatte, aus den nüchternen Linien von Zalvados Skizzen dieses Wunderwerk zu schaffen, Marco konnte es nur bewundern.

»He«, rief Elena, die weniger beeindruckt schien. »Wir sind fertig!«

Wenige Herzschläge später kamen Caronix und Zalvado durch das Tor zurück in die Werkstatt. Der Elf stemmte die Flügel zu und legte den Balken vor.

Zalvado ließ seine Armbrust einfach fallen und rannte zu ihnen.

In seinen Augen schimmerte ein Glimmen, und es dauerte einen Moment, bis Marco erkannte, dass sie feucht von Tränen waren.

Der Elf schlenderte herbei. Sein Hemd war blutgetränkt. Elena erbleichte.

»Bist du verletzt?«

»Hm?« Er sah an sich herab, aber es war Zalvado, der abwinkte: »Das ist nicht sein Blut.«

»Mit einem Kampf haben sie nicht gerechnet«, berichtete Caronix. »Aber sie haben Verstärkung gerufen. Würde mich nicht wundern, wenn bald die halbe Bürgerwehr dort draußen auftaucht.«

»Dann sollten wir von hier verschwinden«, schlug Marco vor. »Aber wie bekommen wir das Ding nach draußen?«

Zalvado grinste.

»Hier drinnen ist es immer dunkel«, stellte er fest, als sei das eine weltbewegende Neuigkeit. »Das hat mich immer gestört.«

»Äh … ja?«

Elena runzelte die Stirn, aber der alte Tüftler lief schon davon, hetzte von einem Ort in der Werkstatt zum nächsten, legte große Hebel um und kicherte dabei, als habe er den Verstand verloren.

Dann lief er zu einer der Ketten, die aus der Dunkelheit über ihnen herabhingen. Ohne innezuhalten sprang er hoch, packte die Kette und hängte sich mit seinem ganzen Gewicht daran.

Ein lautes Knirschen ertönte im Dach. Fast schon erwartete Marco, herabstürzende Balken und Schindeln zu sehen, doch stattdessen entfaltete sich dort oben etwas in einem komplexen Zusammenspiel mechanischer Kräfte. Zuerst verstand er nicht, was er dort sah, als die Finsternis von schwachem Lichtschein vertrieben wurde, der sich mehr und mehr ausbreitete. Aber dann verstand er, dass sich ein Teil des Daches einfach in sich selbst gefaltet hatte und man nun direkt den Sternenhimmel durch eine große Öffnung sehen konnte.

»Ich will verdammt sein«, murmelte er, als Zalvado breit grinsend zurückkam.

»Keine Magie«, erklärte er selbstbewusst. »Nur Physik und Mechanik.«

Bevor jemand etwas erwidern konnte, erbebte das Tor unter einem mächtigen Schlag. Das Holz wölbte sich, fing an zu bersten.

»Keine Zeit«, rief Elena und schwang sich in den hinteren Sattel. Sie winkte Marco heran: »Komm schon!«

Er zögerte. Zu frisch war noch die Erinnerung an ihren schrecklich kurzen Flug.

»Niemand hat mehr Erfahrung mit dem Fliegen als du, Junge«, stellte Zalvado fest, trat auf eine der Kufen und hielt sich am Gestänge fest. Caronix tat es ihm gleich.

»Und im Abstürzen«, entfuhr es Marco. Er schluckte. Aber Elenas auffordernder Blick ließ ihn all seinen Mut zusammennehmen.

Wieder ein Schlag am Tor. Diesmal gab das Holz ganz nach, und der Balken zerbrach. Soldaten strömten in die Werkstatt, dazu Bürgerwachen mit ihren bronzenen Helmen.

Mehr Ermutigung benötigte Marco nicht. Er sprang auf den vorderen Sitz.

»Da sind sie«, schrie eine Soldatin. »Auf sie!«

Wie eine Flutwelle brandete der Angriff durch die Werkstatt, Zalvados Schöpfungen und Kunstwerke wurden durcheinandergeworfen, zertrampelt unter den schweren Stiefeln der Soldaten.

Marco holte tief Luft.

Dann trat er in die Pedale.

39. Kapitel

»Nein, nein. Nein!«

Elena sah, wie die Soldaten mit gezogenen Waffen auf sie zu rannten. Über ihnen drehten sich die Flügel der Flugmaschine, als sie sich beide ins Zeug legten. Wind rauschte herab, doch sie bewegten sich nicht.

»Auf sie!«

Schreie, gebrüllte Befehle, ein kleiner Mann mit einer Hellebarde war fast heran, riss sie zum Hieb hoch.

Da legte Marco einen Hebel um.

Elenas Magen sackte in ihre Kniekehlen, als der Boden von ihnen wegfiel und das Dach auf sie herabstürzte. Neben ihr jauchzte Zalvado auf, als sein alter Traum mit einem menschgemachten Wind wahr wurde.

Die Werkstatt drehte sich um sie, unter sich sah Elena Gesichter mit aufgerissenen Mündern, dann waren sie durch die Öffnung im Dach aufgestiegen und … flogen über Vastona.

Noch immer sausten sie einfach gerade nach oben, aber das schwindelige Gefühl wich und machte einer unbändigen Freude Platz.

»Sie funktioniert«, rief sie triumphierend. »Wir fliegen!«

Marco tat einige Handgriffe und die Flugmaschine machte einen Satz nach vorne, sackte dabei einige Schritt ab.

»Ho, sachte«, bat Caronix, der sich mit beiden Händen am Rahmen festklammerte, und auch Elena schloss die Finger fester um die Griffe.

»'Tschuldigung«, schrie Marco über die Schulter. »Das ist gar nicht so …«

Er verschob einen Hebel, woraufhin Holz knirschte und sie sich zur Seite lehnten.

»Nein, nein. Du zerlegst noch die Mechanik«, fluchte Zalvado. »Der Elf hat recht: Immer sachte. Sanfte Bewegungen.«

Es gelang Marco, ihren Flug wieder zu stabilisieren. Nach den ersten heftigen Anstrengungen brannten Elenas Beine, aber auch nun, als sie beide langsamer traten, gewannen sie weiter an Höhe.

Schon war die Werkstatt unter ihnen nur noch ein kleines, helles Rechteck, und die Soldaten darin wie Ameisen.

»Bring uns über die Mauer«, rief Zalvado. Durch den Wind der Flügel wurden seine Worte fast sofort weggerissen, aber Marco nickte und legte die Flugmaschine leicht nach vorne. Rasch stiegen sie weiter auf, flogen immer schneller über die Dächer der Stadt weg.

»So fliegt sie mit zwei Passagieren«, stellte der alte Tüftler zufrieden fest. »Stell dir nur mal vor, wie es ohne diesen Ballast sein muss.«

Aber Elena hörte ihn nur halb. Sie sah Vastona unter sich, wie es noch nie ein Mensch zuvor gesehen hatte. Jenseits davon, im Dunkel der Nacht verschwindend, lag das weite Land. Und aus dieser Warte fast wie an die Mauern der Stadt geschmiegt, stand die Belagerungsarmee.

Auf der Flugmaschine fühlte sie sich freier als jemals zuvor. Allein ihrem eigenen Willen unterworfen, mit dem Horizont vor sich. Wohin sie auch wollten, was immer sie trieb, sie konnten dem Verlangen nachgeben.

Sie breitete die Arme aus, genoss das Gefühl der vorbeirauschenden Winde. Der Himmel über ihr, immer so fern und unnahbar, war nun für sie offen.

Vor ihr gewöhnte sich Marco an die Steuerung, führte kleinere Bewegungen aus, flog in sanften Kurven, beschleunigte, verlangsamte sie. Dabei gab Zalvado die ganze Zeit Anweisungen, aber Elena konnte nicht sagen, ob Marco sie beherzigte oder nicht.

Mit einem Mal kam ihr die verrückte Idee, nicht im Lager des Schwarzen Herzogs zu landen, sondern einfach immer weiter zu fliegen. All das hier hinter sich zu lassen, den Problemen zu entfliehen. Es war ein schöner Gedanke, aber dann sah sie Marcos aufgeschlitzten Leib vor sich, das lebendige Blut des toten Dieners, die vielen Tausend Flüchtlinge vor der Stadt, und sie wusste, dass sie das nicht tun konnten.

Sie tippte Marco auf die Schulter, und als er von der Steuerung aufsah, wies sie auf die Feuer vor den Stadtmauern. Er nickte und nahm Kurs darauf.

Wie hoch sie flogen, konnte sie nicht genau sagen. Aber so klein, wie selbst die mächtigen Mauern Vastonas wirkten, mussten sie weit oben im Himmel sein. Einst hatten sie Elenas Welt begrenzt, waren unüberwindbare Hindernisse gewesen, höher und älter als die Hügel des Umlandes, zumindest aus ihrer Sicht. Jetzt sah sie, wie klein sie eigentlich waren, ein dünner Kranz um die Stadt, die all ihre Hoffnung in dieses zerbrechliche Werk aus Stein und Mörtel setzte.

Als sie darüber hinwegflogen, erwartete Elena etwas, einen Ruck, einen Alarm, irgendwas, das diese Grenzüberschreitung anzeigte. Doch für sie gab es diese irdischen Belange nicht mehr.

Die Flugmaschine glitt von der Stadt in das umgebende Land, einfach so. Marco bedeutete ihr mit einer Handbewegung, dass sie langsamer treten sollten, und lenkte die Flugmaschine in eine sanft herabsinkende Kurve. Wie ein Blatt, das vom Baum fällt, kreisten sie aus ihrer luftigen Höhe hinab.

»Wir sollten jenseits des Lagers landen«, rief Zalvado ihnen zu. »Ich kann uns eine Audienz bei Solare verschaffen, wenn wir die Wachen seines Lagers erreichen. Aber die Maschine sollten wir …«

»Ja, verstehe.« Marco nickte.

Es war ein besserer Plan, als einfach mitten im Lager einer Armee zu landen, das musste Elena ihnen zugestehen, auch wenn ein solcher Auftritt sicherlich noch mehr Aufmerksamkeit auf sie gezogen hätte. Aber ihr letztes Zusammentreffen mit Soldaten des Schwarzen Herzogs hatte blutig geendet, und Zalvado wollte zu Recht vorsichtig sein.

Doch gerade als Marco die Flugmaschine wieder gerade zog, sackten sie auf einen Schlag mehrere Fuß herab. Zalvado schrie überrascht auf, Elena kam aus dem Tritt, die Pedale entglitten ihren Füßen und schlugen schmerzhaft gegen ihre Beine.

Auch Marco hatte Schwierigkeiten, war von seinem Sattel gerutscht und hing halb aus der Flugmaschine heraus. Elena wollte sich nach vorne lehnen, um ihm zu helfen, aber die Mechanik trieb die Pedale weiter an und so fanden ihre Füße keinen Halt.

Aus einem steten Flug wurde ein schneller Absturz.

Die Flügel über ihnen wirbelten weiter im Kreis, und Elena verstand, dass allein ihre natürliche Bewegung im Wind verhinderte, dass sie wie ein Stein in die Tiefe sausten. Aber selbst so ging es viel zu schnell.

Das Lager unter ihnen kam unvermeidlich näher. Kleine Lichtpunkte wurden zu großen Wachfeuern. Zelte schälten sich aus der Dunkelheit. Helle Gesichter sahen zu ihnen auf.

»Festhalten!«, brüllte sie, so laut sie konnte, und klammerte sich an ihre Griffe.

40. Kapitel

Noch immer war Ombro nicht wieder auf der Höhe seiner Kraft, und ein Teil von ihm befürchtete, dass es niemals wieder wie früher sein würde. Aber für den Moment würde es genügen.

Die Nacht war dunkel. Und auch wenn entlang des Lagers Posten aufgestellt worden waren, so erwartete doch niemand von ihnen Angriffe aus dem Dunkel hinter ihnen.

Der Feind lag vor ihnen, in der großen, alten Stadt, hilflos eingesperrt wie ein Tier im Käfig. Ombro musste nicht einmal ins Lager der Belagerungsarmee schleichen, um zu wissen, wie siegessicher die Soldaten waren.

Wer konnte es ihnen verdenken? Sieg auf Sieg auf Sieg. Von einer Eroberung zur nächsten. Immer unter der Führung ihres genialen Kriegsherrn. Die Armeen, die Vastona mit seinen Verbündeten aufgestellt hatte, waren längst irgendwo jenseits der Hügel geschlagen worden, und die alliierten Städte erobert. Dort draußen gab es keine Freunde für Vastona mehr, keine Hoffnung auf Entsatz, keine Rettung.

Wie eine Schlange ihr Opfer umschlingt und langsam das Leben aus ihm presst, so hatte der Schwarze Herzog Vastona umschlungen, lange bevor die Mächtigen der Stadt gemerkt hatten, was geschah.

Die Belagerung war nur der letzte Akt des Dramas. Ombro musste Solare zugestehen, dass sein Plan nicht nur theoretisch brillant war, sondern er ihn auch exzellent umgesetzt hatte. Nur wenige Menschen wären dazu in der Lage gewesen.

Aber Ombro war nicht in der Stimmung, dem Schwarzen Herzog Respekt zu zollen. Dennoch kämpfte er den aufsteigenden Zorn nieder und atmete langsam und bewusst, bis die so bekannte Kühle seinen Geist durchfloss.

Wie hitzig auch immer die Motive sein mochten, seine Aufgabe erforderte überlegtes Handeln.

Als ein Schatten huschte er durch die Nacht. Schnell fand er zwei Wachposten, deren Feuer weiter auseinander brannten als die der anderen. Mit einem Lächeln zog er weiter. Es sah Solare ähnlich, absichtlich eine Lücke in seinem Panzer zu präsentieren. Vermutlich lagen dort einige seiner besten Leute auf der Lauer.

Stattdessen suchte Ombro sich ganz zufällig eine Stelle aus, so unauffällig wie die nächste. Dort glitt er in das feuchte Gras und bewegte sich langsam vorwärts.

Zu seiner Linken waren zwei Soldaten als schwarze Schatten vor dem Feuer zu sehen, rechts nur eine Soldatin. Stimmen wehten zu ihm herüber, weshalb er sich weiter links hielt. Wer redete, war weniger aufmerksam.

Auch wenn er nicht genau erkennen konnte, wohin sie schauten, registrierte Ombro doch jede ihrer Bewegungen. Bald hatte er ein Muster erkannt und bewegte sich im Einklang damit.

Ein Stück vor. Warten. Vor. Warten.

Nur langsam ging es voran, aber Ombro hatte Zeit und Geduld. Nun war er an den Wachfeuern vorbei. Im Dunkel der Nacht kroch er noch ein Stück, bevor er sich erhob und schnell in Richtung der Zelte lief.

Noch bevor er ankam, bot sich ihm die Gelegenheit. Ein müder Soldat trat hervor, und anstatt zur Latrine zu gehen – Solare legte

Wert darauf, immer welche anlegen zu lassen –, wollte er sich auf der Wiese erleichtern.

Ohne einen Gedanken an den Mann zu verschwenden, glitt Ombro hinter ihn. Seine Klinge fuhr durch Haut und Fleisch, stieß geübt in die Kehle. Kein Mucks kam aus dem Mund des Soldaten.

Er fing die stürzende Gestalt auf und ließ sie vorsichtig zu Boden sinken. Gehockt verharrte eine kurze Weile neben dem Sterbenden, bis dessen Beine nicht mehr zuckten. Den Dolch ließ er in der Kehle stecken, auch noch, als er den Mann schnell seiner Kleider entledigte und sie sich überzog. Je weniger Blut, desto besser.

Alles war ihm etwas zu groß, aber wem würde das in einem Kriegslager in einer solchen Nacht schon auffallen? Es war keine perfekte Verkleidung, aber sie sollte reichen.

Als er den Helm aufgesetzt hatte, zog Ombro die Klinge aus der Wunde und wischte sie an der Hose des Toten ab, bevor er sie wieder in seinem Ärmel verschwinden ließ.

Es kostete nur ein paar Momente, die Leiche weiter weg vom Lager zu ziehen. Das Gras war platt getrampelt und voller Schlamm. Vermutlich würde früher oder später jemand über den Toten stolpern – vielleicht sogar wortwörtlich –, aber bis dahin hätte er seine Geschäfte mit dem Schwarzen Herzog erledigt.

Ein tiefes Durchatmen, dann streckte er sich und lief zwischen den Zelten hindurch, bis er im Schein einiger Feuer auf einem kleinen Platz stand. Nur noch wenige Soldaten waren wach, saßen aneinandergelehnt um die Flammen und genossen die Wärme. Eine kleine Bewegung der Hüften, als müsse er sich sortieren, deutete an, dass er einem natürlichen Bedürfnis gefolgt sein mochte. Doch niemand beachtete ihn.

Also ging er weiter. Ein aufmerksamer Beobachter hätte bemerken können, dass sein scheinbar zufälliger Weg durchs Lager ihn eher an den Feuerstellen vorbeiführte, aber es gab heute Nacht keinen wachsamen Beobachter. Alle Aufmerksamkeit war auf die Stadt gerichtet.

Wie ein Geist glitt Ombro durch das Heerlager. Er musste bei dem Gedanken lächeln, denn die Beschreibung passte auf ihn. Wiedergänger.

Der Schwarze Herzog achtete darauf, dass die Lager seiner Truppen ordentlich angelegt waren, aber bei einer Belagerung waren dem Grenzen gesetzt. Es fiel Ombro nicht schwer, von den Zelten einiger Armbrustschützen vorbei an Infanterie bis hin zum Herzen des Lagers zu gelangen. Dort, wo große Gehege für die wertvollen Pferde neben prunkvolleren Zelten errichtet worden waren. Für die bevorstehende Schlacht mochte Kavallerie wenig nützlich sein, diente aber dem Prestige der Elitesoldaten.

Es war wie eine kleine Zeltstadt innerhalb des Lagers, besser gebaut, mit Straßen, Gassen und Plätzen, einer Ordnung folgend, die sich Solare erdacht hatte. Immer wieder kam Ombro an Wachen vorbei, aber auch hier fühlten sich alle so sicher, dass man ihm keine Beachtung schenkte.

Bis es zu spät war. Er tauchte in die Schatten zwischen den Zelten ein und folgte dem Weg, der sich ihm auftat, immer sein Ziel vor Augen. Die Ansammlung der größten und edelsten Zelte, zentral auf der kleinen Erhebung, so dass der Schwarze Herzog jederzeit auf seine Armee und seinen Feind herabblicken konnte.

Hier standen mehr Wachen, und sie waren aufmerksam, also hielt Ombro inne und beobachtete ihr Kommen und Gehen. Das war eine der Schwächen des Herzogs, die Ombro nie angesprochen hatte. Vielleicht für einen Moment wie genau diesen. All die Ordnung ließ den Tanz vorhersehbar werden. Es gab kein Chaos, keine zufällige Komponente, die ihm in seine Geschäfte pfuschen konnte.

Und für Ombro war es nicht schwierig, die schmale Lücke im Panzer zu erkennen, der die Granden der Armee umgab. Am Ende fühlten sich alle einfach zu sicher, umgeben von Zehntausenden Soldaten. So viele Verbündete.

Aber es genügte ein Feind, der wusste, was er tat.

Im richtigen Augenblick lief Ombro geduckt über die breite Straße, weit genug von der Patrouille weg, die gerade vorbeigezogen war. Dann war er am Schutzwall vorbei, direkt im Herzen des Lagers.

Der Rest war einfach. Das größte Zelt, im Zentrum, natürlich. Eine Wache mit prunkvoller Rüstung dahinter. Ombro schob ihr den Dolch von unten durch das Kinn in den Schädel. Ein leises Klappern von Metall, als der Soldat fiel, mehr nicht. Ombro lauschte.

Keine Stimmen. Licht schien durch den dicken Stoff. In dieser kritischen Phase seiner Pläne würde Solare um diese Zeit nicht schlafen, sondern wohl über Karten und Aufzeichnungen gebeugt noch einmal die Strategie durchgehen.

Ombro setzte den Helm ab, legte ihn neben den Toten, dann zog er die zweite Klinge hervor. Ein kleines Messer, kaum daumenlang, aber scharf. Einen Moment lang hielt er inne, dann packte er den Zeltstoff und begann, vorsichtig eine Öffnung zu schaffen. Als sie groß genug war, wand er sich leise hindurch.

Das Zelt war mit mehreren Stoffbahnen in einzelne Bereiche unterteilt. Aber der Schwarze Herzog saß in der Mitte an einem Tisch.

Die Zeit der Schatten war vorbei. Ombro trat ins Licht. Solare Biocca sah auf. Nur für den Bruchteil eines Augenblicks huschte Besorgnis über sein Antlitz, dann hatte er sich gefangen.

»Man hat mir berichtet, du seiest tot.«

»In gewisser Weise.« Ombro ging um den Herzog herum, der jedoch keinerlei Anstalten machte zu fliehen.

Stattdessen nahm Solare einen Pokal von einem niedrigen Tischchen und trank nachdenklich einen Schluck.

»Wein?«

Ombro schüttelte den Kopf.

»Deine Anwesenheit ist unerwartet. Und die Art deines Auftauchens lässt Schlüsse über deine Intention zu. Aber noch hast du dein Werk nicht vollbracht. Also gehe ich davon aus, dass dich etwas abhält.« Solare legte den Kopf auf die Seite. »Geld? Erwartest du, dass ich dich bezahle?«

Noch ein Schluck. Er kniff die Augen zusammen.

»Nein, ich denke nicht. Aber falls ich mich irre: Ich bezahle jeden Preis. Wie du weißt.«

Ombro schnaubte.

»Andere zahlen für Euch den Preis.«

»Ah.« Solare nickte. »Es gibt keinen Auftrag. Ich hatte mich schon gefragt. Nun, Vastona wäre eine offensichtliche Antwort, aber an dergleichen denkt die mächtige Stadt nicht einmal. Feinde habe ich mir aber sicherlich genug geschaffen.«

Als er beginnen wollte, die lange und distinguierte Liste der Personen aufzuzählen, die seinen Tod so sehr wünschen mochten, dass sie Ombro dafür fürstlich belohnen würden, schnitt dieser ihn ab: »Ihr schindet Zeit. Erwartet Ihr jemanden?«

Solare schüttelte den Kopf, und sein Mörder glaubte ihm.

»Nein. Ich bin dir ausgeliefert. Wie schon so viele andere vor mir, nehme ich an. Aber ich bin nicht wie sie.«

Ombro trat einen schnellen Schritt auf ihn zu, doch der Schwarze Herzog zuckte nicht einmal.

»Alle sind gleich«, stellte Ombro fest. »Der Tod sorgt dafür.«

»Ich will wissen, warum ich sterbe«, erklärte Solare so gelassen, als sprächen sie über das Wetter. »Du willst es mir sagen. Nur deshalb lebe ich noch. Jeder Herzschlag, den du verstreichen lässt, erhöht das Risiko. Nein, wenn du mich einfach nur tot sehen wolltest, hätte ich dich niemals kommen gehört.«

Ombro nickte, und der Herzog hob grüßend seinen Pokal.

»Ihr versteht das menschliche Wesen wie kaum ein anderer«, gestand ihm Ombro zu. »Und Ihr habt recht: Niemand bezahlt mich. Ich bin aus eigenem Antrieb hier.«

Da war etwas in Solares Augen. Ein Glimmer, vielleicht der Hoffnung? Ombro zog den Dolch aus dem Ärmel, um dem ein Ende zu bereiten.

»Und warum hast du diese Entscheidung getroffen?«

»Weil Ihr sterben müsst.«

»Das ist keine Antwort«, stellte der Schwarze Herzog fast amüsiert fest. »Warum?«

»Für all das Leid, das Ihr in die Welt getragen habt.«

»Ah.«

Ombro zögerte. Das Gespräch verlief nicht so, wie er es erwartet hatte, was wiederrum paradoxerweise nicht unerwartet kam. Der Herzog war gerissen wie ein Fuchs und unwägbar gefährlich.

»Du bist also der Rächer der Welt?«, sagte Solare nach einigen Augenblicken des Schweigens.

»Ich bin der Mann, der das tut, was getan werden muss.«

Der Herzog hob zustimmend die Schultern.

»Das bist du. Deshalb wundere ich mich. Denn ich nahm immer an, dass du erkennst, warum ich dieses Leid in die Welt tragen muss, wie du es nennst.«

»Weil Ihr von Eurer eigenen Göttlichkeit überzeugt seid.«

Zu seiner Verwunderung lachte Solare ehrlich erheitert auf.

»Du bist nicht ganz so gut darin, in die Herzen der Menschen zu sehen, wie du in sie stechen kannst«, stellte Solare fest. »Das Gegenteil ist der Fall, mein Freund. Ich bin mir meiner Sterblichkeit nur allzu bewusst. Ich bin kein Gott. Und ich werde verhindern, dass andere sich zu solchen machen.«

»Ihr spielt mit Worten …«

»Keineswegs. Bei diesem Thema bin ich sehr ernst.«

Solare breitete die Arme aus. Er war nur drei Schritte von

Ombro entfernt. Ein schneller Angriff, ein Stich, und alles wäre vorbei. Und dennoch zögerte der Attentäter.

»Meine Kriege, der Eroberungsfeldzug, alles nur Mittel zum Zweck.«

»Euer Ruhm.«

Jetzt zeigte sich eine kleine Verunsicherung in Solares Miene.

»Auch. Ich will nicht unehrlich sein. Zu sehen, wie ich diese Ländereien untertan mache, schenkt mir eine gewisse Befriedigung.«

Dann hielt er inne. Ombro sah ihn fasziniert an. Im Angesicht des eigenen Todes so furchtlos kalt zu sein, war eine Gabe.

»Ich musste diesen Krieg führen. Und die Welt musste glauben, dass ich nur ein weiterer machtgieriger Fürst bin, wie sie unsere Heimat jedes Jahrzehnt hervorbringt. Nur ein kriegslüsterner Narr, so wie meine Vorfahren.«

»Wollt Ihr jetzt etwa behaupten, dass Ihr …«

»Ich behaupte gar nichts«, unterbrach ihn Solare vollkommen ungeachtet der Bedrohung unwirsch. »Ich sage dir, wie es ist. Hätte ich mein wahres Ziel gleich bekannt gegeben, hätte sich die Welt gegen mich erhoben. Und meine wahren Feinde wären gewarnt gewesen. Nein, ich musste sie im Dunkeln lassen, in Unwissenheit der großen Wahrheiten, die ihnen zum Verhängnis werden würden.«

Wieder schwieg der Schwarze Herzog einen Moment lang. Ombro spürte, wie er in den Bann der Erzählung geriet, wie er wissen wollte, wovon sein Gegenüber sprach. Ein Teil von ihm lächelte im Inneren über das Geschick seines Opfers, aber mehr noch wollte er die Wahrheit wissen.

»Welche Feinde?«

Solare fixierte ihn mit einem Blick aus Stahl.

»Der Orden der Seher.«

Die Antwort verblüffte Ombro. Das ergab keinen Sinn. All

die Kriege, die Belagerungen, Erstürmungen, die Feldzüge und Schlachten, nur um einen alten, friedlichen Orden zu zerschlagen?

»Lass mich dir meine Gründe darlegen, und falls du dann immer noch denkst, ich habe den Tod verdient … nun, ich kann dich ohnehin nicht aufhalten.«

Ombro zögerte. War es nur eine Taktik? Eine der Listen, für die Herzog Solare Biocca berüchtigt war? Oder steckte tatsächlich mehr als nur Ambition dahinter?

Bevor er jedoch mehr fragen konnte, waren aus dem Lager Schreie zu hören. Einen Herzschlag lang dachte er, man hätte ihn entdeckt. Dann erkannte er, dass es ein anderer Ruf war.

Ein äußerst seltsamer Alarm.

41. Kapitel

Der Wind zerrte an Marcos Haaren, riss ihm die Worte von den Lippen. Sein Leib schien zur Seite fallen zu wollen, getrieben vom Zucken der Maschine, die bockte, als wäre sie ein lebendiges Tier, das sich seiner Reiter entledigen will.

Hinter ihm schrie Elena, aber er verstand sie nicht. Die Hebel und Regler der Flugmaschine bewegten sich von alleine, ebenso die Pedale, die ungebremst im Kreis rasten.

Ein Blick nach unten zeigte ihm, wie nah sie dem Erdboden waren. Nur noch wenige Herzschläge trennten sie von einem grausamen Tod.

Eine Hand an seiner Schulter. Caronix, halb in die Flugmaschine gezogen, das Gesicht eine Fratze der Anstrengung. Er nickte Marco mit gefletschten Zähnen zu. Dann stieß er ihn.

Viel Kraft lag nicht dahinter, aber es genügte Marco, um wieder auf seinem Sattel Halt zu finden. Hastig griff er in die Kontrollschalter, zog an einem Hebel, zwang der Flugmaschine einen winzigen Teil seines Willens auf. Sie richtete sich auf, taumelte nicht mehr ganz so stark.

Dann versuchte er, die Füße auf die Pedale zu bekommen, doch sie bewegten sich zu schnell.

Ein Ruck, ein kurzes Innehalten. Elena jauchzte triumphierend auf. Er hörte sie vor Anstrengung keuchen, als sie in die Pedale trat.

Für ihn war es zu spät, es musste nun ihr gelingen. Er hingegen konzentrierte sich ganz auf die Steuerung.

Zelte, Feuer, Menschen, Pferde. Da gab es keinen Platz für eine Flugmaschine. Sie tauchten hinab, er riss das Ruder herum, die Kufen glitten zwischen Zelten entlang. Vor ihnen warfen sich Soldaten auf den Boden, überall Geschrei.

Zu tief, zu schnell.

Da ein Platz. Zu klein. Marco zog mit aller Kraft am Hebel, der die Flugmaschine herumwarf. Die rechte Kufe berührte den Boden, ein harter Schlag, die Flugmaschine knirschte, dann hob sie sich ein Stück, bevor die Kufe sich in Seilen oder Zelten verfangen konnte.

»Komm schon«, stieß Marco wie ein Gebet zwischen zusammengepressten Zähnen hervor. »Komm schon!«

Noch ein Schlag, diesmal zwei Kufen. Die Maschine sprang wie eine Katze auf und ab, jeder Aufprall drang vom Steiß bis unter seine Schädeldecke. Gesichter rasten an ihnen vorbei. Vor ihnen eine Wand aus Zelten, sie kam viel zu schnell näher.

Einer Eingebung folgend, zog Marco den Knüppel mit aller Kraft nach hinten. Die Maschine bäumte sich auf, erhob sich wieder vom Boden, kippte hinten über – und schlug dann auf.

Mit einem Mal war Marcos Leib weich wie Butter und er sank einfach über den Kontrollhebeln zusammen, während die angehaltende Luft aus seiner Brust entwich.

Aus dem Augenwinkel sah er Zalvado weg von der Maschine torkeln und nach drei unsicheren Schritten zu Boden fallen. Caronix lehnte an das Gerüst und schlug Marco schlapp mit der flachen Hand auf den Rücken.

»Respekt, Junge. Aber das nächste Mal ohne Luftakrobatik?«

Trotz oder vielleicht wegen seines Zustands musste Marco grinsen.

»Gut geflogen«, lobte Elena hinter ihm. Er hob müde eine Hand.

»Ich hätte uns fast umgebracht.«

»Da war ein seltsamer Wind«, widersprach sie. »Fliegen ist wohl doch nicht so einfach.«

Er lachte. Aber dann sah er, wie Soldaten von überall her sie umringten und das Geräusch erstarb in seiner Kehle.

»Zalvado«, rief er, als er sich aufrichtete, aber der alte Tüftler war zusammengebrochen und schien ohnmächtig zu sein.

Ringsum waren Waffen auf sie angelegt, aber die Soldaten hielten noch vorsichtig Abstand, als befürchteten sie, die seltsame Maschine könnte sie unvermittelt anspringen. Marco konnte es ihnen nicht verdenken.

Er hob die Arme und rutschte aus dem Sattel. Auch wenn seine Beine sich wackelig anfühlten, trugen sie ihn überraschenderweise dennoch.

»Wir suchen den Schwarzen Herzog«, sagte er laut mit einer so festen Stimme, wie er sie in sich fand. »Sagt ihm, Zalvado bittet um eine Audienz!«

Einige Momente lang herrschte Schweigen. Dann ertönte eine tiefe, befehlsgewohnte Stimme: »Der sieht nicht aus, als könne er reden.«

Marco wandte den Kopf zum Sprecher, der aus den Reihen trat, gefolgt von einigen Soldaten in prunkvollen Harnischen und einem schäbig gekleideten Mann, der ihn nicht aus den Augen ließ.

»Er …«

Marco verstummte. Er erkannte sein Gegenüber. Es war der nächtliche Retter, der Elena und ihn in den Gassen von Vastona beschützt hatte. Doch jetzt wirkte er ganz anders. Seine Kleidung war erlesen, und er trug sie mit der Sicherheit eines Mannes, der großen Reichtum gewohnt war. Auf seiner Brust prangte eine goldene Sonne im weißen Kreis auf schwarzem Stoff.

»Ihr seid …«

»Herzog Solare Biocca, ganz zu Euren Diensten.«

Der Schwarze Herzog verneigte sich tatsächlich in höflicher

Geste vor ihm. Verdutzt sah Marco zu Elena, die den Kopf schüttelte, als wollte sie ihm sagen, dass sie auch nicht mehr wusste.

Noch immer konnte er nicht begreifen, was gerade geschah, aber der Schwarze Herzog ließ ihm keine Zeit, zu grübeln.

»Und wie ist Euer Name?«

»Marco.« Einige Augenblicke verstrichen, bevor er sich plötzlich besann und sich tief verbeugte. »Marco aus Vastona. Das ist Elena, ebenfalls aus Vastona. Und hier ist noch …«

»Caronix«, meldete sich der Elf lakonisch zu Wort, als ginge ihn das alles gar nichts an.

»Zalvado, Caronix, Marco und Elena. Und eine … eine …«

»Flugmaschine«, half Elena ihm weiter.

»Eine Flugmaschine«, sagte der Schwarze Herzog eher zu sich selbst, während er ihr Luftgefährt eingehend betrachtete. Dann riss er sich los.

»Das ist erstaunlich. Ihr habt meinen Soldaten einen rechten Schreck eingejagt, fürchte ich.« Damit wandte er sich um und machte eine beschwichtigende Geste mit beiden Händen, worauf alle die Waffen senkten.

»Das sind meine Gäste. Mein alter Freund Zalvado. Bringt ihn in mein Zelt.« Er lächelte Marco freundlich an. »Würdet ihr mir die Ehre erweisen, mir bei einem kleinen nächtlichen Umtrunk Gesellschaft zu leisten?«

Noch immer war Marco baff, dass der mächtigste Mann der Welt inmitten seines Armeelagers vor den Toren Vastonas mit ihm redete.

»Wein«, ließ Caronix vernehmen, und nahm Marco so den Druck, eine Antwort finden zu müssen. »Wein ist jetzt genau das Richtige.«

Vor ihnen öffnete sich eine Gasse, aber Marco lief erst zu Zalvado und kniete sich neben ihn. Als er den alten Tüftler sanft an der Schulter berührte, flatterten dessen Augenlider.

»Ich bin zu alt für so was«, murmelte er als Erstes, bevor er zu Marco aufsah. »Oder bin ich schon tot?«

»Nein, wir leben alle noch.« Marco rieb sich das schmerzende Hinterteil. »Allerdings kann ich auf so was in Zukunft auch verzichten, egal, wie alt ich bin.«

Er reichte Zalvado die Hand und zog ihn auf die Füße. Der alte Mann keuchte und war kreidebleich.

»Der Herzog hat uns auf einen Wein eingeladen«, berichtete Marco und wies auf das kleine Grüppchen, das sich um ihren Gastgeber versammelt hatte. Zalvados Lippen wurden zu einer dünnen Linie.

»Kommt, Meister Zalvado«, rief der Schwarze Herzog und winkte ihnen zu. »Ihr seid mein Gast. Wie in den guten alten Zeiten.«

Der alte Tüftler schnaufte, setzte sich aber in Bewegung und Marco folgte ihm.

Bis sie das große Zelt des Herzogs erreicht hatten, sprach keiner ein Wort. Es war prächtiger als die meisten Häuser, die Marco von innen gesehen hatte. Wie zum Zeichen seines Vertrauens befahl der Schwarze Herzog seinen Soldaten, vor dem Eingang Stellung zu beziehen. Als der seltsame Fremde, der den Herzog begleitete, eintreten wollte, sah Marco, wie die beiden flüsterten. Der Fremde schüttelte den Kopf, woraufhin er in das Zelt gelassen wurde.

Im Inneren reichte Solare Biocca ihnen Wein und andere Getränke, denen sie gerne zusprachen. Selbst Elena und Marco tranken den edlen Wein aus geschliffenen, gläsernen Pokalen. Er war rot und schwer, und sein Geschmack blieb noch lange auf der Zunge.

»Zalvado, ich muss sagen, ich bin beeindruckt!«, begann der Schwarze Herzog schließlich »Deine alte Passion! Ich habe dir ja stets viel zugetraut, aber …«

»Ihr wart in Vastona«, platzte es aus Marco heraus. »Wir sind Euch begegnet, Elena und ich.«

Der Herzog nickte ihm mit einem Lächeln zu.

»Das stimmt. Es war mir eine Ehre, euch beiden zur Seite zu stehen.«

»Warum?«, fragte Elena. Sie sah den Herzog mit einem Blick an, der Marco nicht gefiel.

»Warum ich euch geholfen habe?«

»Nein, warum wart Ihr in Vastona? Das muss doch sehr gefährlich für Euch gewesen sein. Immerhin herrscht Krieg zwischen Euch und unserer Heimat.«

Solare Biocca trank einen Schluck, bevor er antwortete.

»Kenne deinen Feind. So sagt man bei uns. Ich war in Vastona, um mir den Tempel der Seher anzusehen.«

Dabei warf er einen Blick auf den Fremden, dessen stoische Miene keinen seiner Gedanken verriet. Etwas ging zwischen diesen beiden vor, aber Marco konnte nicht erahnen, was es sein mochte.

Der Fremde war ihm unsympathisch. Zwar hielt er sich im Hintergrund, aber Marco fühlte sich die ganze Zeit beobachtet. Beobachtet und eingeschätzt, wie ein wildes Tier in einem Käfig.

»Ihr habt Euch den Tempel angesehen?«, hakte Elena überrascht nach, und Marco fiel auf: »Moment, die Seher sind Eure Feinde?«

»Ja. Und ja.«

Zalvado räusperte sich.

»Ihr wisst von ihren Umtrieben?«

Zum ersten Mal seit sie mit einer unmöglich erscheinenden Flugmaschine inmitten seines Heerlagers gelandet waren, schien der Schwarze Herzog für den Bruchteil eines Augenblicks überrascht.

»Ich … was wisst ihr?«

»Die Seher sind Blutmagier! Ich war ein Fedele, sie haben uns allen das Blut geschröpft! Meine Freunde sind tot!«

Da sprudelten die Worte nur so aus Marco heraus. Von seiner Zeit in der Villa Ubrizzi, Bruder Giate, Luca. Von den nächtlichen

Rufen und dem Schrecken, den sie entdeckt hatten. Atemlos hastete er durch die Erzählung, verlief sich mehr als einmal, aber stets brachte Elena ihn wieder zurück auf den richtigen Pfad.

Der Schwarze Herzog hörte einfach nur mit konzentrierter Miene zu. Hier und da warf er einen Blick auf den Fremden, der weiterhin vollkommen ungerührt halb im Schatten stand. Erst jetzt bemerkte Marco, dass Caronix sich zwischen ihnen postiert hatte und eine Hand auf dem Heft seines Rapiers ruhte. Der Elf wirkte vollkommen entspannt, aber der raubtierhafte Blick seiner unergründlichen Augen ruhte länger auf dem Fremden als auf dem Herzog. *Hält er ihn für die größere Gefahr? Für schlimmer als den Schwarzen Herzog?*

Marco hatte keine Zeit, dieses Geheimnis zu ergründen. Er war am Ende seiner Erzählung angelangt, bei den toten Kindern im Hof der Villa, bei Artelmo und bei Luca. Und dann Rezzo, sein Tod, sein Blut, die schändliche Magie.

Nun schwiegen sie alle.

»Dann wisst ihr mehr als ich«, gestand Solare Biocca schließlich. »Ich war der Bedrohung durch den Orden gewahr geworden, aber wie weit fortgeschritten sie ist, hätte ich bis eben nicht vermutet.«

»Es ist so schlimm wie vor tausend Jahren.« Noch immer ließ Caronix den Fremden nicht aus den Augen. »Nur diesmal steht Ihr allein.«

Der Schwarze Herzog sah den Fremden eindringlich an.

»Deshalb musste ich die Kriege führen. Niemand hätte mir geglaubt, dass sich hinter der wohlwollenden Maske der Seher dieser alte Schrecken verbirgt. Also gab ich den machtlüsternen Kriegstreiber. Und mit jeder Stadt, die fiel, mit jedem Landstrich, den ich einnahm, nahmen Macht und Einfluss des Ordens ab.«

Der Fremde nickte ihm zu. Zalvado seufzte und wies unhöflich mit dem Finger auf ihn.

»Verzeihung, aber wer seid Ihr?«

Als keine Antwort kam, sah er zu Solare Biocca, der aber nur lächelnd mit den Schultern zuckte.

»Mein Name ist Ombro«, erklärte der Fremde schließlich. »Ich bin ein … Freund des Herzogs.«

»Ein Freund?« Zalvado schüttelte den Kopf. »Seit wann habt Ihr Freunde?«

Falls diese Worte ihn verletzten, zeigte der Schwarze Herzog es nicht.

»Ist es angesichts der Bedrohung nicht einerlei? Ombro ist ein nützlicher Mann und …«

»Nützlich!«, schnaubte Zalvado und riss die Arme über den Kopf. »Nützliche Idioten, die versammelt Ihr gerne um Euch!«

»Es tut mir sehr leid, wenn Ihr das so empfandet, Meister Zalvado.«

Statt des alten Tüftlers meldete sich Caronix zu Wort: »Er hat getötet. Heute Nacht. Ich kann das Blut noch an ihm riechen.«

Marco runzelte die Stirn, sog Luft in die Nase, aber da war kein Blut. Dennoch wich er ein wenig von dem Fremden zurück. Die Worte des Elfen ließen ihn noch finsterer erscheinen, so als brenne dort in den Schatten eine dunkle Flamme, ein Gegen-Licht.

»Mit dem Tod kennst du dich aus, Elf«, erwiderte der Mann seelenruhig. »Aber keine Angst, niemand hier hat etwas von mir zu befürchten.«

Einige Herzschläge lang starrten sich alle an, und es lag eine seltsame Ahnung von Gewalt in der Luft. Bis Elena seufzte.

»Genug damit! Sind wir nicht alle auf derselben Seite? Ist das nicht wichtiger als alles andere?«

Die Wahrheit in ihren Worten brachte sie alle zurück aus welchen Sphären auch immer. Selbst Zalvado murmelte wie ein kleiner Junge, der beim Stehlen eines süßen Gebäcks erwischt worden ist.

»Ihr habt recht, Elena«, stimmte der Schwarze Herzog ihr zu. Sein Lächeln ließ Marco die Stirn runzeln. »Und wir werden dieses Problem lösen. Morgen mit dem ersten Licht der Sonne werde ich Vastona erobern und dem Orden der Seher ein Ende bereiten, ein für alle Mal.«

»Hört, hört«, ließ Zalvado vernehmen.

»Ihr seid meine Gäste. Wer kann, mag noch schlafen. Dort findet ihr Decken und Felle.« Er wies auf einen der mit Stoffbahnen abgetrennten Bereiche des Zeltes. »Für die anderen gibt es Wein und ein Mitternachtsmahl. Ich kann euch meine Pläne darlegen, Meister Zalvado. Vielleicht habt Ihr noch die eine oder andere Idee? Ich habe Euren Einfallsreichtum immer sehr zu schätzen gewusst.«

Diesmal gab es keine knurrige Antwort. Zalvado und Solare Biocca traten an den Tisch und begannen, Karten und Skizzen von Mauern zu betrachten, während der Fremde noch weiter in die Schatten zurücktrat und sich schließlich auf einen Stuhl setzte, was Caronix etwas aufatmen ließ.

Marco sah sich gähnend um. Noch immer steckten ihm die Strapazen der letzten Tage in den Knochen. Er schlug den Stoff zur Seite und fand eine große Lagerstatt vor, die mit ihren Decken, Fellen und Kissen einladend und gemütlich aussah.

Müde kroch er unter die Decke und genoss ihre warme Schwere.

Schon wollte sein Geist in die Dunkelheit des Schlafes abtauchen, da spürte er eine Berührung. Elena glitt unter die Decke und schmiegte sich an ihn. Ihr Leib war wärmer noch, und ihr Arm legte sich um seinen Bauch, drückte ihn an sich. Er spürte ihren Atem in seinem Nacken. Niemals zuvor hatte er sich so geborgen gefühlt.

Sie hielt ihn einfach in ihren Armen, während die Welt um sie herum an Bedeutung verlor, bis sie allein im Dunkeln waren, nur sie beide, vereint.

42. Kapitel

Als eine sanfte Berührung Elena weckte, war da nicht mehr als eine Ahnung von grauem Licht. Neben ihr atmete Marco regelmäßig ein und aus. Sie konnte seine Wärme bis in die Zehenspitzen spüren.

»Der Herzog lässt seine Truppen antreten«, flüsterte Caronix.

Ja. Es ist Krieg, drang die Welt schmerzhaft in ihren Halbschlaf ein. Sofort war sie wach. Auch Marco regte sich, als sie sich aufsetzte.

»Esst etwas. Es wird sicher ein langer Tag.«

Dann verschwand der Elf wieder. Elena streckte sich, gähnte, sah auf Marco herab, der nicht aussah, als wolle er aufstehen. Er zeigte nur ein halb geschlossenes Auge und blinzelte selbst im schwachen Licht des anbrechenden Tages.

»Guten Morgen.«

Er brummte.

»Caronix hat recht. Wir sollten frühstücken.«

Hunger verspürte sie nicht, aber wer wusste schon, wann sie das nächste Mal etwas zu essen bekommen würden?

Keine Antwort.

Ohne das geringste Erbarmen mit Marco stand sie auf und riss die Decke weg.

»He!«, rief er protestierend. »Was soll das?«

»Komm schon, genug geschlafen.«

Sie strich ihr Kleid glatt und gab sich alle Mühe, ihre Haare unter die Haube zu bekommen.

Im Hauptbereich des Zeltes fand sie nicht nur Caronix und Zalvado, sondern auch den Schwarzen Herzog mit einem ganzen Stab seiner Berater und Generäle und sonstiger Edelleute. Angesichts der prächtigen Rüstungen und prunkvollen Uniformen kam sie sich in ihrer einfachen Kleidung grau und schäbig vor. Aber es beachtete sie ohnehin niemand, denn der Herzog gab ein paar Befehle.

Nur Zalvado nickte ihr zu. Er sah aus, als habe er kein Auge zugemacht, aber da war eine Energie in seinen Bewegungen, die Elena von ihrer gemeinsamen Arbeit kannte.

Also schlich sie zu einem Tisch an der Seite, auf dem ein wahres Festmahl zubereitet worden war. Frisch gebackenes, duftendes Brot, geröstetes Fleisch, Käse jeder Art, Weintrauben und weitere exotische Früchte.

Mit dem Duft kam doch der Hunger, und Elena begann, über das Frühstück herzufallen. Nach einer kurzen Weile gesellte sich Marco zu ihr, der ebenfalls einen gesunden Appetit hatte.

So sehr waren sie auf ihr frühes Mahl konzentriert, dass sie nicht bemerkten, wie sich das Zelt nach und nach leerte, bis nur noch eine Handvoll Personen da waren.

»Gut, ihr habt schon gegessen.« Der Herzog nickte ihnen freundlich zu. »Ich habe meine Diener nach geeigneter Kleidung suchen lassen. Geeignet für ein Heerlager, fürchte ich. Ihr findet sie dort.«

Tatsächlich lagen auf einigen Truhen allerlei Kleidungsstücke, Hosen, Hemden, Mäntel. Davor standen Schuhe und Stiefel.

»Kleidet euch fix an, denn wir müssen bald aufbrechen.«

Es dauerte nicht lang, bis Elena einen einfachen, schwarzen Rock und ein helles Oberteil gefunden hatte, dazu geschnürte Stiefel aus weichem Leder und einen eng sitzenden, grauen Mantel.

Marco wandte sich ab und schlüpfte schnell in eine Hose, während sie hinter einen der Vorhänge ging und sich dort umzog. Allein schon der Stoff der neuen Kleider fühlte sich edel und fein an, und sie fielen ganz anders als das grobe Zeug, das sie gewohnt war.

Als sie wieder hervortrat, sah Marco aus wie ein Soldat der Armee des Schwarzen Herzogs, mit der Sonne auf der Brust seines Lederkollers.

Er salutierte vor ihr, was sie trotz der Anspannung zum Lachen brachte.

Dann führte der Herzog sie aus dem Zelt durch sein Lager. Überall nahmen die Soldaten Haltung an, und er begrüßte viele von ihnen mit Namen, wechselte hier und da ein paar Worte mit ihnen.

Auf ihrem Weg kamen sie an der kleinen freien Fläche vorbei, auf der sie gestern so brachial gelandet waren. Die Kufen hatten tiefe Furchen in den Boden gegraben, aber die Flugmaschine stand aufrecht und auf den ersten Blick unbeschädigt da. Irgendwann musste jemand Wachen dort postiert haben, denn drei Frauen und ein Mann in den Rüstungen des Herzogs hielten alle Neugierigen fern.

»Sie ist bereit«, erklärte Zalvado, der ihren Blick bemerkt hatte. »Ich habe sie noch in der Nacht begutachtet. Marco hat sich alle Mühe gegeben, aber er hat es nicht geschafft, sie ein zweites Mal zu zerschmettern.«

»He! Das war eine saubere Landung«, wehrte sich der Bezichtigte. »Die erste Landung, möchte ich hinzufügen.«

»Das war der erste Flug?« Der Herzog wirkte wahrhaft überrascht. »Wenn das alles vorbei ist, musst du mir ihre Funktionsweise erklären.«

Das nahm der alte Tüftler zum Anlass, sofort die grundlegenden Prinzipien seiner Erfindung darzulegen.

Sie wanderten eine leichte Erhebung hinauf, oben war ein Lager errichtet worden, mit Tischen und Stühlen unter Pavillons. Livrierte Diener reichten Getränke und Spezereien. Es hätte ein Gartenfest sein können, wäre der Blick von dort nicht über das Belagerungsheer bis nach Vastona gegangen.

Die Armee des Herzogs hatte ihr Lager verlassen und vorne bei den Gräben Stellung bezogen. Es war ein beeindruckendes Schauspiel, viele Tausend Frauen und Männer unter bunten Wimpeln, gerade außer Reichweite der Armbrüste der Verteidiger. Reihe um Reihe um Reihe, mit Piken, mit Armbrüsten, ordentlich aufgestellt, nach dem Willen ihres Herrn.

Auch auf den Mauern konnte Elena Soldaten sehen, die unter den Flaggen Vastonas bereit waren, ihr Blut und ihr Leben für ihre Heimat zu geben.

Öffnet die Tore, ihr Narren!, wollte sie ihnen zurufen. *Euer wahrer Feind steht hinter euch!*

Aber sie wusste, dass es nichts bringen würde. Zu einflussreich war der Orden der Seher in dieser Stadt, zu verhasst und gefürchtet der Schwarze Herzog.

43. Kapitel

Der Anblick nahm Marco den Atem. War Vastona ihm auch sein ganzes Leben lang nicht wirklich wohlgesonnen gewesen, so war die alte, prächtige Stadt doch seine Heimat, und eine solche Übermacht von Feinden gegen sie aufmarschieren zu sehen, war beinahe unbegreiflich. Besonders da er sich für einen Vastoni auf der falschen Seite der Stadtmauern befand. Nicht nur das, er saß mit den anderen als Gast am reich beladenen Tisch des Herzogs, der bald zum Sturm blasen lassen würde.

Doch für all die Köstlichkeiten hatte Marco weder Blick noch Gedanken übrig. Seine Eingeweide waren wie verkrampft und sandten einen galligen Geschmack in seinen Mund. Den anderen erging es nicht besser. Nicht einmal Caronix, der sich sonst nur schwerlich den Appetit verderben ließ, rührte das opulente Angebot an.

Es schlug allen auf den Magen zu sehen, welche Macht sich gegen Vastona formierte.

»Versprecht mir, dass Ihr Eure Soldaten zurückhalten werdet«, bat Elena leise. »Falls die Mauern fallen.«

Der Herzog nickte bedächtig.

»Mein Krieg gilt nicht den Vastoni.«

Wenn die Mauern fallen, dachte Marco. *Nicht falls.* Angesichts der Übermacht an Kriegern, der aufgereihten Belagerungsmaschinen und der Siegesgewissheit des Schwarzen Herzogs war es keine Frage mehr. Vastona würde fallen.

Die Zeit kroch quälend langsam dahin. Boten kamen, erstatteten Bericht und wurden in alle Richtungen ausgesandt. Marco bekam so eine Vorstellung davon, welche Arbeit und auch Genie dahinterstecken musste, ein solch gewaltiges Heer zu befehligen, koordinieren und zusammenzuhalten.

Von ihrem Platz auf dem Feldherrenhügel hatten sie den besten Überblick. Herzog Solare saß zu Kopf des Tisches. Der Teller vor ihm war mit Essen beladen, aber er aß nicht, sondern redete die ganze Zeit mit seinen Offizieren. Zur Rechten rutschten Elena und Marco unruhig auf den Stühlen umher, während ihnen gegenüber Zalvado und Caronix weitaus ruhiger warteten. Es war erstaunlich, dass ausgerechnet ihr zusammengewürfeltes Trüppchen am Tisch des Heerführers Platz nehmen durfte, aber das waren wohl Privilegien, die den ersten fliegenden Persönlichkeiten der Welt zustanden.

Hinter dem Herzog, immer mit einigen Schritt Abstand, stand dieser Ombro. Abseits vom Tisch, abseits von den Soldaten, wie in einer kleinen Welt für sich. Auch wenn die beiden kein Wort wechselten, schien es doch eine Art Übereinkunft zwischen ihnen zu geben.

Aber Marcos Aufmerksamkeit war vor allem auf seine Heimatstadt gerichtet. Die Banner, die von den Zinnen wehten. Die Spiegelungen der Morgensonne auf den Helmen und Speerspitzen. Vor allem aber diese seltsame Stille. Vastona war nie ruhig. Doch jetzt lag sie vor ihnen wie eine in die Ecke geduckte Ratte, die spürt, dass es keinen Ausweg mehr gibt.

Hinter ihnen ertönten laute Rufe. Erschrocken warf Marco den Kopf herum, erwartete schon halb, eine Horde Krieger auf sie zustürmen zu sehen, doch stattdessen bot sich ihm ein seltsamer, fast ebenso furchterregender Anblick. Mindestens ein Dutzend

Ochsengespanne waren vor eine gewaltige Holzkonstruktion gespannt worden und zogen sie unter viel Muhen und Peitschenknallen langsam die Straße auf das Tor zu. Eine ganze Mannschaft von Soldaten lief voraus, verlegte runde Balken auf dem Boden, über die das Gerät gezogen wurde. Es sah nach einem unmöglichen Unterfangen aus, aber irgendwie bewegte es sich vorwärts, Stück um Stück.

Es war eine Waffe, das war sofort erkennbar, doch ihre titanische Größe ließ Marco innehalten. Zehn Mannslängen mochte sie hoch sein, dazu ein noch längerer Arm, der an seinem kürzeren Ende einen großen Kasten hielt.

»Ihr habt sie gebaut«, hauchte Zalvado mit einer Mischung aus Ehrfurcht und Entsetzen in der Stimme.

»Da Ihr so gütig wart, mir Eure Skizzen und Pläne zu überlassen«, erwiderte der Schwarze Herzog mit einem Lächeln. »Und die Mauern von Vastona sind wahrlich hoch und dick.«

»Und man kann sie bewegen.«

»Nun, Eure Berechnungen waren wieder einmal korrekt, alter Freund.«

Zalvado schnaubte.

»Seht das als mein Geschenk an Euch. Einmal setze ich sie ein, dann verschwindet sie aus der Welt«, versprach Solare Biocca, aber das Funkeln in seinen Augen ließ Marco anderes vermuten. Ein Blick zu Zalvado und Caronix bestätigte seinen Verdacht.

Das Ungetüm ruckelte langsam auf die Reihen der Belagerungsarmee zu, wie eine Monster aus alten Geschichten. Alle Augen waren darauf gerichtet.

»Sendet einen Unterhändler zum Stadttor, nun da sie jetzt gesehen haben, wogegen sie stehen. Bietet noch einmal an, dass wir ihre bedingungslose Kapitulation annehmen.«

Eine Zeit lang sprach keiner ein Wort. Nur die Rufe der Ochsentreiber und die mürrischen Laute ihrer Tiere waren zu hören.

»Vastona wird nicht …«, murmelte Marco, und der Herzog winkte ab.

»Nein, wohl nicht. Aber ich will es angeboten haben, bevor ich den Befehl gebe, den ich nicht mehr zurücknehmen kann.«

Marco bemühte sich, diese Worte zu verstehen und nicht in ein tiefes Dunkel zu fallen, doch Angst und Sorge ergriffen von ihm Besitz und vertrieben alle anderen Gedanken. Dann spürte er, wie sich Elenas Finger um seine schlossen.

»Die Seher gehen unter«, flüsterte sie ihm zu, »aber Vastona übersteht auch diesen Sturm.«

Er nickte so tapfer er konnte. Es war eine Hoffnung, an die er sich klammern konnte, an die sich Elena klammerte: Der Zorn des Schwarzen Herzogs galt nicht seiner Heimat, sondern nur seinen Peinigern. *Rache für Luca.*

Quälend lange dauerte es, bis der Bote zurückkehrte und die erwartete Nachricht brachte: Vastona würde kämpfen. Der Herzog seufzte. Dann schob er den unberührten Teller von sich, erhob sich und wandte sich an einen seiner Soldaten, einen vernarbten Veteran in zerschlissener Kleidung und oft geflickter Rüstung, der so wenig zu den ganzen prunkvollen Offizieren passte.

»Ezzo, sag der Holden Maid, dass sie mit ihren Liebkosungen beginnen kann.«

Der Angesprochene grinste dreckig, hob die Hand zu einem lässigen Salut und ging pfeifend den Weg hinab zu der riesigen Belagerungsmaschine.

»Holde Maid?«, fragte Zalvado, und der Herzog hob entschuldigend die Schultern.

»Ihr kennt den Humor von Soldaten.«

»Leider nur allzu gut.«

Irgendwie erwartete Marco, dass sofort mit dem Beschuss begonnen würde, doch stattdessen arbeiteten etwa ein Dutzend Leute an der Belagerungsmaschine. Krieg schien eine langwierige

Sache zu sein, bei der man länger auf Schlachten wartete, als er aus den alten Geschichten vermutet hätte.

Lange aber bevor die Sonne ihren Zenit erreichte, hob der Wurfarm den Kasten mit den Gewichten – Marco verstand dank seiner Arbeit für Zalvado weitaus mehr von Mechanik, als er bislang gewusst hatte –, und dann schleuderte die Holde Maid einen gewaltigen Stein gen Vastona … der einige Dutzend Schritte vor der Mauer in den Boden schlug. Höhnisches Gelächter drang von den Verteidigern zu ihnen herüber.

Zu seiner Überraschung bemerkte Marco, dass Zalvado unglücklich aussah. Das Erscheinen seiner Erfindung hatte ihn offenbar an die schlimmen Zeiten der Kriege seiner Jugend erinnert, aber dass ihr erster Schuss nun so schmählich versagte, schmeckte ihm offensichtlich auch nicht.

Befehle wurden gerufen, die Holde Maid neu ausgerichtet, neu geladen. Auch dies dauerte weitaus länger als in den Liedern, die Marco kannte. Der Stein, den die Mannschaft in die Schlinge rollte, sah gewaltig aus.

»Wie schwer …?«

»Fast tausend Pfund«, sagte der Schwarze Herzog. »Bei den ersten Versuchen ist der Wurfarm selbst mit den stärksten Beschlägen bei schwereren Geschossen gesplittert.«

Stolz wischte kurz über Zalvados Miene.

»Ja, aber dazu ist mir etwas eingefallen«, hub er an, doch Caronix legte ihm die Hand auf den Unterarm und er verstummte. Der Herzog lachte.

»Keine Sorge. Mehr ist nicht nötig.«

Das Gegengewicht schnellte herunter. Das Geschoss segelte auf die Stadtmauer zu. Und der Aufprall zeigte die Wahrheit in den Worten des Heerführers.

Die Mauer um das Stadttor bebte. Stein barst, wurde zersplittert, pulverisiert, wirbelte in Staub auf. Marco spürte den Laut tief in seinem Bauch. Dann senkte sich Stille herab. Die ganze Welt hielt den Atem an.

Und mit einem Knirschen, das klang, als schrie Vastona selbst wie ein waidwundes Tier auf, löste sich der oberste Teil der uralten Stadtmauer und prasselte wie eine Lawine herab.

Aus Tausenden Kehlen brandete Jubel auf. Die Soldaten und Söldner der Belagerungsarmee rissen ihre Waffen hoch, brüllten ihren Triumph in den Morgenhimmel. Doch Marco musste sich abwenden. Er fühlte mit den Menschen jenseits der Mauer, deren Angst und Schrecken ins Unermessliche wuchsen.

»Lass uns kurz etwas gehen«, schlug Elena vor, mit tauben Gliedmaßen erhob er sich und folgte ihr zurück zu den Zelten.

Als sie außer Sicht der anderen waren, versagten ihm die Beine den Dienst, und er sank auf ein Knie. Ohne Elenas festen Griff wäre er einfach zu Boden gefallen. Ein Band wie aus Eisen lag um seine Brust, und er konnte kaum atmen.

Doch obwohl Elena ebenso wie er fühlen musste, drückte sie ihn an sich, und ein Teil ihrer Stärke drang in ihn ein und gab ihm genug Mut, um gegen die Finsternis hinter seiner Stirn zu kämpfen.

44. Kapitel

Es war an der Zeit zu verschwinden. Und dieses Mal für immer. Ombro sah sich um. Der Herzog war mit seinem Krieg beschäftigt. Die Soldaten und Offiziere, mit denen Solare sich umgab, schenkten nur dem Befehlshaber Beachtung. Die beiden halben Kinder hatten sich zurückgezogen, vermutlich um das zu tun, was halbe Kinder halt taten. Der alte Mann war ganz auf diese riesige Trebuchet fixiert. Nur der Elf behielt ihn immer im Blick. Selbst wenn seine Aufmerksamkeit auf etwas anderes gerichtet war, konnte Ombro förmlich spüren, dass er nicht vergessen war.

Aber das würde ihn nicht aufhalten. Derzeit herrschte ein brüchiger Burgfrieden zwischen dem Assassinen und dem Herzog, aber Ombro vertraute nicht darauf, dass dies lange anhalten würde. Am Ende des Tages war Solare Biocca kein Mann, der auch nur die kleinste Bedrohung dulden würde. Also war das Beste, wenn Ombro einfach untertauchte und Politik und Intrigen hinter sich ließ. Arbeit gab es für einen wie ihn immer, auch jenseits der großen Städte.

Ein weiteres Geschoss flog in hohem Bogen durch die Luft, und diesmal stürzte gleich ein großes Stück des Torhauses hinab. Lange würde es nicht mehr dauern.

Kurz erwog Ombro, noch eine Aussprache mit dem Herzog zu suchen, aber verwarf den Gedanken schnell. Er kannte nun die

Motive, oder zumindest einige der Motive, und dass der Krieg gegen Blutmagier gerichtet war, genügte ihm. Dass der Schwarze Herzog damit auch der mächtigste Mann der Ländereien nördlich der Berge werden würde, war sicher kein Zufall, aber für Ombro unerheblich.

»Du willst dich nicht verabschieden?«

Solare Biocca hatte sich ihm zugewandt. Ombro fluchte innerlich. Dass man ihn so leicht durchschauen konnte, missfiel ihm.

»Es scheint mir der beste Weg. Für alle«, bestätigte er. Bevor er mehr sagen konnte, kehrten das Mädchen und der Junge zurück und setzten sich wieder an den Tisch. Solare nickte einfach und gab seinen Untergebenen wieder Befehle. So schnell war man entlassen.

Gerade als Ombro sich umdrehen wollte, ging ein Raunen durch die versammelten Krieger – das Stadttor von Vastona öffnete sich!

Verwundert runzelte Ombro die Stirn. Krieg war nicht sein Metier, aber selbst er wusste, dass die einzige Hoffnung der Verteidiger in ihren Mauern lag. In einer offenen Feldschlacht waren sie dem Heer des Herzogs noch unterlegener als auf den Zinnen. Ein Ausfall konnte nur ein Akt der Verzweiflung sein, ein letztes Aufbäumen junger Narren, die einen heldenhaften Tod einer schändlichen Niederlage vorzogen. Ombro hatte nicht vor, sich das bevorstehende Gemetzel anzusehen.

Schreie wehten über die Stadtmauern. Keine Schlachtrufe, sondern Schmerz und Entsetzen, zunächst vereinzelt, aber dann aus mehr und mehr Kehlen aufsteigend, bis sie sich zu einem animalischen Crescendo vereinten.

Vor den Stadtmauern hielten alle inne.

»Was zur Hölle …?«, entfuhr es dem alten Zausel. Der Herzog sprang auf.

»Verteidigungslinien!«, brüllte er. »Macht euch bereit für …«

Weiter kam er nicht. Etwas ergoss sich aus dem Stadttor, doch es war keine Armee. Es war unsagbar schrecklicher. Eine Flut aus roten Leibern, nein, eine rote Flut, in der sich Leiber bildeten. Zerrbilder von Menschen, verdreht, verunstaltet, aufsteigend und in sich zusammenfallend.

»Armbrüste! Schilde!«, drangen Solares Befehle wie aus weiter Ferne an Ombros Ohren. Die Welt schien allen Zusammenhang zu verlieren, jeden Sinn. Dort unten tanzten Dämonen, die jeder Vorstellungskraft spotteten. Einige breiteten glänzende Flügel aus und erhoben sich in die Lüfte, andere krochen über den Boden. Und sie alle stürmten auf die Belagerer zu.

Eine Stimme in Ombro schrie, dass er verschwinden solle, doch er konnte sich nicht von dem Anblick losreißen. Die Flut der Leiber färbte den Boden rot, und jetzt erkannte er, was sie waren: Dämonen des Blutes, Lebenssaft in unirdische Form gezwungen, beseelt mit dunkler Magie.

Und sie brachen sich am Wall der Schilde. Nun reihten sich die Schreie der Soldaten in jene aus Vastona ein. Waffen drangen harmlos durch die unwirklichen Angreifer, doch sie rissen ihre Opfer mit sich, hüllten sie ein, ließen sie bleich und regungslos zurück.

Immer noch rief der Herzog sinnlose Befehle. Seine Armee löste sich auf, bevor noch die ersten Reihen fielen. Gestandene Männer liefen schreiend davon, Veteranen zahlloser Schlachten brachen weinend zusammen.

Ein unmenschliches Brüllen riss Ombro aus seiner Starre. Ein geflügeltes Wesen warf sich aus dem Himmel auf sie, stürzte wie ein Falke auf der Jagd auf seine Beute herab. Bolzen durchschlugen es, rot spritzte es in alle Richtungen, doch es war unbeirrbar. Ohne nachzudenken sprang Ombro vor. der Herzog zog seine Klinge, das Antlitz voll Widerstand nach oben gereckt. Ombro erwischte ihn an der Schulter, zog ihn mit sich zu Boden, rollte mit ihm unter den schweren Holztisch.

Ein Wesen aus Blut sollte wie Wasser auf den Boden prallen, doch dieses schlug wie ein Geschoss der Holden Maid ein. Die Soldaten in ihren schweren Rüstungen wurden wie Gras im Wind davongeschleudert, Blut spritzte in alle Richtungen, der Tisch barst, Holz segelte durch die Luft. Etwas berührte Ombros Bein, erst warm und feucht, dann so eisig kalt, dass er vor Schmerzen aufschrie. Er fuhr herum, kroch davon, schüttelte eine blutrote Gliedmaße ab. Andere hatten weniger Glück. Einer der Offiziere wurde gepackt und hochgehoben. Aus seinem offenen Mund drang kein Laut, nur ein endloser Schwall Blut, der seinen Peiniger nährte und nährte. Dann wurde er achtlos zu Boden geschleudert, die Haut weiß und wächsern, das Gesicht eine Fratze des Grauens.

»Wir müssen hier weg«, sprach der Elf Ombros Gedanken aus. Irgendwie hatte er den alten Mann von dem Blutdämon weggezerrt und stand nun mit gezogener Klinge zwischen der gewaltigen Bestie und seinen Freunden.

Der Herzog rappelte sich neben Ombro auf. Das Wesen hatte weder ein erkennbares Gesicht noch Augen, und dennoch spürte Ombro einen Blick auf sich. Sein Unterschenkel schmerzte, doch das Bein trug ihn noch. Er sah an sich herab. Sein Blut rann durch die Haut, als wäre sie so durchlässig wie Stoff, troff auf den Boden, vermengte sich mit den Pfützen, die gegen jedes Naturgesetz über Hindernisse flossen und Teil des Dämons wurden.

»Die Maschine!«, rief der Junge. »Wo ist die Maschine?«

Bevor Ombro die Worte verstehen konnte, sprang der Blutdämon vor, irgendwie in alle Richtungen zugleich, weitete sich aus, bildete neue Gliedmaßen. Nur mit Mühe konnte Ombro ausweichen, taumelte zur Seite und schleuderte im Fallen zwei Messer auf die Kreatur.

Der Elf hingegen tänzelte zur Seite, fand die Zeit, den alten Mann nach hinten zu stoßen, und seine Klinge schrieb silberne Kreise in die Luft.

Aus blutigen Waffenarmen wurden Spritzer, die in alle Richtungen davonstoben. Das zog die ganze Aufmerksamkeit des Dämons auf den Elf. Sofort kroch Ombro auf allen vieren davon. *Ich muss hier weg. Ich muss hier weg.* Es war sein einziger Gedanke, der einzige, der zählte. Die Schlacht war verloren, der Herzog besiegt, und alle hier würden sterben. Aber nicht Ombro.

Schnell robbte er unter einem halb umgefallenen Zelt durch. Jemand sprang über ihn, schrie etwas und verstummte abrupt. Halb blind kroch Ombro weiter, weg von Vastona, weg vom Krieg, weg vom Horror des Blutes. Der Lärm war ohrenbetäubend und grausam, die urtümliche Angst Tausender Menschen in einem einzigen Schrei, vermengt mit so viel Tod und Schmerz, dass alles, was Ombro getan und erlebt hatte, dagegen verblasste. Es gab nur noch das eigene Überleben, der letzte, tiefste Instinkt, der ihn vorantrieb, weiter und weiter, durch Trümmer und über Leichen, vorbei an schrecklichsten Szenen, von denen selbst er die Augen abwenden musste. *Ich muss hier weg.*

Soldaten taumelten umher, Blut lief ihnen aus allen Körperöffnungen, von ihren Fingernägeln, aus ihren Nasen und Mündern. Stumme Schreie voller Entsetzen, als sie ihren Lebenssaft in Schwällen auf den besudelten Boden spien. Blut, so viel Blut, überall, der Geruch überwältigend, der Anblick abscheulich. *Ich muss hier weg.*

Ombro rappelte sich auf, humpelte vorbei an jenen, die flehend ihre Hände nach ihm ausstreckten, die nach ihren Müttern riefen, die elendiglich im Blut verreckten. *Ich muss hier weg.*

Dann war er aus dem Lager. Frei. Geplünderte Obsthaine und Gehöfte vor sich. Ein Entkommen vor Augen, verdoppelte er seine Anstrengungen, zwang sich, den Schmerz in seinem Bein zu ignorieren. *Ich muss hier weg.*

Als der Schatten auf ihn fiel, hatte er fast den Rand eines kleinen Wäldchens erreicht. Doch der Blutdämon ließ seine Beute nicht den roten Klauen entgleiten. Ombro wandte sich um, zog einen lächerlich inadäquaten Dolch.

»Du kannst es riechen, nicht wahr?«, murmelte er. »All das Blut, das ich vergossen habe.«

Er hob die Klinge. Der Dämon stürzte herab. Ombro schrie.

45. Kapitel

Das Chaos drohte, sie mit sich zu reißen, und Elena klammerte sich an Marco, als hinge ihr Leben davon ab. Und vielleicht tat es das auch. Währenddessen tanzte Caronix ein ungleiches Duell mit einem Wesen, dessen bloßer Anblick genügte, um den Geist mit Wahn zu benebeln. Der Elf war mit Blut besudelt, doch es war nicht sein eigenes. Zalvado war wieder auf die Füße gekommen und stakste unsicher zu ihnen herüber, und der Schwarze Herzog torkelte zwischen den Leichen seiner Untergebenen umher, der Umhang nur noch ein Fetzen, die prunkvolle Rüstung verschmiert. Er rief Befehle, die niemanden mehr erreichten.

Die keinen Sinn mehr hatten. Vastona war gefallen. Doch nicht an den Schwarzen Herzog, sondern an einen viel schlimmeren Feind – den Orden der Seher.

Marco bückte sich, hob ein kurzes Schwert auf, das einer der Fliehenden verloren hatte. Gegen das Monster vor ihnen würde er damit wohl wenig ausrichten können, und dennoch gab diese kleine Geste des Aufbäumens gegen das Ende Elena Kraft zurück.

»Wo ist die Flugmaschine?«, wiederholte sie Marcos Worte an Zalvado gewandt. Der alte Erfinder wedelte mit der Hand in Richtung einiger Zelte weiter unten am Hügel.

Von ihrer Position aus hatten sie den perfekten Überblick über das ganze grauenvolle Geschehen. Der Ansturm der Blutdämonen aus der Stadt hatte die Armee regelrecht davongespült. Es war keine Schlacht, kein Kampf, nur ein Sterben und Fliehen. Doch die Dämonen waren schnell, und zu ihrem Schrecken sah Elena, dass sie mit jedem Toten mehr wurden. *Das Blut, sie stehlen uns allen unser Blut.* Sie würgte.

Doch Flucht am Boden war ohne Hoffnung. Zu schnell waren die Blutdämonen, zu sehr wie eine Flut rissen sie alles mit sich mit. Die wenigen Soldaten, die es auf die Felder und Wiesen jenseits des Lagers schafften, wurden von geflügelten Bestien in die Luft gerissen oder einfach eingeholt.

Im strahlend schönen Licht der Sonne wirkte das Grauen noch unwirklicher. *Wie kann solch finstere Macht bei Tage bestehen?*

Der Herzog schüttelte den Kopf, seine Hand suchte sein Schwert an der Seite, doch er hatte es längst verloren. Sein Blick fiel auf Elena, in seinen Augen lag tiefes Unverständnis.

»Ich …«, hob er an, dann schwappte rotes Blut über ihn und riss ihn davon.

Marco hob die Klinge, trat einen Schritt auf das Ungetüm zu, das nun nicht mehr geflügelt war, sondern nur noch aus Klauen und Fängen zu bestehen schien.

»Geht«, presste Caronix hervor, der schneller und wilder kämpfte, als sie es je zuvor gesehen hatten. »Ich … folge!«

Marco hielt inne. Zalvado schob ihn zur Seite.

»Vertrau ihm.«

Die Stimme des alten Tüftlers schien einen Bann von Marco zu nehmen. Seine Schultern sackten herab, sein Haupt senkte sich wie seine Waffe.

Stattdessen packte er mit der anderen Elenas Hand und sie liefen los, ohne sich umzusehen.

»Wird er …?«

Sie wagte kaum, es auszusprechen. Wie konnte sie an den Tod

ihres Freundes denken, selbst hier und jetzt, umgeben von Sterbenden? Aber Zalvado brummte beruhigend.

»Wenn es jemanden gibt, der das kann, dann ihn.«

Viel war es nicht, aber es musste reichen.

Auf dem Weg versuchte Elena, die Schrecken nicht zu sehen oder zu hören, doch es war unmöglich.

»Das ist alles meine Schuld«, stellte Marco fest. »Mein Blut. Unser Blut.«

Sie drückte seine Hand fester.

»Unsinn. Die Brüder sind das. Ihre kranken Köpfe. Ihre eklige Macht.«

Ob die Worte zu ihm durchdrangen, konnte sie nicht sagen, denn sie erreichten das Zelt, in das der Herzog die Flugmaschine hatte bringen lassen. Eine der Zeltstangen war eingeknickt, und der dunkle Stoff hing tief herab. Ihr Herz schlug bis zum Hals. *Was, wenn sie zu sehr beschädigt ist?*

Im Inneren herrschte Zwielicht, und die Zeltplane bedeckte den größten Teil der wunderbaren Flugmaschine. Mit zitternden Händen zogen sie den Stoff herab, schnitten ihn mit dem Schwert entzwei, bis ihre Hoffnung im Licht der Mittagssonne vor ihnen stand.

Nicht zerstört, nicht beschädigt. Elena atmete erleichtert auf.

Sofort begannen sie damit, alles für einen Flug vorzubereiten. So oft und lange hatten sie daran gearbeitet, dass sie sich kaum verständigen mussten. Alles ging ihnen gleich wie hundertmal eingeübt von der Hand. Die tausendfachen Schreie um sie herum trieben sie nur zu noch mehr Eile.

Bevor sie fertig waren, kam eine blutige Gestalt auf sie zu. Es dauerte einige Momente, bis Elena Caronix erkannte. Sie atmete erleichtert auf, als er zu ihnen lief.

»Man kann diese Dämonen kaum besiegen«, keuchte er. »Nicht mit so viel Blut um sie herum.«

»Diese verfluchten Seher«, knurrte Zalvado. »Sie verdammen uns alle!«

Marco war schon auf den Sattel gesprungen und schob seine Füße an die Pedale. Ungeduldig winkte er Elena zu, die hinter ihm aufstieg.

»Wohin fliegen wir?«, fragte sie. »Gibt es einen Ort, der vor ihnen sicher ist?«

Caronix wollte etwas sagen, aber ein Donnern ließ das Zelt erbeben. Rotes Blut prasselte auf sie herab. Ein Dämon erhob sich. Der Elf schob Zalvado auf die Flugmaschine und sprang hinter ihm auf.

»Los! Los!«

Doch Elena und Marco hatten schon begonnen, in die Pedale zu treten, und über ihnen wirbelte der Rotor durch die Luft. Der Wind heulte auf und die Flugmaschine machte einen kleinen Satz. Marco zog an den Hebeln, hielt sie gerade, und aus einem Aufbäumen wurde ein gelenkter Start.

Bis eine blutige Gliedmaße eine Kufe packte und sie zurück in die grausame Hölle zog.

46. Kapitel

Marco schrie auf. Alle schrien. Ein gewaltiger Dämon strömte in die Überreste des Zeltes, zerfetzte Stoff, brach Holz. Doch vor allem hielt er sie gnadenlos fest.

Voller Panik trat Marco so fest er konnte, doch auch wenn die Flugmaschine im Griff des übergewaltigen Monsters tanzte, konnte sie sich nicht befreien. Elena keuchte vor Anstrengung, Zalvado rief etwas, das Marco nicht verstand. Caronix jedoch blickte hinab und zog seine Klinge. Einen Augenblick lang dachte Marco, er wolle sich auf ihren Feind stürzen, doch der Elf schlug nur mit gezielten Hieben auf die Gliedmaße ein, die ihre Kufe im Griff hatte.

Das Blut spritzte umher, aber der Dämon schien mehr und mehr in diesen seltsamen Arm zu pumpen, sein Leib wurde dünn, verformte sich, und bildete noch mehr Tentakel.

Schließlich durchtrennte das Rapier den Arm und die Flugmaschine löste sich mit einem Satz gen Himmel.

»Ja!«

Caronix wandte sich mit einem triumphierenden Grinsen auf dem Gesicht um.

»Gib nicht so an, du alter …«

Zalvado stockte mitten im Satz. Sein Mund stand offen, seine Augen waren aufgerissen. Er sah Marco an, einen ewigen Herzschlag lang. Dann spritzte ihm Blut über die Lippen. Der Dämon zog seinen langen, spitzen Arm zurück. Caronix sprang vor, packte den alten Mann am Revers. Doch Zalvado sackte einfach weg, glitt ihm aus dem Griff. Marco sah, wie ihm das Leben aus den Zügen wich, wie seine so aufmerksamen Augen ihren Glanz verloren. Der Dämon stahl die Lebenskraft ihres Freundes, saugte sein Blut auf. Marco konnte sich nicht rühren, sein Geist weigerte sich zu glauben, was er sah. Zalvados Leib fiel von der Flugmaschine, mit ausgebreiteten Armen, das weiße Haar um das Haupt flatternd, und wurde von der fließenden Form des Blutdämons verschlungen.

Elena schrie und schrie und schrie. Das riss Marco aus seiner Starre. Caronix packte ihn fest an der Schulter.

»Bring uns hier raus!«

Er nickte, bediente die Kontrollhebel, legte die Flugmaschine zur Seite und sie raste flach über dem Boden davon.

»Zalvado!«

Elena schluchzte. Dennoch trat sie in die Pedale.

»Wir müssen in meine Heimat«, rief Caronix. »Wir …«

Bedrohliche Gestalten lösten sich vom Boden, stiegen auf großen Schwingen zu ihnen auf. Fünf, sieben, dann zehn Blutdämonen, einige so groß wie Hunde, andere wie Pferde. Marco riss an den Hebeln, und die Flugmaschine raste zwischen zweien hindurch, die sich sofort herumwarfen und ihnen folgten.

Es war keine Frage, dass sie ihnen nicht in die Höhe davonfliegen konnten, zu schnell stiegen ihre Feinde auf, also stieß Marco hinab, gen Boden, auf Felder und Wäldchen zu. Die Landschaft wurde zu einem grünen Schwirren links und rechts von ihnen, die Luft rauschte an ihnen vorbei. Immer wieder warf Marco Blicke über die Schulter, nur um zu sehen, dass ihre Verfolger an ihnen klebten.

Vor ihnen ragte ein Olivenhain auf, und Marco lenkte sie noch tiefer, zwischen die Bäume, flog in wilden Schleifen zwischen ihnen hindurch. Ein Blutdämon schlug platzend gegen einen Stamm, zwei andere kollidierten und taumelten zu Boden, wo sie wie übergroße Wassertropfen aufprallten.

Doch die anderen stiegen höher und höher, versammelten sich. Und mit Schrecken sah Marco, wie sie sich vereinten. Als wären sie keine echten Geschöpfe, flossen sie ineinander, wurden größer und größer, bis aus ihnen ein gewaltiges, furchtbares Wesen geworden war, das den Himmel über der Flugmaschine verdunkelte.

Dann stieß dieser neue, gewaltige Blutdämon herab.

»Was auch geschieht, fliegt weiter«, befahl Caronix, der sich zu Elena beugte. Der Elf zog etwas unter seinem Hemd hervor und drückte es ihr in die Hand. »Das wird euch leiten. Findet mein Volk. Berichtet ihnen.«

Marco wich dem ersten Angriff des Dämons aus, die Flugmaschine beschrieb eine so enge Kurve, dass er sich kaum im Sattel halten konnte.

»Wir kommen alle zu deinem Volk«, rief er über die Schulter und gewann wieder an Höhe. Jenseits des Olivenhains lag ein schmales Tal, durch das sich ein Fluss wand, der im Sonnenlicht wie ein silbernes Band funkelte. »Festhalten!«

Die Flugmaschine raste hinab in das Tal. Im letzten Moment zog Marco den Steuerungshebel zurück, und die Kufen glitten über das Wasser, rissen es auf, bis weiße Gischt aufstieg.

Doch ihr Feind war ebenso geschickt und folgte ihnen durch das enge Tal, vorbei an Felswänden und Bäumen, die riesigen Flügel ausgebreitet, unzählige Klauen nach ihnen gestreckt.

»Findet mein Volk«, rief Caronix. Dann sprang er mit gezogener Klinge von der Flugmaschine ab und direkt in das Maul des Dämons.

47. Kapitel

Wie lange sie flogen, konnte Elena nicht sagen. Den Tag und die Nacht? Oder länger? Wochen? Monate? Jahre? Alles in ihr war taub, Zeit hatte jede Bedeutung verloren, ihre Seele war erkaltet von den grausamen Verlusten, die sie erlitten hatte.

Irgendwann lenkte Marco die Flugmaschine gen Boden, und sie landeten in einer kleinen Lichtung eines dunklen Waldes. Über ihnen erstreckte sich ein mit Sternen übersäter Nachthimmel. Der Anblick machte sie wütend. So wütend, dass sie schrie. Wie konnte der Himmel so ruhig sein, wie konnten die Sterne so unschuldig funkeln, wenn die Welt doch so abscheulich war? So leer war. Ohne Zalvado. Ohne Caronix.

Nein, nicht leer. Sie war voller uralter Schrecken. Voller gnadenloser Blutmagier und ihrer Dämonen. Die Sterne sollten ihr Antlitz verbergen ob dieses Wissens. Und die Nacht sollte endlos sein, so wie die Dunkelheit in ihrem Herzen.

Marco berührte sie sanft, hob sie vorsichtig aus dem Sattel und legte sie auf das kühle Moos. Die Berührung der Erde gab ihr ein wenig Lebenskraft zurück, als sei dort etwas Lebendiges, etwas Wahres, das sie nähren konnte.

»Sie sind tot.«

Es war nur ein Hauch. Ihre Kehle brannte vom Schreien, ihre Augen vom Weinen. Marco saß mit gesenktem Kopf neben ihr.

»Ich weiß.«

Seine Finger fanden ihre. Dann war er bei ihr, seine Arme schlangen sich um ihren kühlen Leib. Dass sie sich an ihm festhielt, war kein bewusster Wille, es war reiner Instinkt, eine uralte Bewegung, die Suche nach Liebe und Geborgenheit.

Beide schwiegen in dieser ewigen Umarmung. Es gab Zeiten, da hatte sie davon geträumt, so von ihm gehalten zu werden. Doch jetzt war es einfach nur ein Funke Wärme in einem kalten Universum. Die Gewissheit, nicht allein zu sein, egal, wie verlassen man sich fühlte.

So trieben sie durch die Nacht, halb wach, halb träumend, und nur die Umarmung hielt die Dämonen aus ihren Köpfen.

Als die Sonne die ersten Strahlen auf die geschändete Erde sandte, hatte Elena keine Tränen mehr. Alle hatte sie geweint, um ihre Freunde, um ihre Heimat, um die ganze Welt.

Vorsichtig lösten sie sich voneinander. Marco war bleich, sein Haar lag matt am Kopf, seine schöne neue Kleidung war schmutzig und zerrissen, besudelt von Blut. Elena ahnte, dass sie nicht besser aussah.

»Es gibt überall Seher«, stellte Marco fest. »Ich habe es von Bruder Giate gehört. Der Tempel in Vastona ist aber der größte. Vielleicht können wir …« Er stockte. »Ich weiß nicht. Woandershin fliehen?«

Sie schluckte. Wohin konnte man schon vor diesem Schrecken fliehen? Vor dem Wissen, dass er dort draußen lauerte?

Sie suchte nach einem Tuch in ihren Taschen, um sich den Schmutz von den Händen zu reiben. Und fand ein dünnes Lederband. Caronix' letztes Geschenk. Sie zog es hervor.

Ein Anhänger von drei Fingern Durchmesser, beinahe unscheinbar, aus Holz geschnitzt, das so lange auf der Haut getragen worden war, dass es golden glänzte. So eine Farbe hatte sie noch bei keinem Holz gesehen.

»Was ist das?«

»Caronix sagte, damit können wir seine Heimat finden.«

Sie ließ den Anhänger durch ihre Finger wandern. Das Holz war warm und unglaublich glatt. Es zeigte ein verschlungenes Symbol, das sie zunächst nicht deuten konnte, bis sie das einfache Lederband löste und es vor den hellen Himmel hielt.

Es war ein verschlungener Wald von Ästen und Stämmen und Wurzeln, nicht ein einzelnes Stück Holz, sondern viele, so fein und genau ineinandergefügt, dass es nur so wirkte. Dieser Wald hatte kein Oben und kein Unten, sondern wuchs in alle Richtungen. Vor ihrem geistigen Augen erschien ein Bild von solchen Bäumen, goldenes Holz, die in einer wilden Melange ineinander wuchsen, miteinander verschmolzen, ein ewiges, symbiontisches, allumfassendes Leben.

»Elena?«

Sie öffnete die Augen und sah sich verwundert um. Für einen Moment hatte sie vergessen, wo sie sich befand. Marco kniete vor ihr, die Hände auf ihren Schultern.

»Bist du eingeschlafen?«

»Was? Nein. Ich habe nur …« *Ja, was eigentlich?*

»Du warst wie weggetreten.«

Sie blinzelte.

»Wie meinst du das?«

Er sah sie mit großen Augen an.

»Du hast nicht reagiert. Ich dachte, du wärst ohnmächtig.«

Sie fühlte sich besser, so als habe sie ein wenig schlafen können. Ihre Glieder schmerzten nicht mehr so sehr, ja sogar die Pein in ihrer Seele hatte ein wenig nachgelassen.

»Ich habe den Wald gesehen«, murmelte sie und nahm Marco in die Arme. »Glaube ich.«

Die Erinnerung war so eindrücklich und wirklich. Als wäre sie selbst dort gewesen. Dort … oben … jenseits des Horizontes …

Ihre Gedanken schlugen Kapriolen. Die Bäume waren so wirklich in ihrem Kopf wie die Straßen von Vastona. So real wie der Boden unter ihr, die Luft, die sie atmete.

Und ein Teil von ihr wusste, wo sie diesen wundervollen Ort finden konnte. Der Anhänger lag warm in ihrer Hand. Ein Gedenken an die Fliegenden Wälder. Ein Teil von ihnen. Eine Karte.

48. Kapitel

Ein Teil von Marco befürchtete, dass es eine Narrenqueste war. Aber die nagenden Zweifel blieben leise, denn er vertraute Elena. Sie sagte, dass sie den Weg kenne, und das genügte ihm.

Also flogen sie wieder zum Himmel empor. Höher und weiter als jemals zuvor. Wie die Vögel waren sie, und zwischen ihnen schwebten sie, losgelöst von der Erde, die sie ihr Leben lang an sich gebunden hatte.

Selbst in all der Trauer, dem Zorn, der Furcht war dies ein erhabenes Gefühl. Marco hätte nie gedacht, dass er so etwas überhaupt empfinden könnte. Sein ganzes Leben war auf die Gassen und Straßen Vastonas beschränkt gewesen. Nun lag ihm die Welt buchstäblich zu Füßen.

Aber noch erlaubte er sich nicht, es allzu sehr zu genießen. Denn die Welt enthielt nun auch so viel Dunkelheit, dass jeder Gedanke daran, wieder in ihr zu landen, in Wellen der Übelkeit durch seinen Körper strömte.

Also blieben sie oben, zwischen den Wolken, und Marco lernte mit jeder Stunde besser, Zalvados Meisterwerk zu bedienen. Es half, dass er hinter sich Elena wusste.

Sie hatten keine Namen für die Landstriche, über die sie flogen. Nicht für die Wälder, die sich zwischen Feldern und Wiesen ausbreiteten, nicht für die Flüsse, die Seen. Und auch nicht für die

Dörfer und Städte mit ihren roten Dächern und weißen Mauern. Von oben wirkten sie alle so winzig klein, fast unwirklich. Noch weniger greifbar war allerdings, dass dieser friedliche Anblick bedroht war.

Denn wenn Marco eines von den Sehern gelernt hatte, dann dass sie sich nicht mit Vastona begnügen würden. Es war nur der erste, wichtigste Schritt, und ihre Gier war auf alles Leben gerichtet, in allen Ecken und Enden der Welt.

»Wie weit ist es noch?«

Der Wind riss ihm die Worte von den Lippen. Hier oben konnte es empfindlich kalt werden. *Man sollte einen besonderen Anzug schneidern,* kam ihm in den Sinn.

»So ist es nicht«, erwiderte Elena. »Es ist kein … Weg. Mehr ein Gefühl. Wie durch Straßen gehen, die man schon oft entlanggegangen ist. Wo die Füße jeden Pflasterstein kennen. Verstehst du?«

Marco nickte. Das war ihm nur allzu bekannt.

Also flogen sie weiter. Über eine hügelige Landschaft und einen großen, dunkelgrünen Wald, der selbst von oben undurchdringlich wirkte. Über eine Reihe von Festungen, die einen breiten Fluss säumten, wie Perlen auf einer Kette aufgereiht. Über einen bräunlichen Sumpf, aus dem runde, grüne Inseln wie Schildkrötenpanzer ragten. Straßen entlang, die gerade durch die Landschaft schnitten oder sich kurvig durch sie wanden.

Waren sie hungrig oder durstig, so landeten sie und tranken aus Bächen und aßen von Obstbäumen. Abends landeten sie an entlegenen Orten und schliefen fern aller Menschen. Wäre da nicht das Wissen um die Dringlichkeit ihrer Reise gewesen, Marco hätte ewig so mit Elena weiterfliegen können.

Am vierten Tag wurde das Wetter schlechter. Die Sonne verbarg sich hinter grauen Wolken, und auch wenn sie so hoch fliegend gut die Regenschauer erkennen konnten, ließ sich doch nicht allen ausweichen. Der Gedanke an einen speziellen Anzug wurde immer verlockender.

»Höher«, rief Elena ihm zu, und er nickte und zog den Hebel zurück. Langsam, aber sicher stiegen sie auf, und zum ersten Mal tauchten sie in dicke Wolken ein. Es war feucht und kühl, keineswegs so bauschig und angenehm, wie sie vom Boden aus wirken konnten, und Marco wollte die Flugmaschine schon wieder nach unten lenken, aber Elena tippte ihm auf die Schulter und gab ihm zu verstehen, dass sie noch höher wollte.

Also tat er ihr den Gefallen, auch wenn er kaum die Hand vor den Augen sehen konnte und ihm die Haare nass an der Stirn klebten. Lange stiegen sie auf – und dann kehrte die Sonne zurück.

Die warmen Strahlen umhüllten sie, tauchten alles in einen hellgoldenen Glanz. Unter ihnen waren die Wolken wie eine Wasserfläche, weiß von Horizont zu Horizont, so endlos, dass es einfach war, die Welt zu vergessen, die sich unter ihnen verbarg.

Marco legte die Maschine nach vorne, und sie zischten die Wolkendecke entlang. Elena jauchzte vor Vergnügen, als die Kufen im Weiß verschwanden. Aus reiner Freude beschrieb Marco große Kreise mit der Flugmaschine, legte sie von links nach rechts und wieder zurück.

Hier oben waren sie für einen Moment frei und ohne die Bürden ihrer Erfahrungen.

Dann legte ihm Elena die Hand auf die Schulter und wies mit der anderen voraus. Aus dem Wolkenmeer erhob sich etwas. Eine Baumkrone. Marco zögerte. Waren unter ihnen Berge, die so hoch emporragten? Dann erkannte er, was er dort erblickte.

Die Fliegenden Wälder.

49. Kapitel

Obwohl ihr die Träume des Anhängers eine Ahnung von dem gaben, was sie erwartete, krampfte sich etwas in Elena zusammen, als sie auf den Baum zuflogen. Lediglich die obersten Äste ragten aus den Wolken hervor, alles andere war in ihnen verborgen.

Marco näherte sich langsam an, flog einige weite Schleifen, unsicher, was sie jetzt tun sollten. Direkt in die Wolken vorzustoßen, war zu gefährlich, aber der Baum bot keine Fläche für eine Landung.

Doch während sie noch warteten, tauchten mehr und mehr Baumkronen auf. Wolken hingen wie Nebel an ihnen, lange Schwaden zwischen saftig grünen Blättern. Bäume schälten sich aus dem Weiß, als wären die Wolken ein Meer, das sich nun zur Ebbe zurückzog.

Die Fliegenden Wälder waren genau so, wie Elena sie gesehen hatte. Bäume, ineinander verschlungen und umeinander wachsend. Wild und urtümlich, und dabei doch von einem Frieden, den sie sofort spüren konnte.

Marco hob die Hand und deutete nach unten. Eine Lücke tat sich im Blätterdach auf, die wie ein Tunnel tiefer in das Gewirr aus Ästen, Stämmen und Wurzeln führte. Elena deutete ebenfalls darauf, um ihm zu zeigen, dass sie seiner Idee zustimmte, und sogleich legte sich die Flugmaschine auf die Seite und sank dann in einem weiten Bogen in die Tiefe.

Je näher sie kamen, desto mehr bemerkten sie, wie riskant ihr Plan war. Die Lücke war gerade groß genug für Zalvados Maschine und weiter unten so in Schatten gehüllt, dass sie nicht erkennen konnten, wohin sie flogen.

Einen anderen Weg hinein schien es nicht zu geben, und so steuerte Marco die Maschine hinein. Mit einem Schlag waren sie nicht mehr in Sonnenlicht gehüllt, sondern tauchten in den tiefgrünen Schatten der Bäume ein. Zu allen Seiten ragten dicke Äste hervor, an denen ihr dünner Rotor einfach zerschellen würde, sollte Marco einen Fehler machen. Dann würden sie hinab in das unbekannte Grün stürzen.

Doch Marco lenkte sie vorsichtig hinab, sehr langsam und sorgfältig, blickte sich die ganze Zeit um, sah nach unten, zu den Seiten, und Elena vertraute auf sein neu erlerntes Können.

Lange, nachdem sie das Licht der Sonne verlassen hatten, öffnete sich dieser natürliche Schacht zu einer gewaltigen Halle, die von ringsum stehenden Bäumen gebildet wurde. Es war, als wären sie in einen tiefen Keller hinabgestiegen. Im Zwielicht sah Elena Vögel in der Luft und Insekten im Windhauch um sie herum.

Dann erreichten sie einen Grasboden, auf dem ihre Flugmaschine leicht federnd zur Ruhe kam. Sie waren am Ende ihrer Reise.

Noch bevor sie jedoch von ihrem Sattel steigen konnten, um ihre schmerzenden Beine zu strecken, näherten sich schattenhafte Gestalten von allen Seiten. Elena hielt inne, und als sie die Speere und Bögen sah, drehte sie langsam die Hände mit den Handflächen nach oben. Marco tat es ihr gleich.

Keines der Wesen machte Anstalten, etwas zu sagen.

Im Vergleich zu Caronix waren es wilde Gestalten, barfuß, in einfache Kleider gehüllt, deren Farben sich kaum von jenen des

Waldes unterschied. Doch in den Bewegungen erkannte sie ihren verlorenen Freund wieder. So grazil und so lebendig, jeder Schritt genau gesetzt, wie bei einem Tanz.

»Jetzt fliegen die Menschen also«, ertönte eine Stimme hinter ihr. Ruhig, nicht einmal unfreundlich, aber kühl. Eine Elfe stand dort, flankiert von mehreren Speerträgern. Sie musterte Elena, als die sich umwandte.

»Wir müssen fliegen«, erläuterte Elena. »Weil …«

»Weil ihr die Welt zerstört«, fiel ihr die Elfe ins Wort. »Denkt ihr, wir spüren das nicht? Denkt ihr, wir hören nicht das schreiende Blut?«

Bevor Elena antworten konnte, richtete die Elfe einen anklagenden Finger auf Marco: »Verunreinigt von eurer Magie, wie dieser dort.«

»Ich bin nicht …«, hob Marco an, aber Elena legte ihm die Hand auf den Arm.

»Er ist ein Opfer der Blutmagie«, sagte sie vorsichtig. »Wir sind vor ihr geflohen.«

Die Elfen senkten ihre Waffen, aber ihre Blicke wurden keineswegs freundlicher.

»Das ist kein Ort für euch«, stellte die Elfe schlicht fest. »Kehrt zurück in eure Welt und lasst unsere unverdorben.«

Elena atmete tief durch.

»Wir können nicht zurück. Die Blutmagier haben gesiegt. Wenn sie nicht aufgehalten werden, wird die ganze Welt von Unheil überschwemmt werden.«

Ein Murmeln ging durch die versammelten Elfen. Einige zeigten sogar Entsetzen auf ihren Mienen. Auch die Sprecherin schüttelte den Kopf.

»Ihr Menschen …«

»Caronix schickt uns«, entfuhr es Marco. »Er hat gesagt, dass ihr uns helfen könnt.«

»Caronix?« Die Elfe trat einen Schritt vor. »Was weißt du von ihm?«

Marco verschränkte die Arme vor der Brust.

»Er war mein Freund.«

Ein Schatten huschte über ihr Antlitz.

»Er fiel«, erklärte Elena. »Um uns zu retten. Aber zuvor gab er mir dies.«

Sie zog den Anhänger hervor und präsentierte ihn. Die Elfe kam heran und nahm ihn ihr sanft aus den Fingern.

»Sie werden euch nicht in Ruhe lassen«, gab Marco zu bedenken, während sie den Anhänger eingehend betrachtete, als könne er ihr Geheimnisse verraten, die nur sie verstehen konnte. »Ich weiß das. Sie hassen euch mehr als alle anderen. Wenn sie erst gewonnen haben, werden sie euch suchen.«

»Ich weiß«, bestätigte die Elfe schlicht.

»Noch haben sie nicht die ganze Macht.« Elena legte alle Überzeugungskraft in ihre Worte, die sie nach allem noch aufbringen konnte. »Aber sie sammeln sicher jetzt schon mehr und mehr, bis ihnen niemand mehr widerstehen kann.«

Die Elfe seufzte.

»Warum könnt ihr Menschen nicht einfach das ruhen lassen, was uns alle vernichten würde? Warum sucht ihr eine solche Macht, die alles Leben fressen wird?«

Darauf wusste Elena keine Antwort. Die Elfe hatte recht. Einst hatten die Blutmagier beinahe die Welt in den Abgrund gestürzt, doch anstatt daraus zu lernen, sehnten sich einige wieder nach jenen Schrecken.

Der Anhänger glänzte golden in den langen, schmalen Fingern der Elfe. Endlich riss sie ihren Blick davon los.

»Ich bin Elestrei. Ich bin … hm, ihr würdet mich die Fürstin nennen? Die Königin? Caronix ist … war mein Bruder. Als wir entschieden, eure Welt unter uns zu lassen, blieb er zurück. Ich hatte immer die Hoffnung, dass ich sein Amulett eines Tages wiedersehen würde. Nur nicht so.«

Wie eine Königin sah sie nicht aus, zumindest nicht, wie Elena sich das immer vorgestellt hatte, mit prächtigen Kleidern und Kronen. Aber als sie sich aufrichtete und ihre Begleiter sie mit Ehrfurcht ansahen, erkannte Elena, dass Kleidung und Juwelen nur Äußerlichkeiten waren. Elestrei war die Anführerin ihres Volkes, auch barfuß und ohne Krone.

»Caronix ist tot«, sagte sie zu den anderen Elfen und hielt das Amulett hoch. »Doch er sandte uns noch eine Warnung. Diese Menschen haben recht. Es gibt nun für uns keinen Frieden mehr. Sendet Boten in alle Äste, entlang allen Bäumen. Wir ziehen in den Krieg.«

50. Kapitel

Selbst hier, im Herzen des Fliegenden Waldes, wehte der Wind unablässig. Er spielte mit Elenas Haaren, zupfte eine Strähne aus ihrem Zopf und ließ sie über ihr Gesicht tanzen. Auch wenn es sich spielerisch anfühlte, so war der Wind hier doch anders als in Vastona; er war ewig.

Auch wenn ein Teil von ihr wusste, dass es jenseits des Erdreichs und des Holzes nur Wolken gab, die den Wald trugen, verspürte Elena keine Angst. Der Boden wirkte so fest und wahrhaftig wie die Pflastersteine, an die ihre Füße gewöhnt waren. In der Flugmaschine war ihr Bauch leicht gewesen, eine unablässige Erinnerung daran, dass sie hoch oben im Himmel waren. Hier schwiegen ihre Sinne, ließen sich von der Umgebung täuschen.

Das Blätterdach über ihrem Kopf war beinahe so dicht wie jenes unter ihren Füßen. Sonnenlicht funkelte zwischen dem Grün, gab ihm viele Schattierungen, von hellem Leuchten bis hin zu fast schwarzem Schatten. So hatte sie sich Wälder immer vorgestellt, wenn in den Geschichten und Märchen ihrer Großmutter Helden und Schurken welche betraten. Magisch, voller Geheimnisse, älter als selbst die Berge. Ganz anders als ihre wenigen Erfahrungen mit den Obsthainen um Vastona, die mit diesem Ort so viel gemein hatten wie die Hütte eines Bettlers mit dem Tempel der Seher.

Das brachte Marco in ihre Gedanken, der noch friedlich in den

Gemächern schlief. Und jene Nacht an dem See, die gleichzeitig endlos weit entfernt und unfassbar nah schien. Wenn sie die Augen schloss, spürte sie noch seine Hände auf ihrer Haut.

Innerhalb so kurzer Zeit hatte sich alles verändert. Der Krieg hatte alles verändert. Ein Leben, dessen Lauf schon seit ihrer Kindheit vorbestimmt gewesen zu sein schien, war nun ihr eigenes. Es war ein wilder Gedanke, so befreiend und dabei angsteinflößend. Die Ketten ihrer Armut hielten sie nicht länger fest, weder Elena noch Marco. Zum ersten Mal stand ihnen offen, ihr eigenes Schicksal zu bestimmen.

Und doch fühlte Elena sich gebunden. Weit unter ihnen, jenseits des Horizonts, litt Vastona. Deshalb waren sie hier. Und deshalb konnte Elena nicht die Wunder dieses Augenblicks genießen.

Der Fliegende Wald! Ein eigenes Märchen, eine unvorstellbare Geschichte. Jetzt war Elena die Heldin, die entgegen aller Furcht dorthin ging, wohin sie gerufen wurde.

Aber sie fühlte sich nicht wie eine Heldin. Ganz im Gegenteil, sie fühlte sich ohnmächtig.

Langsam sank sie auf den weichen Boden, der nach Pflanzen duftete, für die sie keine Namen hatte. Es wäre leicht gewesen, sich hier zu verlieren, sich den neuen Sinneseindrücken hinzugeben, doch Elena hielt sich mit Bedacht davon ab.

In Vastona war alles hart, die Stadt war eine Welt aus Stein, mit Kanten und Ecken. Hier im Herzen des Fliegenden Waldes gab es nur fließende, natürliche Formen, sicher nach einem Willen geschaffen, aber dabei selbst gewachsen.

51. Kapitel

Durch die Wolken zu schreiten, war so unwirklich, er hatte die Welt verlassen und wandelte nun in anderen Gefilden. Jeder Schritt war ein Vertrauensbeweis, denn das kühle Weiß war so dicht, dass Marco den hölzernen Weg unter sich nicht sehen konnte. Überhaupt dämpften die Wolken alle Sinneseindrücke, die Geräusche seiner Schritte, die Stimmen der anderen, selbst der erdige Geruch überlagerte alles, obwohl er kaum einzuordnen war, überall und dabei sanft.

Ein wenig war es, als würde er selbst schweben. Losgelöst von allen weltlichen Sorgen, in dieser so wenig greifbaren Traumwelt. Aber immer wieder sah er Schemen im Weiß, und sie erinnerten ihn daran, dass er nicht allein war. Und dass dieser Gang hinabführte, in die Welt, die er kannte und die in tödlicher Gefahr war.

Mit einem Mal lichteten sich die Wolken vor ihm. Nun konnte er wieder den Pfad erkennen, eine einzelne, breite Wurzel, die gewunden wie ein Korkenzieher ging. Sie war breit genug für drei oder vier Personen nebeneinander und an den Rändern so hochgezogen, dass sie beinahe wie Geländer wirkten.

An ihrem Ende jedoch reichte sie einfach in die Leere, ohne Schutz, und Marco, der bislang traumwandlerisch seine Schritte ins weiße Nichts gesetzt hatte, hielt inne, als ihn eine Welle von Schwindel überkam.

Jetzt erblickte Marco unter sich die Welt. Und nur ein, zugegeben breites und stabiles, Stück Wurzel lag zwischen ihm und dem Absturz. Er blinzelte. Wind zupfte an seinem Haar, raunte in seinen Ohren. Weit unter ihm lagen Felder und Obsthaine, ordentlich angelegt, Rechteck an Rechteck, grün und gelb und braun. *Wie lange fällt man wohl von hier oben? Wie viele Herzschläge hat man noch, bevor …*

Elena tauchte neben ihm aus den Wolken auf wie ein Gespenst. Ihre Augen weiteten sich, dann lächelte sie.

»Wie wunderschön!«

Ihre Worte rissen Marco aus seinen düsteren Gedanken, und es gelang ihm, die Vorstellung loszulassen, zu fallen und zu fallen und zu fallen.

Mit zusammengepressten Lippen nickte er.

»Komm schon.«

Sie ergriff seine Hand und ging noch einige Schritte vor. Ihre Berührung löste den Bann, der ihn paralysiert hatte. Mit ihr an seiner Seite hatte er vor nichts Angst.

Vor fast nichts.

»Vorsicht«, mahnte er und blieb drei Schritt vom Ende des Pfades stehen. Seine Stimme klang zittrig.

»Es ist ein seltsames Gefühl, oder?«, stellte Elena fest.

»Ja.«

»Dabei sind wir doch schon geflogen!«

»Mit Zalvados Maschine ist es anders. Wir haben sie gesteuert. Wir hatten es selbst in der Hand.«

»Du hast gesteuert«, entgegnete sie lachend, dann wurde sie unvermittelt ernst. »Aber ich habe mich sicher gefühlt.«

Ihre Finger drückten fester zu. Hand in Hand standen sie, und kein Abgrund der Welt konnte sie entzweien.

Der Morgen war nun in voller Pracht heraufgezogen, und die Landschaft wurde in goldenes Licht gebadet, das allem klare Konturen gab. Es kroch unter ihnen über das Land, trieb die Dunkelheit vor sich her, eroberte die Welt von der Nacht zurück. Ein gutes Omen, befand Marco, standen sie doch bereit, Vastona von einer Finsternis zu befreien.

»Wir nähern uns Vastona.« Elestrei schritt an ihnen vorbei bis nach ganz vorne, wo die Wurzel kaum dicker als ein Arm war. »Meine Ratgeber sagen mir, dass unser Feind unser Nahen spüren wird.«

So sicher, als ginge sie über die Pflaster von Vastona, tänzelte die Elfe über das Holz, setzte einen Fuß vor den anderen, bis keine Handbreit Platz mehr war. Dann wandte sie sich um. Ihr dunkles Haar wehte um ihr Antlitz, aber ihre Augen waren so eindringlich wie bei ihrem ersten Treffen.

In ihren Bewegungen, die so selbstsicher waren, erkannte Marco viel von Caronix. Sonst aber blieben ihre Blutsbande ihm verborgen. Selbst in diesem Moment hätte Caronix einen Scherz auf den Lippen gehabt, da war er sich sicher.

»Ihr müsst mir das Herz der Bestie zeigen«, erklärte sie und fixierte Marco mit einem harten Blick. Er schluckte und nickte.

Ganz langsam trat Elena noch einen halben Schritt vor, dann noch einen, und Marco ließ sich von ihr führen. Er bemühte sich, seine Miene gelassen zu halten. Auf keinen Fall wollte er Schwäche zeigen, weder vor Elestrei noch vor Elena.

Dennoch ergriff ihn beim Blick hinab ein Gefühl von unerklärlicher Leichtigkeit, so als wäre sein Körper wie ein Blatt Papier und könnte jeden Moment vom Wind davongeweht werden. *Lass mich nicht los,* flehte er Elena stumm an, und sie schien ihn zu hören, denn ihr Griff war fest und sicher.

Unter ihnen lagen die sanften Hügel ihrer Heimat. Fast glaubte Marco, sie zu erkennen, doch jedes Mal, wenn er davon überzeugt war, kamen ihm Zweifel. Von hier oben war die Welt so anders, dass er jenem Gefühl der Vertrautheit nicht trauen konnte.

Auf Hügeln und in Tälern duckten sich kleine Siedlungen unter ihnen. Heller Stein, darüber rote und braune Schindeln, ganz so, wie er die Welt kannte. Manchmal nur ein großer Hof, mit einigen Gebäuden drumherum, dann wieder ein Dorf mit Wegen und Straßen. Überall war die Natur gebändigt worden und in Formen gezwungen, die den Menschen genehm waren. Parzellen von Land, aufgeteilt durch Erbschaft und Kauf, umsäumt von grauen Linien – niedrigen Natursteinmauern, wie Marco jetzt verstand –, die alles in die richtige Ordnung pressten.

»Einst war das hier alles Wald«, erklärte Elestrei, als habe sie seine Gedanken gelesen. »Uralt und voller Würde, mit dunklen Föhren und hellen Birken. Bäume, älter als die Menschen, die ihnen mit Axt und Feuer zu Leibe rückten.«

Schuldbewusst sah Marco sie an, als sei er es gewesen, der den Wald gerodet hatte. Dabei waren seine Vorfahren vermutlich genauso arme Schlucker wie er gewesen und weit davon entfernt, Land zu besitzen oder gar zu vererben.

Schmerz pulsierte zwischen seinen Schläfen. Er biss die Zähne zusammen, hob die freie Hand an die Stirn. Es war mehr als nur ein dumpfes Drücken, vielmehr fühlte es sich so an, als zerre jemand an seinem Kopf. *Nein,* stellte er fest, *in meinem Geist.*

»Was hast du?«, fragte Elena.

»Ich weiß nicht. Da ist so ein …« Er versuchte, das Gefühl in Worte zu fassen, und scheiterte. »Ziehen.«

»Wir sind nah«, kommentierte Elestrei.

Und dann sahen sie die Stadt. Die hellen Mauern im Licht der aufgehenden Sonne, gleißend und stark, darüber die Dächer der Häuser, die Kuppen der Palazzi und die Türme, die stolz in den Himmel ragten, als schere sie gar nicht, was um sie herum geschah. Und das stimmte vermutlich, hatten die alten Gebäude der Stadt doch schon so einiges miterlebt und standen immer noch.

Für einen Augenblick war Marco von der Schönheit seiner Heimat geblendet. Ein unbändiger Stolz brandete in ihm auf. Doch er zerfiel so schnell wieder, wie er gekommen war.

Jeder Schlag seines Herzens sandte nun einen pulsierenden Schmerz in seinen Schädel, und seine Adern schienen in Flammen zu stehen. Er keuchte, sank auf ein Knie.

»Marco?« Elenas Stimme klang von weit weg. »Was ist denn nur?«

Er wollte antworten, doch nur ein unverständliches Stammeln entrang sich seiner Kehle.

»Hilf ihm. Die Magie …«

»Sein Blut hört den Ruf.« Elestreis Stimme schien direkt in seinem Geist zu ertönen. »Die finstere Magie, sie verlangt ihren Preis, das Blut, das ihm genommen wurde.«

Eine Berührung, eine warme Hand auf seiner Stirn, gemurmelte Worte. Von ihren Fingern aus wurde die Pein weggetrieben, und eine stumpfe Kühle folgte ihr, so als sei ein Teil von ihm gefühllos geworden. Er sah zu Elestrei auf, die ihre Hand wegzog.

»Verzeih«, sagte sie ohne eine Spur von Bitte um Vergebung in der Stimme. »Wir mussten sichergehen.«

Noch war Marco zu schwach, um zu antworten. Das übernahm Elena: »Sichergehen? Was meint Ihr damit? Ihn foltern, ihn seinen Peinigern erneut aussetzen?«

Marco musste ob ihres Zorns lächeln.

»Blutmagie ist eine schreckliche Sache, Kind. Sie bindet auf ewig jene, die ihr ausgesetzt sind. Eure Berichte sind das eine, aber du musst verstehen, dass ich mein Volk nicht in einen Krieg führen werde, ohne sicher zu sein, dass es sein muss.«

Marco richtete sich auf.

»Ich verstehe«, sagte er leise. Noch immer hielt Elena seine Hand. Er blickte zu ihr, und sah, wie ihr Zorn verrauchte. »Wir verstehen.«

Elestrei wandte sich ab, sah in Richtung Vastona.

»Viele werden heute den Tod finden. Selbst wenn wir siegreich sein werden, werden wir alle Narben davontragen.«

Keiner der beiden wusste darauf eine Antwort. Krieg und Tod, das war abstrakt und weit weg gewesen, selbst noch als die Truppen des Schwarzen Herzogs gen Vastona zogen. Ein Krieg gegen den Orden der Seher, gegen ihre verfluchte Blutmagie, das war der Stoff von Märchen und Legenden.

»Das dort ist ihr Tempel«, erklärte Elena und wies auf den großen Kuppelbau, der selbst unter den prächtigen Gebäuden der Stadt herausstach.

»Bevor sie das erste Mal ihre Häupter erhoben, hatten sich die Blutmagier jahrhundertlang in den entlegensten Winkeln der Welt versteckt. Diesmal hatten sie wohl andere Pläne.«

Elestrei klang verbittert, Marco verstand es. Die Opfer aller im Roten Krieg waren zahllos gewesen. Und wofür? Nur damit die Blutmagier sich in Tempeln verschanzten und von den Menschen verehrt wurden.

Je näher die Fliegenden Wälder der Stadt kamen, desto mehr Details konnten sie ausmachen. Elena holte jene Erfindung hervor, die Zalvado ihnen vor dem Abflug gegeben hatte, das Rohr mit den geschliffenen Gläsern an den Enden. Abwechselnd blickten beide hindurch, was Elestrei mit einem amüsierten Blick quittierte. Vermutlich waren ihre Augen einfach besser als die der Menschen. *So wie eigentlich alles an ihnen,* dachte Marco nicht gänzlich ohne Neid.

Vastona war nicht so glänzend, wie es zunächst geschienen hatte. Im Gegenteil, die Schlacht hatte ihre Spuren hinterlassen. Breschen in der Stadtmauer, niedergebrannte Gebäude, aus deren Ruinen schwarz verkohlte Balken wie anklagende Finger ragten. Um die Stadt herum war der Boden braun und aufgewühlt, kaum ein grüner Halm hatte erst die Flüchtlinge und dann die Schlacht überlebt. Die hell gepflasterten großen Prachtalleen waren von braunem Schlamm durchzogen … *nein, nicht braun,* erkannte Marco. Entsetzen keimte in ihm auf. Rot.

Vastonas Straßen waren rotgefärbt vom Blut ihrer Bewohner.

52. Kapitel

Es war das erste Mal, dass Ombro wirklich und wahrhaftig keinen Ausweg wusste. Es war ein dermaßen ungewohntes Gefühl für ihn, dass er es einfach von sich schob. Vermutlich wäre es besser gewesen, die Hoffnungslosigkeit der Situation zu akzeptieren, aber ihm stand nicht der Sinn danach, und wenn man ihm eines nicht nachsagen konnte, dann, dass es ihm an Hartnäckigkeit mangelte. *Und Skrupellosigkeit,* dachte er bei sich, als er die Taschen der bereits dahingerafften Menschen durchsuchte. Viel gab es nicht, die Schergen der Seher hatten ihnen alles abgenommen. Aber die letzte Tote, dem Aussehen nach eine junge Soldatin, hatte einen kleinen Lederschlauch mit Flüssigkeit unter ihrem dürren Hemd versteckt.

Vorsichtig löste er ihn, verbarg ihn selbst unter seiner Kleidung. Die Soldatin ließ er achtlos liegen, ihr Hemd hochgeschoben, fahle, wächserne Haut hervorscheinend. Ihre Wunden waren, wie die aller Toten, klaffende Münder, tiefe Schnitte, doch darunter war das Fleisch fahl, und es floss auch kein kostbarer Lebenssaft. Stattdessen war alles grau, jedweder Farbe beraubt. Und das war wohl auch das Schicksal der anderen Gefangenen, da war sich Ombro sicher.

Leise und unauffällig überquerte er das düstere Halbdunkel des alten Lagerhauses, das zu einem Gefängnis umfunktioniert worden war. Draußen waren noch unzählige weitere Gefangene wie Vieh in einem hastig errichteten Lager eingepfercht. Doch hier drinnen lichteten die Reihen sich langsam. Die Menschen verbluteten einfach, egal, was man für sie tat, ihr kostbares Lebensblut rann aus ihnen heraus, sickerte in die Erde, durch alle Verbände und Aderpressen hindurch. Die kleinste Wunde genügte. Genau deshalb machte Ombro sich große Sorgen um den Herzog.

Der Mann, der die Welt beherrschen wollte, lag nun in ihrem Schmutz. Sein Gesicht war bleich, eingefallen, wirkte wie der Schädel eines Toten. Ombro hatte getan, was er konnte, und er verstand mehr von der Kunst des Heilens als die meisten, aber viel half es nicht. Was konnten einfache Sterbliche schon gegen diese Magie ausrichten.

»Ich habe etwas«, berichtete er, als er neben seinem ehemaligen Auftraggeber auf ein Knie ging. Er zog den Schlauch hervor, öffnete ihn und roch daran. Wein. Keine Überraschung. Soldaten liebten Wein.

Solare Biocca öffnete die Augen.

»Ich dachte, du hättest längst das Weite gesucht.«

»Nein, natürlich nicht.«

Ombro musste gestehen, dass er nicht sagen konnte, ob er auch dann treu gehandelt hätte, wäre ihm die Flucht möglich erschienen.

»Kein Weg hinaus? So schlimm?«

Sie warfen sich einen verstehenden Blick zu, Solare lächelte sogar etwas.

»Ihr schuldet mir Geld, mein Herr. Also müssen wir beide von hier verschwinden, denn, und ich hoffe Ihr verzeiht mir meine Offenheit, wenn Ihr erst tot seid, werden Eure Wechsel wertlos sein.«

»Das Schicksal großer Persönlichkeiten«, pflichtete ihm Solare bei und schloss wieder die Augen. »Siegen wir, so liebt man uns. Doch in der Niederlage werden wir verflucht.«

»Wie dem auch sei: Wein.«

Ombro hielt den Schlauch hin, und Solare hob ihn sich mühsam an die Lippen. *Immerhin kann er noch selbst trinken.* Erst nachdem der Herzog einige Schlucke genommen hatte, ließ sich Ombro das saure Nass die Kehle hinabrinnen.

»Nicht gerade die beste Wahl für einen letzten Trunk«, murmelte Solare, aber was wusste schon ein Mann, der immer nur den besten Wein getrunken hatte?

»Hier und jetzt ist das die beste Wahl.« *Die einzige Wahl.* »Wie fühlt Ihr Euch?«

»Wie eine der Trauben, die für den Essig da ausgepresst wurden.«

Ombro musste lachen. Es überraschte ihn, wie nahe er sich dem Herzog mittlerweile fühlte. Vermutlich hatte es diese Wirkung, wenn man denselben Tod vor Augen hatte.

»Du musst von hier verschwinden, Ombro«, erklärte Solare plötzlich mit grimmiger Miene. »Wenn es jemand schafft, dann du. Und die Nachricht von den Gräueltaten der Seher muss in die Welt gelangen. Es muss einen Bund gegen sie geben, eine Armee, und …«

»Deshalb müsst Ihr von hier verschwinden«, unterbrach ihn Ombro. »Bündnisse, Armeen, das ist Euer Metier. Auf mich würde niemand hören, meinen Worten würde niemand Glauben schenken.«

Sie schwiegen eine Zeit lang, denn sie beide hatten recht, und es ließ sich nicht vereinbaren. Der einzige Mensch, der hoffen konnte, gegen die zur Schau gestellte Macht des Ordens der Seher zu stehen, war Herzog Solare Biocca. Und der einzige, der vielleicht aus den Klauen ebenjenes Ordens entkommen konnte, war Ombro. Stattdessen saßen sie hier fest, machtlos, und warteten auf den Tod.

So wie die anderen. Es stank. Nach Tod. Nach Verzweiflung.

»Wie dem auch sei, du musst mir versprechen, dass du es versuchst, wenn … wenn es mit mir zu Ende geht.«

»Ihr werdet es überstehen.«

Solare setzte sich auf, schob sich an der kühlen Wand empor. Ombro war schockiert, wie geschlagen seine Miene aussah, wie sich die Niederlage in seine Züge gegraben hatte.

»Ich bin weder blind noch dumm, Ombro. Was auch immer diese elende Magie macht, sie saugt uns allen das Blut aus. Die Verwundeten sterben …« Er zog sein Wams hoch und zeigte den blutgetränkten Verband. »Und ich bin verwundet.«

»Dann müssen wir Euch von hier fortschaffen. Diese Magie wird nicht ewig wirken und nicht auf jede Entfernung. Es gibt einen Grund, warum sie uns ausgerechnet hier eingesperrt haben.«

Wie so vieles, gab auch der Ort ein Rätsel auf. Lagerhäuser, Kontore, alte halb verfallene Villen. Es hätte so viel bessere Plätze in der Stadt gegeben, und erst recht außerhalb. Stattdessen hatten die Diener des Ordens ganze Straßenzüge blockiert und so in einem der ältesten Teile der Stadt ein Lager für die Gefangenen geschaffen.

Beim Gedanken an die Menschen, die sie hierhergebracht hatten, fröstelte es selbst Ombro. Leere Augen, weiß wie die der Seher, doch dahinter kein Geist mehr. Wie Marionetten, geführt von einem unsichtbaren Willen.

»Aus dem Gefängnis, in die Stadt. Aus der Stadt hinaus. Und dann?«

Ombro zuckte mit den Schultern.

»Notfalls gehen wir zu Fuß. Hauptsache weg von hier.«

»Deine Zuversicht ehrt dich. Ich kann kaum stehen, wie soll ich da laufen?«

»Dann eben Pferde. Ein Wagen. Wenn wir erst einmal hier raus sind …« Der Herzog hob müde die Hand und winkte ab. Aber Ombro ließ nicht locker. »Alleine schaffe ich es vielleicht, aber ich gestehe Euch gerne ein, dass die Chancen nicht wirklich gut stehen. Wir benötigen eine Ablenkung.«

Sofort begann es hinter den Augen von Solare zu arbeiten. Pläne schmieden, Risiken abwägen, Strategien entwickeln, das war seine Welt, das hatte er getan, seit er seine erste Schlacht geschlagen hatte. Fast schien es Ombro, als käme wieder Farbe in das Antlitz des Herzogs.

»Nach was steht dir der Sinn?«

»Ihr seid Herzog Solare Biocca. Unter den Gefangenen sind viele Eurer Soldaten. Wenn Ihr sie dazu bringen könntet, sich zu organisieren, sich gegen ihre Feinde zu werfen …«

»Das wäre Selbstmord«, gab Solare zu bedenken. »Wir konnten in einer Schlacht nicht siegen, was glaubst du, was uns dann ohne Waffen blüht?«

Für einen gefürchteten Kriegsherrn war er gerade nicht sonderlich ruchlos.

»Habt Ihr noch nie Untergebene in einen sicheren Tod geschickt?«

Die Frage hing zwischen ihnen. Natürlich hatte er das. In jeder Schlacht. Und manchmal hatte er Truppen geopfert, hatte sie gegen eine Übermacht gesandt, um an anderer Stelle selbst die Übermacht zu haben, für eine Ablenkung. *Genau wie jetzt.*

Als Solare nicht antwortete, erkannte Ombro, dass da ein Spalt war. Und er schlug seine Haken hinein.

»Ihr sagt es selbst, die Nachricht muss aus Vastona heraus, bevor es zu spät ist.«

Solare schwieg.

»Und diese Männer und Frauen sind dem Tod geweiht. Denkt Ihr etwa, dass der Orden der Seher sie verschonen wird? Heute die Verwundeten, morgen der Rest.«

Bevor Ombro fortfahren konnte, rieb sich der Herzog den schmutzigen Bart am Kinn.

»Besser aufrecht sterben als so dahingerafft werden.«

Ombro lächelte insgeheim. Er hatte ihn. So sehr Menschen wie Solare auch auf Anstand und ihre Ehre pochten, sie waren nicht dorthin gekommen, wo sie waren, ohne über Leichen zu gehen. Am Ende war ihnen ihr eigenes Fell immer wichtiger als das der anderen.

»Ein mutiger Plan«, stellte Solare fest. »Und falls wir uns gegen den Orden erheben, was dann?«

»Lasst den Rest meine Sorge sein«, erwiderte Ombro. »Ihr verschafft mir eine Ablenkung, ich bringe Euch aus Vastona heraus.«

Bis er es aussprach, hatte Ombro keinen wirklichen Plan gehabt. Doch nun fragte er sich, ob das von Beginn an seine Absicht gewesen war, vielleicht unbewusst? War er beim Herzog geblieben, weil es die beste Wahl war? Nicht, um ihm zu helfen oder ihn gar zu versorgen, sondern weil er ihn benötigte, um seine eigenen Überlebenschancen zu steigern?

Viele würden den Tod finden, damit sie eine Flucht versuchen konnten. So sehr Solare es sich auch schönreden mochte, sie bezahlten ihre Hoffnung mit dem Blut anderer. Und ging es ihnen wirklich um eine größere Sache, darum, eine Warnung in die Welt zu tragen? Oder war es die nackte Angst vor dem Tod, die sie antrieb?

Nachdenklich erhob sich Ombro. Zum Glück riss der Herzog ihn aus den düsteren Gedanken, als er ihn am Knöchel packte.

»Ombro!«

»Was ist?«

»Ich weiß nicht … etwas ist anders. Ich spüre es. Dieses furchtbare Ziehen ist verschwunden.«

Rasch blickte Ombro sich um, aber ihm fiel keine Veränderung auf. Mit katzenhafter Geschicklichkeit sprang er zu einem aus der Wand ragenden Balkenende, zog sich empor, kletterte weiter bis ins Gebälk der Lagerhalle. Türen und Fenster unten waren verschlossen, die Läden verrammelt, aber hier oben gab es Luken für Licht und Luft. Es kostete ihn keine besondere Anstrengung, eine zu erreichen und vorsichtig hinauszuspähen.

Tatsächlich geschah etwas. In die Wachen draußen war Bewegung gekommen. Leere Augen blickten zum Himmel empor, an dem eine große Wolke hing.

Vor allem jedoch zogen sich einige zurück, schlurften mit diesen seltsamen Bewegungen davon. Ombro frohlockte.

Ihre Chancen hatten sich verbessert.

53. Kapitel

Mögen wir uns wiedersehen.«

Es war eine einfache Verabschiedung, aber sie sagte alles, was in diesem Moment wichtig war. Elena nickte Elestrei zu und rutschte hinter Marco hin und her, versuchte, eine bequeme Sitzposition zu finden.

Beinahe hätte sie gelacht. Als wenn Bequemlichkeit jetzt wichtig wäre. *Aber ich will auch nicht mit schmerzendem Hintern sterben.*

»Bereit?«, fragte Marco. Als Antwort tippte sie ihm bestätigend auf die Schulter. Sie waren ja schon alte Hasen und das hier nicht ihr erster Flug.

Tausend Worte gingen ihr durch den Kopf. Simple wie *viel Glück.* Aufmunternde wie *zeigen wir es ihnen.* Aber am Ende entschied sie sich für die einfachste aller Wahrheiten: »Ich liebe dich.«

Er drehte den Kopf, und sie konnte sein Lächeln erahnen.

»Ich dich auch.«

Als wären ihre Worte eine Zauberformel, schwand die Wolke um sie herum, fortgeweht vom Wind. Die Fliegenden Wälder schwebten nun viel näher am Erdboden, der geradezu unter ihnen entlangraste. Und da, direkt vor ihnen, lag Vastona.

Die dicke Wurzel unter ihnen senkte sich mit einem Ruck, dann stürzten sie hinab. Elena trat in die Pedale, und der Rotor über ihnen erwachte zum Leben.

Tiefer und tiefer stürzten sie, auf Bäume und Häuser zu, die nur noch eine Armeslänge entfernt schienen. Elena hielt unbewusst den Atem an. Immer schneller drehte sich der Rotor.

Dann riss Marco einen Hebel nach hinten. Ihr Fall wurde zu einem schreienden Flug, als Zalvados Wunderwerk und die Magie von Caronix vereint gegen Schwerkraft und alles scheinbar Mögliche antraten.

Marco nutzte die Geschwindigkeit des Falls, lenkte sie in einen schnellen, immer weiter absinkenden Flug. Unter ihnen sah Elena Bäume, deren Wipfel nach ihnen zu greifen schienen. Tiefer und tiefer flogen sie, Marco legte die Maschine in eine Kurve zwischen zwei langgestreckten Hügeln. Vor ihnen tauchte ein Olivenhain auf … und Elena erkannte ihn, dort hatten sie ihren ersten Flugversuch gemacht und ihren ersten Absturz erlebt.

Das schien ihr nun so weit entfernt, in einer so unschuldigen Vergangenheit zu liegen, dass sie sich gar nicht mehr vorstellen konnte, wer diese beiden Menschen dort gewesen waren.

Jetzt waren sie Elena und Marco, Bezwinger des Himmels, und sie hatten eine Armee mitgebracht.

»Ich gehe tiefer«, rief Marco ihr über die Schulter zu. Sie tippte ihn erneut an.

So schnell waren sie noch nie geflogen, nicht einmal bei ihrer Flucht. Rechts und links raste die Landschaft vorbei. Der Fahrtwind riss Elena den Atem von den Lippen. Sie musste die Augen zu Schlitzen schließen, und dennoch liefen ihr Tränen über die Wangen.

Ein Blick zurück zeigte die Fliegenden Wälder, die sich der Stadt in gerader Linie näherten. Den Schutz der Wolken hatten die Elfen aufgegeben, nur hier und da hingen noch Fetzen von Weiß im Grün. All ihre Kraft, all ihre Magie floss nun in den Kampf.

Es war ein erhebender Anblick. Bäume wucherten durcheinander, wirkten von außen wie ein wilder, undurchdringlicher

Dschungel. Dunkelgrün, fast schwarzes Holz. Eine Festung, gewachsen durch Magie.

Doch als sie wieder nach vorne sah, erschauerte Elena. Zwischen den Hügeln, am Ende des Tals, konnte man einen Blick auf Vastona erhaschen. Und dort erhoben sich dunkle Schemen auf weiten Schwingen.

Dann verschwand das Bild, als Marco die Flugmaschine in eine scharfe Kurve riss, die sie von Vastona wegführte. Sie folgten dem Lauf eines kleinen Flüsschens, das silbrig unter ihnen dahinfloss, durch sich windende Täler. Elena konnte nicht viel mehr tun als treten und nach Gefahren Ausschau halten. Sie zählte die Umdrehungen der Pedale, es waren viele, zu viele, eine Ewigkeit verging. Trotz ihrer Geschwindigkeit waren sie zu langsam.

Als Marco sie schließlich über einen Hügel steigen ließ, lag Vastona im Schatten der Fliegenden Wälder. Doch dunkel war es nicht. Immer wieder schien grelles Licht auf, Blitzschläge, die aus dem ewiggrünen Wald kamen. Jedes Aufleuchten zeigte geflügelte Schrecken, Dutzende, nein, Hunderte, die durch die Luft sausten, um die Fliegenden Wälder herum.

»Jetzt«, schrie Marco und steuerte die Flugmaschine nach vorne, so dass sie die Flanke des Hügels hinabsausten, direkt auf Vastona zu. Wie viel davon Flug war und wie viel Sturz, konnte Elena nicht sagen.

Die fliegenden Wesen zuckten wie Raubvögel durch den Himmel, immer auf der Suche nach Beute. Elfen tanzten zwischen den Wurzeln und Ästen ihrer Heimat umher, schossen mit Bögen, tauchten vor den Angriffen ab. Immer wieder schleuderte der Wald den Feinden Blitze entgegen, die krachend in die Stadt einschlugen.

»Sieht gut aus«, rief Elena, doch just in diesem Moment wurde ein Elf von einem der Wesen gepackt und mit einem Ruck von einem Ast herabgezogen, fiel schreiend in die Tiefe, die Gliedmaßen in wildem Tanz verdreht, bis die Gestalt zwischen den Häusern verschwand.

Bislang hatte sie niemand bemerkt, und Marco nutzte eine Lücke, flog tief und schnell über die offenen Felder, die vor der Stadt lagen. Grün wurde zu Braun, als sie den innersten Ring erreichten, dort, wo die Lager von Flüchtlingen und Armee gewesen waren.

Mit Entsetzen sah Elena, dass sich immer mehr und mehr von den geflügelten Ungeheuern aus der Stadt erhoben. Über ihnen waren viele Elfen in Bedrängnis. An mehreren Stellen versuchte ein ganzer Pulk der Monster, sich einen Weg in das Pflanzendickicht zu bahnen.

Noch hundert Schritte waren sie von der Mauer entfernt, noch fünfzig, dreißig, zehn. Die Stadtmauer ragte vor ihnen auf. Marco riss die Flugmaschine hoch, sie schrammte über den Stein, dann wieder hinab in eine breite Straße.

Aus dem Augenwinkel sah Elena einen Schatten über ihnen. Eines der Ungeheuer hatte sie erspäht, legte die Flügel an und stürzte auf sie nieder.

»Marco, über uns!«

Er nickte nur, drückte die Hebel noch weiter nach vorne. Elena trat so schnell sie konnte. Näher und näher stürzte der Schrecken auf sie zu. Er war dunkel, schimmerte rötlich. Elena zuckte unwillkürlich zurück. *Blut*, erkannte sie. *Vielleicht von Marco.*

Er sah über die Schulter.

»Sag, wenn es uns erreicht.«

Häuser zu beiden Seiten. Die Läden geschlossen, alles verrammelt, keine Seele zu sehen. Elena konnte es ihnen nicht verdenken.

Ihr Feind war direkt über ihnen. Sie schlug Marco auf die Schulter.

Die Flugmaschine legte sich auf die Seite, Marco zerrte an den Hebeln, Elena klammerte sich an die Griffe, wurde beinahe vom Sitz geworfen. Ein mehrstöckiges Haus tauchte direkt vor ihnen auf, dann kippte es rasend schnell zur Seite, als Marco eine unmögliche Kurve flog. Ihr Jäger folgte, doch zu langsam. Elena sah, wie das Wesen in das Haus krachte und dann einfach zerplatzte, wie ein riesiger Tropfen, der auf harten Stein fällt.

»Sehr gut«, rief sie Marco zu, der sich nicht einmal umschaute. *Man kann sie besiegen!*

Sie flogen die Kupferne Straße entlang, langsamer jetzt; ihr Manöver hatte sie Geschwindigkeit gekostet. Immer wieder sah Elena nach oben, um nach weiteren Verfolgern Ausschau zu halten, doch die Aufmerksamkeit der Feinde schien wie erhofft rein auf die Fliegenden Wälder konzentriert zu sein. Ein kleiner Hüpfer über den Palazzo des Fürsten, dann erreichten sie den Platz der Stille.

Vor ihnen lag der Tempel der Seher.

54. Kapitel

Auf die Füße! Erhebt euch! Los!«

Man sollte nicht meinen, dass sich Solare Biocca vor wenigen Augenblicken noch dem Tod ergeben hatte. Jetzt schritt er zwischen den Gefangenen her, packte einzelne, zog sie hoch, nickte anderen zu, die von selbst aufstanden. Verwundert blickte Ombro ihm nach; diese Verwandlung erschien selbst ihm wie Magie.

Auf die versammelten Menschen hatte der Auftritt eine ähnliche Wirkung. Es dauerte einige Momente, bis Ombro es erkannte: Es war Hoffnung, die der Herzog den Menschen gab. Dort, wo bis gerade nur Grauen und Dunkelheit geherrscht hatten, gab es nun einen Funken Licht. Nicht viel, aber genug, um den Gefangenen den Weg zu weisen.

Es war egal, ob die Leute Vastoni waren oder aus des Herzogs Armee stammten. Sie alle standen vor ihm stramm. Für Ombro, dem es immer darum ging, dass man ihm so wenig Aufmerksamkeit wie möglich schenkte, war das ein Fluch ebenso wie eine Gabe.

Die Schultern des Herzogs waren zurückgezogen, sein Kreuz durchgedrückt. Ganz der Alte. Nur Ombro sah die Fahrigkeit in manchen seiner Bewegungen, das Innehalten, um Luft zu holen.

Das ganze Lagerhaus schien nun zu stehen. Wer noch am Boden lag, war tot.

»Ihr alle kennt mich«, rief Solare und bahnte sich einen Weg bis in die Mitte. »Einige von euch dienten unter mir. Andere kämpften gegen mich.«

Ombro hätte beinahe gelacht. Keiner von denen hatte gegen Solare gekämpft, nur gegen seine Armee.

»Aber angesichts dieses Feindes ist das alles unwichtig geworden. Jetzt und hier gibt es nur einen Feind: den Orden der Seher! Wir alle stehen auf einer Seite vereint!«

Die Reaktion fiel gedämpft aus. Vermutlich war man von Solares Reden vor Schlachten Besseres gewohnt. Er streckte sich, wies auf das Tor und die dahinter liegende Freiheit.

»Gemeinsam können wir sie bezwingen! Schulter an Schulter! Wir sind die stolzen Frauen und Männer der ruhmreichsten Länder der Welt! Wir haben unzählige Schlachten geschlagen! Unsere Städte sind der Neid aller Nationen! Unser Blut ist uralt!«

Murren. Verängstigte Blicke. Einige sahen auf die Leichen zu ihren Füßen. *Blut. Das war ein Fehler. Es erinnert sie an die Schrecken da draußen.* Langsam trat Ombro vor, zwängte sich durch ein, zwei Reihen der Umstehenden, nur, falls er gebraucht würde.

»Und dieses Blut lassen wir uns nicht nehmen! Es fließt in unseren Adern! Der Boden unseres Landes ist davon getränkt!«

Mit jedem Wort kehrte die Kraft in den Herzog zurück, und diese Kraft gab er an die Menschen um ihn herum weiter. Sein Blick wanderte über die Reihen, fixierte sie, zog sie in seinen Bann. Einige hoben die Fäuste, andere nickten bei jeder Aussage.

»Wir stehen gemeinsam!«

Einige fielen ein. Sofort griff Solare das auf: »Gemeinsam!«

Zu einem Schlachtruf reichte es noch nicht, doch bei jeder Wiederholung fielen mehr Stimmen mit ein, bis es schließlich ein Ruf aus den Kehlen aller war und selbst Ombro die Macht dahinter spürte.

»Offiziere zu mir.«

Der Bann war gebrochen, aber die Magie wirkte noch nach. Aus einem Haufen geschlagener Gefangener war nun eine Truppe geworden. Und sie würde auf Solare hören.

»Wir brechen das Tor auf. Es gibt hier genug, das wir als Ramme nutzen können«, begann er. »Sobald wir draußen sind, will ich, dass ein Teil die Wachen beschäftigt und wir weitere Gefangene befreien. Das ist unsere oberste Priorität, verstanden?«

Alle nickten.

»Ich führe den Kampf an, ihr …« Er sah sich um, zeigte auf zwei Frauen und einen Mann. »Ihr drei nehmt euch jeweils zehn Leute und befreit mehr Gefangene. Und sorgt dafür, dass sie mitmachen. Teilt die Gebäude ein, seid schnell, handelt klug.«

»Was machen wir dann?«, fragte eine der drei, eine hochgewachsene Frau mit dunkelblondem Haar. Solare warf einen kurzen Blick auf Ombro, der kaum sichtbar nickte.

»Wir schlagen uns zum Tor der drei Dämonen durch und ziehen uns zurück.«

»Das wird ein langer Marsch«, gab sie zu bedenken. »Keine Vorräte, kein Tross.«

»Besser als in Vastona zu verrecken«, meldete sich ein alter Veteran zu Wort und spuckte aus. »Und besser, sie schlitzen einen auf, als … das.«

Niemand fragte, was er meinte.

»Gut. Fragen?«

Alle schüttelten den Kopf.

»Dann sucht euch Leute und haltet euch bereit. Es geht los, sobald …«

Ein Donnern ertönte, und die Erde schien zu beben. Der Veteran fluchte.

»Was für eine Teufelei …?«

»Keine Zeit mehr«, stellte Solare fest. »Los, los, los!«

Schnell war eine Truppe aufgestellt, die mit einigen alten Balken auf das Tor zustürmte. Ihre Ramme war ein kläglicher Anblick, aber das Lagerhaus stellte auch keine Festung dar. Solare stand vorne, brüllte Befehle, ermunterte, trieb an. Als das Tor krachend aufflog, löste sich Ombro aus den Schatten und legte dem Herzog eine Hand auf die Schulter.

»Vergesst nicht, warum wir das tun«, flüsterte er, doch er hätte sich keine Sorgen machen müssen. Solare nickte ihm zu. Dann wendete er sich der nun offenen Tür zu.

»Attacke!«

Der Befehl donnerte über alle hinweg, und wer konnte, stürmte hinaus. Eine Masse von Menschen, abgerissen, in Lumpen gekleidet, aber von einem einzigen Gedanken erfüllt.

Dafür, dass nur wenig Zeit blieb, erfolgte der Angriff überraschend koordiniert. Während der Herzog den größten Teil der Leute die Straße hinab auf die Wachen zu trieb, zweigten drei kleinere Gruppen ab und begannen, Türen und Tore anderer Gebäude zu bearbeiten.

Die Straße war dunkel, so als ob eine Wolke die Sonne verbarg. Ombro sah empor. Und erstarrte.

Über Vastona schwebte ein Wald. Und um ihn herum tanzten Dämonen.

55. Kapitel

Gerne noch hätte Marco die Flugmaschine sanfter gelandet, doch für sie galt nur noch, schnell zu sein. Die Kufen schlugen auf die Steinplatten, ein Stoß, der ihm bis unter die Schädeldecke fuhr, sie prallten ab, segelten noch ein Stück, schlugen wieder auf. Elena und er wurden hin und her geschleudert, klammerten sich fest, so gut es ging. Noch ein Satz, noch ein Schlag, dann rutschten sie über den Platz, Metall kreischte über Stein, Funken stoben auf. Die Flugmaschine drehte sich um ihre Achse, eine Kufe blieb an einer Kante hängen, sie kippten zur Seite – so wie damals, bei ihrem Jungfernflug! Dann neigte sie sich zurück und kam mit einem letzten Krachen zum Stehen.

Bevor Marco seine verkrampften Finger von den Griffen lösen konnte, war Elena schon aus dem Sitz gesprungen.

»Komm!«

Ihm lag eine böse Erwiderung auf der Zunge, aber er presste stattdessen die Lippen zusammen. Ungelenk stieg er ab.

Beim Anblick der weit geöffneten Tore des Tempels keimte Unbehagen in ihm auf. Ihr Plan war verrückt. Über ihnen tobte die Schlacht. Der Fliegende Wald schwebte über Vastona, so groß wie die alte Stadt selbst. Dort oben kämpften und starben Elfen, wurden von Blutdämonen zerfetzt, fielen in den Tod, wehrten sich mit allen Kräften. Längst fuhren keine Blitze mehr herab, dafür donnerte es im Wald. Immer wieder sah Marco, wie geflügelte Ungeheuer zwischen den Ästen verschwanden, sich in das Reich der Elfen förmlich hineinfraßen.

Ein langer Schrei ertönte über ihnen. Dann erblickten sie eine Gestalt, die, sich immer wieder überschlagend, herabfiel. Zwei der Schreckensgestalten stürzten hinterher, packten Arm und Bein, zerrissen die Elfe einfach so. Marco spürte, wie ihm Galle in die Kehle stieg. Neben ihm murmelte Elena etwas. Die Überreste der Toten schlugen unweit von ihnen auf, benetzten den Platz mit ihrem Blut.

»Los, sie können das nicht lange durchstehen.«

Elenas drängende Worte zwangen Marco zu handeln. Er folgte ihr die Stufen empor, sprang zwei auf einmal. Der Tempel lag still da, hinter den Toren war nur Dunkelheit.

»Sollten sie nicht singen oder so was?«, erkundigte sich Elena, Marco zuckte mit den Achseln.

»Bei den Aderlassen haben sie, aber wer weiß schon, was sie jetzt tun.«

In seiner Hand spürte er den kleinen Samen, nur so groß wie eine Eichel. Gemeinsam mit Elena betrat er den Tempel. Die Halle war leer, verlassen, sie wirkte, als wäre sie es schon immer gewesen.

Schweigend schlichen sie hinein. So sehr sie sich auch bemühten, leise zu sein, jede Bewegung, jeder Atemzug schien in dem gewaltigen Raum widerzuhallen.

»Wo sind sie?«, fragte Marco.

»Ich sehe hinten nach«, schlug Elena vor. »Geh du nach links durch die Tür.«

Sie entfernten sich langsam voneinander, mit vorsichtigen Schritten. Einige der Gänge kannte Marco, war sie in seiner Zeit als Novize gegangen. Bei dem Gedanken verzog er das Gesicht. Was für eine große Lüge!

Doch damals waren sie von Leben erfüllt gewesen, hatten Brüder des Ordens dort ihre Riten vollzogen. Jetzt waren sie dunkel und leer. Gang um Gang, Korridor um Korridor lief er ab, und mit jedem wurde sein Herzschlag schneller, Panik stieg in ihm auf.

Dann fand er sich in der großen Halle wieder. Eine letzte Hoffnung, doch Elena kam aus den hinteren Räumen und schüttelte nur den Kopf.

»Sie sind nicht hier.«

Der einfache Satz barg eine schreckliche Wahrheit. Ohne das Ritual konnten sie nichts tun. Solange sie nicht wussten, wohin die Seher ihre schändlichen Opfer brachten, waren sie machtlos.

56. Kapitel

Was Schlachten anging, so war diese wenig beeindruckend. Die Gefangenen kämpften mit dem Mut der Verzweiflung, aber ohne Waffen. Auch ihre Gegner waren fast gänzlich unbewaffnet, wehrten sich jedoch mit einer Todesverachtung, die es schwierig machte, sie zu besiegen.

Vorne sah Ombro einen der Feinde zu Boden gehen und eine ganze Traube von Fliehenden auf ihn stürzen, um ihn mit bloßen Händen zu zerfetzen. Doch direkt daneben kämpfte eine Frau mit weißen Augen vollkommen ungeachtet ihrer gebrochenen Arme, die in unmöglichen Winkeln abstanden. Sie schlug mit ihnen wie mit Keulen um sich, und Ombro zuckte zusammen, als ihr Fleisch mit einem Übelkeit erregenden Klatschen auf den Kopf einer Soldatin traf und sie zu Boden warf.

Aber während es nur wenige Wachen waren, strömten mehr und mehr Gefangene aus den Gebäuden. Eine Flut aus Leibern, die noch an der Barrikade zerschellte, aber es war nur eine Frage der Zeit, bis sie dieses Hindernis davonspülen würde.

»Wir haben tatsächlich eine Chance«, frohlockte Solare, der auf einige Kisten gesprungen war und immer wieder versuchte, das Chaos auf der Straße zu lenken. Und auch wenn Ombro weniger zuversichtlich war, so dämmerte ihm langsam, dass es wirklich so war.

Die Schlacht am Himmel, blutende Schreckensgestalten gegen die Bewohner des Fliegenden Waldes, schien ihre Feinde so in Anspruch zu nehmen, dass ein Massenausbruch aus ihrem improvisierten Gefängnis keine Bedeutung mehr zu haben schien.

»Wenn es gelingt«, pflichtete Ombro bei. »Je mehr entkommen, desto besser.«

Was er nicht hinzufügte: *für uns*. Er bezweifelte auch, dass Solare ihn gehört oder zumindest verstanden hätte. Der Feldherr war ganz in seinem Element. Nach der Schmach der Niederlage und dem Verlust seiner gesamten Armee, wurde ihm hier eine Möglichkeit geboten, die Scharte auszuwetzen.

Ein Schrei erklang aus hundert Kehlen, als die letzte Wache niedergerissen wurde und die ersten Befreiten auf die Barrikade kletterten. Es war eine simple Konstruktion, aus dem Mobiliar der umliegenden Gebäude gebaut, aber dennoch wirkte es, als ob sie die hohen Mauern einer trutzigen Festung gestürmt hätten.

»Räumt den Mist da weg«, befahl Solare und sprang von seinem seltsamen Feldherrnhügel. Seine Verwandlung war erstaunlich; er war bleich und angespannt, aber was immer ihn so viel Kraft gekostet hatte, schien von ihm abgelassen zu haben.

»Öffnet alle Türen! Lasst alle raus! Sagt es weiter, wir gehen zum Tor der drei Dämonen!«

Jubel brandete auf. Einige der ehemaligen Gefangenen hatten sich primitive Waffen besorgt, gebaut aus Stuhlbeinen, Kerzenleuchtern oder Werkzeugen, die sie nun über ihren Köpfen schwenkten.

Manche blickten nach oben, doch die meisten waren nur auf ein Ziel fokussiert: die Flucht in die Freiheit. Nicht so Ombro. Er wusste, dass man immer die Augen offen halten musste.

»Seht Ihr, was ich sehe?«, fragte er und wies nach oben zur Schlacht über ihren Köpfen.

Solares Blick folgte seinem ausgestreckten Arm, und der Herzog legte den Kopf in den Nacken, starrte nach oben und zog die Stirn in Falten.

»Wer auch immer uns zu Hilfe geeilt ist, verliert gerade.«

Ombro brummte zustimmend.

»Und wenn sie erst einmal geschlagen sind …«

»Dann wird sich der Zorn unserer Feinde auf uns richten«, beendete Solare den Satz. »Du hast recht. An dir ist ein Kriegsherr verloren gegangen.«

Ombro zog sich in einen Torbogen zurück.

»Ich bin nur Dilettant, Ihr seid der Künstler.«

»Dann verlieren wir keine Zeit«, erwiderte der Herzog, bevor er sich an seine Truppen wandte: »Jetzt ist die Zeit gekommen! Folgt mir in die Freiheit!«

So strömten sie durch die Straße, Solare an der Spitze, Ombro dicht dahinter. Deshalb waren sie auch die Ersten, die den einzelnen Mann sahen, der auf dem Platz auf sie wartete. Er stand in einem Brunnen, der bis zum Rand mit Wasser gefüllt war … nein, kein Wasser, Blut. Seine einst weiße Robe waren damit getränkt. Ombro musste nicht erst seine Augen sehen, um zu wissen, wer dort auf sie wartete. Sofort packte er Solare am Mantel und hielt ihn zurück.

»Was ist das für ein Aufruhr?«, donnerte die Stimme des Mannes über die anstürmende Masse hinweg. »Kommt das Vieh von alleine zur Schlachtbank?«

Er hob die Arme, und das Blut folgte seiner Bewegung.

Der Zug der Gefangenen, die gerade noch voller Zuversicht gewesen waren, kam ins Stocken. Doch die Macht ihrer Bewegung war zu groß, und die vordersten Reihen wurden von denen dahinter weiter und weiter geschoben.

»Euer Blut bindet euch«, schrie der Seher jetzt in einer Verhöhnung von Solares Rede. »Euer Blut gehört uns!«

Angstschreie ertönten, als das Blut aus dem Brunnen höher und höher stieg, sich um den Seher schlang. Für einen Moment überlegte Ombro, ihn anzugreifen, mit einem einzigen, geschickten Wurf vielleicht. Dann siegte die Vernunft, mit Pflastersteinen ließ sich diese Gefahr nicht bekämpfen, und er zog den Herzog hinter sich her in den Eingang einer Gasse.

Ein Donnern erscholl. Nun schrien die Gefangengen von neuem wie aus einer Kehle, doch diesmal vor Entsetzen.

»Diese Teufel, wie können sie …«, hob Solare an, aber Ombro interessierte nicht das Wie oder Warum, einzig die Frage, wie sie dieser gewaltigen Macht entkommen konnten.

Blut floss die Straße hinab. Bespritzte die Gefangenen. Durchnässte ihre Kleidung. Drang in ihre Wunden ein, in ihre Nüstern, ihre Münder, selbst in ihre Augen. Sie fielen zu Boden, um sich schlagend, schreiend, gurgelnd.

So wie die Welle über sie gekommen war, so zog sie sich wieder zurück. Und hinterließ eine Straße, gepflastert mit Toten, so bleich wie der Mond, all ihres Blutes in einem einzigen Moment beraubt.

Ombro zog Solare weiter, aber die Kraft hatte den Herzog verlassen. Er sank auf die Knie.

»Ich konnte es spüren«, flüsterte er. »Sie haben die Macht aus mir genommen, aus allen. Ich … ich …«

»Wir müssen weiter«, forderte Ombro. »Steht auf. Kommt.«

Doch Solare antwortete nicht. Einen Moment lang war Ombro unsicher, was er tun sollte. Er schwankte zwischen dem Versuch, ihn mitzuschleppen oder sein Glück allein zu versuchen. Es war dieses Zögern, das ihm zum Verhängnis wurde.

»Wehrt euch nicht, und es wird schnell vorüber sein«, erklang die Stimme des Sehers hinter ihnen, nun matt und erschöpft. Er stützte sich schwer auf einen Stab. Zu seinen Füßen floss rotes Blut. Der Blick seiner blicklosen Augen ruhte auf Ombro.

»Sammelt die hier ein und alle anderen Überlebenden«, befahl er, auch wenn Ombro niemanden sehen konnte, der ihm folgte. »Bringt sie zu mir.«

Dann wandte er sich ab. Das Blut auf dem Boden schlug Blasen, die sich immer weiter aufblähten. Größer und größer, bis sie selbst den Mann überragten. Und aus ihnen formten sich grobschlächtige Gestalten, menschenähnlich und doch so weit entfernt, dass sie Urängste hervorriefen. Gesichtslos wandten sie sich Ombro und Solare zu.

Er ließ den Herzog los, und dieser sank ohne seine Stütze auf die Steine. Hektisch blickte er sich um. Eine Waffe, ein Ausweg, irgendetwas. Doch dann waren die Wesen schon heran, türmten sich vor ihm auf. Und stürzten über den beiden zusammen.

Das Letzte, was er hörte, war der Seher: »Die müssen wir auf die gute alte Art machen.«

Dann umschloss sie die nasse, warme Dunkelheit des Blutes.

57. Kapitel

Marco schrie auf. Vor Wut oder vor Verzweiflung, wusste er selbst nicht zu sagen. Er schlug mit der Faust gegen eine der Säulen, als würde der leblose Stein Schuld an ihrer Situation tragen. Elena konnte ihn verstehen. Ihr Herz sank ebenfalls, war kalt wie Eis.

»Wir müssen etwas tun«, stellte Marco schließlich fest. Bevor sie antworten konnte, wedelte er mit der Hand. »Ich weiß nicht. Irgendwas.«

Ihre Beine waren schwer. Aber es war nicht nur die Erschöpfung des Fluges. Eine große Last lag auf ihr. Sie gingen zum Ausgang, durch den fahl das Licht des Tages fiel; die ganze Stadt lag im Schatten der Fliegenden Wälder.

»Wir fliegen«, schlug sie vor. »Vielleicht sehen wir etwas?«

Unter ihnen schwankte die Erde. Steine fielen herab, Staub rieselte auf sie nieder. *Ein Erdbeben?*, fragte sie sich, aber so stark hatten die Erdstöße Vastona noch nie erschüttert.

»Raus«, riefen sie gleichzeitig und stürmten durch das Tor. Unter ihnen tanzten die Stufen, und die Flugmaschine rutschte von links nach rechts und wieder zurück.

Ein lautes Bersten, das sich wie ein animalischer Schmerzensschrei anhörte, erklang. Irgendwo stürzten Gebäude ein. Elena kam es vor, als würde ganz Vastona zerrissen werden.

»Fliegen«, brachte sie hervor, und Marco nickte. So schnell sie konnten, rannten sie zur Flugmaschine. Als sie sie erreichten, wurde sie plötzlich auf sie zu geschleudert, und nur ein beherzter Satz zur Seite bewahrte Elena davor, von ihr zermalmt zu werden.

Dann bekam sie eine Strebe zu packen und schwang sich mit einem tollkühnen Manöver auf ihren Sitz. Marco sah die Flugmaschine an wie einen wilden Stier, und wäre ihre Lage nicht so verzweifelt gewesen, Elena hätte lachen müssen. Sie hakte sich mit der Linken am Griff ein, hielt ihm die Rechte entgegen.

»Jetzt!«

Er wich einer Kufe aus, taumelte wie ein Betrunkener zu ihr, bekam ihre Hand zu fassen. Sie zog so fest sie konnte, und er fiel kopfüber auf seinen Sitz. Noch während er sich aufrichtete, begann Elena zu treten.

Das Bersten wurde immer lauter. Knirschend und quälend, darunter immer wieder Donnerschläge.

Schließlich saß Marco halbwegs gerade und zog den Starthebel. Sofort rastete der Rotor ein, drehte sich – und schon mit der ersten Bewegung wurde die Flugmaschine ruhig. Sie flogen!

Diesmal bemühte sich Marco nicht, ihren Flug zu verbergen, sondern gewann schnell an Höhe. Keinen Moment zu früh, denn der große Gong im Tempel der Seher brach aus seiner Halterung, schlug eine Bresche in die Wand und stürzte mit einem guten Teil der Fassade herab. Das Prasseln der Steine wurde von dem lauten, metallenen Aufschlag übertönt.

Dann waren sie höher als die meisten Gebäude der Stadt und sahen Vastona in seiner ganzen Größe. Elena riss die Augen auf. An zwei, nein, drei Stellen wölbte sich die Erde, als wolle sie die Stadt von ihrem Rücken schütteln. Oder als würden dort neue Berge geboren.

Dann platzte eine Stelle auf, und ein dicker, roter Strahl Blutes schoss in den Himmel, traf die Fliegenden Wälder. Dort, wo das

Blut auf lebendiges Holz und Blattwerk traf, verfaulte dieses in wenigen Augenblicken.

Noch ein Strahl, dann der dritte. Sie verkrallten sich in den Fliegenden Wäldern, hielten sie fest, banden sie an die todgeweihte Stadt.

»Sie lassen sie abstürzen«, sagte Elena.

»Das ist doch Wahnsinn. Alle werden sterben.«

Elena schluckte.

»Alle werden ihr Blut verlieren.«

Sie sah, wie Marcos Schultern sich anspannten.

»Das lasse ich nicht zu!«

Er zog an den Hebeln. Aus einem simplen Steigflug wurde ein schneller Sturz, um Geschwindigkeit aufzunehmen.

»Was hast du vor?«

»Ich … ich schneide das durch«, rief Marco über die Schulter. Ohne auf ihre Proteste zu achten, hielt er auf den nächsten Strang zu. Furcht krampfte ihr den Magen zusammen.

»Das ist mehr als nur Blut«, rief sie ihm über den Fahrtwind zu, »was sollen wir da machen?«

Aber Marco schien sie nicht zu hören oder nicht hören zu wollen. Stattdessen beschleunigte er immer weiter. Direkt auf das unnatürliche Gebilde zu.

Über ihnen ächzten die Fliegenden Wälder, unter ihnen stöhnte Vastona. Tief in ihrem Inneren wusste Elena, dass es egal war, was sie taten. Sie hatten die Elfen in ihr Verderben geführt. Die Fliegenden Wälder würden hier sterben, zusammen mit ihrer Heimatstadt. Ein gewaltiges Grab, das Werk des Ordens der Seher, die damit ihre Macht ins Unermessliche steigern würden. Vielleicht hatten sie das sogar so geplant.

Vor ihr war Marco nur noch grimmige Entschlossenheit. Sie rasten dicht über den Dächern dahin. Größer und größer wurde ihr Ziel, und je näher sie kamen, desto deutlicher wurde Elena die

Sinnlosigkeit ihres Unterfangens. Der Blutstrang war breiter als ein Haus, auch wenn er sich nach oben verjüngte. Ihre kleine Flugmaschine hatte keine Chance, etwas dagegen auszurichten.

Aber Elena verstand. Die Alternative wäre Flucht. Doch wie konnten sie vor dieser Schlacht fliehen, wenn sie sie herbeigeführt hatten? Wenn alle anderen kämpften und starben?

Der Blutstrang ragte vor ihnen auf, unnatürlich, widerlich, gegen alle Natur. Die anderen beiden entsprangen an anderen Orten innerhalb der Stadt, gelenkt von bösem Willen. Die Macht, die hinter dem Blut stand, war irgendwo in der Stadt, dort, wo alles Blut zusammenfloss, aus dem sie ihre Kraft zog. Ein Zentrum.

»Festhalten!« Marcos Schrei riss sie aus ihren Gedanken. Der Blutstrang baute sich vor ihnen auf. Gleich würden sie darauf prallen.

Elena griff an Marcos Arm vorbei, zog einen Hebel zurück. Die Flugmaschine legte sich abrupt auf die Seite, zog eine wilde, enge Kurze, passierte den Blutstrang. Sie begann in der Luft zu taumeln. Elenas Haare wehten um ihr Gesicht. Sie schrie, als die Flugmaschine außer Kontrolle geriet und Richtung Boden stürzte.

58. Kapitel

Marco fluchte. Der Rotor jaulte, als Kräfte von allen Seiten auf die Flugmaschine einwirkten. Um nachzudenken blieb keine Zeit. Instinktiv legte er den ersten Hebel um, zog den zweiten heran. Immer weiter stürzten sie ab. Dann spürte er wieder den Luftzug, den Vorwärtsdrang, dieses seltsame Ziehen, an dem er sich immer orientieren konnte. Mit aller Kraft zog er den Steuerungshebel zurück, legte seine ganze Kraft in die Bewegung.

Die linke Kufe schlug gegen ein Dach, riss Ziegel heraus, die in einem Regen roter Tonscherben auf die Straße prasselten. Vor seinem inneren Auge sah Marco eine Vision, wie sich die Kufe verfing, die Maschine sich über dem Dach überschlug und Elena und er wie Puppen davongeschleudert wurden. Dann reagierte das Fluggerät, gewann ein winziges bisschen an Höhe – gerade genug.

Er ließ die Luft aus seinen Lungen fahren.

Dann rastete er die Hebel in neutraler Stellung ein, so dass die Flugmaschine nur schwebte, und wandte sich um.

»Was sollte das? Willst du uns umbringen?«

»Du wolltest durch … durch … dieses Ding da fliegen«, erwiderte Elena. Er schnaubte.

»Hattest du eine bessere Idee?«

»Ja.«

Das nahm ihm den Wind aus den Segeln. Sein Zorn war verflogen.

»Ja?«

»Ja. Oben in den Fliegenden Wäldern, da konntest du das Blut spüren, erinnerst du dich? Bis Elestrei gezaubert hat?«

Er nickte.

»Alles Blut hier fließt irgendwohin. Sie nutzen das, um ihre schmutzige Magie zu nähren. Sie sammeln es. Und du kannst das spüren.«

Gedanken rasten durch seinen Kopf. Da war etwas, ein Gefühl, aber verborgen hinter der Kühle, die Elestreis Berührung in seinem Geist zurückgelassen hatte. Er erinnerte sich an die Pein, die er davor empfunden hatte, und ihm wurde übel.

»Ich weiß nicht, ob ich das kann.«

»Du schaffst es«, bestärkte Elena ihn, und er sah in ihren Augen, dass sie das wirklich glaubte. Und wenn sie daran glaubte, dann tat er es auch.

»Achte auf unsere Position.«

Ohne ein weiteres Wort drehte er sich wieder nach vorne und kniff die Lider zusammen, versuchte, alles andere auszublenden. Den Wind des Rotors, die Geräusche der Flugmaschine, das Knirschen von Stein, das Ächzen von Holz. Die Angst und Verzweiflung, die kalte Finger nach seinem Herzen ausstreckten.

Stattdessen erinnerte er sich. An die Zeit im Orden der Seher. Die nächtlichen Rituale. An das Gefühl der Schwäche, das ihn danach überfallen hatte, an diese ziehende Leere.

Und fand sie in seinen Adern. Wie eine kalte Dunkelheit, die nach ihm griff. Die sich durch ihn hindurch ausbreitete. Verzehrend an seinen Armen entlanglief, seine Beine hinaufkroch, seinen Leib empor, vom Kopf bis in die Zehen. Schwäche, die überall in ihm war. Es war ein schreckliches Gefühl, so als habe man ihm einen Teil seines Selbst genommen. Als wäre er nicht mehr er. Ein Loch, in ihm.

Aber nicht nur in ihm. In der Dunkelheit vor seinen Augen

tanzten Bilder. Ein Netz, glühend rot in der Dunkelheit. Die Adern seiner Lider? Nein, etwas Größeres. Es entglitt ihm, und mehr und mehr drohte die Leere ihn zu verschlingen. Fast schon spöttisch drehte und wendete sich das Gespinst, veränderte sich. Ein Geflecht, wie Adern, oder doch nicht … Straßen, Gassen, Wege. Vastona.

Marco riss die Augen auf.

Es gab ein Zentrum. Ein Ort, an dem alles zusammenlief. Er fluchte noch einmal.

»Ubrizzi.«

Es war so offensichtlich. Warum war er nicht schon vorher darauf gekommen?

Sofort legte er den Hebel um, und die Flugmaschine raste los. Zu Fuß wäre es ein ganzes Stückchen gewesen, aber in der Luft war der Weg nicht weit. Die alte Villa erhob sich über den Straßen und war, anders als die Gebäude um ihn herum, von der Verwüstung der Schlachten gänzlich unberührt.

Und tatsächlich waren die Pflastersteine davor rot von Blut, und als Marco genauer hinsah, glaubte er erkennen zu können, dass das Blut in Richtung der Villa floss.

Doch da war noch mehr. Gestalten, die sich in diese Richtung schleppten, wie die Dämonen, die über die Truppen des Herzogs hergefallen waren. Leblose Körper steckten halb in ihren Leibern, wurden achtlos mitgeschleift.

»Achtung!«

Instinktiv riss Marco den Hebel zur Seite, und die Flugmaschine wich dem Angriff von oben gerade eben aus. Eine geflügelte Schreckensgestalt schoss an ihnen vorbei, wendete in weitem Bogen. Marco zog das Ruder herum, wägte seine Optionen ab. Sie waren zu langsam für eine Verfolgung, und zudem lief ihnen die Zeit davon. Nein. Sie mussten in die Villa Ubrizzi, jetzt.

»Alles, was du kannst!«

Damit legte er die Flugmaschine in einen schnellen Sinkflug, nahm Geschwindigkeit auf, direkt auf den Blutdämon zu.

Hinter ihm trat Elena in die Pedale, tat es ihm gleich. Die Flugmaschine knirschte, gehorchte aber, raste auf ihren Feind zu.

Der Dämon nahm die Herausforderung an. An seinen Seiten bildeten sich Tentakel, wuchsen und wuchsen, zogen auf sie zu, während die Schreckensgestalt ihnen entgegenflog.

»Festhalten«, rief Marco, auch wenn Elena dazu wohl keine Aufforderung brauchte. Die blutigen Tentakel tauchten direkt vor ihnen auf. Er legte die Flugmaschine auf die Seite, schob dabei aber den Steuerungshebel von sich weg. Anstatt eine Kurve zu fliegen, kippte sie nur, der Rotor senkte sich herab, fuhr wieder und wieder durch die Tentakel, dann durch den ganzen Dämon. Überall spritzte Blut hin, brannte auf Marcos Haut, drang in seinen Mund. Das Holz verfärbte sich, als die Magie von Caronix aus der Flugmaschine wich. Sie sackte nach unten weg.

Die Maschine war schwer, zu schwer, Zalvados altes Problem, durch Elfenmagie nur auf Zeit gelöst. *Verdammt, verdammt, verdammt!* Doch Marco gab nicht auf, nicht hier, nicht jetzt, nicht so kurz vor dem Ziel. Er zog an den Hebeln, gab alles. Der Rotor hob sich wieder, drehte sich langsamer, bremste ihren Sturz. Ein Gebäude tauchte vor ihnen auf, Marco wich aus, in die Straße. Die Flugmaschine krachte gegen eine Wand, das Holz barst, Splitter flogen umher. Jetzt gab es nichts mehr als zu hoffen.

59. Kapitel

Der Aufschlag ging ihnen durch Mark und Bein. Sie prallten auf die Straße, hüpften zwei, drei Mal, dann glitten sie über die Pflastersteine. Die Flugmaschine war Schrott, aus einem Wunderwerk der Erfinderkunst war ein Haufen gesplitterten Holzes und verbogenen Metalls geworden.

Aber sie lebten. Elena konnte es kaum fassen. Sie lebten. Marco ließ sich mit einem Seufzen vom Sitz auf die Steine gleiten, während Elena mit unsicheren Bewegungen abstieg. Alles tat ihr weh. Aber sie lebten.

»Marco?«

Er hob die Hand, dann übergab er sich. Blut. Er musste es bei ihrem Luftduell gegen den geflügelten Schrecken geschluckt haben. Sie kniete sich neben ihn, legte ihren Arm auf seinen Rücken, bis die Krämpfe aufhörten.

»Geht schon«, murmelte er und wischte sich mit dem Ärmel über den Mund. Unsicher stand er auf. »Komm.«

Ihre Bruchlandung hatte eine Schneise der Verwüstung durch die Straßen gezogen. Überall war Blut, ob von dem Flugdämon oder etwas anderem, vermochte Elena nicht zu sagen.

In einer großen Lache lagen zwei Gestalten. Vorsichtig näherten sie sich und erkannten Männer, die von oben bis unten mit Blut besudelt waren.

Einer bewegte sich, stöhnte. Dann schlug er die Augen auf, die weiß in dem roten Gesicht leuchteten.

»Was? Wer?«

Er richtete sich auf. Um sich verteidigen zu können, nahm Elena ein Stück abgerissenes Motorblatt und hielt es vor sich.

Der zweite Mann schlug die Augen auf. Sein Blick fiel auf Elena.

»Du.«

Es dauerte einen Moment, bis sie ihn erkannte. Er sah so anders aus als bei ihrer letzten Begegnung, viel weniger prächtig gekleidet, geschweige denn gerüstet.

»Herzog?«

Marco stöhnte.

»Von all den Menschen in Vastona, müssen wir hier ausgerechnet …«

Sie brachte ihn mit einer schnellen Geste zum Verstummen.

»Was … warum seid ihr hier?« Der Herzog richtete sich auf, sein Begleiter stützte ihn. »Wo immer auch *hier* ist.«

Elena wies mit ihrer improvisierten Waffe auf die Villa Ubrizzi.

»Dort läuft alles zusammen. Wir sind hier, um die Seher aufzuhalten.«

Der fremde Mann lachte auf, aber es klang nicht belustigt.

»Wir gehen da rein«, stellte Marco ruhig fest. Er griff in seine Tasche, zog den Samen hervor. »Wir haben einen Plan.«

Die beiden Männer erhoben sich. Der Fremde schaute auf Marcos ausgestreckte Hand.

»Ihr Kinder seid verrückt. Kommt, Herzog, solange man uns noch nicht vermisst.«

Aber der Herzog zögerte, stemmte sich gegen den Zug der Hand.

»Warte, Ombro. Wenn Elena und Marco das sagen, ist vielleicht etwas daran. Ich habe diese Kinder, wie du sie nennst, fliegen gesehen.«

»Und wir haben die Elfen geholt«, stellte Elena fest, und Marco fügte hinzu: »Und jetzt müssen wir sie retten.«

Einen Moment hing alles in der Schwebe. Dann streckte sich der Herzog.

»Zeigt uns den Weg.«

»Solare …«

Er wandte sich seinem Begleiter zu.

»Nein, Ombro. Es muss enden, hier und heute. Wenn du fliehen willst, nur zu, niemand kann dir das verübeln. Aber ich bin nach Vastona gekommen, um dem Orden der Seher ein Ende zu bereiten, und wenn die beiden die Möglichkeit dazu in Händen halten, dann werde ich sie begleiten.«

Da war etwas Unausgesprochenes zwischen ihnen. Eine Frage, die nicht gestellt wurde und doch einer Antwort bedurfte. Ombro zögerte, dann endlich nickte er.

»Gut«, knurrte Marco. »Dann ist das ja geklärt. Gehen wir.«

Er führte sie die Straße hinab bis zur Villa Ubrizzi. Wie oft war er diesen Weg wohl gelaufen? Jedenfalls schien er jeden Pflasterstein zu kennen. Statt zum Haupteingang, führte er sie zur Seite, in eine schmale Gasse, wo sich eine Dienstbotentür befand. Ohne zu zögern öffnete Marco sie.

Vor ihnen lag ein kleiner Flur, eine Küche, dann ein Korridor, der sie auf einen Hof führte. Einmal war Elena auch hier gewesen, und die Erinnerung an jene Nacht ließ sie frösteln.

Der Gang nach unten war glitschig von Blut. Und ein Geräusch drang zu ihnen hinauf, ein tiefer, dunkler Gesang. Marco nahm ihre Hand, hielt sie fest, führte sie hinab in die Dunkelheit. Das beklemmende Gefühl wurde immer schlimmer, raubte ihr schier den Atem. Aber Marcos Hand hielt sie aufrecht.

Hinter sich hörte sie Solare und Ombro oder vielmehr, als sie lauschte, hörte sie nur den einen. Der andere schien verschwunden zu sein. *Hat er die Frage für sich doch anders beantwortet?*

Der kleine Kellerraum hatte sich verändert, war etwas Größerem gewichen, einer Kathedrale des Blutes. Eine gewaltige Kaverne hatte sich gebildet, vom Blut aus dem Boden geschabt und von Blut gehalten, das Wände, Boden und Decke bedeckte und dessen Stränge sich wie Säulen hoch in die Dunkelheit schraubten.

Nur wenige Lichter standen auf Podesten, gerade genug, um die Seher zu erkennen. Ihre einst weißen Roben waren jetzt rot, aber ihre Augen waren so blind wie eh und je.

Ein Kreis von zwanzig oder mehr. Immer wieder spülte Blut neue Opfer heran. Nun trat einer von ihnen hervor, durchtrennte mit einer lockeren Bewegung eine Kehle und stieß den Leib zurück in die brodelnde Masse. So fremdartig und widerwärtig war der Anblick, dass Elena die Augen schließen musste, um nicht davon überwältigt zu werden.

In der Mitte des Kreises stand Bruder Giate, die Arme erhoben. Vor ihm kniete eine Gestalt, um die ein Blutstrom herumfloss, sie fast gänzlich verschlang. Nur hier und da gab es Lücken in dem Strom, die ein Stück bleiche Haut, eine Andeutung eines Gesichts erkennen ließen – *Caronix!*

Sie wollte vorstürmen, doch Marco hielt sie zurück. Stattdessen schlichen sie weiter, so leise es ging, ein Trio gegen die unermessliche Macht der Blutmagier.

»Ah, Marco. Du bist dem Ruf des Blutes gefolgt.«

Giates Stimme übertönte alle anderen Geräusche. Elena erstarrte. Marcos Finger lösten sich von ihren.

»Ich liebe dich«, hörte sie ihn wispern, antwortete ebenso leise und konnte nur hoffen, dass er sie verstand. *Doch, das wird er, mit dem Herzen.*

»Und du hast Besuch mitgebracht.«

Marco trat vor.

»Wir werden das beenden.«

Giate lachte auf.

»Du, Junge? Womit? Deinem heiligen Zorn? Mit der Macht der Elfen?« Er griff in den Blutwirbel vor sich und zog Caronix' Haupt hervor. Die Miene des Elfen war angestrengt, seine Augen geschlossen. »Nein, du hast sie zu ihrem Untergang geführt. Noch wehrt er sich, aber sein königliches Blut ist so mächtig. Es wird sein Volk vernichten, ihre Heimat zerstören und jede Spur auslöschen, dass es jemals dieses verfluchte Leben gegeben hat.«

Marco ging weiter, während Elena langsam in einem Halbkreis um die Seher schritt, gefolgt von Solare.

»Ihr fürchtet ihre Magie, weil sie euch schon einmal besiegt hat. Dieses Mal …«

»Dieses Mal nicht, Junge. Damals waren wir nicht vorbereitet, haben uns zu früh offenbart. Dieses Mal, Marco, haben wir das Blut von ganz Vastona und alles, was jener Narr dort uns dazu geliefert hat. So viel Macht, dass du es dir gar nicht vorstellen kannst.«

Solare war bei den ersten Sehern angelangt. Elena verbarg sich hinter einer aufsteigenden Säule aus Blut.

»Ihr …«

»Genug!« Marco verstummte. Giate ballte die Hand zur Faust. »Schon vergessen? Du hast uns von deinem Blut gegeben. So reichlich. Du gehörst uns.«

Solare duckte sich, bereit zum Sprung.

»Ebenso der da. Herzog. Ha!« Giates andere Hand ließ Solare erstarren. Der Seher wandte sich an Marco. »Und jetzt bring mir deine Freundin.«

Ungelenk, aber zielgerichtet kam Marco auf sie zu. Seine Augen waren weiß, leer, Elena konnte ihre Liebe nicht mehr darin gespiegelt sehen. Sie wich vor ihm zurück, doch er packte sie grob, eine Hand am Hemd, eine in den Haaren, und zerrte sie nach vorne.

Bruder Giate zog einen Dolch aus dem Ärmel seiner Robe.

»So ist es gut. Ihr Blut gibt uns Macht. Singt, Brüder, singt!«

Elena wehrte sich, stemmte sich gegen Marco, doch sein Griff war unerbittlich. Er zog sie in die Mitte des Kreises.

»Marco! Bitte! Marco, nein …«

»Er kann dich nicht hören«, erklärte Giate beinahe im Plauderton. »Er ist unser.«

Elena sah zu ihm hoch. Und lächelte. Sie öffnete die Hand und ließ den Samen fallen.

Giates Augen wurden weit.

»Nein. Er ist mein. Und ich bin sein.«

Der Samen fiel in das schäumende Blut. Mit einem Mal wuchs daraus ein Baum, wurde vom Keimling zum Setzling und erhob sich immer weiter, dunkel und verzerrt, wuchs und wuchs, sog die Macht der Blutmagie in sich auf. Alles floss zu den Wurzeln des Baumes, alle Macht, über die der Kreis der Seher gebot, wurde ihnen entrissen, nährte das irrsinnige Wachstum. Äste entstanden, Wurzeln gruben sich in den Stein, sprengten ihn mit der Kraft unbändigen Lebens. Die uralte Magie der Elfen brach den Bann der Seher, nur für einen Augenblick, aber lang genug.

Und Marco ließ Elena los, schüttelte den Kopf. Die Seher stemmten sich gegen die Flut.

»Singt, Brüder! Unsere Kraft ist stärker, wir …«

Giate sackte nach vorne, tat einen taumelnden Schritt, fiel dann kopfüber in das strömende Blut. An seine Stelle trat Ombro, ein einfaches Küchenmesser in der Hand.

»Blut für Blut«, murmelte er.

Die Seher schrien auf. Das Blut zog an ihren Roben. Der rote Wirbelsturm um Caronix fiel in sich zusammen.

»Marco? Marco?«

»Ich bin hier«, erklärte er mit schwerer Zunge und sah sich um. »Du hast …?«

»Ja. Wir sollten unbedingt hier raus.«

Das ließen sie sich nicht zweimal sagen. Ombro und Solare

packten den leblosen Körper von Caronix, und sie alle rannten zur Treppe. Hinter ihnen knirschte es, als der Baum die Decke der Kaverne erreichte und sich durch den Fels zwang. Die Seher riefen durcheinander, sangen, versuchten, das Unvermeidliche aufzuhalten.

Doch ihre ehemals so mächtige Blutmagie versagte ihnen den Gehorsam, als die Kaverne über ihnen zusammenbrach.

Epilog

Manche Wunden verheilen nie. Andere hinterlassen Narben, die auf immer schmerzen. Und von wenigen bleibt nur eine helle Erinnerung, die man kaum noch sehen kann.

Elena wusste nicht, welcher Art die Wunden waren, die Krieg und Magie in ihre Heimatstadt geschlagen hatten. Kaum vorzustellen, dass all die Zerstörung, das Leid, der Tod einst nur noch eine Erinnerung sein würden und nicht dieser schwarze Abgrund von Trauer und Verzweiflung, den sie jetzt in sich spürte. Den sie in den zerstörten Häusern sah, den Trümmern, der als Rauch aus den endlosen Feuern aufstieg, auf denen die Leichen der Ermordeten verbrannt wurden. Eine vernünftige Anordnung; nur so konnten Seuchen verhindert werden, doch die dunklen Säulen waren Mahnmale, die man aus jeder Ecke Vastonas sah.

Und welche Narben würden auf ihrer Seele bleiben?

Hinter sich hörte sie Marcos nackte Fußsohlen auf Stein und drehte sich um. Trotz allem umspielte ein schiefes Lächeln seine Lippen.

»Caronix sagt, dass es nicht mehr lange dauern wird.«

Sie nickte und wandte sich wieder ab, ließ ihren Blick über die Dächer der Stadt schweifen. Er setzte sich neben sie. Ihre Beine baumelten über den Rand der Stadtmauer.

Der Schwarze Herzog mochte mit Zalvados Maschinen ein

Mittel gegen das Bollwerk gefunden haben, aber nur an wenigen Stellen. Hier wirkte die Mauer so stark und alt wie die Knochen der Welt.

Elena spürte, wie Marco sie ansah, aber sie wich ihm aus. Zu dunkel war ihr Geist. Er legte seine Hand auf ihren Oberschenkel, ganz sanft. Langsam, zögerlich schob sie ihre Hand in seine. Er drückte sie liebevoll, und es war besser.

»So viele Tote …«

Ihre Stimme war leise, als könne man diese furchtbare Wahrheit nur flüstern, als gewänne sie noch mehr Macht, wenn man sie laut aussprach. Freunde, Familie, alle hinfortgespült in der Flut des Blutes.

»Ja.«

»Wird es je wieder so sein wie vorher?«

»Ich hoffe nicht.«

Er deutete auf eine Rauchsäule.

»Siehst du das?«

Sie nickte. Sein Finger stieg höher, folgte dem Verlauf des Rauchs, bis er hoch oben eins mit den Wolken wurde.

»Sie werden für immer ein Teil von ihnen sein«, fuhr Marco andächtig fort. Hier und da rissen die dicken Wolken auf, zeigten das, was sich in ihnen verbarg. Fliegende Wälder. Die letzte Ruhestätte der Toten.

»Es wird nie wieder sein wie vorher«, stellte Marco entschieden fest. »Keine Seher mehr. Keine Blutmagie. Dafür kehren die Elfen in die Welt zurück.«

Die Sonne beschien den Himmel, verlieh den Wolken einen goldenen Glanz.

Hoffnung.

Marco sprang geradezu auf und hielt ihr die Hand hin.

»Komm. Lass uns weiterarbeiten. Ohne dich kann ich es nicht.«

Das entlockte ihr ein Lächeln. Der Bau der neuen, verbesserten

Flugmaschine erfreute sie. Zalvados letzte Skizzen halfen ihnen dabei. Es war sein Vermächtnis an sie und die ganze Welt. Aber ohne die Magie der Elfen würde sie niemals fliegen. Es waren Zalvado und Caronix gemeinsam, die ihnen den Himmel schenkten.

Einen Herzschlag lang zögerte sie, dann ergriff sie Marcos Hand und ließ sich von ihm auf die Füße ziehen.

Sein Enthusiasmus war ansteckend. Sobald die Maschine fertig war, konnten sie aufbrechen.

Alles war anders als zuvor. Vastona die Alte würde überleben.

Und jenseits ihrer Mauern wartete eine ganze Welt auf Marco und Elena.